EVA LADIPO

WENDE

for Antonia

with heartfelt thanks

for the most amazing

reading.

Helen Dark

Eva

Gedruckt nach der Richtlinie des
Österreichischen Umweltzeichens
„Druckerzeugnisse“,
Druckerei Theiss GmbH, Nr. 869

MIX
Papier aus verantwortungsvollen Quellen
FSC® C012536
FSC
www.fsc.org

2. Auflage 2015

Grafische Gestaltung: Dorothea Löcker, Wien
Umschlagabbildung: © Free Agents Limited/CORBIS
Druck und Verarbeitung:
Druckerei Theiss GmbH, St. Stefan im Lavanttal
ISBN 978-3-7117-2028-3

Informationen über das aktuelle Programm
des Picus Verlags und Veranstaltungen unter
www.picus.at

EVA LADIPO

WENDE

ROMAN

PICUS VERLAG WIEN

KAPITEL 1

Als Martin Jäger wieder denken konnte, begriff er, dass der Pistolenlauf an seiner Schläfe ihm recht gab. In die Todesangst mischte sich Genugtuung und belebte seine Sinne wieder. Jetzt hatte er den Beweis, nach dem er gesucht hatte. Er war kein Opfer seiner eigenen Verschwörungstheorie. Er war kein verrückter, weltfremder Einzelgänger, der sich im Labyrinth seiner dunklen Fantasien verrannt hatte. Er war kein Spinner. Nein, er war auf der richtigen Spur. Der Überfall bewies die Wahrheit.

Allerdings hatte er sich den Moment der Erleuchtung anders vorgestellt. Er schloss die Augen und stieß einen dumpfen Seufzer aus. Das Ledertuch, das sie ihm unten am Hauseingang in den Mund gestopft hatten, stieß an sein Gaumenzäpfchen. Er würgte, seine Augen begannen zu tränen. Er durfte jetzt nicht kotzen. Schon drohte sein Denken erneut auszusetzen. Schweiß löste sich vom Nacken und kroch wie eine Raupe die Wirbelsäule hinunter. Vergeblich versuchte er die Zunge zu bewegen. Er musste das Tuch verschieben, sonst würde er durch die Nase erbrechen und keine Luft mehr bekommen.

Da lockerte der Mann hinter ihm den Polizeigriff und klopfte ihm genau an der richtigen Stelle auf den Rücken. Jäger konnte das Tuch mit der Zunge nach vorne drücken. Sein Rachen war frei, der Brechreiz ließ nach. Er stolperte über die hölzerne Schwelle des Dachbodens. Staubfäden rissen auf seiner Stirn. Ohne jemandem zu begegnen, ohne gehört oder gesehen worden zu sein, hatten sie das Dachgeschoss erreicht. Der Mann mit der Pistole gab ihm einen Klaps, diesmal auf die Schulter, kumpelhaft und anerkennend. Gut gemacht.

Seine Mutter war zwei Stockwerke unter ihnen dabei, das Abendbrot zu richten. Mama!, brüllte Martin Jäger aus vollem Hals. Ruf die Polizei an! Die Kerle haben mir den USB-Stick aus der Hosentasche gerissen, sie wussten genau, wonach sie suchten. Wenn ich hier lebend rauskomme, sind sie meine Kronzeugen. Ich kann endlich alles beweisen. Mach schon, Mama, die Polizei!

Doch seine Mutter hörte ihn nicht und fuhr in aller Ruhe fort, den Küchentisch zu decken. Zwei Teller, zwei Messer, zwei Teetassen. Sie holte Käse aus dem Kühlschrank. Sie schälte Karotten und schnitt Tomaten auf. Keine Mahlzeit ohne Rohkost. Über der Küchentür hing die große Uhr, die er ihr zu Weihnachten geschenkt hatte. Auf ihre duldsame, demütige Art hatte sie gelächelt und gefragt, ob es als Wiedergutmachung gemeint sei. Ja, Mama, für mein ewiges Zuspätkommen. Heute allerdings hatte er angerufen, dass er früher nach Hause kommen würde. Ausnahmsweise. Den Grund hatte er nicht genannt. Den hatte er ihr behutsam beim Abendessen beibringen wollen.

Dass er jetzt trotzdem nicht kam, würde sie nicht weiter beunruhigen, denn sie war seine Unzuverlässigkeit gewöhnt. Zu oft vergaß er, Bescheid zu sagen, wenn er im Büro blieb und die Stille nach Dienstschluss dazu nutzte, seinen Rechner mit riesigen Datenmengen zu füttern. Oder wenn er ein Bier trinken ging. Oder wenn er gegen alle Vernunft nach Bockenheim fuhr, durch die Dunkelheit streifte und vergeblich Trost darin suchte, in Verenas Nähe zu sein.

Dass er verschwunden war, würde seine Mutter deshalb erst morgen beim Frühstück feststellen.

Er wusste, dass bei einem Überfall alles von der Reaktion des Opfers abhing. Die ersten Sekunden waren entscheidend. Er hätte sich sofort wehren müssen. Warum hatte er nicht losgebrüllt und um sich geschlagen? Selbst mit dem Knebel im Mund hätte er im Treppenhaus Krach machen können. Sie waren ein aberwitziges Risiko eingegangen, ihn die vier Stockwerke hochgehen zu lassen, an der eigenen Wohnungstür vorbei. Warum hatte er sich nicht einfach auf den Boden geworfen? Er musste es jetzt tun. Seine Arme waren auf den Rücken gedreht, aber seine Füße waren frei. Er musste mit aller Kraft auf die alten Dielen treten.

Los! Stampfen, so fest er konnte. Dann würden sie sich unten im Haus schon fragen, was da oben los war … Als ginge es um sein Leben, musste er Krach machen. Er musste die Beine vom Fußboden lösen. Jetzt!

Zielsicher fand der Mann, der ihm vorausging, eine untersetzte Gestalt mit dunkler Wollmütze, den Lichtschalter. Er schien sich hier oben gut auszukennen. Das schwache Licht dreier verstaubter Glühbirnen beleuchtete den Mittelgang des geräumigen Speichers. Auf beiden Seiten gingen Türen aus groben Brettern ab. Dahinter lagen die Abstellkammern der Mieter.

Jäger war zuletzt im Spätsommer hier gewesen, als er einen Koffer verstaut hatte. Dabei war ihm ein Packen vergilbter Flugblätter in die Hände gefallen aus der Zeit, als der Wahlkampf das Wichtigste der Welt gewesen war. Als er für die Grünen und für Verena gelebt hatte. Er hatte den Packen aus Prinzip in der Mülltonne entsorgt und nicht im Altpapiercontainer, denn die beschissene Recyclingkultur brachte nichts als falsche Selbstgefälligkeit. Als ob Müllverbrennung ein Problem wäre, dessen Lösung einen messbaren Unterschied machte. Altpapiercontainer hielten die Erderwärmung um kein Milligrad auf.

Doch jetzt musste er sich konzentrieren und die gusseisernen Füße anheben. Er hätte Alarm schlagen müssen, als er sämtliche Klingelschilder vor sich gehabt hatte. Doch statt alle Klingeln auf einmal zu drücken, war er erstarrt. Er hatte sich in eine Marionette verwandelt, die nur tun konnte, was ihr in gebrochenem Deutsch befohlen wurde. Wenn er nur den langen Weg durchs Treppenhaus, auf dem er, taub vor Angst, alle Chancen zur Flucht hatte verstreichen lassen, noch einmal zurücklegen könnte. Dann wäre er jetzt nicht darauf angewiesen, die Füße hochzukriegen. Das ging nämlich nicht. Er wollte trampeln, doch er konnte nicht. Das rechte Bein ließ sich nicht heben, das linke auch nicht.

Sie steuerten die vorletzte Abstellkammer auf der linken Seite an. Das Vorhängeschloss, das er im September wie üblich verschlossen hatte, hing offen am Haken. Die Hand seines Aufpassers legte sich auf seine Schulter. Mit der einen Hand richtete er die Pistole auf sein Ohr, mit der anderen umarmte er ihn.

Jäger konnte den Mann nicht sehen, nur riechen. Sein Aftershave roch nach Tannennadeln im Sommer, gar nicht mal unangenehm. Beide Männer strahlten große Ruhe aus. Sie bewegten sich langsam und sicher, als hätten sie so was schon hundertmal gemacht. Was hatten sie vor? Er drehte den Kopf ein paar Millimeter zur Seite, so weit es ging, ohne die Waffe zu berühren, und versuchte Blickkontakt aufzunehmen. Wenn er nicht Alarm schlagen konnte, dann blieb nur eine Möglichkeit. Sie mussten reden. Die zwei meinten bestimmt, dass er seine Nase in Dinge gesteckt hatte, die ihn nichts angingen. Er musste es ihnen erklären. Hoffentlich verstanden sie genug Deutsch.

Hört zu – falsch. Solche Typen reagierten empfindlich, wenn man ihnen nicht genug Respekt zollte. – Hören Sie mich bitte an. Ich bin nur meiner Arbeit nachgegangen. Ich bin Jurist bei der ReAG-Atom, zuständig für das juristische Nachspiel von Störfällen. Jede Unregelmäßigkeit in unseren Meilern landet auf meinem Schreibtisch.

Das heißt landete. In der Vergangenheit. Heute Vormittag bin ich nämlich entlassen worden, was Sie vielleicht schon wissen, so wie Sie ja auch sonst sehr gut informiert sind. Sie wissen, wo ich wohne, wo sich der Schlüssel für unsere Dachkammer befindet und dass ich den USB-Stick immer in der Hosentasche trage. Dort ist er sicherer als in jedem Banksafe, habe ich gedacht.

Sie haben mich beobachtet. In gewisser Weise beruhigt mich das, denn jetzt weiß ich, woher dieses Unbehagen in den vergangenen Wochen kam. Ich habe noch mehr an mir gezweifelt als sonst. Ich dachte, jetzt drehe ich ganz durch.

Seit heute bin ich also arbeitslos. Ich habe seit Längerem versucht, meine Mutter darauf vorzubereiten. Der Konzern hat zwar beteuert, dass wir wegen der laufenden Verfahren gegen die Bundesregierung und die Versicherungen noch gebraucht werden, doch das war Augenwischerei. Die Energiewende bedeutete unser Ende. Die letzten zwei Jahre waren wir damit beschäftigt, die anderen Abteilungen der ReAG-Atom abzuwickeln. Wir haben Sozialpläne verfasst, Auflösungsverträge geschrieben, Abfindungen verhandelt, Arbeitsklagen vereitelt. Weil das erledigt ist, wird nun die Rechtsabteilung selbst liquidiert.

Doch solange es uns gab, war ich zuständig für alle meldepflichtigen Ereignisse in unseren Atomkraftwerken. Ich habe die ReAG vertreten, wenn es zu Klagen kam. Verstehen Sie? Was Sie auf meinem USB-Stick finden, ist deshalb keine unlautere Einmischung meinerseits. Ich habe nur getan, was jeder in meiner Position tun würde. Zumindest jeder, der so denkt wie ich. Also vielleicht doch nicht jeder. Aber ich kann nichts dafür, dass ich so bin, wie ich bin. Es war kein einfacher Weg bis hierher. Wenn ich die Wahl gehabt hätte, hätte ich ihn nicht genommen.

Er drehte die Pupillen so weit er konnte nach rechts, doch alles, was Martin Jäger sah, war die Öffnung des auf ihn gerichteten schwarzen Rohrs und ein behandschuhter Zeigefinger, der sich um den Abzug krümmte.

Ich war mal durch und durch grün, müssen Sie wissen. Mein ganzes Leben war grün. Mein Denken, meine Bücher, meine Frisur, meine Art zu reden, meine Klamotten, meine Transportmittel, mein Essen, mein Vater, meine Körpersprache, meine Freunde, meine Frau. Verena hieß sie. Für andere heißt sie noch heute so. Meine Anstecker waren natürlich auch grün beziehungsweise gelb: »Atomkraft? – Nein danke!« klebte vom ersten Schultag an auf meinem Ranzen, schmückte den Kühlschrank in jeder WG, die ich bewohnt habe, und die Einladungen zu den Picknicken im Grüneburgpark, die Verena und ich jeden Sommer organisierten.

Er gab es auf. Das Gesicht des Mannes mit dem angenehmen Duft und der Pistole blieb außerhalb seines Blickfelds. Er musste seine Bemühungen auf den anderen konzentrieren, der das Licht in der Abstellkammer angemacht hatte und sich gerade gemächlich zu ihm umwandte.

Der Verschlag maß etwa zwei mal zwei Meter und war sehr hoch. Im schwachen Lichtschein konnte man die Dachbalken nur erahnen. Jäger blinzelte. Der Mann mit der Wollmütze warf ihm einen forschenden, nicht unfreundlichen Blick zu. Dann grinste er, wobei seine Lippen einen Eckzahn aus Rotgold entblößten, und sagte etwas in einer Sprache, die gut zu dem breiten Gesicht mit der zerschlagenen Nase passte. Zischende Konsonanten, kurze Vokale. Der Große hinter ihm lachte leise. Jäger schöpfte Hoffnung. Solange die beiden nicht die Nerven verloren, konnte er ihnen alles erklären. Sie mussten ihm nur den Knebel aus dem Mund nehmen.

Eines Tages habe ich dann den Fehler gemacht, ernsthaft über Kernkraft nachzudenken. Ich weiß selbst nicht mehr, wie es dazu kam, denn eigentlich war alles in bester Ordnung. Die Meiler liefen, die Atomindustrie boomte und wir hassten sie mit großer Inbrunst. Es lohnt sich eigentlich nicht, über etwas nachzudenken, was eindeutig scheiße ist. Doch ich war so unvorsichtig, es trotzdem zu tun, und danach fiel mein bisheriges Leben wie ein loses Kartenhaus in sich zusammen.

Obwohl er keine Ahnung hatte, was den Goldzahn so freute, wollte er mitlachen. Amüsiert kniff er die Augen zusammen. Die Grimasse sollte signalisieren, dass er cool war. Er würde nicht losbrüllen, wenn sie ihm das Heftpflaster vom Mund rissen. Sie konnten sich auf ihn verlassen. Er war bereit zur Vernehmung. Sollte er sich auf den alten Klappstuhl setzen, der vor ihm stand? Sie hatten alles vorbereitet. Der Stuhl, der sonst in der Ecke lehnte und Staub fing, stand aufgeklappt in der Mitte. Sobald sie ihm ein Zeichen gaben, würde er sich hinsetzen und anfangen zu reden.

Es war die Reaktion der anderen, die alles kaputtgemacht hat. Mit meinen Zweifeln wäre ich schon zurechtgekommen und hätte sie irgendwann verdrängt. Doch die Ablehnung, die mir entgegenschlug, war so aggressiv und geschlossen, dass ich mir plötzlich vorkam wie das abtrünnige Mitglied einer Sekte. Es war, als hätte ich die Seiten gewechselt, weil ich es wagte, Wissenschaftler zu lesen, die nicht zur Anti-Atomkraft-Bewegung gehörten. Weil ich mich mit Risikostatistiken auseinandersetzte, galt ich als Verräter.

Ich legte einfache Zahlen vor. Nur Zahlen, keine Argumente. Doch sie fragten entgeistert, ob ich jetzt ein Lobbyistenschwein sei. Ich gab zu bedenken, dass Klimaschutz und Atomgegnerschaft nicht zusammenpassten. Als Grüne müssten wir uns entscheiden: Entweder war uns die Abschaltung der Atommeiler wichtiger oder der Schutz des Klimas. Ihrer Meinung nach war allerdings schon die Fragestellung faschistoid.

Sogar Verena, die Wissbegierige, stellte sich taub und blind. Mir drängte sich der Eindruck auf, dass es uns beim Kampf gegen Atom nie wirklich um die Rettung der Welt gegangen war. In Wahrheit ging es nur um uns. Um ein noch bequemeres Zuhause. Sollte der Rest der Welt am Klimawandel zugrunde gehen – Hauptsache, wir waren in Sicherheit. Und dabei wollte ich nicht länger mitmachen.

Der Goldzahn war immer noch zu sehen, der Kerl hatte nicht aufgehört zu grinsen. Martin Jäger schaffte es aber nicht, seinen Blick zu kreuzen. Verdammt. So würde ihm entgehen, wie redebereit er war. Er guckte ihn zwar an, aber weiter unten. Was fixierte er denn da? Seinen Hosenstall? Himmel. Würden seine Gliedmaßen gehorchen, würde er jetzt den Arm sehr, sehr langsam senken – damit die Bewegung nicht nach Gegenwehr aussah – und mit dem Zeigefinger kontrollieren, ob der Reißverschluss offen stand. Da er aber keine Kontrolle mehr über sich besaß, ging das nicht. Stattdessen spürte er, wie die Augen gegen seinen Willen erst warm wurden, dann heiß und sich schließlich bis zum Rand mit Tränen füllten.

Ich will nur, dass Sie verstehen, wie ich in die Sache hineingeraten bin. Es war keine Absicht. Ich bin kein Schnüffler. Ich bin niemand, der sich in anderer Leute Angelegenheiten mischt. Wenn ich gekonnt hätte, wäre ich längst bei meiner Mutter ausgezogen und ins normale Leben zurückgekehrt. Dann hätte ich eine neue Wohnung mit einer neuen Frau, Hobbys und neuem Freundeskreis, und hätte die Nachforschungen niemals so weit getrieben. Ich wollte aufhören – wirklich, ich habe mir mehr als einmal gesagt, dass es reicht, wer verbannt sich schon freiwillig in die Einsamkeit eines Besessenen? –, aber ich konnte nicht.

Der Mann mit der Wollmütze starrte immer noch auf Jägers Hosenstall. Er hatte trockene Lippen. Die Zunge, mit der er sie jetzt benetzte, war weiß belegt. Ein Spuckefaden zog sich zum Mundwinkel. Dann bewegte er sich auf ihn zu. Die nasse Lippe reflektierte das Licht. Er streckte die in einem engen schwarzen Lederhandschuh steckende Hand nach seiner Lendengegend aus. Jägers Herz raste. Er schloss die Augen. Auf beiden Seiten liefen ihm Tränen über die Wangen, während er weiter flehte.

Als Aussteiger ist man nämlich nicht mehr der, der man einmal war. Wenn man vom Glauben abfällt, verliert man den entscheidenden Teil seiner selbst. Früher hatte man ein Ziel, für das man kämpfte, Verena, die einen liebte, Freunde, die Gesinnungsgenossen waren, Feinde, die man hingebungsvoll verachten konnte. Ohne diese Leidenschaften scheint das Leben plötzlich auf unerträgliche Weise einsam, langweilig und sinnlos. Eine große innere Leere macht sich breit.

Er presste die Augen so fest zusammen, dass es wehtat. Der Griff, mit dem ihn der Mann am Hosenbund packte, warf ihn fast um. Doch er fand sein Gleichgewicht wieder, weinte und setzte aufrecht stehend das Plädoyer fort.

So sah es in mir aus, als ich auf den ersten Zufall stieß. Zwei harmlose Störungen an der Notstromversorgung, die auf menschliches Versagen zurückzuführen waren. Sie waren beide Ende Juni passiert und hatten keine weiteren Folgen außer seitenlangen Artikeln im Sommerloch. Es gab Dutzende solcher Aufreger pro Jahr. Kleinigkeiten, die die Reaktorsicherheit nicht beeinträchtigten, aber trotzdem gemeldet werden mussten. Nach deutschem Recht muss die Öffentlichkeit über jede lose Schraubenmutter informiert werden. Dann schlagen die Atomkraftgegner in den Zeitungs- und Fernsehredaktionen rituell die Hände überm Kopf zusammen und warnen vor dem nahen Super-GAU.

Er taumelte vor und zurück, während sein Gürtel aus den Schlaufen gerissen wurde. Der Mann hinter ihm – das Aftershave mit dem Revolver – gab ihm Halt.

Ohne den Argwohn des Verstoßenen wäre ich nie draufgekommen. Ohne das quälende Vakuum in meinem Innern, das nur ein neuer Kampf gegen einen neuen Gegner füllen konnte, wäre mir der Zufall nie aufgefallen. Es war keine Absicht, hinter Ihrem Auftraggeber herzuspionieren. Ich bin da ungewollt hineingerutscht, getrieben von den Geistern der Vergangenheit. Gegen die war ich machtlos, verstehen Sie?

In den letzten, weitgehend schlaflosen Wochen hatte er manchmal geglaubt, der Lösung des Rätsels näher zu sein denn je. Er hatte Daten analysiert, die bis weit in die neunziger Jahre zurückreichten. Die Trefferquote war hoch gewesen. Er hatte den Namen eines Wartungsingenieurs gefunden, der identisch war mit dem eines Mitläufers der linken Göttinger Szene Mitte der achtziger Jahre. Er hatte sogar Kontakt zu der Frau in London herstellen können. Doch trotz dieser Fortschritte war er von einer Rastlosigkeit gequält worden, die er sich selbst nicht hatte erklären können. Er musste mehrere Kilo abgenommen haben, weshalb ihm die Hose jetzt ohne Gürtel bis auf die Pobacken rutschte.

So fing es an – den Rest finden Sie auf dem USB-Stick. Da ist alles drauf, was ich gesammelt habe. Die Schichtpläne, die technischen Abläufe, die Schwachstellenanalysen der Aufsichtsbehörden, die Sicherheitsvorschriften, die Wartungstermine, die Namenslisten, die Notfallpläne, die Listen der Störfälle, die Lagepläne – das ist alles auf dem USB-Stick, nirgendwo sonst. Es gibt keine Kopien. Auf der Festplatte im Büro habe ich die Daten nach jedem Durchlauf gelöscht. Überzeugen Sie sich selbst. Ich werde mich hüten, Sie zu belügen. Außer mir weiß kein Mensch von den Zündeleien. Wenn es kein Fukushima gegeben hätte, hätten Sie selbst eins inszeniert, stimmt's? Zum Glück hat dann die Kernschmelze am anderen Ende der Welt gereicht, um den Deutschen den Rest zu geben. Sie hatten ja auch gute Vorarbeit geleistet.

Stopp. So nicht. Er durfte nicht ins Sarkastische abdriften. Er musste den respektvollen Ton wahren, sonst würden sie sein Angebot niemals annehmen. Das mussten sie aber. Sie mussten ihn zu Wort kommen lassen, bevor sie das, was sie mit ihm vorhatten, in die Tat umsetzten.

Hören Sie! Egal was passiert – Ihr Auftraggeber hat gewonnen. Sein Sieg ist endgültig. Also behalten Sie den USB-Stick und machen Sie damit, was Sie wollen. Die Sache ist gelaufen. Atomkraft in Deutschland ist Geschichte. Ich gebe Ihnen mein Wort, dass ich Schluss mache. Ich werde alles vergessen. Es bedeutet mir nichts mehr. Ich weiß jetzt, dass ich recht hatte, und die intellektuelle Befriedigung genügt mir. Ich habe sowieso nicht geglaubt, noch etwas ändern zu können. Die Deutschen weiten lieber die Förderung der dreckigsten Braunkohle aus, schmeißen die alten Hochöfen wieder an, pflastern das Land mit Windrädern zu, importieren Atomstrom aus Tschechien und verfehlen sämtliche Klimaziele, als ein einziges Atomkraftwerk eine Minute länger laufen zu lassen. Ich weiß, wie die ticken, und deshalb fällt mir die bedingungslose Kapitulation, die ich hiermit erkläre, auch gar nicht schwer.

Martin Jäger schlug die Augen auf. Sein Blick war verschwommen von Schweiß und Tränen. Keine dreißig Zentimeter von ihm entfernt begutachtete der Untersetzte seinen Gürtel. Die ruhigen Bewegungen warfen Schatten auf die Lattenwand. Plötzlich riss er so hart an beiden Gürtelenden, dass Jäger auch die Kontrolle über seine Blase verlor. Warmer Urin rann sein Bein hinunter. Der Aufpasser murmelte ihm von hinten etwas Begütigendes ins Ohr, und mit einem Mal fand er die Sprache gar nicht mehr so hässlich. Sie hatte etwas Erdiges, ja fast Melodisches. Sie war von einer groben Zärtlichkeit, und plötzlich erkannte er sie wieder. Dass er da nicht gleich draufgekommen war: Es war die Sprache, in der die Frau, die einmal die Woche das Treppenhaus putzte, bei der Arbeit telefonierte. Sie trug Knöpfe im Ohr und sprach in ein kleines, am Kragen befestigtes Mikrofon. Es war Russisch.

Er war nicht in der Lage, den Kopf zu senken, um nachzusehen, was der Russe von hinten in seine rechte Hand legte. Es war lang, dünn und schwer. Die behandschuhte Hand umschloss seine eigene und drückte seine Finger behutsam um das Ding, während Jäger spürte, wie seine vollgesogene Hose nach unten zog, sich vom Hintern löste und auf den Boden fiel. Er schloss erneut die Augen und nahm alle Kraft zusammen.

Außer mir ist da keiner. Das müssen Sie mir glauben. Niemand weiß, dass ich neben der Arbeit etwas laufen hatte, geschweige denn was. Meine Mutter ist das Gegenteil meines Vaters. Sein Kampfgeist, seine Wut gegen das System, Plastiktüten, Autobahnen, den Realo-Flügel, die Energieverschwendung der Hausverwaltung und ihre eigene Friedfertigkeit haben sie ausgelaugt. Wenn sie erfahren hätte, dass die Ruhe seit seinem Tod trügt, dann wäre sie verzweifelt. Ich habe sie in dem Glauben bestärkt, dass ich die Nächte durcharbeite, um der drohenden Entlassung zu entgehen. Es war völlig ausgeschlossen, sie ins Vertrauen zu ziehen. Das sehen Sie hoffentlich ein. Sie hat keine Ahnung.

Vielleicht ist Ihnen bei der Beschattung auch noch ein Kollege aufgefallen. Ich meine diesen jungen Kerl, den großen Dunkelhaarigen. Er ist der Einzige im Büro, der mich nicht als Spinner und komischen Kauz abgeschrieben hat. Aber er weiß auch nichts, das schwöre ich bei allem, was mir noch heilig ist. Letzten Endes ist er doch nur der Liebling des Chefs, der sich genauso wenig wie andere von Neugier oder Zweifeln beirren lässt.

Durch den dichten Nebel seiner Gedanken fühlte er Stoff in beiden Händen. Der Mann hinter ihm musste seinen Arm losgelassen und sich gebückt haben, um seine Hose aufzuheben.

Das war nett. Er hätte ihn auch in vollgepinkelter Unterwäsche stehen lassen können. Martin Jäger gab ein dankbares Geräusch von sich. Mit sanftem Druck wurde er zum Stuhl geführt. Auf der Reise in sein Gewissen hatte er die weiteren Vorbereitungen in der Dachkammer verpasst. Am oberen Rand seines Blickfelds bewegte sich etwas. Es war eine Schlange, die hin- und herbaumelnd den giftigen Kopf nach ihm reckte. Doch der Freund klopfte ihm von hinten beruhigend auf die Schulter. Jäger entspannte sich und sah genauer hin. Ach so. Es war nur sein Gürtel, den sie da oben hingehängt hatten.

Ansonsten war mein Leben auf den Inhalt des USB-Sticks reduziert. Von den alten fallen gelassen, habe ich mir keine neuen Freunde gesucht. Die einzige Frau, mit der ich in der ganzen Zeit geschlafen habe, habe ich am nächsten Morgen aus meinen Kontakten gelöscht. Sie hatte das Zeug, eine neue Verena zu werden, und ich hatte Angst, ihr gegenüber nichts verheimlichen zu können. Ich wollte da niemanden mit hineinziehen, verstehen Sie?

Die Russen bugsierten ihn auf den Stuhl und verständigten sich dabei in dem murmelnden Tonfall von Handwerkern bei einer Routinearbeit. Als Jäger begriffen hatte, wie sie es haben wollten – dass er bei der Vernehmung nicht auf dem Stuhl sitzen sollte, sondern stehen –, half er, soweit es seine erlahmten Glieder erlaubten, mit. Bei der gemeinsamen Anstrengung überkam ihn eine Euphorie, die ihm den Atem nahm. Ihm wurde schwindelig. Seine Beine gaben nach, doch die Russen fingen ihn auf und stützten ihn. Sie hatten die Waffe weggesteckt. Sie würden jetzt reden.

Plötzlich befand er sich nicht mehr auf dem Dachboden, sondern auf einer nassen Landstraße im Regen. Er kauerte zwischen Dutzenden Leibern im Dreck. Blaulicht zuckte durchs Morgengrauen, Demonstranten sangen Friedenslieder, Hunde bellten, Krähen kreischten am Himmel. Neben ihm lag sein Vater. Auf dem Straßenstück vor ihnen wurde eine Frau mit langen Rastazöpfen von zwei Bullen abgeführt und schrie wie am Spieß. Er war zwölf Jahre alt, es war sein erster Castor-Transport.

»So sind sie, die Weiber«, flüsterte sein Vater ihm ins Ohr, »werden hysterisch und vergessen ihre Pflicht.« »Welche Pflicht?«, raunte Martin verschwörerisch zurück. »Die Pflicht zu überzeugen. Das darf man nie vernachlässigen, egal in welcher Situation. Vergiss das nicht. Worte sind unsere schärfsten Waffen. Wir müssen die Bullen dazu bringen, ihr Hirn unter den Helmen einzuschalten. Wenn die armen Schweine anfangen nachzudenken, dann wird alles gut.«

Erst jetzt nahm Martin Jäger das Rauschen wahr, das den Dachboden seit geraumer Zeit erfüllte. Es war wie ein Zeichen. Damals im Polizeikessel hatte es auch geregnet. Sie waren völlig durchnässt gewesen. Er spürte die warme Nähe seines Vaters und fasste Mut. Nach dessen Worten hatte er doch nicht alles falsch gemacht. Im Gegenteil. Er hätte seine Chance zur Aufklärung vertan, wenn er unten am Hauseingang die Nerven verloren hätte. Da war er noch gar nicht bereit gewesen. Doch jetzt war er so weit. Er wusste, was er zu sagen hatte. Sobald der Knebel draußen war, konnten sie reden.

KAPITEL 2

Etwa zeitgleich schoss ein phantomschwarzer Audi A6 am Frankfurter Kreuz in die Einfädelspur nach Norden. René Hartenstein drängte nach links, ohne den Fuß vom Gas zu nehmen. Er war ein Kollege von Martin Jäger und hatte seiner Freundin, die auf dem Beifahrersitz saß, gerade erzählt, dass er entlassen worden war. Die Scheibenwischer wetzten auf Hochtouren über die Windschutzscheibe, doch die Sicht blieb verschwommen. Hinter ihnen hupte ein Fiat. René Hartenstein grüßte über den Rückspiegel und zog mit der anderen Hand über die mittlere Spur auf die linke. »Und dann habe ich Arsch auch noch das Angebot für einen neuen Job abgelehnt.«

»Wieso denn das?« Cosima Wolf hielt die Hände über einem großformatigen Bildband gefaltet, der auf ihrem Schoß lag. Die Nachricht, dass ihr Freund seinen gut bezahlten Job verloren hatte, nahm sie bemerkenswert gelassen auf. Man war versucht, sie für unterkühlt zu halten. Ihre auffallende Erscheinung mit den weißblonden Haaren, den hellen Augen, schmalen Gelenken und langen Gliedmaßen verstärkten diesen irreführenden Eindruck. Doch Cosima Wolf war weder gefühlskalt noch überheblich. Sie war nur schwer aus der Ruhe zu bringen. Sie besaß ein außerordentliches Maß an Vertrauen in ihre eigenen Fähigkeiten, in die Absichten anderer Menschen und in das, was man Schicksal nennt. In den zweieinhalb Jahren, in denen sie zusammen waren, hatte René kein einziges Mal erlebt, dass sie Angst gehabt hätte vor dem, was kam. Selbst die zugemüllte Wohnung seiner Eltern hatte sie damals betreten, ohne mit der Wimper zu zucken.

Da er nicht reagierte und nur weiter düster auf das zerlaufende Rot der Bremslichter vor ihnen starrte, fragte sie nach: »Was denn für ein Angebot?«

»Ich weiß selbst nicht, was plötzlich in mich gefahren ist. Stolz oder so.«

»Wieso Stolz?«

»Es war nie schmeichelhaft, dass der Weigel glaubt, dass ich so werden will wie er. Aber er war nicht davon abzubringen. Er hat die Kündigung ausgesprochen und mich im nächsten Moment gefragt, ob ich mit ihm nach Prag gehen will. Er wechselt in den Vorstand des größten tschechischen Versorgers. Ich glaube, die Art, wie er dabei gegrinst hat, diese Mischung aus Wohlwollen und Überheblichkeit, hat mich gereizt, ihm eine reinzuwürgen.« Der Verkehr wurde zäher. Obwohl es keine Ausweichmöglichkeit gab, blinkte er einen silbernen Geländewagen vor ihnen mit der Lichthupe an und fuhr noch dichter auf. »Was natürlich Quatsch ist, denn der Einzige, dem ich eine reingewürgt habe, bin ich selbst. Ich hätte große Augen machen und Danke sagen sollen. Wenn sich später was Besseres ergibt, kann man immer noch absagen.«

Der BMW-Fahrer tippte sich an die Stirn, als sie an ihm vorbeizogen. René ignorierte ihn. Cosima, die seinen rücksichtslosen Fahrstil gewohnt war, sagte: »Stimmt.«

»Ja, Scheiße.«

»Und jetzt?«

»Jetzt fahren wir zu deiner Mutter, obwohl sie ihren Geburtstag lieber ohne mich feiern würde.«

Cosima schloss die Augen. »Sie mag dich.«

»Klar – ich sie auch.« René warf ihr einen schnellen Blick zu. »Dabei hat Martin Jäger gefragt, ob wir was trinken gehen wollen. Sich als Arbeitsloser volllaufen zu lassen, hätte mir heute mehr Spaß gemacht.«

Cosima klappte das Buch auf ihrem Schoß zu. »Ich meine nicht, was du heute Abend machen willst, sondern –«, sie räusperte sich, »du weißt schon, was ich meine.« Der Verkehr war mittlerweile auch auf der linken Spur zum Erliegen gekommen. Der Wagen bewegte sich nur mehr im Schritttempo durch den niederprasselnden Regen.

»Wovon ich in Zukunft leben will?«

»Ja.«

»Gute Frage.« René Hartenstein fuhr sich über den Mund. Geld verdienen musste er, denn seine Ausgaben waren beträchtlich, und sie zu drosseln schien unmöglich. Dazu war er zu großzügig. Er war der Einzige in seinem erweiterten Familienkreis, der je den Hörsaal einer Universität von innen gesehen hatte. Bislang war er auch der Einzige mit einem guten Job gewesen und stand dementsprechend in der Pflicht. Seine Eltern unterstützte er pro Monat mit tausendfünfhundert Euro. Seinem älteren Bruder half er mit den Unterhaltszahlungen für dessen Tochter und bei den Schulden, die von der Reparaturwerkstatt übrig geblieben waren. Machte noch mal gut tausend im Monat. Wenn sein mittlerer Bruder ihn anpumpte, konnte er schlecht Nein sagen. Dazu kamen die Miete, die Raten für den Wagen, die Wochenendausflüge mit Cosima. Was er als jüngster Firmenanwalt in der Rechtsabteilung von ReAG-Atom verdiente, war am Ende jeden Monats weg. Die Abfindung, die er vorhin ausgehandelt hatte, gab ihm drei Monate, um etwas Neues zu finden.

Hätte er Weigels Angebot angenommen, müsste er sich jetzt keine Sorgen mehr machen. Dann wäre es gelaufen wie bisher. Die Dinge hätten sich von allein entwickelt. Ohne dass er sich besonders ins Zeug gelegt oder großen Ehrgeiz gezeigt hätte, wäre er langsam, von Zufällen, seiner unbestreitbaren Intelligenz, seinem Gassenjungen-Charme und dem Rückenwind seiner bisherigen Erfolge begünstigt, weiter nach oben getrieben.

»Einerseits werden überall auf der Welt neue Atomkraftwerke gebaut«, betrachtete er seinen Marktwert, »da werden Leute mit Erfahrung gebraucht. Außer dem Chef sind angeblich noch zwei andere aus der Abteilung bei ausländischen Versorgern untergekommen.« Er zog die Nase hoch. »Andererseits will ich aber vielleicht gar nicht in der Branche bleiben – und dann wird's interessant. Ich habe keine Ahnung, wie man als Atomschwein woanders ankommt.«

»Wart's ab.« Sie lehnte den Kopf zurück und sah ihn nachdenklich von der Seite an. »Wahrscheinlich war es richtig, dass du das Angebot nicht angenommen hast. Es wäre zu bequem gewesen. So kannst du wenigstens mal überlegen, was du eigentlich machen willst.«

Er zuckte die Achseln. »Solange die Kohle stimmt, mache ich alles.«

»Ach was!«

»Doch!«

Sie musste lachen. »Aber wenn du die Wahl hättest –«

Er beschleunigte blitzschnell. Als er rechts ausgeschert war, fuhr sie fort. »Es gibt doch Dinge, mit denen du dich lieber beschäftigst, und Inhalte, die du interessanter findest als andere.«

Er dachte nach, doch ihm fiel nichts ein.

»Im Ernst?«

Er suchte im Rückspiegel nach weiteren Lücken. »Du hast schon immer gewusst, dass du mit Büchern zu tun haben willst – aber bei mir ist das anders.«

»Wovon hast du denn geträumt, als du klein warst?«

Er grinste, doch ihrem beharrlichen Blick nach zu schließen, den er von der Seite spürte, schien sie die Frage durchaus ernst zu meinen. »Hör zu«, sagte er schließlich. »Da, wo ich herkomme, arbeitet man nicht, um sich selbst zu verwirklichen, sondern um über die Runden zu kommen. Und bei der ReAG musste ich dafür weder acht Stunden am Stück am Fließband stehen noch mir einen Bruch auf dem Bau heben oder Wochenendschichten an der Kasse schieben. So gesehen war es ein Traumjob. Verstehst du?« Er warf ihr einen Blick zu, den sie stirnrunzelnd erwiderte.

»Und warum willst du dann auf keinen Fall so werden wie dein Abteilungsleiter?«

»Wie der Weigel?«

Sie nickte.

»Das hat nichts mit Inhalten zu tun«, wehrte er ab und wechselte wieder nach links.

»Sondern?«

»Mich stört nicht, was er macht, sondern nur, wie er darin aufgeht. Er arbeitet sich halb tot, weil er nicht weiß, was er sonst machen soll, hält sich für den Allergrößten, weil er Abteilungsleiter ist, und küsst den Boden unter den Füßen des Vorstands.«

»Er lebt eben für den Job.«

»Und das wird dann Selbstverwirklichung genannt.« Er schüttelte grinsend den Kopf. »Genial, wie sie das hinbekommen haben. Die totale Ausbeutung heißt jetzt Selbstverwirklichung. So tut es nicht mal weh.«

***

Durch den Regenschleier tauchte vor ihnen die Abfahrt nach Bad Homburg auf. René drosselte das Tempo. Sein Verhältnis zu Cosimas Mutter gestaltete sich zunehmend schwierig, und die Neuigkeit, dass er keinen Job mehr hatte, würde die Situation nicht erleichtern. Zu Beginn hatte sie ihn für eine exotische Abwechslung gehalten und auch ihn hatte die Fremdheit an ihr gereizt. Genauso neugierig wie sie ihn über die Zustände drüben, die Arbeitslosigkeit und Unterbevölkerung und die Missgriffe seiner Brüder ausgefragt hatte, war René im Schritttempo durchs Bad Homburger Hardtwaldviertel gefahren. Doch mittlerweile war die Wissbegierde auf beiden Seiten versiegt, und Frau Wolf schien sich Sorgen zu machen, dass ihre Tochter es am Ende ernst mit ihm meinte. Warum er trotzdem zu ihrem Geburtstag erscheinen sollte, begriff er nicht. Doch für Cosima tat er alles.

Sie parkten vor dem zurückgesetzten Haus kurz vor dem Wald. Die schmale, spärlich beleuchtete Straße war voller Baustellen, denn das Viertel befand sich im Umbruch. Die großen Gärten mit den riesigen Eichen und Buchen, die der Gegend bislang die Nonchalance von altem Geld verliehen hatten, verschwanden. Villen wurden abgerissen und durch doppelt so große Protzbauten ersetzt. Neben den Wolfs entstand ein Einfamilienhaus mit vier Balkonen und zwei Doppelgaragen, worüber Frau Wolf sich seit eineinhalb Jahren lustig machte.

René Hartenstein stieg im strömenden Regen aus. Er war kräftig gebaut, groß und hatte breite Schultern. Die langsame Körpersprache von früher hatte er sich nie ganz abgewöhnt. Das dunkelbraune Haar war lang genug, um im Nacken leichte Wellen zu schlagen, wofür er zu Hause wahlweise als Kanake oder Schwuchtel beschimpft wurde. Er hatte zwei kleine Narben auf der Stirn, die einen sonderbaren Kontrast zu den klaren, wachen Augen bildeten. Weil er niemanden enttäuschen wollte, der danach fragte, glaubte Cosimas Mutter bis heute, dass es sich um Spuren einer Messerstecherei im Osten handelte. In Wirklichkeit war er als Dreijähriger in Glasscherben gefallen.

Er holte den Regenschirm aus dem Kofferraum und hielt ihn für Cosima über die Beifahrertür. Egal was passieren würde, sagte er sich, als er ihre Hand an seinem Arm spürte und das vertraute Parfüm roch, egal was er Neues anfangen würde – Cosima durfte er nicht verlieren. Er wäre ein verdammter Idiot.

Als sie vor der Haustür standen, murmelte er: »Scheiße.« Im Laufe des Tages hatte er mehrmals daran gedacht. Sogar am Ende des Gesprächs mit dem Chef, als Weigel angefangen hatte, wie ein enttäuschter Vater über den Sohn zu schimpfen, für den er alles getan hatte, den er gefördert hatte, weil er ihn für einen Siegertypen gehalten hatte, für eine Kämpfernatur, für einen, der hungriger war als andere, der weiter wollte, den keine Kündigung auf seinem Weg nach oben aufhalten konnte und der nie auf die Idee gekommen wäre, eine Pause einzulegen, da hatte René seinen Blick über die Büroeinrichtung schweifen lassen. Die schorfroten Tulpen auf Weigels Couchtisch hatten ihn daran erinnert, was er noch besorgen musste. Doch dann war es ihm entfallen. »Ich hab die Blumen vergessen.«

»Du hattest schließlich genug um die Ohren«, erwiderte Cosima, als die Tür aufging und ihre Schwester vor ihnen stand.

»Hallo! Gut siehst du aus!«

»Hallo! Du auch!«

Die Schwestern begrüßten einander synchron. Es war unmöglich zu übersehen, wie viel mehr Licht die Jüngere auf sich zog. Cosima leuchtete, und Katharina stand in ihrem Schatten, obwohl sie nach konventionellen Maßstäben eigentlich schöner war. Doch sie sah wie immer müde und bekümmert aus. Während Cosimas aufrechter Gang ihre Größe noch betonte, neigte Katharina dazu, die Schultern einzuziehen, bis ihre Mutter sie korrigierte. Sie war Rechtsanwältin in einer internationalen Kanzlei und kämpfte mit der Entscheidung, ob sie erst Partnerin oder erst schwanger werden sollte. Um diese Tageszeit deckte das Make-up nicht mehr und offenbarte die dunklen Spuren durchgearbeiteter Nächte unter den Augen.

Im Hintergrund erschien die hagere Gestalt des Vaters, dessen Züge von Cosimas Anblick wie immer zum Leben erweckt wurden. Johannes Wolf hatte zu einer Zeit, als man sich damit noch eine anspruchsvolle Frau aus reichem Haus leisten konnte, Karriere als Journalist gemacht und leitete das Finanzressort der *Deutschen Zeitung*. Er trug einen altmodischen Pullover zur Anzughose und schüttelte René die Hand. Sie kamen gut miteinander aus, was auch daran lag, dass Wolf zu vernarrt war in seine Jüngste, um in der Lage zu sein, etwas, das sie tat, oder jemanden, den sie sich aussuchte, zu missbilligen.

Im Wohnzimmer begrüßte er die Mutter, die bereits etwas angetrunken und erhitzt war. Kleine Diamanten hingen an den Ohren und in dem mit teuren Tricks in Form gehaltenen Ausschnitt. Sie war eine gut aussehende Frau, die sich noch immer Mühe gab. Heute Abend überstrahlte sie beide Töchter, und da René schöne Frauen schätzte, sah er über ihre gewohnte Reserviertheit hinweg, küsste sie rechts und links und gratulierte mit einem ehrlich gemeinten Kompliment. Sie strich ihm dankbar über die Wange.

Es gab die Quiche-Lorraine- und Lachs-Happen, die es immer gab, und Riesling. René trank zügig, während ein Nachbar, der behauptete, ihn zu kennen, Parallelen zwischen Rechtsextremismus und Kinderkrippen in der DDR zog. Als er wissen wollte, was René als Betroffener darüber dachte, gesellte sich praktischerweise Katharinas Ehemann dazu. Alexander war ein paar Straßen weiter aufgewachsen und bereits Juniorpartner in seiner Kanzlei. Trotz dieser idealen Voraussetzungen fürchtete er sich vor seiner Schwiegermutter und war in ihrer Gegenwart stets gehemmt. René ließ ihn einen Leitartikel über Skinheads referieren und sah sich nach Johannes Wolf um.

Er fand ihn in der Küche, wo Wolf seinen Gastgeberpflichten nachkam und Schälchen mit Knabberzeug auffüllte. Er ließ die Pistazientüte sinken, als er Renés Neuigkeit hörte, und machte ein bekümmertes Gesicht. »Das war leider abzusehen. Wir haben ja schon letztes Mal darüber gesprochen.«

Er hatte ihm vor Weihnachten dringend geraten sich umzusehen, bevor die Entlassungswelle bei den Energieriesen ins Rollen kam und den Markt mit Leuten wie ihm überschwemmte.

»Hast du denn etwas Neues?«

Statt einer Antwort begann René Pistazien zu knacken.

»Das ist schlecht«, bemerkte Wolf schließlich auf seine trockene Art.

René warf eine Handvoll Nüsse ein. Er hatte gehofft, dass Wolf seine Beziehungen für ihn spielen lassen würde. Schließlich besaß er deutschlandweiten Einfluss. Er konnte den Daumen über Unternehmen heben und senken. Er war in der Lage, ein gutes Wort für ihn einzulegen, einen netten kleinen Kommentar zu verfassen oder einen weniger netten anzukündigen. Jemand wie er konnte Hebel ansetzen. Außerdem war das die perfekte Gelegenheit, seiner Lieblingstochter zu beweisen, dass er wirklich so allmächtig war, wie sie glaubte.

»Können Sie mir helfen?« Er war sich noch nie zu schade gewesen, um etwas zu bitten.

Wolf hatte das letzte Schälchen befüllt. Er rieb die Handflächen aneinander, blickte den Krümeln nach, die auf den Küchenboden fielen, und sah plötzlich aus wie ein hilfloser Riese. »Du willst doch wohl hoffentlich nicht bei der Zeitung anfangen?«

»Das nicht –«

Johannes Wolf unterbrach ihn. »Da sieht es nämlich noch viel schlechter aus als bei der ReAG. Wenn es schiefläuft, stehe ich bald ähnlich da wie du.«

René musste ungläubig lachen. Die *DZ* war das unerschütterliche Symbol westdeutschen Wohlstands und Bürgerlichkeit. Er dachte an den fetten Dienstwagen mit den Initialen der Zeitung im Kennzeichen, der vor dem Haus stand.

»Keiner weiß, wie lange uns der Verlag noch bezuschussen kann«, fuhr Wolf leise fort. »Aus welchem Topf er meine zukünftige Pension bezahlen soll erst recht nicht.«

»Im Ernst?«

Sie verstummten. Ein Gast kam auf der Suche nach Wein in die Küche. Wolf schickte ihn mit zwei entkorkten Flaschen zurück ins Wohnzimmer.

»So viel dazu«, sagte er dann und verschränkte die Arme. »Was andere Unternehmen betrifft – da verdient das Management heute vier- oder fünfmal so viel wie vor zehn Jahren. Institutionell brauchen die uns zwar noch, aber persönlich hat sich das Verhältnis zwischen denen und uns vollkommen verändert. Das läuft nicht mehr auf Augenhöhe wie früher. Die wissen genau, wie es um uns steht.« Er leerte sein Glas Riesling mit einem langen Schluck.

»Verstehe.«

»Ich will damit nicht sagen, dass ich es nicht versuchen kann. Klar kann ich deinen Fall hier und da erwähnen. Aber es bringt ja nichts, sich die Lage schönzureden.« Wolf kratzte sich im borstigen Haar. »Du hast Pech gehabt. Einfach Pech.«

»Hm.«

»Niemand hat damit gerechnet, dass die vernünftige Kanzlerin so kopflos auf Fukushima reagieren würde. Kein Mensch hat es für möglich gehalten, dass sie ihre Linie von einem auf den anderen Tag aufgibt und die Energiewende ausruft. Doch wie das so ist. Jetzt ist nicht mehr zu leugnen, dass deine Karriere nirgendwo schlechter starten konnte als in der Atomindustrie.«

Wolf holte eine weitere Flasche aus dem Kühlschrank, füllte beide Gläser auf und setzte sich wieder. Sie prosteten einander ernst zu, wobei René nicht zum ersten Mal merkte, wie sehr er Cosimas Vater mochte. Jeder andere hätte ihn mit Fallen-ist-keine-Schande-aber-Liegenbleiben-Sprüchen unter Druck gesetzt. Wolf dagegen war ehrlich. Er gab zu, wie beschissen die Lage war.

»Du darfst dir jetzt nicht mit hohen Ansprüchen im Weg stehen. Aber wie ich dich kenne, neigst du ohnehin nicht dazu. Es kann gut sein, dass du noch mal ganz von vorne anfangen musst. So ein Gehalt wie die ReAG – mit dieser Schamzulage – wird dir wohl niemand mehr zahlen.«

René trank und fragte sich, auf wie hoch Wolf sein Einkommen schätzte, als er in dessen aufblitzenden Augen sah, dass Cosima sich näherte.

»Ach hier seid ihr.«

»Dein Vater tröstet mich gerade, dass alles noch viel schlimmer ist als es aussieht.«

»Im Gegenteil«, Wolf lächelte betreten, »das wird schon. René hat einen interessanten Hintergrund, einen guten Abschluss, wertvolle Kontakte. Die muss er jetzt nur nutzen.«

Cosima lachte. »Stimmt, nutz die doch mal, deine wertvollen Kontakte aus der Studienstiftung.«

René hob ironisch die Augenbrauen. »Gute Idee.« Es gehörte zu den Zufällen seines Werdegangs, dass er zu Beginn des Studiums vor eine Jury aus erotisch ausgehungerten Geisteswissenschaftlerinnen geraten war. Die Studienstiftung des Deutschen Volkes hatte dringend ihre Förderstatistik aufbessern müssen und Studenten aus dem Arbeitermilieu gesucht. Da er obendrein noch aus dem Osten kam, hatten die Wissenschaftlerinnen beschlossen, andere Aufnahmekriterien in seinem Fall weitgehend zu ignorieren.

Für sein Vollstipendium hatte er kaum mehr tun müssen als jedes Jahr zur Sommerakademie zu erscheinen. Nachdem er sich uneingeladen auf ihre Party geschlichen hatte, hatte es ihm zunächst Spaß gemacht, sich mit den echt Begabten zu messen. Doch bald ließ sein Interesse nach und konzentrierte sich ausschließlich auf Cosima. Dass er sie gleich beim ersten Versuch mit aufs Zimmer nahm, nachdem andere sich jahrelang vergeblich bemüht hatten, zementierte seinen schlechten Ruf. Die weiteren Gründe für seine Unbeliebtheit hatte Cosima zum Glück nie erfahren wollen.

»Bittsteller zu sein ist nie schön«, nahm ihr Vater ihn in Schutz.

»Ach Papa!«

»Irgendwas wird sich schon auftun. Ich werde mich umhören. Einer wie René bleibt nicht auf der Strecke.« Der entschuldigende Blick, den Johannes Wolf ihm dabei zuwarf, strafte seine Worte Lügen.

KAPITEL 3

Sie verpassten es, sich dem frühen Aufbruch der pflichtbewussten Schwester anzuschließen, tranken zu viel und ließen sich in end- und ziellose Gespräche verwickeln. Gegen dreiundzwanzig Uhr löste er Cosima endlich aus einer Runde bewundernder Nachbarn. Auf der Rückfahrt schlief sie auf dem Beifahrersitz ein.

Dass sie noch immer getrennt wohnten, war den Umständen geschuldet, unter denen er damals nach Frankfurt gezogen war. Cosima hatte bei einem unabhängigen Bildbandverlag am Römerberg ihren Traumjob gefunden. Außerdem war sie damals noch immer mit ihrem Freund aus der Schulzeit zusammen. Sie hielt die Leidenschaft zwischen sich und René für einen Sündenfall, für eine Affäre, die vorbei sein würde, sobald das richtige Leben begann und sie wieder in den Vordertaunus zurückkehrte, wo sie hingehörte.

René war anderer Ansicht. Er besaß genug Erfahrung mit Frauen, um auf seinen Instinkt zu hören, der ihm sagte, dass Cosima die Mutter seiner Kinder werden sollte. Deshalb hatte er die Jobsuche auf das Rhein-Main-Gebiet beschränkt und war als Trainee zum ReAG-Konzern gegangen. Ein knappes Jahr später hatte er das feste Angebot der Atomtochter angenommen. Der Bad Homburger Schuljunge war zu dieser Zeit schon Geschichte und aus der gemeinsamen Wohnung mit Cosima im Westend ausgezogen. Da René sich jedoch nicht auf die angewärmte Seite des Bettes hatte legen wollen, war er in seiner Wohnung im Nordend geblieben.

Er weckte sie, brachte sie bis nach oben an die Tür und fuhr zu sich. Dort trank er weiter. Er trank aus Reue darüber, dass er den Abend nicht damit verbracht hatte, mit Martin Jäger abzustürzen. Stattdessen hatte er sich sagen lassen, dass Cosima in absehbarer Zeit für ihn unerschwinglich werden würde. Er würde sie sich nicht mehr leisten können. Johannes Wolf hatte recht, verdammte Scheiße, denn unter ihm klaffte ein schwarzer Abgrund. Er hatte keine Eltern, die eine Zeit lang aushelfen konnten, und keine reiche Oma, die demnächst sterben und ein Vermögen hinterlassen würde. Er gehörte nicht zur westdeutschen Erbengeneration. Dass er darüber hinaus auch nie der Versuchung erlegen war zu sparen, bedauerte er nicht. Er hatte keine Zukunft, für die sich ein Opfer in der Gegenwart lohnte. Außerdem würden jetzt ein paar Tausender mehr oder weniger auf dem Konto auch nichts ändern.

Einer wie er war entweder zum Absturz verdammt – also zum Abschied von der einen, und von allen anderen Cosimas dieser Welt – oder zum großen Wurf.

In Unterhemd und Boxershorts ließ er sich aufs Sofa fallen und begann durchs Nachtprogramm zu zappen. Er leerte so lange Bierdosen, bis er mit offenem Mund vor dem Fernseher einschlief.

***

Am nächsten Morgen kam er nur langsam auf Touren. An der Hauptwache kaufte er sich einen Döner gegen den Kater, den er in der S-Bahn verschlang. Er kam mit fleckigem Anzug, Knoblauchfahne, dumpfen Kopfschmerzen und zwei Stunden Verspätung in Eschborn an. Rausgeschmissen hatten sie ihn ja schon. Er war niemandem mehr etwas schuldig.

Im dritten Stock ging er vom Aufzug direkt in die Teeküche und begann ein Colaglas mit Kaffee zu füllen. Während die neue Maschine keuchend Espresso ausspuckte, musste er an Weigels Ansprache bei der Weihnachtsfeier denken. Darin hatte er die Maschine als Arbeitsplatzgarantie bezeichnet. So ein sündhaft teures Ding, hatte er getönt, würde der Konzern niemals für eine Abteilung anschaffen, die angeblich kurz vor der Auflösung stand.

Um sich bei Martin Jäger über seine Kopfschmerzen zu beschweren, bewegte er sich langsam über den Flur. Jägers Zimmer war hinten rechts. Wie üblich standen die Bürotüren auf beiden Seiten des Flurs offen. Das ungenaue Gefühl, dass etwas nicht stimmte, drang in dem Zustand, in dem er sich befand, nur sehr langsam in sein Bewusstsein. Aus den schwarzen Müllsäcken, die den Weg säumten, schloss er, dass der Auszug bereits begonnen hatte. Die Verlierer der Wende räumten das Feld, entsorgten ihre vernachlässigten Zimmerpflanzen und abgenutzten Büromöbel, um Platz zu machen für die Gewinner. Es hieß, dass die Etage komplett saniert werden sollte, bevor der konzerneigene Thinktank für Nachhaltigkeit einzog.

Ein Aktenordner rutschte von einem Haufen Altpapier und fiel klatschend zu Boden. Dann war es wieder still. Nichts regte sich, kein Telefon klingelte, keine Tür schlug. Nur seine leisen Schritte auf dem Teppichboden.

Als er in Jägers Büro trat, sah er zum ersten Mal auf. Es war leer, Martin war nicht da. Ein flüchtiger Blick auf seinen Schreibtisch sagte ihm, dass er auch schon angefangen hatte aufzuräumen. Jägers Unterlagenchaos war ein paar stabilen Stapeln gewichen. René flößte sich einen Schluck Kaffee ein und drehte um.

Die Tür zum Büro des Abteilungsleiters stand offen. Als er zögernd eintrat, war er einer der Letzten. Die gesamte Abteilung schien in gespenstischem Schweigen versammelt. Versteinerte Mienen, wohin er blickte. Jede Bewegung vibrierte schmerzhaft in seinem Kopf, während er einen Stehplatz an der Wand suchte, wo er Halt fand, unauffällig in die Hocke ging, um am Kaffee zu nippen, und mit anhörte, was der Rest schon zu wissen schien: dass Martin Jäger sich gestern Abend, wenige Stunden nach der Kündigung, auf dem Dachboden seines Wohnhauses erhängt hatte.

Es löste noch immer ein erhebliches Schwindelgefühl aus, wenn er die Augen schloss. Als er sie wieder öffnete, war die Versammlung vorbei. Er trieb zwischen den Kollegen aus dem Zimmer, über den Flur, bis an seinen Schreibtisch, setzte sich und versuchte das Bild der vollbusigen Betriebspsychologin loszuwerden, die neben dem Chef gestanden und ihn stirnrunzelnd gemustert hatte. Jedes Mal, wenn er die Augen geöffnet hatte, hatte er in ihrem Blick gelesen, dass er schuld war. Er war sein Freund gewesen. Außer ihm hatte Martin Jäger in der Firma niemanden gehabt. Doch als es darauf angekommen war – als es auf ihn angekommen war –, hatte er ihn hängen gelassen. Jäger hatte gestern Gesellschaft gebraucht. Er hatte ihn um Hilfe gebeten, doch er war blind gewesen für seine Not und hatte gemeint, Wichtigeres zu tun zu haben. Obwohl er wusste, was Jäger für ein Arbeitstier war, obwohl er vermutet hatte – nein, wenn er ehrlich war, gab es da nichts zu vermuten, es war offensichtlich –, dass die Arbeit sein Lebensinhalt war, hatte er zu keinem Zeitpunkt innegehalten und sich gefragt, was die Kündigung für so jemanden bedeutete. Er hatte nichts kapiert. Er hatte Jäger alleine nach Hause gehen und sich umbringen lassen. Aber woher zum Teufel wusste das die Busen-Gabriel?

Es klopfte sacht an seine Tür, bevor sie unaufgefordert eintrat.

»Wie geht es Ihnen, Herr Hartenstein?« Die sahnige Stimme ließ ihn erschaudern. Schlimmer als die italienische Puffmutter heute Nacht im Fernsehen. Auf den Rollen seines Bürostuhls wich er zurück.

»Sind Sie ansprechbar?« Sie beugte sich so weit herab, dass die schweren Dinger gleich rausfallen würden, und streckte die Hand nach ihm aus. »Sie sehen mitgenommen aus. Was ist das denn da auf Ihrem Anzug?« Die Hand berührte sein Revers. »Völlig besudelt. Wir machen uns Sorgen um Sie.«

»Warum?« Es klang heiser.

»Fürchten Sie sich?«

Er war ein verschlossener Mensch gewesen, schwer zu durchschauen. Nach all der Zeit wusste er noch immer nicht, ob Jäger schwul gewesen war oder nur verklemmt. Alle paar Monate hatten sie bei der Gabriel Konfliktlösungskurse absolvieren müssen. »Anfeindungen auf offener Straße – was tun? Der besonnene

Umgang mit Atomkraftgegnern«. Doch Martin Jäger war nicht ein Mal auf einen Witz über Gabriels Galiamelonen eingegangen. Frauen schienen ihn so wenig zu interessieren wie Männer. Ihn interessierte überhaupt nichts außer Umweltschutz. Die Rettung der Welt. Er war der ernsthafteste Mensch, den er kannte.

»Was wollen Sie?«

»Haben Sie Angst?«

Ihm stieß ein saures Gemisch aus Kaffee, Knoblauchsauce, Fleisch und Bier auf. Vielleicht war Martin wirklich schwul gewesen. Vielleicht war es das, was ihn umgebracht hatte. Die Angst sich zu outen. Liebeskummer. Oder Geldsorgen. Spielschulden. Krankhafte Depressionen. Vielleicht war Krebs festgestellt worden. Er war ein einsamer, unangepasster Sonderling gewesen, der barst vor Wut auf die Welt. Wenn er einmal anfing über die Grünen, war er nicht mehr zu stoppen. Er trug mehr aufgestauten Hass in sich als die Kameradschaften zu Hause.

»Können Sie mich verstehen?«

»Ja.« Mit entschiedenem Griff entfernte er ihre Hand von seinem Unterarm. Die ganze Frau stank nach Seife.

»Sagen Sie, haben Sie Zukunftsangst, Herr Hartenstein?«

»Was wollen Sie?«

»Ich will mit Ihnen reden und erfahren, wie stabil Sie sind. Wie geht es Ihnen?«

»Gut.« Er rieb sich die Augen. »Und Ihnen?«

Sie waren ein merkwürdiges Gespann gewesen – ein Ostdeutscher und ein vom Glauben abgefallener Grüner mit leicht autistischen Zügen. Doch sie hatten sich gut verstanden; Jäger schien in ihm eine Art ungleichen Verbündeten zu sehen. Was sie verband, war der Mangel an traditionell westdeutschem Gedankengut. Jäger hatte sich durch schmerzhafte Häutungen davon befreit, während er selbst von Haus aus anders dachte.

Die tief sitzende, dumpfe Angst vor Atomkraftwerken war ihm genauso fremd wie Ski fahren und Spaghetti aufrollen können, Trabis cool finden und andere westdeutsche Eigenarten. Er war ohne »Die Wolke« und »Die letzten Kinder von Schewenborn« aufgewachsen. Andere Energieträger schienen ihm, wenn man die Opferzahlen betrachtete, gefährlicher.

Als er bei ReAG-Atom angefangen hatte, hatte Jäger ihm erst mal geduldig die Gefechtslage auseinandersetzen müssen, in die er hineingeraten war. Er hatte ihn darüber aufgeklärt, dass er in den Augen der Westdeutschen auf die Seite des Bösen gewechselt war. Sein Ansehen als Angestellter eines Atomkonzerns entsprach etwa dem eines Zuhälters, der seine minderjährigen Mädchen mit unreinem Heroin motivierte und an Sadisten verkaufte. Er war ein Atomschwein, das in der Öffentlichkeit auf keinen Fall die Segeltuchtasche mit dem Firmen-Logo tragen, die Kugelschreiber benutzen oder über die Arbeit sprechen durfte. Andererseits, hatte Jäger auf seine unbeholfene Art gegrinst, sollte René ruhig mal ein paar aufs Maul kriegen. Erst dann würde er nämlich begreifen, wie die Atomgegner tickten.

Und zum Dank hatte er den Kollegen im Stich gelassen. Er war heute Früh gefunden worden, hatte Weigel berichtet. Also steif und kalt, schon viele Stunden tot, das Gesicht blau angelaufen. René spürte, dass er kurz davor war, sich zu übergeben. Der Geruch, den diese Frau in seinem Büro verbreitete, gab ihm den Rest.

»Können Sie auf einer Skala von eins bis zehn beschreiben, wie akut Ihr Zustand ist? Von eins für ›Ich bin die Ruhe selbst‹ bis zehn für ›Ich verliere den Verstand‹?«

Er schluckte vorsichtig und fuhr sich über die trockenen Lippen.

»Nur ein ungefähres Maß. Das reicht schon.« Die Lider flatterten. In ihren Augen las er den Wunsch, dass er sich absolut beschissen fühlte und der nächste Kandidat war für den Strick. »Und Ihre Angst vor der Zukunft? Von eins für klein bis zehn für groß? Überlegen Sie mal.«

»Können Sie mich nicht in Ruhe lassen?«

»Ich bin hier, um Ihnen zu helfen.«

»Entschuldigung.«

Er verließ das Zimmer und übergab sich auf der Toilette. Während er schweißgebadet über der verschmierten Kloschüssel auf den nächsten Schwall wartete, versuchte er zu fassen, was passiert war, doch es gelang ihm nicht. Jäger war ein zarter Schwächling. Eine Nulpe. Körperlich gesehen. Unkoordiniert, konditionslos, unsportlich bis zum Abwinken. Reden konnte er bis zum Umfallen, aber körperliche Anstrengung jeder Art war ihm verhasst. Jäger war der Typ, der keine Coladose aufmachen konnte, ohne sich zu verletzen. Die handwerkliche Geschicklichkeit, die man brauchte, um sich zu erhängen, traute er ihm nicht zu.

René stöhnte. Schweiß rann ihm über die Schläfen und tropfte auf den Klositz. Damit Jäger seine Abneigung gegen Gewalt ins Gegenteil verkehrte, musste seine Verzweiflung unvorstellbar groß gewesen sein. Wie hatte er das nur übersehen können? Er musste alles vorbereitet haben. Wenn überhaupt, dann konnte einer wie er nicht aus dem Affekt töten, sondern nur nach Plan. Er dachte an den aufgeräumten Schreibtisch. Wenn er gestern Nachmittag schon gewusst hatte, dass am Abend Schluss sein würde – wieso hatte er dann noch ein Bier trinken gehen wollen?

Die Tür ging auf, schloss sich wieder, jemand pinkelte.

Die Antwort war offensichtlich: Jäger hatte eine letzte Gelegenheit gesucht, um umgestimmt zu werden.

René wartete, bis der Toilettenraum wieder leer war. Dann steckte er laut würgend den Finger in den Hals und kotzte so lange, bis nur noch gelber Magensaft kam.

Telefon, Portemonnaie und Hausschlüssel trug er bei sich. Die Aktentasche brauchte er nicht. Er nahm den Notausgang neben der Herrentoilette und verließ das Gebäude, ohne von jemandem gesehen zu werden.

Das grelle Sonnenlicht, das aus einem Wolkenloch auf Eschborn herabzielte, traf ihn wie ein Schlag. Benommen blinzelnd machte er sich auf den Weg zum Bahnhof. Normalerweise wurde er von einer S-Bahn-Ladung eilig hastender Pendler vorwärtsgetrieben, doch jetzt war außer ihm niemand unterwegs. Der gepflasterte Weg entlang der Gleise war endlos. Dornige Büsche auf beiden Seiten. Auf halbem Weg rauschte die S-Bahn an ihm vorbei. Er machte nicht einmal den Versuch, sie zu erreichen. Eine bleierne Müdigkeit lähmte seine Glieder, er hatte großen Durst.

Als er eine Dreiviertelstunde später seine Wohnungstür aufschloss, hatte er vier Anrufe der Gabriel weggedrückt. Er schaltete sein Handy aus und fiel angezogen aufs Bett.

***

Es war schon dunkel, als er aus tiefem, traumlosem Schlaf erwachte. Sein Gesicht war verklebt, die Zunge pelzig. Nach ein paar Minuten gab er den Versuch weiterzuschlafen auf. Er war zu nüchtern. Seine Armbanduhr zeigte auf Viertel nach sechs. Cosima musste noch im Verlag sein.

»Ich hatte dich schon den ganzen Tag anrufen wollen, habe es aber nie geschafft«, meldete sie sich. »Und – wie geht's?«

»Martin Jäger ist tot.« Während Licht und Schatten eines vorbeifahrenden Autos über die Zimmerdecke glitten, hörte er den eigenen Worten ungläubig nach.

»Was?«

Er starrte auf die Decke.

»René?«

»Der Kollege, der gestern Abend mit mir auf die Kündigung trinken wollte. Martin Jäger. Der hat sich umgebracht.«

»Ich kenne Martin Jäger. Der Grauhaarige mit dem jungen Gesicht und dem traurigen Blick.«

Er hatte ihn im vergangenen Sommer einmal mit ans Mainufer gebracht. Zwischen den gestylten Kunsttypen aus Cosimas Verlag hatte er noch verlorener ausgesehen als sonst.

»Er hat sich erhängt.«

»Erhängt?«

Cosima hatte sich seiner angenommen. Die beiden hatten längere Zeit abseits gesessen und sich allein unterhalten. Es hatte so sehr nach beidseitigem Interesse ausgesehen, dass René mehrmals zu ihnen hinübergeschaut hatte. Aus eigener Erfahrung wusste er, dass Cosima eine Schwäche für Andersartige hatte. Doch soweit er sich erinnern konnte, hatte Jäger danach kein Wort mehr über sie verloren. Frauen gehörten zu den Themen, die er konsequent aussparte.

»Auf seinem Dachboden«, präzisierte er.

»Das ist ja furchtbar.«

»Hast du noch lange zu tun? Ich hole dich ab.«

»Warum denn?«

»Ich weiß es nicht.«

»Oh Gott.«

»Er ist jeden Morgen ins Büro gekommen, um den Weltuntergang zu verhindern. Atomkraft als die einzige Chance, das Klima zu retten. Das war sein Leben.«

»Das glaube ich nicht.«

»Was?«

»Er hätte doch für einen anderen Betreiber arbeiten können.«

René schloss die Augen.

»Vielleicht nicht in Deutschland«, fuhr sie fort. »Und nicht in Japan. Aber du sagst doch selbst, dass überall sonst auf der Welt neue Atomkraftwerke gebaut werden. Und er war schließlich frei. Er hatte keine Familie.«

»Vielleicht –« Er verstummte und atmete tief durch.

»Dann hätte er sich außerdem gleich nach Fukushima erhängen können. Als der Ausstieg feststand.«

»Aber da hatte er noch einen Job.«

»Aber keinen, der auf absehbare Zeit sicher war.«

»Cosima –« Seine Stimme klang gequält.

»Ich meine nur –«

Ratlos schwiegen sie in den Hörer. Er sah Jäger vor sich, so ernst und blass wie immer und genauso fehl am Platz. Bis zu seinem letzten Arbeitstag hatte er sich nicht an das Gefühl gewöhnen können, einen Anzug zu tragen. Seine runden Schultern passten nicht ins Jackett, die ganze Haltung war verkehrt. Er sah immer wie verkleidet aus.

J wie Jäger kam nach H wie Hartenstein, die Abteilung wurde alphabetisch abgewickelt. René hatte sein Kündigungsgespräch gerade vermasselt und saß fluchend auf dem Stuhl vor Jägers Schreibtisch. Dessen Anteilnahme hielt sich in Grenzen, er wartete darauf, dass sein Telefon klingelte. Er sah angespannt aus, überarbeitet, müde, die graue Topffrisur ungekämmt, die Augen rot – wie immer. Er wirkte nicht wie ein glücklicher Mensch, aber auch nicht unglücklicher als sonst.

Die beiläufige Frage, ob er nachher Zeit habe. Nein, er musste nach Bad Homburg. Dann in den nächsten Tagen. Klar.

Kein Zucken der Mundwinkel. Keine Nachfrage. Das Telefon klingelte. Mit einer nervösen Handbewegung verdrehte Jäger seinen schiefen Krawattenknoten noch mehr. Dann stand er auf, um sich sagen zu lassen, dass er nicht mehr gebraucht wurde.

René räusperte sich. »Ich muss noch duschen. Danach hole ich dich ab.«

»Lass dir Zeit. Ich habe bestimmt noch bis halb acht zu tun, morgen ist Konferenz.«

***

Seine Wohnung bestand aus drei großzügigen Zimmern mit hohen Fenstern, die zur Straße hinausgingen, einem von den Vormietern türkis verfliesten Bad, einer Gästetoilette und einer geräumigen Küche zur Hofseite. Er hatte mehr Platz als er brauchte und die Wohnung wirkte immer leer. Da er für Einrichtung keinen Sinn hatte, waren die Wände kahl bis auf ein paar Poster, die Cosima aufgehängt hatte. Die wenigen Möbel waren der Ertrag eines Vormittags bei Ikea. Nur für die zwei Fernseher hatte er ein Fachgeschäft aufgesucht und für die Klimmstange.

Er zog sich hoch und ließ die Arme langsam, damit es wehtat, wieder sinken. Mit gefletschten Zähnen zählte er bis sechsundzwanzig, sechs mehr als sonst. Dann stellte er sich unter die Dusche und geißelte sich mit abwechselnd heißem und eiskaltem Wasser. Es ging ihm schon besser. Er rasierte sich und kämmte das nasse Haar nach hinten. Doch das Ergebnis gefiel ihm nicht. Etwas war anders, sein Blick war dunkler. Als er begriff, dass es Angst war, die in seinen Augen stand, fuhr er mit der Hand hoch und fasste sich an den Nacken. Da hatte ihn früher sein Bruder gepackt, wenn es eng wurde. Er drehte den Kopf zur Seite, bis er das Schwanzende des Drachens sah. Reiß dich zusammen.

Unten an der Haustür peitschte ihm nasskalter Wind entgegen. Vornübergebeugt, die Hände in der Jacke vergraben, ging er über den Öder Weg am Eschenheimer Tor vorbei in Richtung Zentrum. Seit er hierhergezogen war, hatten Städteplaner mit immer neuen Tricks versucht, dem Zentrum von Frankfurt etwas Menschenfreundlichkeit zu verleihen. Es war ihnen genauso wenig gelungen wie draußen in Eschborn. Vierspurig drückte sich der Feierabendverkehr an ihm vorbei. An der Ampel fuhr er zusammen, als eine Taube ihn am Hinterkopf streifte. Sie landete einbeinig auf dem Bürgersteig und hüpfte einer durchweichten Bäckertüte hinterher. Das zweite Bein war zu grauem Knorpel verwachsen.

Cosima wartete auf ihn. Sie fragte nicht, warum er bei diesem Wetter zu Fuß gekommen war. Sie duckte sich in den Mantelkragen, hakte sich bei ihm unter und ging stumm neben ihm her. Nach einer Weile drückte sie seinen Arm.

»Du musst das hinter dir lassen, das mit Martin.« Sie stockte. »Ich meine nicht jetzt, nicht sofort. Aber bald. Es darf dich nicht runterziehen.«

Ohne aufzusehen sagte er: »Ich weiß.«

»Es hat nämlich nichts mit dir zu tun. Er war ja nicht mal ein enger Freund.«

»Ja.«

»Und es lässt sich nicht mehr ändern.«

»Nein.«

Sie wurde noch leiser. »Lass dich nicht unterkriegen, bitte.«

In schweigender Übereinkunft schlugen sie den Weg zu ihm ein. Bis vor ein paar Monaten hatten sie die meiste Zeit in Cosimas Wohnung verbracht. Manchmal hatte er wochenlang bei ihr übernachtet. Doch zu Jahreswechsel waren neue Nachbarn eingezogen und es hatte sich herausgestellt, dass die Wände lange nicht so dick waren wie gedacht. Nachdem sie mehrmals durch wütendes Klopfen gestört worden waren, schliefen sie vorzugsweise bei ihm miteinander.

In ihrer ersten gemeinsamen Nacht, als sie ein Dinner der Studienstiftung schwänzten und sich in seinem Hotelzimmer gegenüberstanden, hatte René kaum glauben können, wie zaghaft sie ihn anfasste. Er hielt es für eine gerissene Verzögerungstaktik, um sein berstendes Verlangen noch zu steigern. Doch ihre Vorsicht, die Unbedarftheit, die im krassen Gegensatz zu ihrer Unbekümmertheit außerhalb des Schlafzimmers stand, hatte keinen doppelten Boden. Sie war wirklich so. Als er Cosima kennengelernt hatte, war sie ein durch und durch anständiges Mädchen gewesen, das keine Ahnung hatte, welche Abgründe sich in seinem Körper verbargen.

Zunächst schien es nur eine Frage der Zeit zu sein, bis es ihn wieder zu anderen Frauen zog. Nachdem der erste Hunger aneinander gestillt war, würde er wieder Lust auf andere bekommen. Er unterhielt damals mehrere Verbindungen, die engste zu einer Türkin, die ihr Referendariat wie er bei der Staatsanwaltschaft in Berlin absolvierte. Es vergingen Wochen, dann Monate, in denen er Hadice und andere auf Abstand hielt, bis er schließlich einsah, dass Cosima die Frau war, nach der er gesucht hatte. Er wollte sich mit keiner anderen treffen, er wollte nicht einmal mehr mit anderen schlafen.

Doch jetzt konnte er sich nicht auf sie konzentrieren. Während sie sich auf seinem breiten Bett umarmten, bemühte er sich vergeblich, seine Gedanken abzuschalten, was unangenehmerweise dazu führte, dass er sich aus der Perspektive eines Zuschauers selbst sah. Es hieß, dass nichts die Lust am Leben so steigert wie der Tod. Doch seiner schwachen Leistung und Cosimas zahmen Seufzern nach zu urteilen, schien Jägers Selbstmord diese Wirkung zu verfehlen. Cosima wand sich unter ihm, zog ihn fester an sich und er spürte den Druck, sich zusammenzureißen. Das hatte sie auf dem Heimweg gemeint: Streng dich an, damit wir es schaffen. Er musste Martin Jäger vergessen und seine gesamte Energie der Jobsuche widmen. Er musste ihr beweisen, dass sie sich auf ihn verlassen konnte. Er musste sie halten. Er musste sich weiter nach oben hangeln, egal wie, und den wundersamen Aufstieg der vergangenen zehn Jahre fortsetzen.

Nachdem der niedrige Gipfel gemeinsam genommen war, blieb er stumm neben ihr liegen. Beim letzten Mal hatte er sich schamlos die Haare wachsen lassen, seinen Lebenslauf aufgemotzt, einen teuren Fotografen aufgesucht, starke Zeilen fürs Bewerbungsgespräch auswendig gelernt und Personalchefs geblendet. Aller Voraussicht nach würde das diesmal nicht reichen. Er griff nach Cosimas schmaler Hand, die auf seiner Brust lag. Wenn er ehrlich war, hatte er nicht die geringste Ahnung, wie er die Sache diesmal angehen sollte. Doch das machte nichts. Er würde einfach alles versuchen.

KAPITEL 4

Der Vorsatz, sich voll auf die Zukunft zu konzentrieren, hielt bis zum nächsten Morgen, als er Martin Jägers Büro aufsuchte. Es war unverschlossen. René Hartenstein trat ein, machte die Tür hinter sich zu und setzte sich an den fremden Schreibtisch. Ihm war, als könnte Jäger im nächsten Moment durch die Tür kommen und ihn fragen, was er hier zu suchen hatte. Dieses Kribbeln, die erregende Angst davor erwischt zu werden, erinnerte ihn an früher. Dabei verfolgte er jetzt nur gute Absichten.

Jäger hatte den Ruf gehabt, einer der Scharfsinnigsten und Unnachgiebigsten des gesamten Konzerns zu sein. Nachdem er in mehreren aussichtslosen Fällen gegen Bürgerinitiativen und Umweltverbände gewonnen hatte, hatte die ReAG ihn ins Haupthaus holen wollen. Doch er war für weniger Geld in Eschborn geblieben, um weiter für Atomkraft zu kämpfen. An diesem Tisch hatte er sich zu Tode gearbeitet.

Aus Sicherheitsgründen verschlossen sich nachts die automatischen Verbindungstüren zwischen den Abteilungen. Es hieß, dass Martin Jäger regelmäßig vom Nachtpförtner hatte befreit werden müssen. Wenn René wegen eines Notfalls am Wochenende ins Büro gekommen war, hatte er jedes Mal Jäger angetroffen, der nicht den Eindruck erweckt hatte, als hätte er an anderen Sonntagen Besseres zu tun.

Er ließ den Blick durch das kahle Büro schweifen. Hier gab es weder Familienfotos noch Kleinkindmalereien, weder Hydrokulturen noch selbstironische Karikaturen von Homer Simpson. Im Gegensatz zu den wohnlichen Höhlen anderer Kollegen war Jägers Zimmer eine nüchterne Werkstatt. An die nackte Raufasertapete war nur ein einziger Zeitungsartikel gepinnt. René erinnerte sich an den Text aus dem britischen *Guardian*. Jäger hatte ihm den Artikel damals zugemailt. Jetzt las er sich wie ein

Requiem, wie ein Nachruf auf einen klugen Kollegen, der zur falschen Zeit am falschen Ort die falsche Meinung gehabt hatte.

»Why Fukushima made me stop worrying and love nuclear power«, verfasst von einem prominenten Atomkraftgegner kurz nach der japanischen Kernschmelze. Mehrere Passagen hatte Martin gelb markiert.

»Ein klappriges altes Kernkraftwerk mit mangelhaften Sicherheitsvorkehrungen wurde hintereinander erst von einem Monsterverdbeben, dann von einem Riesentsunami erwischt. Die Stromversorgung fiel aus, das Kühlsystem brach zusammen. Die Reaktoren explodierten, und es kam zur Kernschmelze. Trotzdem hat niemand, soweit wir wissen, eine tödliche Strahlendosis abbekommen ... Atomenergie wurde der schwersten anzunehmenden Prüfung unterzogen und hat sie bestanden. Die Krise von Fukushima hat mich bekehrt.«

René nahm den Artikel von der Wand. Jäger war genauso ein Bekehrter und seine Wut auf die Grünen und ihren Atomausstieg von geradezu biblischem Ausmaß. Wofür er früher auf die Straße gegangen war, das hatte er später mit derselben Inbrunst bekämpft. Die vermeintlich grüne Energiewende mit ihren rauchenden Braunkohleschloten, den verschandelten Landschaften und verpatzten Klimaschutzzielen hatte er für eine Beleidigung des gesunden Menschenverstands gehalten. Scheiß auf den japanischen Bläuling! Als sich dessen verformte Flügel – mangels drastischerer Nachrichten aus Japan – zum neuen Totschlagargument gegen Kernkraft entwickelten, hatte sein Furor nicht einmal vor dem fernöstlichen Schmetterling haltgemacht.

Grundsätzlich teilte René Hartenstein zwar Jägers Ansichten. Doch seine Kompromisslosigkeit hielt er für verrückt. Absolute Glaubensgrundsätze waren René suspekt, egal welcher Art. So was konnte er sich nicht leisten. Er zerknüllte den Artikel und traf über Bande in den leeren Papierkorb.

Dann schaltete er den Computer ein und deaktivierte das Passwort. Als Jägers System auf dem Schirm erschien, fluchte er leise.

Martin hatte nicht nur seinen Schreibtisch aufgeräumt, sondern auch den Computer. Auf dem Desktop lagen nur noch ein paar Formschreiben und ein Ordner mit alten Reiseabrechnungen. Selbst der E-Mail-Account war gelöscht. René klickte auf den Papierkorb, der leer war. Wahrscheinlich waren damit auch der Terminkalender und die Kontakte verloren. Ohne große Hoffnung ließ er das Suchprogramm durchlaufen.

Zwei Treffer. Beide waren noch vorhanden. Jäger hatte die separat abgespeicherten Dateien entweder übersehen oder es nicht für nötig gehalten, sie zu löschen.

René klickte auf den Kalender. Martin Jäger hatte in den nächsten Wochen nicht viel vorgehabt. Das konnte man einerseits leicht als Beleg für seine Lebensmüdigkeit deuten. Andererseits war er nicht gerade als Partylöwe bekannt gewesen.

Die Besprechungstermine innerhalb des Konzerns ignorierte er. Es ging ihm nur um Verabredungen mit Leuten, die nicht wussten, was passiert war. Er wollte nicht, dass Martin einfach spurlos von der Bildfläche verschwand. Ihn abzumelden war das Mindeste, was er ihm schuldete.

Kommenden Dienstag um elf Uhr hatte Jäger einen Zahnarzttermin notiert. René Hartenstein räusperte sich und wählte die Nummer. Als die Sprechstundenhilfe ihm einen Ausweichtermin nach Ostern anbot, sagte er, das sei nicht nötig. Martin Jäger sei plötzlich verstorben. Sie stammelte betreten ihr Beileid. »Schon gut«, murmelte er und legte auf.

Der Friseur klang aufrichtig bestürzt. Er wollte wissen, was passiert war. René sagte, es war ein Unfall.

Weiter. In zwei Wochen war Jäger abends mit jemandem namens Christian verabredet. René durchsuchte die Kontakte und fand die Telefonnummer unter R wie Reinsch. Er meldete sich sofort.

»Ich rufe an, um einen Termin meines Kollegen Martin Jäger abzusagen. Er ist am Donnerstag in zwei Wochen mit Ihnen verabredet.«

»Das stimmt. Ja. Warum?«

»Er wird leider nicht kommen können, denn er ist vorgestern verstorben.«

Auch bei den vorhergehenden Gesprächen war diese Schrecksekunde eingetreten. Schließlich fragte die Männerstimme langsam: »Martin ist tot?«

»Kannten Sie ihn näher?«

»Wir sind zusammen zur Schule gegangen.« Stille. »Wir waren keine engen Freunde. Aber – wir haben uns ab und zu getroffen. Auch früher, als er noch bei den Grünen war. Was ist denn passiert?«

René zögerte. Die Hemmung, über Selbstmord zu sprechen, konnte er sich selbst nicht erklären. »Er hat sich umgebracht.«

»Umgebracht«, wiederholte der Mann am anderen Ende hörbar erschüttert. »Himmel. Und wer sind Sie?«

»Wir sind Kollegen. Ich räume Martins Terminkalender auf.«

»Himmel«, kam es noch einmal vom anderen Ende. René spielte mit der Büroklammer in seiner Hand.

»Ich – ich bin freier Journalist. Wir wollten über die ReAG sprechen. Bei Ihnen ist ja einiges los im Moment.«

»Kann man sagen.« Die Büroklammer sprang ihm aus den Fingern. »Und er wollte darüber mit ihnen reden?«

»Nur als Hintergrund, versteht sich. Es ging immer nur um Berufliches. Privat existierte er ja sozusagen kaum, wenn Sie verstehen, was ich meine. Er ging ja völlig auf in dem, was er tat.«

»Ja.«

»Gab es denn einen bestimmten Grund – einen Anlass, meine ich?«

»Er ist entlassen worden.« René räusperte sich. »Der ganzen Abteilung wurde gekündigt.«

»Aber das war doch keine Überraschung.«

»Ich weiß.«

»Darüber haben wir schon vor Monaten gesprochen.«

Ihn überkam dasselbe ungute Gefühl wie gestern mit Cosima.

Die Entlassung war keine überzeugende Erklärung. Sie war nur die naheliegendste.

»Aber wenn es so weit ist, dann trifft es einen trotzdem härter als gedacht«, hörte er sich sagen. »Es erspart einem nicht den Schock, dass man theoretisch weiß, dass es passieren könnte.«

»Ja, vielleicht.« Der Redakteur atmete ins Telefon. »Er war zerrissen, ein vollkommen zerrissener Mensch. Das ist wahrscheinlich der Preis dafür, wenn man den Mut hat, seine Meinung so radikal zu ändern. Es kam mir immer vor, als ob sein Feldzug gegen die Grünen ihm selbst am meisten wehgetan hat. Im Kopf hat er mit denen gebrochen. Aber tief drinnen ist er immer einer von ihnen geblieben.«

René bückte sich und nestelte die Büroklammer aus den Fasern des Teppichs.

»Danke auf jeden Fall, dass Sie angerufen haben. Sonst hätte ich bei unserer Verabredung ewig gewartet und ihm auf die tote Mailbox gesprochen.«

Auf die tote Mailbox, echote es in der Leitung.

»Keine Ursache«, sagte René und verabschiedete sich.

Zwei Termine standen noch aus. Er widerstand der Versuchung, das Büro zu verlassen, um sich etwas zu trinken zu holen. Er wollte niemandem in die Arme laufen und erklären müssen, was er hier machte. Lieber telefonierte er mit trockenem Mund.

Die Telefonnummer der Frau, mit der Jäger in der Woche nach Ostern verabredet war, fand er ebenfalls in den Kontakten. Es war eine ausländische Nummer, die mit 0044 begann.

»Hello?«, meldete sich eine Frauenstimme.

»Do you speak German?«, fragte er zurück. Aus dem Namen im Telefonregister war nicht zu schließen, ob sie Deutsche war.

»I do.«

»Spreche ich mit Anna Smoktun?«

»Und wer sind Sie?«

»Mein Name ist Hartenstein. Ich rufe wegen Martin Jäger an,

mit dem Sie Ende des Monats verabredet sind.« Er wollte das Gespräch schnell hinter sich bringen.

»Bitte.«

»Er ist verstorben und kann den Termin leider nicht wahrnehmen.« Er hielt inne und wartete ab, bis die Nachricht angekommen war.

»Er ist gestorben? So ein junger Mann –« So jung auch wieder nicht. Er fragte sich, wie alt die Frau war. »Was ist denn passiert?«

»Kannten Sie einander?«

»Nein, nicht persönlich. Wir standen per Mail in Kontakt. Sagen Sie – war es ein Unfall?«

»Ja.« Er räusperte sich. »Ich bin ein Kollege von ihm und will nur seine Termine absagen.«

»Das ist sehr aufmerksam. Wenn Sie ein Kollege sind, arbeiten Sie auch bei der ReAG.«

»Ja.«

»Bei ReAG-Atom?«

»Bei ReAG-Atom, ja.«

Wieder schien das Schweigen in der Leitung der Anteilnahme geschuldet, die diesmal allerdings ihm galt.

»Wie man hört, sind das harte Zeiten für Sie.«

Er kratzte sich im Nacken. Auf Mitleid konnte er verzichten. »Man kann es auch so sehen, dass die schlimmste Zeit endlich vorbei ist, wenn man nicht weiß, was kommt.«

Sie pflichtete ihm bei: »Das stimmt. Am schlimmsten ist es, wenn falsche Hoffnungen gedeihen.«

»War Ihr Termin mit Martin Jäger eigentlich beruflich oder privat?«

»Ich bin ebenfalls in der Energiebranche tätig. Es war beruflich. Herr Jäger ist über irgendein Projekt auf uns gestoßen. Er hat um ein Gespräch gebeten, was mir sehr gelegen kam, denn wir brauchen Verstärkung und suchen Kontakt zu guten Leuten.«

»Ein Projekt?«

Sie schien zu überlegen. »Er hat an einer Studie gearbeitet.

Soweit ich ihn verstanden habe, ging es um die Auswirkungen der Energiewende auf den europäischen Gasmarkt. Etwas in der Richtung. Unser Fonds war in den vergangenen Jahren recht aktiv auf dem Sektor. Ich glaube, er wollte über unsere Investmentstrategie sprechen.«

»Wer ist denn ›uns‹? Ich meine –«, er verbesserte sich, »um welche Firma handelt es sich denn?«

»Wir sind ein Fonds, der hauptsächlich in konventionelle Energien investiert.«

»Ein Investmentfonds? Interessant.«

»Wie gesagt, wir suchen … Das mag jetzt nicht angebracht sein. Aber wenn Sie Interesse haben, melden Sie sich. Das heißt, wenn Sie nicht schon bei der Konkurrenz untergekommen sind.«

Er fuhr sich durchs Haar. »Wie heißt denn die Firma?«

»LSK Capital. Wir sitzen in London. Herr Jäger wusste gut über uns Bescheid. Zumindest schienen wir sein Interesse geweckt zu haben.«

Und trotzdem bringt der Wahnsinnige sich um. René schloss die Augen. »Danke, Frau Smoktun. Das werde ich tun.«

»Danke, dass Sie angerufen haben. Auf Wiederhören.«

Er lehnte sich verblüfft zurück. Martin Jäger war noch schwerer zu durchschauen als gedacht. Er hatte kein Wort darüber verloren, dass er so etwas laufen gehabt hatte. Eine Sektorstudie war der klassische Vorwand, um mit Leuten ins Gespräch zu kommen, an die sonst schwer heranzukommen war. Er hatte in den Überstunden also doch nicht nur seine Zeit verschwendet. Weil Jäger der Frage ausgewichen und sie ihm offensichtlich unangenehm war, hatte René nie nachgebohrt, was er hier regelmäßig bis spät in die Nacht trieb. Er hatte geglaubt, dass Jäger nicht zugeben mochte, wie langweilig das Zeug war, von dem er wie ein Junkie von der Nadel nicht lassen konnte, weil es offenbarte, wie leer der Rest seines Lebens war.

Stattdessen hatte er sich strategisch klug auf die Jobsuche vorbereitet … Ein auf den Energiesektor spezialisierter Fonds in

London … René runzelte die Stirn. Es bedurfte großer Fantasie, sich Martin Jäger mit seinem Weltschmerz als Banker vorzustellen. Andererseits waren Querdenker seit der Finanzkrise angeblich sehr gefragt. Vielleicht wollte er mit seinem Außenseitertum zur Abwechslung mal Geld verdienen. Doch warum, wenn er kurz davor war, einen Job in London zu landen, brachte er sich dann um?

Scheiße, es interessierte ihn. Dabei hatte Cosima recht. Es gab jetzt wichtigere Dinge. Doch er konnte den Gedanken nicht beiseiteschieben, dass Jäger ihn ins Vertrauen gezogen hätte, wenn sie am Dienstagabend zusammen weggegangen wären. Dann hätte er ihm gut zugeredet, dass Geldverdienen eine gute Idee war, und Jäger wäre, wie jedes Mal, wenn sie den Abend miteinander verbracht hatten, einigermaßen betrunken und einigermaßen versöhnt mit der Welt nach Hause geradelt.

Konventionelle Energieträger, hatte die Frau gesagt. Da lag ihr Schwerpunkt. Also verdiente der Fonds daran, dass ohne Atomstrom mehr Dreck verfeuert werden musste – wie Jäger vorausgesagt hatte. Und da hatte er einsteigen wollen? René zog die Nase hoch. Es fiel ihm schwer, das zu glauben.

Er googelte LSK Capital und stieß auf die Internetseite. Neben Anna Smoktun, der Frau, mit der er gesprochen hatte, waren zwei weitere Partner angegeben. In einem knappen Absatz war das Geschäftsfeld umrissen, doch Informationen über die Größe des Fonds und seine Ergebnisse fand er nicht. Trotzdem schien ihm irgendetwas bekannt vorzukommen. Was das war, konnte er allerdings ebenso wenig klären wie die Frage, warum Jäger ausgerechnet auf diese Firma gekommen war.

Müde rieb er sich die Augen. Ein Anruf stand ihm noch bevor, dann hatte er es geschafft.

Ende April war Jäger mit einem Mann verabredet, der für ein Ingenieurbüro arbeitete. Er googelte den Namen der Dortmunder Firma und fand Schlagzeilen von vor drei Jahren. Bei der

Wartung eines ReAG-Meilers in Nordrhein-Westfalen hatten die Ingenieure poröse Dübel an einer Außenwand des Abklingbeckens übersehen. Drei Monate später war der Fehler aufgeflogen und der Skandal hatte es bis in die *Tagesthemen* geschafft. ReAG-Atom hatte die Dortmunder daraufhin wegen Fahrlässigkeit verklagt. Er nahm an, dass Jäger den Fall geleitet hatte.

Der an Feindseligkeit grenzende Tonfall des Mannes am anderen Ende bestätigte seine Vermutung. Nachdem René Hartenstein sich vorgestellt hatte, schien der Gutachter sofort wieder auflegen zu wollen. Auf die Mitteilung, dass Jäger gestorben war, reagierte er schweigend. Kein Erstaunen, keine Anteilnahme, keine Nachfrage. René fragte er, ob der bevorstehende Termin mit der Dübel-Affäre zu tun hatte.

»So ungefähr«, antwortete der Mann.

Ob das Gerichtsverfahren nicht längst abgeschlossen war, wollte René wissen.

»Doch«, kam es zurück.

Der Arsch hatte offensichtlich keine Lust, irgendetwas zu erklären und ließ ihn auflaufen. Die Stille in der Leitung brachte René aus dem Konzept. Weil ihm keine sinnvolle Anschlussfrage einfiel, verabschiedete er sich genervt, legte auf und verließ das Büro, um eine Cola zu ziehen.

***

Er saß keine zwei Minuten an seinem eigenen Schreibtisch, als der Kollege mit Kinnbart vorbeikam. Konrad Ahlers war kein Jurist, der bei mündlichen Verhandlungen glänzte, dafür aber ein begnadeter Verfasser von Vertragstexten, von dem er viel gelernt hatte.

In seinen Augen stand ein merkwürdiges Funkeln. »Weißt du was Neues?«

»Worüber?«, fragte René.

»Über Jäger?«

»Was soll es da Neues geben?«

»Einzelheiten, meine ich. – Dass ihn die Kündigung dermaßen umgehauen hat. Der Arme.« Dabei sah Ahlers selbst aus, als hätte er seit Tagen weder geschlafen noch gegessen.

René schüttelte eine schwarze Mülltüte auf und öffnete die oberste Schublade. Eine Packung mit fünfhundert frisch gedruckten Visitenkarten. Mehrere Umschläge mit Spesenquittungen, die er nicht eingereicht hatte. Zwei vergessene Lottoscheine. Als seine Mutter im Krankenhaus gewesen war, hatte sie ihm die Nummern durchgegeben. »Nein.«

»Du hast ihn doch von allen am besten gekannt.«

Er kippte den Inhalt der Schublade in die Tüte.

Ahlers sah ihm stirnrunzelnd zu. Schließlich wechselte er die Taktik. »Wirklich schlimm, die Geschichte. Angeblich ist er direkt vom Büro aus auf den Dachboden gegangen. Ohne Zwischenstopp.« Als René auf die Sensation nicht reagierte, fügte er hinzu: »Stell dir vor, er soll seinen Gürtel benutzt haben. Wusstest du das? Kein Seil oder eine Wäscheleine, sondern den eigenen Gürtel. Die Hose hing ihm unten an den Knöcheln.«

René riss die zweite Schublade heraus. Er konnte Ahlers zwar verstehen, doch es widerte ihn an, wie er sich an Jägers Leid labte. Dass Jäger noch schlimmer dran war als er selbst – ein arbeitssuchender, nicht besonders durchsetzungsstarker Familienvater, der sich kurz vor Fukushima für ein Haus in Kronberg hoch verschuldet hatte –, betäubte und tröstete ihn offensichtlich. Doch die Hoffnung, von René mehr Stoff zu bekommen, hätte er sich sparen sollen.

»Das wird schon«, stammelte Ahlers schließlich. »Nimm es nur nicht zu schwer. Und wenn du jemanden brauchst, um dich auszusprechen … Du weißt ja, wo ich bin.« Enttäuscht zog er ab.

Kurz darauf tauchte Julia Dietze auf. Die Sekretärin des Abteilungsleiters wollte wissen, ob er wusste, warum Martin Jägers Mutter das Kollegium ausgeladen hatte. Ob er nicht auch meinte, dass es der Abteilung gutgetan hätte, wenn sie alle zusammen zur

Beerdigung gegangen wären? Ein symbolischer Abschluss. Denn in jedem Ende steckt doch angeblich ein neuer Anfang. Außer natürlich für Martin Jäger.

Er lächelte Julia aufmunternd zu. Ihr Gesicht war verquollen, doch sie hatte ihm schon immer gefallen. In seinem früheren Leben, vor Cosima, wären sie längst zusammen im Bett gewesen.

»Nimmt dich der Weigel mit nach Prag?«, fragte er.

Schon füllten sich die dunkel umrandeten Augen mit Tränen.

Sie sah aus wie siebzehn, war aber schon seit mehr als zehn Jahren im Geschäft. Normalerweise war sie abgebrüht wie eine Alte, doch jetzt rannen ihr zwei lange schwarze Tränen übers Gesicht.

»Der kann doch gar nicht ohne dich«, redete er ihr zu.

»Das dachte ich auch.« Sie presste die Hände auf die Augen. »Aber ich glaube, er will sich eine Neue ins Vorzimmer setzen. Eine Tschechin.« Sie zog lautstark die Nase hoch. »Und dann wird es echt eng, René.« Sie lebte mit einem zwanzig Jahre älteren Fußballtrainer zusammen, der die Jugendmannschaft der Eintracht trainierte. Seit der Verein kein Geld mehr hatte, musste er nachts und an freien Tagen für eine Sicherheitsfirma im Bankenviertel Wache schieben, um über die Runden zu kommen.

»Kannst du nicht irgendwo anders im Konzern unterkommen? Hier wissen doch alle, wie gut du bist.«

Sie schüttelte den Kopf. »Das machen die aus rechtlichen Gründen nicht. Sonst kann sich der Rest der Abteilung auch einklagen.« Sie schniefte. »Ich frage mich wirklich, warum uns die Mutter nicht dabeihaben will? Meinst du, es hat damit zu tun, wie es passiert ist oder so?«

Er ignorierte den Themenwechsel. »Ich habe auch noch nichts. Aber das wird schon.«

»Meinst du?«

»Mein Bruder sagt, dass das Nummernziehen nur beim ersten Mal weh tut. Danach hat man sich ruck-zuck ans Arbeitsamt gewöhnt.«

»Sehr witzig. Ich will da nicht hin. Dann schon lieber auf die

Beerdigung.« Sie betrachtete ihre bunten Fingernägel. »Du kanntest ihn doch eigentlich ganz gut – und trotzdem hast du nichts geahnt?«

Er brach das Gespräch ab, indem er sie um einen Freistellungsantrag bat. Sie rieb sich die Augen, wobei ihre Schminke vollends verschmierte, und führte ihn ins Vorzimmer. Dort füllte er das Formular im Stehen aus. Die Tür des Abteilungsleiters stand offen, doch Weigel las in seinen Unterlagen, benetzte den Zeigefinger mit der Zunge, blätterte mit gerunzelter Stirn zurück, zückte seinen Kugelschreiber, kritzelte eine Notiz an den Rand, blätterte weiter und war beim besten Willen viel zu konzentriert, um ihn wahrzunehmen.

So verließ René Hartenstein das Gebäude, in dem er seine gerade begonnene Karriere in den Sand gesetzt hatte, zum letzten Mal durch den Notausgang, ohne sich von irgendjemandem zu verabschieden.

KAPITEL 5

Da war etwas, was er noch unbedingt erledigen wollte, bevor er ging. Es hatte ihn am Leben gehalten. Doch jetzt, da er es geschafft hatte, fiel es ihm nicht mehr ein. Ernst Baumann, der reglos darauf wartete, was sie als Nächstes mit ihm vorhatten, erschauderte. Die Gedächtnislücke quälte ihn mehr als alle Schmerzen zusammen.

In den vergangenen drei Wochen hatte sein Körper sämtliche noch vorhandene Energievorräte geplündert. Selbst von seinem Gesicht war kaum noch etwas übrig. Ausgeleierte Haut drückte auf die Lider und hing in schweren Wülsten unter den Augen. Um etwas sehen zu können, musste er mit den Fingern nachhelfen. Doch man hatte ihn direkt ans Fenster gestellt und die Wintersonne schmerzte auf der Netzhaut wie ein harter Keil. Geblendet ließ Ernst Baumann die Hand wieder sinken und kehrte in die Dunkelheit zurück.

»Bist du wach, Schatz?«

Er hatte es schließlich mit der ehemaligen Vizeweltmeisterin im Florett zu tun, einst berüchtigt für ihre Reaktionsschnelligkeit. Sie lauerte auf die geringste Bewegung. Schon spürte er Monikas bitteren Kaffee-Atem über sich. »Ernst? Kannst du mich hören?« Er durfte jetzt nicht den Faden verlieren.

Angespannte Stille machte sich breit. Doch als es rechts von ihm leise quietschte, hatte er gewonnen. Monika gab auf, setzte sich wieder – freilich ohne ihn aus den Augen zu lassen – und er konnte die Suche nach der rätselhaften Energiequelle fortsetzen. Er meinte, sich im Delirium darauf gefreut zu haben. Es war ein Druck, der das Versprechen der Erlösung in sich trug. Wie ein letzter Orgasmus, eine alles beschließende Befriedigung, die zu erlangen er trotz seines Zustands fähig war.

Im Grunde wusste er, wer ihn gerettet hatte. Für ihn gab es

nur einen Menschen, der über Leben und Tod entscheiden konnte. Sie war die Einzige, die diese Macht besaß. Er atmete tief ein. Nach all der Zeit. Doch statt ihres Parfüms lag Chlor in der Luft. Jetzt vernahm er auch das Plätschern gegen den Beckenrand. Das Summen der Klimaanlage. Nasse Fußtritte. Er musste im Hallenbad der Reha-Klinik liegen. Verdammt. Sie wollten ihn wieder baden. Doch bis dahin galt es, sich zu konzentrieren.

Der vage Plan, den er an den Kanülen im Drogenrausch gefasst hatte, hatte mit der Frau zu tun, die er seit Jahrzehnten kummervoll vermisste. Ihretwegen hatte er durchgehalten und auch die dritte Chemotherapie überlebt. Wie für alles, was seit ihrer ersten Begegnung passiert war, war sie auch dafür verantwortlich, dass jener klägliche Rest von ihm übrig geblieben war, der jetzt für viel Geld wieder aufgepäppelt werden sollte.

Dabei stand die dominante Rolle, die sie in seinem Leben spielte, in keinem Verhältnis zu dem kurzen Auftritt, den sie darin gehabt hatte. Was waren schon sieben Jahre? Sieben Jahre und zwei Monate lang hatte er gewusst, wie er sie erreichen konnte. Danach war sie spurlos verschwunden.

Wie konnte eine Fremde, die ihm nicht einmal ihren wirklichen Namen verraten hatte, der er nie näher gekommen war als bis zu flüchtigen Begrüßungsküssen, eine ruchlose Erpresserin, die ihn ausgenutzt und fallen gelassen hatte wie eine ausgerauchte Zigarette, wie konnte eine Kettenraucherin wie sie, eine kriminelle Serientäterin, Auftragshure und Betrügerin nur diesen Status erlangen? Die zwei Biografien, die über ihn erschienen waren, mochte er gar nicht lesen, denn das Beste fehlte. Wenn er zurückblickte – und er tat derzeit nichts anderes –, dachte er meistens an sie. Ohne sie hätte er eine lineare, gradlinige Politikerkarriere hinter sich. So lasen sich gewiss auch die Bücher – vom kleinen Hilfspolier zum großen Ministerpräsidenten, der die politische Landschaft in Deutschland für immer verändert hatte. Dabei ging die Geschichte ganz anders. Sein Leben war abgründiger und reicher. Nichts war, wie es schien. Dank ihrer Mitwirkung hatte er zweimal gelebt.

»Bist du ansprechbar, Ernst?«

Er regte sich nicht. Monika, die Florettfechterin, war das beste Gegenbeispiel. Seit mehr als zwanzig Jahren waren sie verheiratet, doch im Rückblick war diese zweite Ehe kaum von Belang. So ungerecht waren die Rollen verteilt. Die Dauer der miteinander verbrachten Zeit war bedeutungslos. Monika hatte ihm den Großteil ihres erwachsenen Lebens geschenkt, doch in der Erzählung seines Lebens war sie nicht mehr als eine Statistin in den Kulissen.

»Dann nehmen Sie ihn doch einfach hoch«, hörte er sie sagen. »Schaffen Sie das?«

Ernst Baumann spürte, wie sich Monikas Hand unter seinen Hinterkopf schob wie unter den eines Neugeborenen. Im nächsten Moment löste sich auch der Rest seines Körpers von der Liege, wurde in den Armen des Therapeuten mehrere Schritte in Richtung Becken getragen und auf halber Höhe auf eine Laderampe verfrachtet. Obwohl es ihm nicht gelang, die Augen zu öffnen, hatte er keine Angst. Er wusste vom letzten Mal, dass sie nur seine Sinne stimulieren wollten, wie sie es nannten. Im warmen Wasser würde er gewiss wieder pinkeln müssen. So ließ sich auch der Chlorgestank erklären. Wahrscheinlich ging es den meisten Patienten wie ihm. Leicht schaukelnd bewegte sich die Laderampe nach unten.

Er stellte sich vor, wie Monika mit hochgekrempelten Ärmeln am Beckenrand stand, Arme in die Hüften gestemmt, Beine leicht ausgestellt, und zusah. Vor ihr wurde ein lebloses, in sich zusammengefallenes Männlein ohne Wimpern und Augenbrauen verladen. Überall waren ihm die Haare ausgefallen, nur an der Hängebrust nicht. Die Badehose war ihm auf groteske Weise zu groß, unter Wasser würde sie sich aufblähen wie ein Ballon und ihn restlos entblößen.

Doch das war egal. Gegenüber Monika, die sich übergangslos in seine Krankenschwester verwandelt hatte, kannte er keine Scham. Ganz anders verhielt es sich mit jener Frau. Es war vollkommen ausgeschlossen, dass er auf dem Sterbebett, von dem er daraufhin wieder aufgestanden war, von einem Wiedersehen geträumt hatte. Niemals. Er war kein Bilderstürmer. Er wollte weder von ihr als alter, kranker Mann gesehen werden, noch sie als alte Frau sehen. Er hatte etwas anderes im Sinn gehabt, etwas, das echte Genugtuung versprach.

Doch weiter kam er nicht. Aberwitzig teuer wie die Behandlung hier war, wussten sie wenigstens, was sie taten. Sobald das mutterbauchwarme Wasser ihn umfing, wurde sein Nervensystem von einer Überdosis aufgestauter Endorphine überwältigt. Das Wonnegefühl machte seine Qualen vergessen. Dankbarkeit gegenüber seiner Retterin übermannte ihn. Dass er das noch erleben durfte! Er war vollkommen high. Ernst Baumann entspannte die Blase, ließ sich treiben und weinte vor Glück wie ein Baby.

***

Politische Greise wie er waren eine Art Saisongemüse, deren Reifezyklus sich mit zunehmendem Alter auf wundersame Weise verkürzte. Mit den Jahrestagen hatte es bald nach seiner Abwahl angefangen. Erst hatten sie alle zehn Jahre wissen wollen, wie es damals gewesen war, dann alle fünf Jahre, und in letzter Zeit in immer kürzeren Abständen. Fernsehen, Radio, Zeitungen rissen sich dann um ihn, auch Politikwissenschaftler und Historiker.

»Schon wieder?«, fragte er verwundert.

Monika lächelte. »So ist das, wenn man eine Figur der Zeitgeschichte ist. Die Leute interessieren sich für dich.« Zur Feier des Tages hatte sie Lippenstift aufgelegt, der im Kerzenlicht glänzte, wenn sie sprach. Der Schimmer verlieh sogar ihr eine gewisse Sinnlichkeit. Zauberhaft, wirklich.

Es ging ihm besser. Weil er die Atmosphäre im Speisesaal der Klinik nicht mehr ausgehalten hatte, saßen sie in einem italienischen Restaurant in der Altstadt. Zum ersten Mal seit der Chemo hatte er die Kraft aufgebracht, sich anziehen zu lassen. Vor eineinhalb Monaten hatten das Hemd und die Hose noch gepasst. Jetzt verschwand er darin wie eine ausgemergelte Schildkröte. Am Rücken lag der Stoff in Falten und rieb schmerzend gegen die Lehne. Seine Unterarme stachen dürr aus den Ärmeln. Zur Sicherheit trug er Windeln. »Aber ich habe ihnen doch eben erst alles erzählt.«

»Nein, Schatz, dein Zeitgefühl trügt. Überleg mal. Bald sind es dreißig Jahre. Im September wird es genau dreißig Jahre her sein, dass du die Grünen salonfähig gemacht hast. Auf so ein Jubiläum bereiten sich die Redaktionen jetzt schon vor.«

Sie mochte den Aufruhr. Es gefiel ihr, die Anrufe der Journalisten entgegenzunehmen, sie eine Weile zu vertrösten, Termine zu vereinbaren, sie nach Hause einzuladen, Objekt ihrer Neugier zu sein. Seine Zeit in Wiesbaden hatte sie ja leider verpasst. Aber so fühlte sie sich wenigstens alle paar Jahre wie die Frau an der Seite eines bedeutenden Mannes. Mehr verlangte sie gar nicht. Diesen Spaß durfte er ihr nicht nehmen. Sie runzelte die Stirn.

»Nein«, beschied er dem Lippenstift mit leiser Stimme. So leid es ihm tat – in diesem Zustand stellte er sich keiner Kamera.

Monikas Blick verschärfte sich. »Denk bitte daran, dass dein Magen so was nicht mehr gewöhnt ist.« Er war mit zittriger Hand dabei, Weißbrot in sein Schälchen mit Olivenöl zu tunken. Nach den dünnen Suppen in der Klinik war das eine Offenbarung. Er nickte und mampfte weiter. Sie legte nach: »Hast du etwa Angst, die Interviews könnten dich zu sehr anstrengen?«

Angst? Er nahm einen Schluck Rotwein. Nein, seine Angst hatte sich längst gelegt. Es hatte Zeiten gegeben, in denen er von ihr Tag und Nacht heimgesucht worden war. Tagsüber hatte er Herzrasen bekommen, wenn zu viele Polizeiautos auf dem Vorplatz der Staatskanzlei vorfuhren. Auf dem Weg zu Kabinettssitzungen hatte sich sein Magen verkrampft, wenn er die Tagesordnung nicht kannte. Er war wie ein schreckhaftes Tier zusammengezuckt, wenn sein Referent zu ungewöhnlicher Zeit geklopft oder ihm wortlos eine Mappe vorlegt hatte. Manchmal war er tagelang davon überzeugt gewesen, dass ein neuer Personenschützer ein Beamter in Zivil war mit dem Auftrag, ihn zu verhaften. In seinen Albträumen wurde er von dem Kerl so wirklichkeitsgetreu abgeführt, dass er am nächsten Morgen mit fiebrigen Augen die Presseschau nach seiner Festnahme absuchte.

Auch beim ersten Presseauflauf im Ruhestand hatte ihn die nackte Angst gepackt. Er hatte wochenlang befürchtet, dass sie ihm auf die Schliche gekommen waren, weil er nicht glauben konnte, dass der ganze Aufstand nur einem Jahrestag galt. Doch als es dann losgegangen war mit den Interviews, hatte sich die Sorge relativ schnell verflüchtigt – zusammen mit seinem Respekt vor Journalisten. Sie waren nämlich wirklich so harmlos wie sie taten. Allesamt. Keiner hegte Verdacht, keiner bohrte nach. Es ging ihnen nur darum, eine Legende zu schaffen, und das funktionierte am besten, wenn man nicht an ihr rührte. Sie kamen ihm vor wie Kinder, die ihr Lieblingsmärchen wieder und wieder hören wollten und zwar im selben Wortlaut wie beim letzten Mal. Wehe, er vergaß ein hübsches Detail. Das klagten sie dann ein – das Zitat mit den Dachlatten oder die Jeans des Ministers bei der Vereidigung. Schließlich handelte es sich, wie ihm ein beflissener Fernsehredakteur erklärte, der schon die dritte Doku-Serie über die alte Bundesrepublik drehte, um einen der entscheidenden Momente, »als wir wurden, was wir sind«. Und diese Momente standen gerade hoch im Kurs.

Angst war es also nicht, die ihn davon abhielt, Monika den Gefallen zu tun und zum letzten Mal die Halbwahrheit herunterzuleiern. Nein, es war etwas anderes.

Sie redete weiter auf ihn ein: »Die werden alle Rücksicht auf dich nehmen. Sie wissen, was du hinter dir hast. Länger als eine halbe Stunde kann dich niemand am Stück sprechen. Hörst du? Das habe ich schon ausgemacht ... Aber du kannst dich nicht total verweigern. Das kannst du wirklich nicht machen, Ernst. Du hast nun einmal diese wichtige Rolle gespielt. Du hast Geschichte geschrieben und dadurch bist du der Öffentlichkeit in gewisser Weise auch etwas schuldig.«

Während der Chemotherapie war er zu einer befreienden Einsicht gelangt. Er hatte verstanden, dass er sich jahrzehntelang umsonst gegrämt hatte. Sein Kummer war unbegründet. Das, was mit der Namenlosen passiert war, hatte er für ein tragisches Unglück gehalten. Doch während der qualvollen Giftinfusionen hatte er aufgehört, mit der Vergangenheit zu hadern und endlich eingesehen, dass ihre Liebe unvollendet bleiben musste. Hätten sie ihrem Verlangen nachgegeben, wäre sie eingegangen. Die Wirklichkeit hätte der Vertrautheit und der Geborgenheit, die sie einander gaben, ein Ende bereitet. Was ihre Liebesgeschichte so groß machte – wie alle großen Liebesgeschichten –, war das, was fehlte. Der Mangel an Erlösung machte seine Gefühle für sie unsterblich. Nur weil er sie nie angefasst hatte, verzehrte er sich jetzt noch nach ihr.

Enttäuschung und Ärger standen Monika ins Gesicht geschrieben. Doch sie war zäh. »Umgekehrt bist du doch auch immer dafür, dass ich Mitglied im Verband bleibe und als Ehrengast bei den Meisterschaften auftrete. Außerdem ist es eine nette Abwechslung. Es bringt dich auf andere Gedanken. Lass dich doch feiern, Schatz. Das hast du verdient. Es wird dir guttun!«

Früher hatte er es fertiggebracht. Da hatte er sich unter Kontrolle gehabt. Doch jetzt waren seine Kräfte geschwunden und er war womöglich gar nicht mehr in der Lage, über diese Zeit zu sprechen, ohne sie zu erwähnen. Sie war im Begriff, sein gesamtes, von Tag zu Tag schrumpfendes Bewusstsein in Besitz zu nehmen. Es bestand die Gefahr, dass der Bann brechen und alles ungehemmt aus ihm heraussprudeln würde. Das durfte er nicht riskieren. Am Ende würde sie noch davon erfahren und meinen, er wollte sich an ihr rächen. Das war das Letzte, was er wollte. Nein. Besser würde er überhaupt keine Fragen mehr beantworten. Keine einzige. Es war sein letzter Liebesbeweis. Er würde schweigen bis ans nahe Ende seiner Tage.

KAPITEL 6

»Hallo, René. Hier ist Johannes.«

»Johannes«, erwiderte René Hartenstein erstaunt. Cosimas Vater hatte ihn noch nie angerufen. Jetzt teilte er mit, dass er ihn auf die Gästeliste für einen Empfang heute Abend im Frankfurter Hof gesetzt hatte. Neunzehn Uhr, der Abschluss einer Tagung von Bankern. Nächste Woche gab es noch zwei weitere Anlässe, auf die er ihn begleiten sollte.

Erfreut sagte René zu. Den Hauch selbstgerechter Genugtuung in Wolfs Tonfall nahm er ihm nicht übel. Den kannte er. Schon sein Klassenlehrer, der die Eltern damals überredet hatte, ihn Abitur machen zu lassen, hatte sich wahnsinnig über sich selbst gefreut. Auch der Schulleiter, der den Bafög-Antrag für ihn ausfüllte, die Soziologin, die ihn für die Studienstiftung vorschlug, und Weigel, der ihn aus dem laufenden Traineeprogramm fest anstellte. Den vorgezeichneten, aller Wahrscheinlichkeit nach abschüssigen Weg des Sohns eines Betonmischers zu durchkreuzen, fanden sie alle toll. Es störte ihn nicht. Solange es sich lohnte, durften sie ihn gerne als Sozialprojekt adoptieren.

Deshalb fragte er sich, woher die unruhige, negative Energie kam, mit der er sein Training nach dem Anruf fortsetzte. Nach dem üblichen Pensum fing er gleich wieder von vorne an. Während der Liegestütze klingelte das Handy und zeigte zum zweiten Mal »Unbekannte Nummer« an.

»Da ist aber einer außer Atem«, rief jemand fröhlich in den Hörer.

»Was?«

»Sind Sie René Hartenstein?«

»Und Sie?«

»Michael Koch von der Personalberatung Enssler & Co. Ich rufe an, um nachzufragen, ob Sie sich für gut bezahlte Führungspositionen im deutschen Energiesektor interessieren. Mittleres Management aufwärts.«

Er lag noch immer in Boxershorts auf dem Wohnzimmerparkett, den Ellenbogen aufgestützt. Die ReAG hatte also ein letztes Mal Geld an ihm verdient und seine Telefonnummer verkauft. »Kommt drauf an«, sagte er, weil es schwer war, sich gegen die Hoffnung zu wehren, im Liegen einen neuen Job zu finden.

»Das klingt doch prima. Jetzt erschrecken Sie nicht, aber ich schlage vor, dass wir mit Ihren Gehaltsvorstellungen anfangen. Das mache ich immer so, damit die gemeinsame Basis gelegt ist.«

René drehte sich auf den Rücken und lockerte die Oberschenkel. »Sechsstellig.«

Der Mann lachte. »Die Taktik werden wir gegenüber dem zukünftigen Arbeitgeber mit aller gebotenen Härte anwenden. Keine Sorge. Wer Sie will, muss zahlen! Aber jetzt rede ich unter uns – also realistisch gesehen. Sie verfügen über keine drei Jahre Berufserfahrung in einer toten Branche. Wenn wir im mittleren fünfstelligen Bereich landen, haben wir Glück, würde ich sagen.«

»Hm«, machte René.

»Dass ich auf Ihrer Seite bin, darauf können Sie sich verlassen. Ich laufe mir die Hacken für Sie ab, wenn Sie das wollen. Ihre Aufgabe besteht erst mal nur darin, mir Ihren Lebenslauf zu schicken. Schicken Sie die lange Version, damit ich genug Material zum Redigieren habe.«

***

Seine Frage, ob sie immer so lange im Büro blieb, missverstand die hochgewachsene Dame, die ihn am Aufzug abholte und noch hagerer und älter wirkte als der Ressortleiter selbst. Würdevoll senkte sie den frisierten Kopf, als müsste sie sich das Lachen über seinen Scherz verkneifen. »Was glauben Sie.« Sie warf ihm einen spöttischen Blick zu. »Gesetzliche Arbeitszeiten galten bei der *DZ* noch nie.«

Sie wies ihm einen niedrigen Ledersessel in der Ecke des Vorzimmers zu, neben der Bronzestatue eines sehr hässlichen Kaninchens, und zog sich auf ihren Platz hinter dem Bildschirm zurück. René versuchte vergeblich, eine bequeme Position zu finden, und fummelte die etwas zu kurzen Hemdsärmel aus dem Jackett.

»Ich habe gehört, was Ihnen passiert ist«, kam es von jenseits des Bildschirms.

Er zog die Nase hoch.

Die Alte rollte ihren Stuhl zur Seite, um ihm über die Halbbrille hinweg zuzulächeln. »Aber bei so einem Schwiegerpapa – ich meine fast –, da haben Sie keine schlechten Karten. Brauchen Sie ein Taschentuch?«

»Nicht nötig.«

»Hier.« Es war keine Frage gewesen. Sie hielt ein Taschentuch in die Luft, ohne ihn anzusehen. »Nehmen Sie.«

Gehorsam stand er auf und steckte es ein.

»Meinem Neffen hat er auch mal ein sehr schönes Praktikum im Lokalteil verschafft. Ich bin mir sicher, dass das ein gutes Ende nehmen wird für Sie.«

Er nickte.

»Kommt Cosima denn heute Abend auch mit? Ich kenne sie, seit sie noch in der Schule war. Ihrem Schulfreund hat der Herr Wolf damals auch kräftig unter die Arme gegriffen.«

»Nein. Sie kommt nicht mit.«

»Der soll toll Karriere gemacht haben.« Sie hielt die knochige Hand vor den Mund. »Verzeihung. Auf diese Information hätten Sie wohl lieber verzichtet. Aber nehmen Sie es als Ermutigung. Der Herr Wolf weiß, wem er hilft.«

***

Eine bleiche Wolkendecke hing über der Stadt, als er am nächsten Morgen fluchend durch das Labyrinth von Einbahnstraßen kurvte. Es war seine Schuld, dass er den Sprung aufs Fahrrad nicht schaffte. Ansonsten hatte er sich den Lebensstil der urbanen Mittelschicht weitgehend angeeignet. Er hatte aufgehört, sich den Schädel zu rasieren, trank Kaffee statt Red Bull, trug die Baseballkappe nur noch beim Joggen, gab viel Geld in Restaurants aus, konnte auch selbst Steak braten und Salat zusammenschmeißen, und Cosima zuliebe zog er manchmal sogar farbenfrohe T-Shirts und enge Jeans an. Doch er besaß noch immer kein Fahrrad und fuhr, trotz der beschissenen Verkehrsführung und der Parkplatznot in Frankfurt, konsequent Auto.

Schließlich gab er auf und stellte sich auf einen Behindertenparkplatz. Den Rest des Weges ging er zu Fuß. Die Egenolffstraße Nummer 19 war ein vierstöckiges Gründerzeithaus mit sandfarbener Fassade. Das Haus war vor ein paar Jahren renoviert worden. Martin Jäger hatte ihm davon erzählt. Die Eigentümerversammlung hatte für eine umweltfreundliche, anorganische Fassadenfarbe gestimmt. Jägers Angebot, sich darum zu kümmern, war von den friedensbewegten Nachbarn allerdings abgelehnt worden. Das Haus sei schon ohne sein Engagement verseucht genug, hatte es geheißen.

Gegen den grauen Himmel zeichneten sich die Dachluken ab, Tauben wackelten über den Sims. Nach dort oben hatte Jäger sich verzogen. Zögernd überquerte René die Straße. Nichts deutete auf Ermittlungen der Polizei hin. Kein Absperrband, keine Streife. Falls der Tatort in einem eindeutigen Fall wie diesem überhaupt untersucht wurde, war die Untersuchung abgeschlossen. Er drückte auf Jägers Klingel.

Die Gegensprechanlage knackte. »Hallo?«

»Guten Tag, Frau Jäger.« Er wusste nichts über sie außer dass sie sehr darunter gelitten hatte, wie Martin seit dem Sinneswandel von Nachbarn und Freunden geächtet worden war. »Ich bin ein Kollege von Martin.«

Nur das Rauschen des Lautsprechers war zu hören.

»Frau Jäger?« Er vernahm ein leises Winseln und drehte sich um. Auf dem Bürgersteig zog eine mit Einkaufstaschen beladene

Familie vorbei, allerdings ohne Hund. Das Geräusch kam aus dem Lautsprecher. Es war die Mutter.

»Ich habe mit Martin bei der ReAG gearbeitet. Darf ich hochkommen?«

Es raschelte, als ob sich eine Hand über die Sprechmuschel legte. Nach einer Weile wurde sie wieder freigegeben. Die tränenerstickte Stimme zitterte. »Bitte gehen Sie. Ich möchte mit niemandem von der Firma etwas zu tun haben.«

Er stützte sich mit beiden Händen gegen die Klingelanlage, als ob er damit verhindern könnte, dass sie auflegte. »Frau Jäger, es tut mir sehr leid. Martin war ein Freund von mir. Ich –«

»Bitte gehen Sie.« Es war ein von Leid und Wut entstelltes Flüstern. Sie konnte kaum sprechen. »Wie ein Besessener hat er gearbeitet, Tag und Nacht. Nie hat er Ferien gemacht. Und das war der Dank.«

»Aber Martin wusste, dass die Kündigung bevorstand.« Er ließ den Kopf auf die Brust sinken. Beseelt klang besser als besessen. Martin war beseelt gewesen von der Idee, die Welt zu verbessern. »Seit Langem.«

Sie fing laut an zu weinen. »Lassen Sie mich in Ruhe!«

Er war niemand, der sich leicht abschütteln ließ. Wenn es darauf ankam, war er hemmungslos. Doch das hier war anders. Der bodenlosen Trauer der Mutter war er nicht gewachsen und so wagte er nicht, nachdem der Lautsprecher tot war, noch einmal auf »Jäger« zu drücken.

Als er die Straße überquerte und mit steifem Genick zurück zum Wagen trottete, spürte er, wie sie ihm von oben nachsah. Wie hatte Jäger das seiner Mutter antun können – zwei Stockwerke über ihr, im selben Haus? Er hatte gehofft, einen vernünftigeren Grund als die Kündigung zu erfahren, etwas, was ihm einleuchtete, doch die Mutter schob es offensichtlich auch auf die Arbeit. Deshalb wollte sie niemanden von der ReAG auf der Trauerfeier sehen. Sie gab der Firma die Schuld.

Er musste es abschütteln, hatte Cosima gesagt. Er musste die

Sache mit Jäger vergessen. Ändern konnte er sowieso nichts mehr und dass ihre Mutter Geburtstag gehabt hatte, war nicht seine Schuld.

Doch statt sich ins Auto zu setzen und wegzufahren, ging er weiter. Regen lag in der Luft. Auf der Berger Straße herrschte Samstagsbetrieb, Kinder tobten zwischen Marktständen, an denen erdiges Biogemüse und anderes angeboten wurde, was Gutverdiener kauften, um sich jenen, die sich so was nicht leisten konnten, auch noch moralisch überlegen zu fühlen. Jäger hatte gelästert, dass Bio allein deshalb boomte, weil sich Cayenne fahrende Vielflieger mit ein paar Flaschen trübem Apfelsaft ein gutes Gewissen kaufen konnten.

An einem Marmeladestand blieb René stehen und kaufte drei Gläser, ohne den Händler, der eifrig Zutaten und Rezept erläuterte, ausreden zu lassen. Mit der Papiertüte in der Hand ging er zurück. Wie nicht anders zu erwarten gewesen, klemmte unter dem Scheibenwischer ein Strafzettel. Fluchend steckte er ihn ein. Im Auto fand er einen Kugelschreiber. »Für Frau Jäger. Bitte entschuldigen Sie die Störung heute Morgen. Wenn es Ihnen besser geht oder wenn Sie etwas brauchen, dann freue ich mich über Ihren Anruf.« Er setzte seinen Namen und seine Telefonnummer darunter. Dann stellte er die Tüte vor die Tür der Nummer 19 und fuhr nach Hause.

***

Nach der dritten Roadshow durch das Frankfurter Establishment sah er bis tief in die Nacht fern. Wolfs Kumpel, arrogant und grauhaarig, hatten ihn herumgereicht wie einen rohen Diamanten, ein seltenes Beispiel für das Potenzial in primitiven Formen. Dann hatten sie ihm den Geheimtipp gegeben, doch mal ihre Personalabteilungen zu kontaktieren – und wenn er im Haus war, sollte er unbedingt auf einen Kaffee vorbeischauen.

Alles alte Knacker mit gradlinigen Bilderbuchkarrieren, die sowieso nicht mehr im Angebot waren. In der Hoffnung auf Schlaf verabreichte er sich die dritte Bierdose, doch weder der Alkohol noch die Wiederholung des Formel-1-Rennens vom Wochenende vermochten ihn zu beruhigen. Er war hellwach. Fast drei Jahre lang hatte er mitgespielt, hatte den täglichen Massentransport nach Eschborn ertragen, die Arbeitszeiten eingehalten, sich alle paar Monate beurteilen lassen, hatte von der ReAG in der ersten Person Plural gesprochen und Weigel in dem Glauben gehalten, er sei sein Vorbild. Er hatte getan, wofür man früher mit bruchlosen Werdegängen belohnt worden war. Doch diese Zeiten waren vorbei. Auf einem weiteren lecken Dampfer anzudienen, schien deshalb wenig vielversprechend.

Zumal es ohnehin nicht in Aussicht stand. Wolfs Freunden zufolge herrschte im gesamten Rhein-Main-Gebiet Einstellungsstopp. Zumindest für Leute wie ihn. Wenn überhaupt, wurden Experten für erneuerbare Energien gesucht. Aber er könnte es ja mal im Privatkundenbereich der Sparkassen versuchen, hatte ihm ein Mann von der Deutschen Bank geraten. Da brummte das Geschäft. Wenn er Glück hatte, könnte er da als Anlagespezialist für den Energiesektor durchgehen und Beteiligungen an Windrädern und Biomaisfeldern verkaufen. Was für viel Heiterkeit unter den Beistehenden gesorgt hatte, erwies sich allerdings als Fehlinformation, von einem Repräsentanten der Sparkasse umgehend dementiert.

Ein einziger Mann hatte ihn gebeten, ihm seinen Lebenslauf zuzuschicken. Er war sehr dick und stellvertretender Geschäftsführer des Hessischen Arbeitgeberverbands. Da war René abschließend klar geworden, dass er seine Zeit verschwendete. Löhne drücken überstieg nämlich selbst seine Schmerzgrenze. Es war ein Fehler gewesen, Johannes Wolf – der sich wie ein Schneekönig über das Interesse des Dicken freute – um Hilfe zu bitten. Er hätte ihn da nie mit hineinziehen sollen. Er sah seine Zukunft vor sich, als Geisel von Wolf und seiner Frau, zu ewiger Dankbarkeit für einen Verbandsjob verpflichtet und jedes Wochenende in Bad Homburg daran erinnert werdend. Das konnte er Cosima nicht antun.

Nein, er musste es allein schaffen. Wolf konnte er vergessen, Weigel konnte er vergessen, den Headhunter, der sich nicht mehr meldete, auch. Er schaltete den Fernseher aus und sah auf die Uhr. Er musste doch weggenickt sein, denn es war schon halb fünf.

Mit steifen Gliedern stand er vom Sofa auf und zog den Trainingsanzug an. Er verließ das Haus und begann, langsam durch die erwachenden Straßen zu laufen, den Ring entlang nach Osten. Als sich die Wolkenränder rosa färbten, zogen die ersten Flugzeuge über den Himmel. Er überholte ein Kehrfahrzeug in der Kurve und bog auf die Eschersheimer rechts ab nach Bornheim.

Martin Jäger war niemand gewesen, der andere an sich heranließ. So nah wie seit dem Abend, an dem er seine Einladung zum Bier ausgeschlagen hatte, hatte René sich ihm zu Lebzeiten nie gefühlt. Doch jetzt zog es ihn zurück in die Egenolffstraße. Es war, als ob er ausschließen wollte, dass Jäger etwas dagegen hätte.

Die Straße schlief noch. Tauben gurrten auf den Dächern. Er hob den Blick und sah, wie das Morgenrot die obersten Dachziegeln der Nummer 19 sanft einfärbte. Die Frage, um welche Uhrzeit die Leiche gefunden worden war, verdrängte er, während er mit zunehmendem Tempo weiterrannte. Stattdessen konzentrierte er sich auf das, was er am Telefon sagen würde.

KAPITEL 7

Sämtliche Tische im Raum waren besetzt, als René Hartenstein in seinem besten Anzug, die Haare gepflegt zurückgekämmt, durch die hohe Glastür eintrat und sich umsah. Leise Jazzmusik drang durch die Unterhaltungen. Sein Blick wanderte von einer Gruppe zur nächsten, bis er an einer älteren Frau mit kurzen grauen Haaren hängen blieb. Sie sah in seine Richtung. Als sich ihre Blicke trafen, lächelte sie und hob die Hand. Er nickte und ging auf den von vier Ohrensesseln umrahmten Glastisch zu. Neben ihr saßen ein breiter glatzköpfiger Mann um die fünfzig, der leise vornübergebeugt auf sein Telefon einredete, und eine jüngere Frau, die ihn neugierig musterte.

»Sie müssen René Hartenstein sein.« Sie gaben einander die Hand. Ihre Stimme hatte denselben warmen Klang wie am Telefon. Er entspannte sich. Seit er gelandet war, hatte er keinen Menschen richtig verstanden. Sein Englisch war nicht mehr das beste. »Bitte. Setzen Sie sich. Ich bin Anna Smoktun, das ist Sarah Dannokis, unsere Assistentin, und der unhöfliche Mann am Telefon ist mein Partner Ed Stewart. Er muss gleich los, wollte Sie aber noch kurz in Augenschein nehmen.«

Der kompakte Mann behielt das Telefon am Ohr und schüttelte ihm hart die Hand. Er machte eine Geste, die entschuldigend gemeint sein mochte, und verschwand Richtung Lobby.

Die Frau, mit der Martin Jäger verabredet gewesen war, um den Energiesektor zu besprechen, wies ihm den Ohrensessel ihr gegenüber zu. Sie war eine ältere Dame, die noch ganz gut in Form war, in dunkelblauem Kostüm. Unter der Jacke trug sie eine weiße Rüschenbluse, die so altmodisch war, dass es schon wieder modern wirkte. Sie besaß offenkundig Geschmack. Sie hatte tiefe Lachfalten, einen geschwungen Mund und eine schmale, etwas schiefe Nase, die operiert sein konnte. »Haben Sie Hunger?«, fragte sie.

Es war zehn Uhr morgens, also elf Uhr deutscher Zeit, und er hatte außer den Nüssen im Flugzeug nichts im Magen. Sie winkte einen Kellner herbei, der die lange Bestellung ohne Notizblock entgegennahm, während er Renés Mantel unaufgefordert von seinem Schoß auflas.

»Wir haben schon gefrühstückt«, erklärte sie. »Aber lassen Sie es sich schmecken. Das Connaught ist berühmt für sein Frühstück. Heute ist ein hektischer Tag, an dem wir Sie nur kurz dazwischenquetschen konnten, entschuldigen Sie. Aber sonst hätte es Wochen gedauert, bis es klappt.«

Er nickte und sah sich dabei ungeniert im Raum um. Hier offenbarte sich, was der Frankfurter Hof einmal werden wollte, wenn er groß war. An beiden Stirnseiten der Hotelbar loderten offene Feuer im Kamin. Die Einrichtung aus mannshohen Blumengestecken, antiken Spiegeln, tiefen Teppichen und Kronleuchtern war auf geradezu bedrohliche Weise schön. Auch die Gemälde hätten auf die Titanic gepasst. Niemand im Raum war gelangweilt oder unkonzentriert. Niemand war schlecht angezogen. Niemand sah nicht überdurchschnittlich gut aus. Er sah weiße, schwarze, braune Gesichter aller Altersklassen, knallrote Socken in handgefertigten Schuhen, eine Gruppe umwerfend schöner Frauen, ergraute Männer mit offenen Hemden, keinen anderen Anzug von der Stange, aber auch keine abwertenden Blicke in seine Richtung.

»Hatten Sie Zeit, sich das Material durchzulesen?«, fragte die Smoktun.

Sie schien keinen blassen Schimmer mehr gehabt zu haben, wer er war, als er sie nach dem Dauerlauf angerufen hatte. Er hatte den Anruf schon bereut, doch dann hatte sie sich wieder an ihn erinnert und ihr Interesse hatte echt gewirkt.

Sie hatte gesagt, dass sie einen Juristen suchten, der sich im deutschen Energiesektor auskannte, und um einen kurzen Lebenslauf gebeten. Damit er einen Eindruck von LSK Capital gewinnen konnte, hatte sie ihm zwei Exposés von Projekten geschickt, an denen der Fonds beteiligt war. Dabei ging es um Summen in ähnlichen Größenordnungen wie bei der ReAG. Bei den Projekten handelte es sich um Beteiligungen an einem Gaskraftwerk und an städtischen Versorgungsunternehmen in Slowenien. Die in Aussicht gestellte Rendite lag zwischen zwanzig und fünfundzwanzig Prozent. Aus den Zahlen ging nicht hervor, wie viel LSK Capital investiert hatte, doch in dieser Liga war anzunehmen, dass jeder Teilhaber das gesamte Bad Homburger Hardtwaldviertel kaufen und plattmachen könnte, wenn er wollte. Sein Adrenalinspiegel war spürbar gestiegen.

Um festzustellen, ob aus den Projekten etwas geworden war, hatte er die Internetseiten slowenischer Medien durchsucht. In beiden Fällen hatte das LSK-Konsortium den Zuschlag erhalten. Auch auf den Internetseiten der Weltbank hatte er Verweise gefunden.

»Ihre Investitionen sind sehr riskant und sehr profitabel, das ist mein Eindruck«, bestätigte er und machte es sich auf dem Sessel bequem. Nicht so breitbeinig, pflegte Cosima ihn zu ermahnen. Doch hier saßen alle so.

Die Frau lächelte, wobei sie noch mädchenhafter aussah. »Das Risiko versuchen wir weitgehend einzuschränken. Dazu sind Juristen schließlich da. Noch gehören diese zwei Projekte, ehrlich gesagt, zu den Ausnahmen. Normalerweise investieren wir eher kurzfristig am Markt. Doch unsere Mittel sind in letzter Zeit gewachsen. Wir sind in ganz Europa auf der Suche nach lohnenden Infrastrukturprojekten, und deshalb brauchen wir Verstärkung.« Sie strich ein unsichtbares Staubkorn vom Kostümrock. »Wir sind eine kleine Truppe. Als wir in den Neunzigern angefangen haben, waren wir lange Zeit nur zu dritt – Safal Yadav, Ed Stewart und ich. Das heißt natürlich zu viert, mit Sarah.«

Aus dem Lächeln der blassen Assistentin schloss er, dass sie Deutsch verstand.

»Im Moment sind wir vierzehn, glaube ich.«

»Dreizehn«, warf die Assistentin auf Englisch mit einem Akzent ein, den er nicht einordnen konnte. »Seit Montag nur noch dreizehn.«

Die Smoktun nahm einen Schluck Kaffee. »Und dabei gibt es immer mehr zu tun. Es herrscht Unruhe auf dem Markt, und das ist gut fürs Geschäft. Die meisten Ideen, die an uns herangetragen werden, sind zwar aussichtslos, aber die wenigen Nadeln im Heuhaufen wollen gefunden werden.« Sie sah ihn herausfordernd an. »Ich hoffe, dass Sie ein guter Analyst sind und viel Geduld haben. Wir suchen jemanden, der sich in die Materie verbeißt und sich nicht zu schade ist, tief in die Zahlen hinabzusteigen.«

Statt die Frage streberhaft zu bejahen, hob er fragend die Augenbrauen.

»Dann will ich Ihnen eine ungefähre Vorstellung von dem geben, was uns ausmacht. Man könnte es unsere Herangehensweise nennen oder unsere Investment-Philosophie.«

Sie stellte ihre Tasse ab und er bemerkte die Altersflecken auf ihren Händen. Ihr Alter war schwer zu schätzen, was an der ungekünstelten Art liegen musste. Im Gegensatz zu Cosimas Mutter schien sie sich nicht zu bemühen, jünger zu wirken, als sie war. Sie konnte Ende fünfzig sein oder auch zehn Jahre älter. »Unser Grundsatz ist simpel. Er lautet, dass man nicht mit der Mode gehen darf. Weder auf den Märkten, noch sonstwo. Und diese Regel erfordert viel Fleiß.«

»Fleiß?«

Sie fixierte ihn ruhig. Obwohl sie die meiste Zeit sprach, war ihm klar, dass er es war, der auf den Prüfstand gestellt wurde. Von Wolfs Kumpel war er ähnlich abgetastet worden, doch die Unterhaltung mit der Frau machte mehr Spaß. »Es erfordert eine Menge Fleiß, sich nicht aus Unwissenheit gängigen Meinungen anzuschließen. Unabhängig zu denken, kostet viel Zeit und Arbeit. Verstehen Sie, was ich meine?«

»Ich glaube schon. Es ist nicht einfach, es besser zu wissen.«

Sie nickte. »Man muss die Fakten sehr genau kennen, wenn man sich von dem verbreiteten Gefühl nicht anstecken lassen will, etwas zu verpassen. – Das dauert aber lange mit Ihrem Frühstück.«

Er wartete, bis sie einen Kellner herbeigewunken und zur Eile angetrieben hatte, und fragte dann: »Sprechen Sie von der deutschen Energiewende?«

»Ich spreche von unserem Anspruch bei LSK, jedes Projekt von Grund auf zu verstehen, bevor wir uns entscheiden zu investieren oder nicht. Allerdings ist die Energiewende ein gutes Beispiel dafür, was passiert, wenn Leute zu denkfaul sind und den Überblick verlieren.«

Auf den ersten Blick wirkte eine Verabredung zwischen Martin Jäger und ihr schwer vorstellbar – der weltfremde Öko mit der Großverdienerin. Doch sie wären wahrscheinlich gut miteinander ausgekommen.

»Dass die Deutschen Solarenergie toll finden«, fuhr sie fort, »ändert nichts an ihrer Entfernung zum Äquator. Und dass sie bereit sind, sich den Horizont mit Millionen Windrädern zu verbauen, ändert nichts an deren geringer Leistung. Vor lauter Begeisterung für erneuerbare Energien wird vergessen, dass Stromerzeugung ein paar einfachen physikalischen Gesetzen folgt.« Sie hob spöttisch die Augenbrauen. »Und die besagen, dass die Experimente mit Sonne, Wind und Biogas bald niemand mehr bezahlen kann. Darauf kommt man allerdings nur, wenn man sich die Zeit nimmt nachzurechnen.«

Das hätten Jägers Worte sein können. Es war erstaunlich. Der Unterschied bestand nur darin, dass der Widerstand gegen den Zeitgeist sie reich gemacht hatte, während Jäger daran vereinsamt und verzweifelt war.

Als er ein Stück zur Seite rückte, um dem Kellner Platz zu machen, stieß er mit der Schulter gegen einen anderen. Von beiden Seiten begannen sie, seinen Platz mit Silberbesteck, Damastserviette, Porzellan und Gläsern zu bestücken.

Wahrscheinlich hätte Jäger wirklich ein guter Investmentbanker werden können. Hätte er seine Wut in Geld verwandelt, hätte sie vielleicht auch weniger wehgetan … Verwundert betrachtete René den vollgestellten Tisch.

»Fangen Sie mal an zu essen und hören Sie mir zu.« Die Smoktun lächelte. »Vielleicht hilft es Ihnen, das Angebot zu verdauen, das wir Ihnen machen wollen.«

Er griff nach dem Orangensaft und merkte erst jetzt, wie trocken sein Mund war. Er trank das Glas in einem Zug leer. Die Smoktun bestellte noch eins.

»Danke«, sagte er verlegen.

Sie warf ihrem Partner, der sich kurz in der Glastür zeigte und gleich wieder verschwand, einen Blick zu.

»Hören Sie. Sie haben zwar einen gewinnenden Charme, aber wir kennen uns nicht. Und selbst wenn wir die nächsten zwei Stunden miteinander verbringen würden, wozu mir leider die Zeit fehlt, würde sich daran nichts ändern. Wir sind, wie gesagt, eine kleine Firma. Große Konzerne stellen massenhaft auf gut Glück ein, doch das können wir uns nicht leisten. Die Kosten für einen Aussetzer wären zu hoch. Bei uns kommt es auf jeden Einzelnen an, verstehen Sie?«

Er hatte nicht gewusst, dass Rührei so gut schmecken konnte. Es war weich, ohne labberig zu sein. Geradezu sahnig. Mit vollem Mund nickte er.

»Kurz gesagt brauchen wir einen pragmatischen Juristen, dessen Fachwissen von seinem gesunden Menschenverstand gelenkt wird und nicht umgekehrt. Wir brauchen jemanden, der Sinn fürs Geschäft hat und unsere externen Berater entsprechend brieft. Sie müssen nicht das Kleingedruckte ausarbeiten, sondern das Risiko managen.«

»Okay.«

»Das Wenige, was Ihr Lebenslauf hergibt, gefällt uns. Dass sie aus der Nuklearindustrie kommen, die in Deutschland seit Jahren am Abgrund stand, gefällt uns. Dass Sie von sich aus spontan nach London gekommen sind, gefällt uns. Dass Sie gerade gefeuert worden sind, gefällt uns auch. Dann haben Sie auch noch Ihren Kollegen verloren.«

Er sah auf.

»Sie haben einiges mitgemacht in letzter Zeit und können offensichtlich einstecken. An perfekten Kandidaten ohne Bruch im Lebenslauf sind wir weniger interessiert als an solchen, die bewiesen haben, dass sie Niederlagen verkraften können. Deshalb würden wir Sie gerne für ein paar Monate ausprobieren.«

Ihre Augen trafen sich.

»Mehr kann ich Ihnen leider nicht bieten.«

Er wischte die Reste des Rühreis mit einem Stück Brot auf und fragte: »Sprechen Sie von einer Probezeit?«

»Ich kann Ihnen fünfzigtausend Dollar für sechs Monate anbieten ohne Bonus oder Gewinnbeteiligung. Um das Risiko für Sie etwas zu verringern, noch eine Umzugspauschale von fünftausend.«

»Hm«, machte er und aß weiter.

»Wenn wir zusammenpassen, werden wir nach sechs Monaten neu verhandeln. Das ist unser Angebot.«

Sarah, die unscheinbare Assistentin, deren Namen er nicht vergessen hatte, schien ein wortloses Signal empfangen zu haben. Sie bedeutete einem Kellner, dass er die Rechnung bringen sollte.

»Drei Monate.«

»Bitte?«

»Es kann mich viel kosten, andere Möglichkeiten sechs Monate lang aufzuschieben. Die Entscheidung, für drei Monate nach London zu kommen, fällt leichter.«

Die Assistentin legte eine Kreditkarte in das Lederbüchlein des Kellners.

»Natürlich.« Smoktuns graue Augen lächelten. »Aber wir brauchen keinen besseren Praktikanten, der mal kurz für ein paar Wochen hineinschnuppert. Sie sollen nicht nur richtige Entscheidungen treffen, sondern Sie sollen die falschen auch ausbaden. Bevor wir wissen, ob Sie geeignet sind, müssen Sie zu spüren bekommen, wie bei uns gearbeitet wird. Wir wollen wissen, wie viel Sie aushalten.«

»Hm.«

»Überlegen Sie es sich. Wenn Sie das Risiko nicht eingehen wollen, ist das kein Unglück. Dann sind wir nichts für Sie.«

Sie stand auf und er erhob sich ebenfalls. In dem staubgrünen Sessel hatte sie größer gewirkt als im Stehen. Sie war etwa einen Kopf kleiner als er. Ihr Händedruck war fest und warm.

»Ich muss Sie leider sitzen lassen. Wenn Sie Fragen haben, rufen Sie an. Ich würde mich freuen, wenn Sie zusagten. Und bitte entschuldigen Sie die Eile.« Sie lächelte. Im nächsten Moment war ihre Silhouette in der Drehtür verschwunden.

Er setzte sich wieder hin und fing den Blick eines Kellners auf. Man erwartete von ihm, dass er jetzt ebenfalls aufbrach und den Tisch freigab. An der Bar wartete eine Gruppe perfekt geschnittener Anzüge. Er griff über den Tisch zum Honig und ließ langsam einen großen Löffel voll in die Müslischale laufen.

Er musste herausfinden, wo der Haken lag. Es war ein großartiges Angebot und die nach Branchenmaßstab bescheidene Bezahlung machte es noch besser. So wenig konnten sie ihm nur bieten, weil sie wussten, dass er wusste, dass er am Ende ernsthaft Geld verdienen konnte. Die Frau hatte gesagt, dass er sechs Monate lang keine Gewinnbeteiligung und keinen Bonus bekommen werde, was bedeutete: danach schon. Ihm war gerade angeboten worden, in einen Investmentfonds einzusteigen, der über ein Portfolio von mehreren Hundert Millionen verfügte. Mindestens. Natürlich würde er dafür riskieren, ein halbes Jahr zu verschwenden. Kein Problem. Er hatte Lust auf Unbekanntes und die Nase voll von geregelten Arbeitsverhältnissen. Er hatte Lust, hart zu arbeiten. Er hatte Lust zu beweisen, wie viel er aushielt. Also: Wo war der Haken?

***

Am Nachmittag flog er zurück nach Frankfurt und fing an zu suchen. Bald stellte er fest, dass es einfacher war, die Geschäftsdaten von Bäckern und Metzgern herauszufinden als die von international operierenden Investmentfonds. LSK Capital traf Entscheidungen, die das Schicksal ganzer Städte und Landstriche beeinflussten, unterlag aber keiner Rechenschaftspflicht und musste weder Bilanzen noch Abschlüsse veröffentlichen. Im britischen Handelsregister waren nur die Namen der Gesellschafter und der Mitglieder des Aufsichtsrats verzeichnet.

Er nahm sich die Beteiligten einzeln vor und durchsuchte das Internet. Die zwei männlichen Partner kamen beide aus der Finanzbranche. Der Brite hatte vor LSK sowohl für Investmentbanken als auch für die Finanzaufsicht gearbeitet. Der Inder kam von Goldman Sachs. Einzelheiten über die Frau fand er weder auf den gängigen Plattformen noch über Google. Der einzige zugängliche Lebenslauf stand auf den Internetseiten von LSK Capital und begann im Jahr 1994, als sie an der Privatisierung einer tschechischen Eisenerzmine beteiligt gewesen war. Sie war anscheinend die Einzige der drei, die keine erwähnenswerte Erfahrung aus der Investmentbranche mitgebracht hatte.

Der aus sechs Mitgliedern bestehende Aufsichtsrat von LSK wurde von dem ehemaligen Chef der Entwicklungsabteilung von British Petroleum geleitet, der im Rang eines britischen Ritters stand. Weitere Mitglieder waren ein Professor aus Oxford, ein italienischer Industrieller, ein ehemaliges Vorstandsmitglied einer texanischen Ölgesellschaft und eine Spanierin, die bis vor ein paar Jahren für die EU-Kommission im Bereich der Energiepolitik gearbeitet hatte.

Seine Neugier trieb ihn schließlich auch auf Facebook, wo enttäuschenderweise nur die Assistentin registriert war. Nachdem er sich durch ihre jüngsten Urlaubsfotos geklickt und festgestellt hatte, dass sie im Bikini auch nicht aufregender aussah, klappte er den Laptop zu und rief Cosima an.

Er musste Johannes Wolf bitten, sich in der Frankfurter Szene über LSK Capital umzuhören. Doch wenn er allein am Telefon mit ihm sprach, würde er womöglich beleidigt sein, dass er sich nicht für seinen dicken Arbeitgeberpräsidenten interessierte. Deshalb schlug er Cosima zum ersten Mal von sich aus vor, nach Bad Homburg zu fahren.

***

»Was für eine Chance! Die Londoner Finanzbranche spielt doch in einer ganz anderen Liga als die Frankfurter.«

»Das stimmt.« Sie standen im Stau. Er hatte Cosima gerade erzählt, was er über LSK wusste.

»Das lohnt sich selbst dann, wenn sie dich am Ende nicht nehmen. Aus den Kontakten, die du in sechs Monaten knüpfst, kann sich noch alles Mögliche ergeben.« Sie sah geradeaus in den über dem Frankfurter Kreuz lodernden Sonnenuntergang. »Nach genau so was hast du doch gesucht. Das wäre etwas ganz Neues und du –« Sie führte den Satz nicht zu Ende.

»Was?« Auch er sah sie nicht an.

»Du weißt doch, dass Katharina da mal ein Jahr auf Secondment war. London ist toll. Das bringt dich auch auf andere Gedanken. Es tut dir bestimmt gut, eine Zeit lang woanders zu sein. Du brauchst jetzt erst mal Abstand.« Sie seufzte. »Ich meine, von dem, was passiert ist.«

»Von Martin Jäger.«

»Meinst du nicht?«

»Dabei war er es, der mir den Job verschafft hat. Er hat den Kontakt überhaupt erst hergestellt.« René gab ein unfrohes Geräusch von sich. »Ein bisschen komme ich mir schon vor wie Don Draper, der in die Fußstapfen eines Toten tritt.«

»Ach was«, protestierte Cosima leise.

»Wenn er noch am Leben wäre, würde er den Job antreten, nicht ich.«

»Aber du weißt doch gar nicht, was er von denen wollte.«

Nach ein paar Metern im Schritttempo standen sie wieder still. Unruhig trommelte er mit den Fingern aufs Lenkrad. Da war eine kleine Blase des Unwohlseins. Etwas, was er nicht benennen konnte, störte ihn. »Ich weiß auch nicht warum. Aber irgendwie habe ich ein schlechtes Gefühl.«

Sie fixierte die Bremslichter vor ihnen. »Hat es mit den Leuten zu tun, die du in London getroffen hast?«

»Ich habe ja nur mit der Partnerin gesprochen. Mit der Frau, die Jäger treffen wollte.«

»Und die hat dir gefallen, hast du gesagt.«

Er zuckte mit den Achseln. »Soweit man das nach zwanzig Minuten sagen kann.«

»Machst du dir Sorgen wegen der anderen, die noch dabei sind?«

»Die würde ich kennenlernen. Sechs Monate sind lang genug, um sich ein Bild zu machen.«

»Also?«

»Ich weiß nicht.«

Sie musterte ihn von der Seite. »Ich glaube, im Moment traust du niemandem. So wie du drauf bist, würdest du hinter jedem Angebot eine Falle wittern. Du müsstest dich mal hören. Die Leute, die mein Vater dir vorgestellt hat, sind auch alles Nieten.«

»– das habe ich nicht gesagt –«, er warf ihr einen schnellen Blick zu.

»Ist auch egal. Ich will nur sagen, dass es keine Rolle spielt, wie du an die Londoner gekommen bist und umgekehrt. Es war einfach Glück. Ich glaube, es ist das Beste, was dir im Moment passieren kann – etwas Neues in einer anderen Stadt, wo du dich in die Arbeit stürzen kannst und im Gegensatz zur ReAG sogar mal gefordert wirst.«

»Aber erst will ich wissen, auf was ich mich einlasse. Ich will nicht noch mal in etwas hineinstolpern, was mir morgen um die Ohren fliegt. Bei den Summen reicht eine Fehlinvestition, um das ganze Kapital von einem Tag auf den anderen in Schulden zu verwandeln.«

»Klar.«

»Mit teuren Frühstücken in schicken Hotels will ich mich nämlich nicht blenden lassen. Ich bin kein Anfänger aus der Provinz.«

Sie nickte.

»Deshalb soll mir dein Vater helfen. Bevor ich für LSK Capital die Due Diligence mache, werde ich sie erst mal selbst überprüfen.«

***

Es taten sich zwei Quellen auf. Die erste war der Bekannte eines Informanten von einem von Wolfs Redakteuren, dessen Meinung René nur aus dritter Hand hörte. Danach genoss LSK einen ausgezeichneten Ruf und gehörte zu den wenigen Fonds im Energiesektor, bei denen keine schlechten Investitionen in Solar- oder Windkraft in den Büchern faulten.

Die zweite Quelle traf er zum Kaffee. Es war ein junger, hünenhafter Analyst, der für die Commerzbank in London arbeitete und gerade in Frankfurt zu tun hatte. Mit dem blonden Bürstenschnitt und einem Kinn, das er nach jeder Äußerung reckte, als erwartete er den nächsten Befehl, erinnerte er ihn an Dolph Lundgren in Rocky IV. Er schlug sofort einen vertraulichen Ton an, als hielte er René für ein Mitglied derselben Truppe. Er war ein arrogantes Arschloch mit bubenhaftem Charme, Ende zwanzig, der etwas zu spät eingestiegen sein musste, um die fetten Jahre vor der Finanzkrise mitgemacht zu haben, doch seiner Körpersprache nach zu urteilen bereute er nichts.

»Echt unglaublich, dass wir uns hier mitten am Tag treffen können«, begann er. Sie saßen an einen Cafétisch im gähnend leeren Erdgeschoss des Commerzbank-Turms. »In London wäre das unmöglich. Da geht es vierundzwanzig Stunden am Tag voll ab auf den Terminals. Lunch gibt's nur vorm Computer. Da hat kein Mensch Zeit für Käffchen zwischendurch.«

René sah in den Raum. »Hier anscheinend auch nicht.«

»Die sind echt krass drauf, die Jungs da drüben. Ganz anders als hier. Geregelte Arbeitszeiten und Festanstellung und so'n Scheiß kennen die nicht. Ehrlich jetzt. Da herrscht Tempo.«

René nickte.

»Und du willst auch nach London kommen, oder was?« Dolph schob die Finger durch die blonden Stoppeln.

»Ich überlege es mir. Johannes Wolf sagt, du kennst LSK Capital.«

»Sag bloß, du fängst bei denen an?«

»Vielleicht.«

»Ich meine –«, der Hüne blinzelte, »– im Ernst?«

»Vielleicht.« René fuhr sich über den Mund. »Was muss man denn über die wissen?«

»Okay. Dein Glück ist, dass ich einen großen Deal von LSK mitbekommen habe, und weil ich nicht dumm bin, habe ich aus Interesse mitverfolgt, was die noch so treiben.«

»Und was war das für ein Deal?«

»Langsam. LSK kennt sonst keiner. Die haben unendlich viel Schotter und können machen, was sie wollen. Diese Fonds werden von keiner Bankenregulierung beschränkt. Keine Eigenkapitalquote, nichts. Frei wie Raubvögel sind die.« Auf die Formulierung war er offensichtlich stolz.

»Verstehe.«

»Und weißt du, was die vor ungefähr zwei Jahren gemacht haben, als der gesamte Energiesektor geblendet war von den Erneuerbaren?«

René Hartenstein rührte in seinem Kaffee.

»Die haben in Steinkohle investiert, for fuck's sake!« Dolph entblößte sein gesundes Gebiss und lachte. »Die haben riesige Termingeschäfte abgeschlossen und zu Spottpreisen auf Kohle gesetzt, als das Zeug als versautester Energieträger von allen galt. Und dir ist klar, was in den letzten Jahren passiert ist?«

René nickte. Kohle war wieder auferstanden.

»Kohle ist gefragt wie nie zuvor. Letztes Jahr wurde in Deutschland so viel davon verbrannt wie seit zwanzig Jahren nicht mehr.

Alles dank der umweltfreundlichen Energiewende.« Er grinste. »Und LSK Capital hat das vorausgesehen. Soweit ich weiß, waren die weit und breit die Einzigen. Ich habe mich umgehört, weil ich wissen wollte, ob da ein Zug anrollt, auf den wir aufspringen sollen. Aber da war kein Zug. Da war nur dieser eine verrückte Fonds. Außer denen hat kein Schwein verstanden, worauf der Atomausstieg hinauslaufen wird.«

»Auf steigende Nachfrage nach konventionellen Energieträgern.«

»Korrekt. Und selbst wenn ich das kapiert hätte, hätte mir das in der Bank kein Mensch geglaubt. Wir haben alles in Regenwürmer und Raps und Windspiele und den ganzen Mist investiert. Jeder wollte der Erste sein da oben in der Nordsee, wo noch immer kaum ein Rad im Watt stecken bleibt. Und die wenigen, die halten, müssen stillstehen, wenn die Schweinswale sich paaren. Hast du davon gehört, von dem Problem mit den virilen Walen?«

»Und was hast du sonst noch mitbekommen?«

Dolph lachte immer noch über die Wale. »Was?«

»Du hast gesagt, dass du danach weiterverfolgt hast, in was LSK investiert haben.«

»Wie gesagt, offenlegen tun die nix. Deshalb weiß ich nur, wo sie nicht investiert haben. Die Deals flimmern den ganzen Tag über meinen Schirm. Aus Neugier macht man Stichproben. LSK Capital war nie dabei, wenn es um erneuerbare Energien ging. Nie. Für einen Fonds, der auf den Energiesektor spezialisiert ist, ist das schon erstaunlich. Die sind sich ihrer Sache sehr sicher, die Jungs. Hartgesotten, würde ich sagen. Entweder das, oder sie haben unverschämtes Glück.« Seine Augen verengten sich. »Und du hast Kontakt zu denen? Ich meine – wie denn? Diese Boutiquen, heißt es immer, holen sich nur die absoluten Outperformer aus der City und von der Wall Street. Auch mal aus Singapur oder Hongkong. Aber doch nicht, no offence jetzt, aber –«, er verzog das arische Gesicht zur verächtlichen Grimasse, »– aber doch nicht aus Frankfurt.«

René übernahm die Rechnung. »Du sagst doch selbst, dass die anders ticken als andere.«

Über die Auskunft war er so zufrieden, wie man es kann, wenn man das Haar in der Suppe sucht und es nicht findet. Alles, was er erfahren hatte, deckte sich mit dem, was die Frau gesagt hatte. Die Investmentpolitik von LSK entsprach dem einfachen Prinzip, kritisch zu denken. Es sah ganz danach aus, dass er bei denen viel lernen konnte. Eine einmalige Chance.

Doch während er sich von dem blonden Herrenmenschen befreite, bekam er die schwelende Unzufriedenheit darüber nicht los, wie leicht es ihm gemacht wurde. Er wurde das Gefühl nicht los, etwas übersehen zu haben.

KAPITEL 8

Es herrschte noch tiefe Nacht, als er am Gründonnerstag aufwachte. Der Wecker stand auf kurz nach fünf, doch er war sofort hellwach. Er stand auf und stellte sich unter die Dusche. Dann zog er den schwarzen Asi-Trainingsanzug an, den Cosima hasste, und verließ die Wohnung mit seiner schwarzen Sporttasche.

Auf der Autobahn war außer den ersten Lastwagen noch niemand unterwegs. Es war klar und trocken. Ideale Bedingungen. Eineinhalb Stunden lang bretterte er mit Vollgas über die A5. Die dreispurige Strecke vom Frankfurter Kreuz zum Gambacher Kreuz fuhr er zweimal. Bevor er an der Raststätte Hörselgau abfuhr, las er zufrieden die Durchschnittsgeschwindigkeit der letzten Stunde ab.

Er tankte und ging mit großem Appetit frühstücken. Bis auf ein paar osteuropäische Brummifahrer, die aus abgegriffenen Plastiktüten hart gekochte Eier und Graubrot auspackten, war die Raststätte leer. Im Radio lief Volksmusik. Er saß am Fenster zum Parkplatz und dachte an gar nichts.

Obwohl der Verkehr stark zugenommen hatte, fuhr er auch den zweiten Teil der Strecke nicht direkt, sondern nahm den Umweg über die neue A71, die breiteste Autobahn Deutschlands. Mit einem weinroten Panamera lieferte er sich ein Rennen bis kurz nach Erfurt. Normalerweise nahm er erst die nächste Ausfahrt, doch kurz vor Sömmerda wurde vor Bauarbeiten gewarnt.

Er zügelte den Wagen und fuhr über die scharfe Kurve, die mit jungem Buschwerk bepflanzt war, von der Autobahn ab zur Bundesstraße. Links ging es nach Sömmerda, rechts nach Schloßvippach und Rohrborn. Für eine Autobahnabfahrt in der Provinz war das Schild überdimensional groß. Im Vergleich zu Frankfurt war die gesamte Infrastruktur im Osten großzügig, neu, sauber und leer. Doch das war es nicht, was den inneren Alarm in ihm auslöste. Er runzelte die Stirn. Als es hinter ihm hupte, war die Ampel schon wieder rot. Er entschuldigte sich über den Rückspiegel.

»Die kenne ich«, platzte es mit einem Mal aus ihm heraus. Er schüttelte den Kopf. Die Ampel sprang zum zweiten Mal auf Grün und er beeilte sich, links abzubiegen. »Anna Smoktun«, sagte er zu sich selbst, weil er es hören musste, um es zu glauben. »Die kenne ich doch. Die kommt aus Rohrborn.«

Es war kein Name, der häufig vorkam. Außerdem hatte er damals das Alter der Verdächtigen errechnet, die älter gewesen war als seine Eltern. Das hieß, dass die nette grauhaarige Dame aus London mit ziemlich hoher Wahrscheinlichkeit dieselbe Anna Smoktun war, die nach dem Zusammenbruch der DDR mehrere Millionen aus dem Volksvermögen hatte mitgehen lassen. Sie stammte aus Rohrborn.

Er schlug zweimal aufs Lenkrad. Endlich wusste er, wonach er gesucht hatte. Das undeutliche Gefühl, dass irgendetwas nicht stimmte, hatte ihn nicht getäuscht. Er war nicht traumatisiert und misstrauisch, wie Cosima geargwöhnt hatte, sondern nur aufmerksam. Erleichtert gab er Gas. Rechts und links der Straße flog das Braun frisch gepflügter Felder vorbei.

Er war Referendar bei der Berliner Staatsanwaltschaft gewesen und hatte alles getan, um sich vor Gerichtsverhandlungen zu drücken. Strafverfolgung war nichts für ihn, das hatte er schon nach dem ersten Prozesstag gewusst. In seinen Augen wurden vor Gericht nur traurige Theatervorstellungen gegeben, deren Hauptzweck darin bestand, dem Volk auf Kosten der Angeklagten den Eindruck von Recht und Ordnung zu vermitteln. Zu viele Bekannte seiner Brüder waren auf der Anklagebank endgültig zu Verlierern erklärt worden, als dass er imstande gewesen wäre zu glauben, dass die Verurteilten verdienten, was sie bekamen. Allen Beweisen zum Trotz fühlte er jedes Mal mit der Gegenseite, mit den armen Schweinen, deren Leben längst schlecht genug gelaufen waren, und die dann auch noch das Pech oder die Dummheit besessen hatten, sich erwischen zu lassen. Gerecht fand er das, was vor Gericht passierte, nicht. Den Rest seiner Zeit am Gericht hatte er damit verbracht, undankbare Schreibarbeit zu erledigen.

So war er an die Aufgabe gekommen, Hunderte ungelöster Fälle aus der Wendezeit zu archivieren. Es waren Fälle von sogenannter wiedervereinigungsbedingter Wirtschaftskriminalität. Betrügereien, Veruntreuungen, Diebstähle und Vorteilsnahmen, die von der Staatsanwaltschaft Anfang der Neunziger eine Zeit lang verfolgt, dann aber aus Mangel an Beweisen oder aus Nachlässigkeit oder schierer Überarbeitung wieder fallen gelassen worden waren. René hatte sich mit wachsendem Interesse in die Akten vertieft, aus denen ein ganz neues Bild vom Ende der DDR entstanden war. Dass die Wende eine Blütezeit für ungesühnte Verbrechen gewesen war, hatte er vorher nicht gewusst.

Er legte eine Statistik an, aus der hervorging, dass fast neunzig Prozent der Verdächtigen, die ohne Anklage davongekommen waren, aus dem Westen stammten. Skrupellos, clever und schnell hatten sich geschäftstüchtige Wessis im Osten bedient und waren in den Monaten nach dem Mauerfall über die Reste des sozialistischen Staatseigentums hergefallen.

Zu den wenigen ostdeutschen Ausnahmen hatte eine Frau namens Anna Smoktun gehört. Sie war ihm aufgefallen, weil sie praktisch Nachbarn waren. Die Verdächtige stammte aus Rohrborn, keine zehn Minuten von ihm zu Hause entfernt, einem noch kleineren Kaff als Sömmerda. An die Einzelheiten ihres Deals konnte er sich nicht mehr erinnern. Er wusste nur noch, dass er einen gewissen Lokalstolz empfunden hatte, was ein weiteres Indiz dafür war, dass er als Staatsanwalt nichts taugte.

Rohrborn. Er schüttelte den Kopf. Ärmlicher ging es kaum. Dessen jährliche Wirtschaftsleistung wurde wahrscheinlich vom Connaught Hotel an einem einzigen Vormittag übertroffen. Der Dorfkern bestand aus einem Dutzend schorfiger Bauernhäuser mit verfallenen Stallungen, die im Sommer regelmäßig von gelangweilten Jugendlichen in Brand gesteckt wurden. Vor ein paar Jahren hatte sich die Bevölkerungszahl verdoppelt, als am südlichen Ortsrand ein Neubaugebiet erschlossen worden war. Seitdem lebte eine Handvoll junger Familien in Rohrborn, die sich den Traum vom Eigenheim in einer Kurve der A71 erfüllten.

Er drosselte das Tempo. Bevor er nach Hause fuhr und von seiner Mutter um Geld angepumpt und anderweitig in Beschlag genommen wurde, wollte er wissen, ob er sich nicht täuschte. Statt geradeaus weiter zu seinen Eltern zu fahren, bog er auf die Frohndorfer Straße ab, zurück in Richtung Autobahn.

In der nächsten Raststätte versuchte er es auf dem Smartphone, kaufte dann aber eine Stunde Internet und stieg auf einen großen Bildschirm um. Er klickte auf die Seite des englischen Handelsregisters. Dort registrierte er sich mit Namen und Passwort und gab seine Kreditkartennummer ein, um öffentlich zugängliche Firmendokumente für ein Pfund pro Seite einzusehen.

Die Geburtsdaten der Firmengesellschafter waren vollständig hinterlegt. Nach wenigen Minuten hatte er Gewissheit. Sie war es. Bei der Frau, mit der er im Connaught gefrühstückt hatte und für die er demnächst arbeiten wollte, handelte es sich wirklich um die Wendegewinnerin aus Rohrborn. Anna Smoktun, geborene Althoff. Er verschränkte die Hände hinterm Kopf und blieb reglos sitzen.

Es gab nur eine Person, die ihm jetzt weiterhelfen konnte. Verdammt. Wen er einmal begehrt hatte, würde er immer begehren, und deshalb vermied er den Kontakt mit Frauen, wenn Schluss war. Er hielt nichts davon, Freunde zu bleiben. Hadice Demir hatte er nie wieder gesehen. Er erinnerte sich daran, wie ihre traurigen Augen ihn beim letzten Mal fertiggemacht hatten. Doch es ging nicht anders. Er öffnete seinen Hotmail-Account und verschickte eine kurze Mail. Dann stand er auf, um eine Dose Red Bull zu kaufen.

An der Kasse klingelte sein Handy.

»Das ging aber schnell«, sagte er.

»Hallo, René.« Ihre Stimme klang erstaunlich fest. Hadice war

Spezialistin für Wirtschaftsstrafrecht bei der Berliner Staatsanwaltschaft. Während der gemeinsamen Referendarzeit waren sie regelmäßig miteinander ins Bett gegangen.

»Hallo, Hadice. Kannst du sprechen?«

»Was willst du denn?« Er war sich nicht ganz sicher. Womöglich lag sogar etwas Einladendes in ihrer Stimme. »Und wo bist du überhaupt?«

Er sah sie vor sich. Sie war klein und blass und voller Energie. Ihr Gesicht war ungeschminkt, das schwarze Haar fiel ungekämmt in die Stirn. Es musste gut drei Jahre her sein, dass er sie zum letzten Mal geküsst hatte. »Ich will dich um einen Gefallen bitten. Bist du im Büro?«

»Noch fünf Minuten. Dann habe ich Verhandlung und danach fahre ich in Urlaub.«

»In Urlaub?« Scheiße. Er fuhr sich durchs Haar. »Wie lange denn?«

»Fünf Tage über Ostern. Bis nächsten Mittwoch.«

»Und wohin?«

»Nach Schweden.«

»Fünf Tage Schweden?« Es war so laut geworden, dass die Kassierin empört aufsah.

»Sag mal, tickst du noch ganz richtig?«

»Entschuldige. Hör zu. Das ist wirklich wichtig. Kannst du mir noch schnell einen archivierten Fall besorgen, bevor du losfährst?«

»Aus dem Archiv?«

»Ja.«

»Nein.«

»Bitte!«

»Vergiss es. Damit mache ich mich strafbar.«

»Ich kann dir den Hintergrund erklären. Es ist völlig harmlos.«

»Sorry, René. Ich muss gleich los.«

»Hadice, bitte. Es tut mir leid. Alles. Es tut mir auch leid, dass ich anrufe. Aber es geht nicht anders.« Er hielt den Atem an. Mehrere Sekunden vergingen. Dann ein Räuspern.

»Ruf mich nächste Woche noch mal an.«

»Okay. Danke.«

Er würde also warten müssen, bis er möglicherweise mehr darüber erfuhr, woher das Startkapital von LSK Capital stammte. Missgelaunt setzte er die Dose an. Geduld gehörte nicht zu seinen Stärken und fünf Tage waren eine lange Zeit. Doch er war ohnehin auf dem Weg nach Hause. Vielleicht kam er da weiter.

***

Der Hochhaussiedlung waren nach der Wiedervereinigung zahllose neue Parkplätze und eine Farbtherapie verpasst worden. Seitdem war der Balkon seiner Eltern mit einem senfgelben Metallmantel verkleidet. Der Block daneben hatte grüne Balkons, das Haus zwei weiter wieder gelbe, und das Haus, in dem sein mittlerer Bruder Marc mit seiner Freundin wohnte, wenn sie ihn ließ, hatte weinrote. In der Mittagssonne erfüllten die Farbkleckse im Grau der Fassaden ihren Zweck und leuchteten René von Weitem entgegen.

Er parkte vor dem Haus seiner Eltern rückwärts ein. Beide Türen auf der Fahrerseite waren zerkratzt worden, als er das erste Mal mit dem Wagen hier gewesen war. Gewundert hatte es ihn nicht. Er lebte zwar mittlerweile weit weg, hatte aber nicht vergessen, wie die Leute hier tickten. Dass sein Auto als Neuwagen etwa das Zweifache des durchschnittlichen Jahreseinkommens im Viertel kostete, war nicht das Hauptproblem. Inklusive Musikanlage und Aufmotzen war der mattweiße Scirocco, der ein paar Plätze neben ihm stand, kaum billiger. Was provozierte, war vielmehr das Modell und in kaum geringerem Maß das Nummernschild. Der gediegene schwarze Audi war das Letzte, was sich jemand anschaffen würde, der in Sömmerda zu Geld gekommen war.

Auf dem leeren Spielplatz lungerte eine Gruppe rauchender Jungen und beobachtete ihn. Er stieg aus dem Auto und schlenderte in seinem schwarzen Trainingsanzug langsam auf sie zu. Die Kids wurden unruhig, nur der Anführer, ein Blondschopf mit ausrasiertem Nacken und schwarzen Jeans, zog lässig die Bierdose auf.

»Seid ihr noch länger hier?«, fragte René.

»Warum?«

»Der schwarze Audi da ist meiner. Letztes Mal haben ein paar Kleinkinder die Seite zerkratzt. Könnt ihr ein Auge drauf haben?«

Der Blonde rülpste. Zwei Jungs auf der Schaukel lachten.

»Wenn was sein sollte, klingelt bei Hartenstein. Da drüben im Haus.«

»Bei Andy?«, fragte der Blonde.

»Das ist mein Bruder.« René sah ihn unverwandt an. Der Junge hatte ungesunde blaue Lippen, einen verschlagenen Blick und war keine fünfzehn. Die wahllosen Freundschaften, die Andy in der Reparaturwerkstatt geschlossen hatte, sprachen für die Theorie der Polizei. Doch sie hatten nie etwas gefunden.

»Wie viele hat der denn?«

»Zwei. Ich bin René.«

»Geht klar. Autodiebe kriegen von mir die Eier aufgeschlitzt.« Wieder lachten die anderen.

Seine Mutter stand mit karminroten Haaren in der Wohnungstür und wartete auf ihn. Sie trug ihren alten Trainingsanzug und Flipflops an den geschwollenen Füßen. Seit er sie an Weihnachten das letzte Mal gesehen hatte, war sie wieder dicker geworden. Sie gehörte zu der Art Frauen, die auf relativ dünnen Beinen einen riesigen Oberkörper mit sich herumtrugen. Auf dem Hochzeitsbild, das im Elternschlafzimmer hing, wirkte sie zierlich neben seinem Vater, doch mittlerweile war sie fast genauso breit wie er. Ihr immer männlicher wirkendes Gesicht mit der großporigen Nase strahlte und sie drückte ihn fest an die überdimensionale Brust. In dieser Position musste er immer an den Wunsch denken, den sie nur ein einziges Mal geäußert hatte. Es war auf dem Heimweg von seiner Examensfeier in Erfurt gewesen. Sie hatte einen sitzen gehabt und war auf absurden Stöckelschuhen an seinem Arm durch die Innenstadt gewankt. »Jetzt wirst du reich«, hatte sie ihm ins Ohr geflüstert. »Und wenn du Millionär bist, dann spendierst du mir eine Operation zum Kleinermachen von meinem Busen. Dann lass ich mir die Hälfte von den Dingern abschneiden. Versprochen?« Er hatte es ihr versprochen, aber nie gewusst, wie er auf das Thema zurückkommen sollte.

»Mein Kleiner!« Sie ließ ihn los. Hinter ihr zog der vertraute Geruch nach Essen und Zigaretten aus der Wohnung. Der hatte damals bei Cosimas Besuch gefehlt. Die ganze Wohnung hatte nach aufdringlichem Raumauffrischer gestunken. Seine Mutter musste mehrere Dosen geleert haben. Sie hatte sich furchtbar in Schale geschmissen und seinem Vater eine glänzende Krawatte umgebunden. Obwohl es ein gelungener Sonntag gewesen war, hatte danach keine Seite, weder Cosima noch seine Eltern, jemals vorgeschlagen, die Aufführung zu wiederholen.

»Hast du schon was gegessen?«

Die Frage gehörte genauso dazu wie der Geruch. Zufrieden ließ René sich auf der Sitzbank in der Küche nieder und nahm die Fernbedienung an sich. Die Fragen seiner Mutter konnte er so einsilbig beantworten wie er wollte. Hier erwartete man keine ausführlichen Berichte über sein Seelenleben. Stattdessen erzählte sie, dass Marc wieder Zoff mit der Freundin hatte und zurück in sein Kinderzimmer gezogen war. Im Moment war er beim Friseur, wo er jetzt dreimal die Woche aushalf. Ob ihm die neue Frisur gefiel? Sie hatte Angestelltenrabatt bekommen. Wo Andy hingegangen war, wusste sie nicht. Sein Vater war arbeiten.

Es gab Suppe. Sie aßen schweigend zur Wiederholung einer Reality Soap. Dann steckte sich seine Mutter eine Zigarette an. Rauchend holte sie Schokoladeneis aus dem Gefrierschrank und türmte eine mächtige Portion in seine Schüssel.

»Augenblick.« Sie verschwand im Flur und kam mit mehreren Briefen in der Hand zurück. Sie waren an Andy adressiert, der immer am meisten Ärger machte.

»Guck mal. Seit Wochen liegt das hier rum und Andy macht es nicht auf.« Sie nahm einen nervösen Zug. »Ist alles von der Sparkasse.«

Für alles, was in der Familie mit Formularen zu tun hatte, war er zuständig. Er riss die Umschläge auf und suchte nach dem jüngsten Schreiben. Es war von letzter Woche und bestätigte den Zahlungseingang. Er hatte zwölftausend Euro von seiner Abfindung an die Sparkasse Sömmerda überwiesen. Außerdem siebenhundert Euro an einen Handwerker, den Andy nicht bezahlt hatte, und knapp tausend an den Schrotthändler. In seiner lässigen Art hatte Andy wie immer versprochen, bis Ende des Jahres alles zurückzuzahlen. Plus Zinsen. »Keine Sorge. Das ist erledigt.« Er zerriss die Briefe.

»Bist du sicher?«

»Die können weg. Ist alles in Ordnung.«

»Bei Andy weiß man nie. Der – egal.« Sie stand schwerfällig auf, wobei sie sich an die Hüfte fasste, und schmiss die Papiere in den Müll. Dann fischte sie eine Packung Kekse aus dem oberen Regal im Schrank. »Hat er dir eigentlich erzählt, dass die Lilly zu uns kommt?«

René hatte genug von dem Gekreische im Fernsehen und suchte nach Sport. Lilly war seine Nichte, Andys vierjährige Tochter, Ergebnis eines One-Night-Stands vor fünf Jahren, und lebte in Wuppertal bei der Mutter.

»In der Kita habe ich sie schon angemeldet.«

»Was?« Er sah die Mutter an.

»Christiane fängt als Stewardess in Düsseldorf an, was gut ist, weil Andy ihr dann weniger zahlen muss. Aber bei den Arbeitszeiten kann sie sich nicht um die Kleine kümmern. Deshalb kommt sie zu uns.« Sie aschte ab, während René sich fragte, wie vier Erwachsene und ein hyperaktives Kleinkind in die Wohnung passen sollten. »Was ich dich fragen wollte – du hilfst doch dem Andy mit dem Unterhalt, was ja dann weniger wird. Ich weiß zwar, dass du rausgeflogen bist. Aber du findest doch bestimmt was Neues?«

Er überschlug seinen sinkenden Kontostand und zappte weiter. In diese Richtung lief die Unterhaltung immer, wenn er zu Hause war.

»– mit der Lilly brauche ich nämlich ein Auto. Die Kitas in der Siedlung sind alle zu. Es gibt ja keine Kinder mehr. Deshalb werde ich sie jeden Tag bis ans andere Ende der Stadt bringen müssen.«

»Klar.« Er war erleichtert. Die Kosten für einen Gebrauchtwagen hatte er eingeplant. Sie hatten schon an Weihnachten darüber gesprochen. »Mit deinen Hüften brauchst du sowieso einen eigenen Wagen. Ich suche dir einen. Das mache ich, solange ich hier bin.« Auf einem Sportkanal lief Snooker.

»Bleibst du denn länger?«

»Es ist doch Ostern.«

Sie stutzte. »Ist alles klar, Süßer?«

»Warum?«

»Du warst an Ostern noch nie da.« Sie drückte die Zigarette aus. »Aber wenigstens hat Marc dann einen Grund, wieder rüberzuziehen. Er soll ihr sagen, dass es sonst bei uns zu eng wird.«

»Cosima ist über die Feiertage mit ein paar Freundinnen in Madrid. Außerdem habe ich hier etwas zu erledigen. Ich muss was recherchieren.«

»Was musst du?«

»Ich will mit alten Rohrbornern sprechen. Ich suche Leute aus dem Dorf. Kennst du jemanden?«

»Aus Rohrborn?«

»Nicht aus dem Neubaugebiet, sondern Leute, die schon lange da wohnen.«

»Du fragst Sachen.«

»Ich habe eine Frau aus Rohrborn getroffen und brauche jemanden, der sie von früher kennt.«

»Was?«

»Lange Geschichte. Sie hat mir einen Job angeboten.«

»Wie das denn?«

»Ach, Mama!« Er warf ihr einen genervten Blick zu.

»Du wirst langsam wie Andy.« Beleidigt kratzte sie sich an der Nase. »Bei dem darf man auch nie fragen. Mach mir nur keine Sachen.«

***

Der fünfstöckige Plattenbau war bis auf die Balkonfarbe identisch mit dem seiner Eltern. René drückte auf die Klingel und betrachtete die zarten Hakenkreuze, die ein Anfängernazi in den Waschbeton gekratzt hatte. Keine Antwort. Es war noch zu früh. Er musste wiederkommen, wenn die Schicht im Aluminiumwerk vorbei war.

Bis dahin sah er nach dem Wagen. Lack und Reifen waren unversehrt, obwohl der Schutztrupp den Spielplatz verlassen hatte und weitergezogen war. Jetzt hockten sogar ein paar Kinder in dem von Zigarettenkippen übersäten Sandkasten. Er ging zum Schaukelgestell und sprang nach oben, wobei er die Firststange zu fassen bekam. Er machte zweimal fünfzehn Klimmzüge und ließ sich dabei von den Müttern der Kleinen beobachten, die aussahen wie ihre großen Schwestern. Alle drei trugen hautenge weiße Jeans, unter denen sich keine Unterwäsche abzeichnete, schwarze Jacken und große goldene Ohrringe. Die Hübscheste hatte langes blondiertes Haar, ihre Augen waren schwarz umrandet, die Lippen hell geschminkt. Es war eine Art sich herzurichten, die nur hier nicht billig aussah. Er erwiderte ihr Lächeln, sprach sie aber nicht an.

Als er zum zweiten Mal bei Schüttes klingelte, summte das Türschloss, kaum dass er seinen Namen über die Gegensprechanlage genannt hatte. »Wirklich? René Hartenstein? Dass du dich überhaupt noch hierher verirrst. Komm rein!«

Er konnte sich nicht erinnern, Frau Schütte jemals kennengelernt zu haben. Ihre Töchter schon, die kannte er, deshalb hatte er seine Mutter ja auch bedrängt, ihm andere Rohrborner zu nennen. Doch die Schüttes waren die Einzigen, die sie kannte. Er war dreizehn gewesen, die Mädchen fünfzehn und siebzehn. Auf der Rückbank des roten Opel Corsa ihres Vaters, der schon damals gut im Werk verdient hatte, waren die drastischen Bilder entstanden, die er jetzt zu verdrängen versuchte. Sie hatten mit ihm gemacht, was sie wollten … Die Mutter war allerdings nie in Erscheinung getreten.

Sie war eine zierliche Frau mit großem Kopf, rauer Stimme und getönter Brille. In ihrem braunen Igelschnitt leuchteten rostrote Strähnen. Sie ging voraus in die Küche, die genauso geschnitten war wie die seiner Eltern. An der Wand hing in goldfarbenen Rahmen, als handelte es sich um Trophäen, ein gutes Dutzend Babybilder.

Frau Schütte schenkte sich und ihm aus einer riesigen Plastikflasche Cola ein und steckte sich eine Zigarette an. Nachdem sie zehn Minuten lang die identischen Werdegänge der zwei Schwestern nacherzählt hatte, die darin gipfelten, dass beide tief im Westen wohnten, die eine im Saarland, die andere in Nordrhein-Westfalen, und dort jeweils drei Kinder hatten, fragte sie: »Und was ist aus dir geworden? Als ich deine Mutter das letzte Mal getroffen habe, hat sie erzählt, dass du gerade einen Vortrag in Amsterdam gehalten hast. Bist du jetzt Vorgesetzter?«

Arme Mama, dachte er. »Nicht ganz.«

»Der schwarze Audi da unten ist doch deiner, oder?«

Er nickte verblüfft. Sie hustete zufrieden.

»Allerdings ist mir vor Kurzem gekündigt worden.«

Das Husten verstummte. »Dir? Das kann nicht sein. Ist es schon so schlimm?«

»Was?«, fragte er geduldig.

»Jetzt verlieren sogar Leute wie du die Arbeit? Ich meine, bei dem Pack im Ort ist es kein Wunder. Aber jemand wie du, der alles richtig gemacht hat und weggegangen ist –«

»Frau Schütte –« Er kannte das Gerede, das darauf hinauslief, dass Auswanderer wie er und die Schütte-Schwestern etwas Besseres waren als die Zurückgebliebenen, und dass Nesthocker wie seine Brüder schuld waren am eigenen Elend. Dabei bestand der einzige Unterschied darin, dass er Glück gehabt hatte. Er hätte genauso gut ohne Schulabschluss mit vier Kindern enden können. Es hätte nicht viel gefehlt, und Andys Werkstatt hätte abgehoben. Dann wäre es sein großer Bruder, der jetzt den dickeren Wagen fuhr. Aus dem Nichts im Osten ein eigenes Geschäft aufzuziehen, Frau Schütte, ist viel schwerer als sich im Westen von einer großen Firma bezahlen zu lassen. Doch ihr das zu erklären, ersparte er sich. »Es kann jeden treffen«, stellte er trocken fest.

»Ach was«, sie winkte ab und inhalierte tief, was so viel hieß wie: Du lebst jetzt auf einem anderen Stern und verstehst den Osten nicht mehr. »Leute wie du bleiben nicht auf der Strecke. Das sieht man euch an.«

Er nahm einen Schluck Cola. »Ich bin wegen einer ganz anderen Sache da. Meine Mutter sagt, Sie stammen aus Rohrborn. Stimmt das?«

»Gott im Himmel, nein!« Ihr Lachen klang nach Lungenentzündung. »Ich komme aus Weimar.«

Er hob die Augenbrauen.

»Mein Mann ist in Rohrborn aufgewachsen. Ich habe da nur so lange gewohnt, bis wir die Wohnung hier bekommen haben.« Sie legte den Kopf in den Nacken und blies den Rauch zur Decke. »Ein Loch!«

René musste grinsen.

»Sein Elternhaus war eine dreckige Bruchbude mit zerschossenem Dachstuhl, und alle Nachbarn haben uns beim Umzug beneidet. So ist das in Rohrborn – wie in Sömmerda, nur schlimmer.«

»Verstehe ich nicht.«

»Alle wollen weg. Übrig bleibt nur der Bodensatz, die Faulen und Trägen, die sich dafür schämen, dass sie es nicht geschafft haben rauszukommen. Guck dich doch unter den jungen Leuten hier um.«

Statt sich darauf einzulassen, fragte er: »Kannten Sie damals eine Anna Althoff oder Anna Smoktun? Althoff ist der Mädchenname.«

»Wer soll das sein?«

»Ich würde sagen, dass sie etwa zehn Jahre älter ist als Sie. Sie stammt aus Rohrborn.«

Frau Schütte schüttelte den Kopf. »Kenne ich nicht. Aber da fragst du besser meinen Mann. Rohrborner wissen alles über jeden, und das über mindestens drei Generationen. Vor dem Sozialismus bestand das Dorf ja nur aus –«, sie hielt inne, weil in diesem Moment der Schlüssel im Türschloss zu hören war, und zwinkerte ihm zu, »– Bauern.«

Sie stellte ihn als Jahrgangsbesten am Gymnasium vor, der damals das tolle Stipendium bekommen hatte und jetzt aus Frankfurt zu Besuch gekommen war mit dem großen schwarzen Audi, der unten auf dem Parkplatz stand. Dass er zur Zeit so arbeitslos war wie das Pack in Sömmerda, verschwieg sie. René vermutete, dass sie darauf setzte, dass er ihnen noch nützlich sein könnte, wenn er den nächsten Traumjob landete. Deshalb wollte sie ihm weiterhelfen. Ihr Mann war kaum größer als sie, hatte breite Pranken und einen festen, trockenen Händedruck.

»Den Wagen habe ich gesehen«, brummte er unbeeindruckt und holte sich ein Bier aus dem Kühlschrank. Damit ließ er sich müde am Küchentisch nieder. Er war René auf den ersten Blick sympathisch.

»Er sucht eine alte Frau aus Rohrborn«, erklärte die Schütte und reichte ihrem Mann die Zigaretten und das Feuerzeug. »Anna Smoktun.«

»Wen?«, fragte er, bevor er den ersten Zug nahm.

»Anna Smoktun, geborene Althoff. Kennen Sie eine Familie Althoff?«, wiederholte René.

»Aus Rohrborn?«

René nickte.

Der Mann schüttelte den Kopf. »Gibt's nicht.«

»Wie – gibt's nicht?«, maulte die Frau.

»So jemanden gibt's nicht in Rohrborn.«

»Und früher?«, beharrte sie.

»Auch nicht. Wann soll die denn im Dorf gewohnt haben?«

René vertraute der Ortskenntnis des Mannes. Ohne große Hoffnung sagte er: »Ich weiß nur, dass sie 1945 in Rohrborn geboren wurde.«

»Ach so«, kam es ruhig zurück, »das ist was anderes.« Herr Schütte erhob sich. Er kippte den vollen Aschenbecher in den Mülleimer und holte ein zweites Bier aus dem Kühlschrank, das er René reichte. »In der Zeit konnte geboren und gestorben werden, ohne dass es jemand merkte. Geklaut, gemordet und geplündert auch. Weißt du in welchem Monat?«

René schüttelte den Kopf. Das hatte er vergessen.

»Überleg mal. In dem Jahr war viel los. Im April '45 wurden wir von den Amerikanern besetzt, im Mai war Frieden, im Juli gingen wir an die Russen. Da sind die Kriegsflüchtlinge in endlosen Strömen durchs Dorf gezogen. Zu Hunderten am Tag.«

René nahm einen tiefen Schluck aus der Flasche. Falls seine künftige Arbeitgeberin nur auf der Durchreise geboren worden war, war seine Recherche hiermit beendet.

»Aber ein paar aus dem Strom müssen doch hängen geblieben sein«, bemerkte die Frau.

»Das schon. Aber keine Althoffs«, wehrte der Mann ab.

»Hatten deine Eltern nicht auch welche im Haus? Sie hat sie gehasst, hat deine Mutter erzählt. Elende Mäuler aus dem Osten, die keine Kraft mehr hatten weiterzuziehen. Nur die Schwachen und Kranken sind hiergeblieben und haben dann auch noch erwartet, dass mit ihnen geteilt wird.«

»Da hat sich ja nicht viel geändert«, bemerkte René.

»Wie bitte?«

»Nichts.«

»Woher willst du eigentlich so genau wissen, dass da keine Althoffs dabei waren?«, redete Frau Schütte weiter auf ihren Mann ein. »Du bist Jahrgang '56. Die Familie kann längst weg gewesen sein, bis du alt genug warst. Wen kannst du denn von den älteren Jahrgängen fragen? Ruf doch mal die Christa an, falls die um diese Zeit noch nicht hacke ist. Oder den Rudi.« Sie zwinkerte René zu. »Wir tun unser Bestes.«

Herr Schütte gehorchte, doch die Anrufe blieben ergebnislos. Seine Bekannten gaben ihm die Telefonnummern von drei weiteren Rohrbornern, die zu ihren Kindern gezogen waren. Nach zehn Minuten waren auch die abtelefoniert. Keiner kannte Anna Smoktun, geborene Althoff. René schlug die Einladung zum Abendessen aus und bedankte sich.

Mit einer vollen Mülltüte in der Hand begleitete Schütte ihn in Hausschuhen nach unten. Als sie vor die Tür ins Freie traten, und seine Worte im Treppenhaus nicht mehr hallten, fragte er: »Warum interessierst du dich eigentlich für die Alte?«

»Eigentlich will ich nur wissen, ob sie vertrauenswürdig ist.«

»Im Zweifel nein.« Schütte grinste von Mann zu Mann.

»Ich habe sie vor Kurzem kennengelernt.« René blieb vor dem Müllcontainer stehen. »Anscheinend hat sie es von Rohrborn bis nach ganz oben geschafft.«

»Was ist denn ›ganz oben‹?«, fragte Schütte skeptisch.

Gute Frage. René zog die Nase hoch. »Sie ist sehr reich.«

»Reich. Aha.« Schütte warf die Mülltüte mit Schwung in den Container. Eine Katze sprang aus dem schwarzen Schlund und verschwand lautlos in der Dunkelheit. »Mit sauberen Händen schafft das keiner. Wer sauber bleibt, schafft es ja nicht einmal raus aus der Platte und muss sich von der Frau sagen lassen, dass man ein Schlappschwanz ist.«

»Hm.«

»Ich würde es übrigens im Altersheim probieren.«

René sah ihn erstaunt an.

»Was nach dem Krieg passiert ist, weiß nur noch die Generation meiner Eltern. Ein paar von denen leben noch.«

KAPITEL 9

René hatte doch nicht in Marcs Zimmer ziehen können. Dessen launische Freundin bockte noch. Deshalb schlief er im Wohnzimmer auf dem Sofa. Als die ersten Sonnenstrahlen durch die Gardine fielen, wachte er auf. Er blieb liegen und horchte. Der Rest der Familie schien noch zu schlafen. Leise sammelte er die Klamotten auf, die in einem Knäuel auf dem Boden lagen, und zog sich an. Wenn er hier war, sah er anders aus als in Frankfurt. Um nicht mehr aufzufallen als nötig, trug er nur schwarze Kapuzenpullis und Trainingshosen.

Als er in die Küche trat, erschrak er. Die massige Gestalt seines Vaters saß mit fettigem Haar und gebeugten Schultern am Küchentisch. Er starrte mit müden Augen aus dem Fenster. Sie hatten sich noch nicht gesehen. Als er gestern Abend nach Hause gekommen war, hatte sein Vater schon geschlafen. Den ungeselligen Rhythmus, morgens als Erster aufzustehen und abends als Erster ins Bett zu gehen, gab er weder an Wochenenden noch an Feiertagen noch wenn er arbeitslos war auf. So gelang es ihm, mit der Familie unter einem Dach zu leben und sie kaum zu sehen.

René brummte einen Gruß, goss sich eine Tasse Kaffee aus der Maschine ein und setzte sich an die entfernte Querseite des Tisches. Er wollte den Fernseher anschalten, als sein Vater unvermittelt fragte: »Sag mal – hast du Mist gebaut?«

René versuchte, seine Verwunderung zu überspielen, indem er an der Fernbedienung herumfummelte. Sein Vater hatte sich seit Jahren nicht nach ihm erkundigt. Er hatte noch nie gefragt, wie es ihm in Frankfurt ging. Spätestens seit er damals seine Examensfeier geschwänzt und sich nicht einmal eine Ausrede hatte einfallen lassen, wusste René, dass sein Vater entschieden hatte, sich nicht mehr für ihn zu interessieren. Er verübelte ihm, dass er einen anderen Weg eingeschlagen hatte als den, den er seinen

Söhnen zu bieten hatte. Er unterstellte ihm, dass er sich für etwas Besseres hielt, was Renés regelmäßige Überweisungen in seinen Augen nur bestätigten.

»Nein, Papa«, erwiderte er und ließ die Fernbedienung sinken. »Sie haben nicht nur mich rausgeschmissen, sondern alle. Die ganze Atomkraft-Sparte von ReAG wird geschlossen. Die Deutschen wollen keinen Atomstrom mehr. Sie haben Angst davor.«

Er dachte, den Vater damit wortreich genug zum Schweigen gebracht zu haben. Doch statt weiterzuessen, wischte er sich mit seiner riesigen Pranke über den Mund und erwiderte: »Blödsinn. Ich kenne niemanden, der Angst vor Atomkraft hat. Und im Fernsehen sagen sie, dass es mit dem Strom aus der Nordsee nicht klappt.«

René zuckte mit den Achseln.

»Wo soll der Strom denn dann herkommen? Weißt du noch, wie dick der Staub von der Braunkohle früher auf den Fensterbrettern lag?« Er hielt zwei Scheiben Schmelzkäse zwischen Daumen und Zeigefinger hoch. »So dick. Jeden Abend.«

René schüttelte verwirrt den Kopf. Er konnte sich nicht erinnern, wann sie das letzte Mal so lange miteinander gesprochen hatten, erst recht nicht über Politik.

»Die haben sie doch nicht mehr alle«, machte sein Vater weiter und warf den Käse zurück. »Schmeißen dich raus und schalten die Kohlekraftwerke wieder an.«

Früher hatten sie zusammen West-Nachrichten geguckt. Der Rest der Familie hatte um neunzehn Uhr umschalten wollen, doch sein Vater hatte sich nicht beirren lassen. Was René nicht kapiert hatte, hatte er ihm erklärt, damit er tags darauf der Fortsetzung folgen konnte. Doch da hatte René noch auf seinem Schoß gesessen. Den Faden jetzt einfach wieder so aufzunehmen, fiel ihm schwer.

Doch sein Vater ließ nicht locker: »Es macht doch keinen Sinn. Entweder die sorgen sich um die Umwelt oder nicht.«

»Das macht schon Sinn«, hörte er sich widersprechen. »Langfristig werden sie nämlich nicht Kohle, sondern Gas zur Stromgewinnung benutzen. Das ist – relativ gesprochen – umweltfreundlicher.«

»Aha. Und wo soll das Gas herkommen?«

»Vor allem aus Russland.«

»Aus Russland? Wissen die denn, was sie da machen?« Das Gesicht seines Vaters verdunkelte sich. »Ich will keinen Strom aus Russland. Das will hier keiner, dass die Russen unsere Versorgung in der Hand haben. Das hatten wir doch schon mal.«

»Aber die Zeiten ändern sich.«

Sein Vater schüttelte den Kopf. »Die Zeiten vielleicht. Die Russen aber nicht.«

René lachte.

»Wart's ab.« Sein Vater stand vom Frühstückstisch auf. »Das ist nicht zum Lachen.« Die Toilettenspülung verkündete, dass noch mehr Familienmitglieder aufgewacht waren. Den Rest des freien Tages würde er im Wohnzimmer verbringen.

***

Es war, als ob ein Teil der Einrichtung mit einem Mal erstaunliche Weisheiten von sich gab, dachte René, während er ins Auto stieg und die Adresse eingab. Sein Vater hatte etwas von einem Orakel. Vielleicht war die Funkstille zwischen ihnen doch nicht endgültig. Er wunderte sich über die Heftigkeit, mit der er plötzlich wünschte, sie kämen sich näher. Andererseits war er froh, etwas zu tun zu haben und aus dem Haus zu kommen.

Die Adresse führte ihn an den Rand der Stadt, in eine Art Industriegebiet ohne Industrie, wo zwischen beflaggten Möbelhäusern und mehreren Discountern ein großes Altenheim stand. Weil er die Feiertage zu Hause irgendwie herumkriegen musste, hatte er beschlossen, Herrn Schüttes Rat zu befolgen.

An einem vermoosten Springbrunnen ging er zwischen unbesetzten Bänken vorbei zum Haupteingang. Nein, er habe keine

Ahnung, ob im Heim alte Leute aus Rohrborn wohnten, sagte der junge Mann an der Rezeption. Die Bewohnerliste durchzusehen überforderte ihn offenbar. Es war ein Meisterwerk an Menschenführung, dass René Hartenstein ihn zu dem Kraftakt überreden konnte, den Telefonhörer in die Hand zu nehmen und Hilfe herbeizutelefonieren. Kein zwei Minuten später erschien eine kräftige Frau mit Dellenhaut an den Oberarmen. Die Pflegeleiterin ratterte sofort die Namen von vier Bewohnern aus Rohrborn mit den dazugehörigen Zimmernummern herunter. Wenn, dann sollte er sofort mit ihnen sprechen, entschied sie, falls später die Verwandtschaft auftauchte, schließlich war Feiertag.

René folgte ihren weißen Sandalen, die übers Linoleum schmatzten, bis in den Aufenthaltsraum. Er setzte sich, während sie die vier ehemaligen Dorfbewohner aus Rohrborn einsammelte. Es waren drei Frauen und ein Mann. »Der junge Mann hier möchte sich nach einem Mädchen aus Rohrborn namens Anna Althoff erkundigen«, rief die Pflegeleiterin mit Trompetenstimme in den Halbkreis aus Rollstühlen. Dann ließ sie ihn mit den Alten allein.

»Was?«

»Wer?«

»Wie war der Name?«

Gierig nach Ablenkung hingen die alten Leute an seinen Lippen. Er wiederholte den Namen mehrmals, jedes Mal lauter, und sie hielten dagegen. Sie versuchten sein Interesse für andere Rohrborner nach dem Krieg zu wecken, um davon abzulenken, dass sie in ihrem langen Leben nie von einer Althoff gehört hatten. Nach zehn Minuten gab er es auf.

Es gab noch ein kleineres Pflegeheim des DRK. Zu dem einzigen Bewohner, der aus Rohrborn stammte, ließ man ihn auch hier ohne Weiteres vor.

Als er in das kalte Zimmer trat, saß der Mann vor sperrangelweit geöffnetem Fenster und streckte das Gesicht ins Sonnenlicht. Er war abgemagert. Seine zerfurchte Haut war voller Flecken, doch seiner Haltung sah man die verlorene Sportlichkeit noch an. Als Erstes informierte er René darüber, dass er nicht annähernd so alt war, wie er aussah. Er war erst neunundsiebzig, also im selben Alter wie Jane Fonda, ob er in letzter Zeit mal Fotos von der gesehen hätte? René verneinte.

»Wenn ich nicht so gierige Kinder hätte und mehr Geld, dann würde ich mich auch operieren lassen. Neue Hüften, neue Knie, neue Haare, neue Haut, neue Zähne. Kann man alles machen. Dann müsste mir die Leila nicht den Popo abputzen. Dann könnten wir was ganz anderes zusammen machen, was?«

Die Pflegerin, die René begleitet hatte, errötete. Der Alte lachte bellend. René fragte ihn nach einem Mädchen mit dem Familiennamen Althoff.

Kopfschütteln. »Nie gehört.«

René beugte sich vor. »Aber an die müssen Sie sich erinnern. Die war sehr hübsch. Denken Sie mal nach. Wer war in Ihrer Jugend das hübscheste Mädchen im Dorf?«

»Die Wirtsfrau«, kam es ohne Zögern zurück.

»War die älter als Sie oder jünger?«, fragte René genervt.

»Die war mindestens zehn Jahre älter, aber die stellte alle anderen in den Schatten, auch die jüngeren. Von der hat der ganze Landkreis geträumt. Solche Augen« – er formte zwei große Kreise mit Daumen und Zeigefinger – »solche Haare« – die zitternden Hände beschrieben Wellen um seinen flaumigen Schädel – »solche Brüste« – zwei wasserballgroße Bögen. Sehnsüchtig starrte er in die Erinnerung.

Obwohl er umsonst gekommen war, musste René grinsen. »Scheint ja eine heiße Nummer gewesen zu sein, die Wirtsfrau.«

»Aauuh!«, jaulte der Alte.

***

Während der Mittagszeit konnte er die zwei anderen Altenheime in Kölleda nicht aufsuchen. Um die Zeit totzuschlagen, machte er eine Spritztour nach Rohrborn. Früher hatten sie auf der holprigen Allee durch die Felder Motorradrennen veranstaltet. Zwei Kilometer ohne Atemholen. Jetzt drückte er nur deshalb nicht aufs Gas, weil sich das einzige Auto vor ihm, ein schwarzer Landrover mit Erfurter Kennzeichen, genau ans Tempolimit hielt. Wahrscheinlich wurde geblitzt.

Den Ortseingang von Rohrborn schmückte ein großflächiges Plakat, auf dem billiges Bauland für sechzig Euro pro Quadratmeter angeboten wurde, ohne weitere Kosten für die Abwassererschließung. Ein paar Meter weiter stand ein Wegweiser zu einem Biobauernhof. Damit war die Gewerbebranche von Rohrborn wohl erschöpfend dargestellt.

Im Schritttempo fuhr er die mäandernde Dorfstraße entlang. Sie war von alten Eichen gesäumt und bestand dort, wo kein Teer darübergegossen worden war, noch aus Kopfsteinpflaster. Das Dorf wirkte noch stiller und menschenleerer als in seiner Erinnerung. Schmucklose Fassaden mit schuppigem graubraunem Putz säumten die Straße. Mehrere Häuser hintereinander standen leer. In den verwucherten Vorgärten standen die Brennnesseln hüfthoch, die Fenster waren eingeschlagen oder verbarrikadiert. Als wollte sie jeden Zweifel ausräumen, dass es sich hier um das Ende der Welt handelte, machte die Dorfstraße einen Bogen und führte zum Ortseingang zurück.

Der schwarze Landrover hatte den direkten Weg genommen. René parkte dahinter und stieg aus. Er stand in einer Einfahrt rechts von der Straße. Über dem Tor hing ein bunt bemaltes Holzschild mit dem Schriftzug »Biohof Matilda«. Zwei Dutzend Holzkisten mit Obst, Gemüse, Eiern und Brot stapelten sich in großem Durcheinander im Hof. Dazwischen lagen Milchflaschen, Leergut und zerknüllte Papiertüten herum, Spatzen tanzten auf Backblechen voller Obstkuchen. Das Chaos war zu echt, um gewollt zu sein, und übertraf sogar die in der Biobranche übliche nette Unordnung. Eine burschikose junge Frau mit offenem Gesicht bediente die Blonde aus dem Landrover. Sie war klein, pummelig und hatte sich mit grünen Gummistiefeln und Latzhose als Bäuerin verkleidet. René betrachtete die Auslage. Als die falsche Bäuerin mit der Erfurterin fertig war, trat sie zu ihm.

»Was darf's sein?« Ein Ohr war von oben bis unten mit silbernen Ohrringen geschmückt.

»Hast du auch Milch?« Mit dreckigem Gemüse oder Obst konnte er seiner Mutter nicht kommen.

»Milch und Sahne, ja. Aus Wundersleben.«

»Aus Wundersleben?«

»Ich habe keine Kühe hier auf dem Hof. Die Milchprodukte kommen alle aus Wundersleben.«

»Und woher kommst du?«

Sie hob eine Augenbraue. »Nicht aus Wundersleben.«

»Aus Bayern, oder?«

Sie verschränkte die Arme vor der flachen Brust und musterte ihn eingehend. Sie sah Kapuzenpulli, Trainingshosen, schwarze Turnschuhe. Wenigstens keine Glatze. »Und du?«

»Aus Sömmerda.«

»Und warum hast du dann ein Frankfurter Kennzeichen?«

Dabei war sein Wagen außer Sichtweite geparkt. Er grinste. »Ich bin in den Westen gegangen, wie alle hier. Aber du schwimmst offensichtlich gegen den Strom und bist von Westen nach Osten gezogen.«

»Ich komme aus Franken.« Für einen Moment verlor sie ihre Cowboy-Coolness, blinzelte unsicher und sah etwas verloren aus. »Würzburg, um genau zu sein.«

»Aha. Matilda aus Würzburg.«

»Nein. Matilda war meine Großmutter.« Unschlüssig, ob sie sich auf eine Unterhaltung einlassen sollte, ging sie in die Hocke und nahm die schwarze Katze hoch, die ihr um die Beine strich. »Ich fand nur, dass der Name ganz gut passt zu Bio und so.«

»Und – klappt's mit der Selbstverwirklichung?«

Sie warf ihm einen scheuen Blick zu. »Du bist ganz schön unverschämt.«

»Die Frage ist ernst gemeint.«

»Die Feststellung auch.«

»Entschuldige.« Sie wurde ihm zunehmend sympathisch. »Das war kein Witz. Ich habe gerade meinen Job verloren und suche selbst nach einem neuen Anfang.«

»In Rohrborn?« In der Frage schwang unüberhörbare Scham mit.

»Nein. In Rohrborn suche ich nur nach einer ehemaligen Dorfbewohnerin.«

»Nach einer Dorfbewohnerin. Aha.« Sie ließ die Katze wieder laufen und sah ihn stirnrunzelnd an. »Ich suche auch nach alten Dorfbewohnern.«

»Im Ernst?«

»Hast du schon gesagt, wie viel Milch du willst?«

»Ich nehme zwei Liter und ein Dutzend Eier.« Spiegeleier gehörten zu Hause zu den Grundnahrungsmitteln.

»Sorry, Sonntag ist Ostern. Ich habe nur noch sechs. Aber morgen früh gibt's frische.«

»Das Geschäft brummt also sogar am Karfreitag.«

»Feiertage gibt's hier nicht. Wir sind schließlich nicht in Würzburg.«

Er zahlte, und sie fingerte das Wechselgeld aus der Hosentasche. Doch statt die Milch aus dem Kühlschrank zu holen, sagte sie: »Bevor ich hierherkam, habe ich mal Geschichte auf Lehramt studiert. Das war zwar ein Fehler –«, sie knibbelte am durchbohrten Ohr, »– wegen der Kinder und so. Aber Geschichte interessiert mich immer noch. Wenn in Rohrborn jemand stirbt oder wegzieht, durchsuche ich jedes Mal den Sperrmüll. Wenn ich es lange genug hier aushalte, will ich die Dorfgeschichte aufschreiben. Nach wem suchst du denn?«

Er nannte den Namen.

»Und wann soll die hier gewohnt haben?«

»Wenn überhaupt, dann direkt nach dem Zweiten Weltkrieg. Sie ist hier geboren.«

»Eine Verwandte von dir?«

»Bekannte.«

Sie drehte sich um und holte die Milchflaschen aus dem großen Kühlschrank vor dem Haus. »Versteh mich nicht falsch. Das ist jetzt keine Anmache oder so, aber solltest du was finden –« Wieder der scheue Blick. »Ich sammle nämlich alles, was ich kriegen kann. Ich will lauter Lebensgeschichten zusammentragen. Dann erzähle ich die Geschichte der DDR aus der Perspektive eines kleinen Dorfes.«

»Da spricht der Wessi-Ehrgeiz.«

»Die Ossis interessieren sich nicht für die Vergangenheit. Das ist so. Du glaubst gar nicht, was die alles wegschmeißen.«

»Sollte ich was finden, was ich kaum glaube, dann gebe ich's dir. Versprochen. Versteh das jetzt auch nicht als Anmache, aber wie heißt du eigentlich, wenn nicht Matilda?«

»Juliane.«

Er hielt ihr die Hand hin. »René.«

***

Auf dem Weg nach Kölleda bretterte er an Dutzenden von Windrädern vorbei, die reglos in der öden Ackerlandschaft standen. Martin Jäger hatte behauptet, die Verteilung der Windräder spiegle die Machtverhältnisse im Land wider. Obwohl die meisten Grün-Wähler im Westen wohnten, standen die meisten Windräder auf dem Festland im Osten. Was sich die Großstadt-Grünen im Westen ausdachten, pflockten sie den Ossis aufs Land. Denen fehlte die Kraft, sich zu wehren. Auf zehn Bürgerinitiativen im Westen kam eine im Osten.

Es war ein windstiller Frühlingstag und außer einem einzigen, dessen Flügel sich zögernd um die eigene Achse drehten, sahen die Windräder aus wie riesige Mahnmale für Unproduktivität. Sie schienen ihm einen stummen Gruß von LSK Capital auszurichten. Er atmete tief durch und dachte an die Smoktun, geborene Althoff. Das Gutelaunelied, das im Radio lief, schaltete er aus. Er wollte sich ein Bild von ihr machen.

Eine halbe Stunde später beugte er sich noch weiter auf dem Hocker vor, bis er fast das Bett berührte, damit ihn die Greisin mit den wenigen Haaren endlich verstand, und wiederholte den Namen.

Ein Paar erstaunlich blauer Augen löste sich von der Zimmerdecke und sah suchend zur Seite, während sich eine fleckige Knochenhand aus der Bettdecke schob. René beobachtete begriffsstutzig, wie sie den Nachttisch abtastete, die Schublade öffnete und schließlich fand, was sie suchte. Als das Gebiss saß, sagte die hundertein Jahre alte Frau Heuss aus Rohrborn, als handelte es sich um die größte Selbstverständlichkeit der Welt: »Die Anna ist in meinem Haus zur Welt gekommen. Auf dem Fußboden in der Küche.«

Sie war entweder völlig klar im Kopf oder völlig verrückt.

»Wie bitte?«, fragte er ruhig.

»Wären Sie so nett, das Bett etwas hochzufahren? Dann kann ich Sie besser sehen.«

René Hartenstein sah sich hilfesuchend nach der vietnamesischen Pflegerin um. Er hätte sie fragen sollen, ob die alte Rohrbornerin noch ganz richtig im Kopf war. Doch sie drehte den Pflegefall im Nachbarbett gerade mit geübten Griffen vom Rucken auf den Bauch und wies nur stumm auf den Knopf, den er drücken musste, um das Bett zu verstellen. Frau Heuss' Nachthemd verrutschte. Das schüttere weiße Haar stand auf allen Seiten ab. Als sie aufrecht saß, stellte sie fest: »Ich sehe, Frau Lechtner hat keinen Besuch.«

»Nein, bislang noch nicht«, erwiderte die Vietnamesin.

»Ich hatte noch nie Besuch, wenn Frau Lechtner keinen hatte«, frohlockte die Alte. »Wie schön.«

Er lächelte. »Sie kennen also Anna Althoff?«

»Das habe ich doch gesagt.«

»Entschuldigung. Ich will nur ausschließen, dass es sich um ein Missverständnis handelt. Ich habe schon viele Dorfbewohner gefragt, und keiner konnte sich an sie erinnern.«

Es war, als ob das verschrumpelte Gesicht vor ihm langsam wieder zum Leben erwachte. Einen Augenblick schien es sogar, als lächelte die alte Frau, doch dann versagten ihre trockenen Lippen. »Den Becher bitte.« Mit spindeldürren Fingern griff sie nach dem Schnabelbecher, den René ihr reichte. Nachdem sie ein paar Mal ungekonnt daran gesogen hatte, sagte sie: »Dafür gibt es viele Gründe. An das Mädchen erinnert sich keiner, weil es das Dorf verlassen hat, bevor seine Mutter richtig dazugehörte. Es musste von der Bildfläche verschwinden, das war die Bedingung, denn es war beileibe kein einfaches Mädchen … Ich sehe jetzt noch, wie sie den – wie hieß der noch mal – den Sohn vom Bürgermeister zugerichtet hat, den jüngeren. Nicht nur einmal, und nicht nur den. Wer ihre Mutter als Russenhure beschimpft hat, dem hat sie das Gesicht zerkratzt. Gebissen hat sie auch. Wolfgang hieß er. Der hat schlimm am Ohr geblutet, es ist nie mehr richtig zusammengewachsen. Anna wurde zur Bestie, wenn es um ihre hübsche Mutter ging, und um die ging es oft. Bestimmt haben die Leute sie auch deshalb verdrängt.«

Sie war nicht verrückt. René überschlug die Jahreszahlen. Es konnte passen. »Sagen Sie mal, kann es sein, dass ihre Mutter die Wirtsfrau war?«

»Nein. Die Wirtsfrau war mitten im Krieg beim Kinderkriegen gestorben.« Frau Heuss tastete vorsichtig ihre Mundwinkel ab, als wollte sie sichergehen, dass ihre Lippen beim Reden nicht zerfledderten. Sie hatte wahrscheinlich lange nicht mehr so viel an einem Stück gesprochen. »Es war vielmehr so, dass die Louise die Frau vom Schankwirt wurde. Sie hat sich in sie verwandelt. Zumindest in seinen Augen. Auch in unseren Augen, das stimmt schon … Sie verwandelte sich in eine normale Dorfbewohnerin. Eine Tages hat sie plötzlich hinter der Theke gestanden, hat ausgeschenkt, hat sauber gemacht, seine drei Jungen aufgezogen, alles. Aber in Wirklichkeit ist sie immer eine Althoff geblieben. Das hat das Dorf nur vergessen.«

René bot ihr noch einen Schluck aus dem Schnabelbecher an,

doch sie drehte den Kopf weg. Den Blick aus dem Fenster gerichtet, fuhr sie fort: »Sie stammte aus einer feinen Familie in Ostpreussen. Wer die Althoffs waren, weiß ich nicht. Als die Louise in Rohrborn auftauchte, war der Rest der Familie tot. Ob erschossen oder in den Gulag verschleppt oder auf der Flucht gestorben – weiß ich nicht. Sie hat darüber nicht geredet. Ihr sind nur manchmal Sachen über die Köchin oder das Kindermädchen herausgerutscht. Aber das hat sie sich schnell abgewöhnt … Sie war sehr praktisch. Zupackend veranlagt und hart im Nehmen, muss man sagen. Kein Selbstmitleid. Keine Gefühlsduselei. Und das trotz der feinen Herkunft. Also keine Prinzessin auf der Erbse, wenn Sie wissen, was ich meine. Das wird der Grund gewesen sein, warum sie es als Einzige geschafft hat –« Erschrocken weiteten sich ihre Augen.

Die Vietnamesin hatte René den Becher aus der Hand genommen und steckte ihn Frau Heuss einfach in den Mund. Ihr blieb nichts anderes übrig, als zu schlucken. »Sie müssen viel trinken, Frau Heuss, wenn sie viel reden. Überanstrengen Sie sich nicht. Ich muss jetzt gehen, aber rufen Sie mich, wenn Sie fertig sind mit dem jungen Mann.«

Frau Heuss schnappte nach Luft. Das Wasser lief ihr aus den Mundwinkeln. René reichte ihr ein Taschentuch.

»Ein dreckiger, abgerissener Flüchtling wie alle anderen war Louise Althoff, als sie in Rohrborn ankam. Da war das Kind schon zu sehen. Vielmehr der Bauch, denn sonst war nichts dran an ihr. Man hat sie bei mir einquartiert, Dorfstraße 14.« Sie hob die Hand und streckte den krummen Zeigefinger aus. Was jetzt kam, war offensichtlich wichtig. »Gegen Ende des Krieges haben sie mein Haus zum Lazarett gemacht. Weil kein Auto und keine Kutsche mehr übrig war, um die Verletzten nach Sömmerda zu bringen, haben sie mein Haus benutzt. In jedem Zimmer lagen die Leiber. Nachts haben sie gewimmert. Wenn ich daran denke! Das Schnarchen von der Frau Lechtner ist da nichts dagegen. Manche haben geschrien vor Schmerzen. Es gab ja nichts, was man ihnen geben konnte.« Sie stieß ein dumpfes Geräusch aus. »Die Küche hatten die Sanitäter komplett ausgeräumt. Wegen dem fließenden Wasser und dem Fliesenboden. Der ist nach Operationen leicht sauberzumachen. Einmal ist ein Arm abgesägt worden. Schlimm. Aber jetzt bekommen Sie mein Ehrenwort.« Sie drehte den Kopf, bis sie ihm direkt in die Augen sah.

»Ihr Ehrenwort?«

»Die Louise hat bei der Geburt lauter gebrüllt als der Flakhelfer, dem sie ohne Morphium den Arm zersägt haben. Ehrenwort. Die war vom Teufel besessen. Die Dämonen, die sie mit sich herumgeschleppt hat, sind alle auferstanden bei der Geburt. So was habe ich nie wieder erlebt. ›Das überlebt die nicht‹, hat die Hebamme geflüstert, die es genauso mit der Angst bekam wie ich. ›Die zerreißt es. Einmal quer durch. Das Kind bringt die um.‹ Doch dann war das Schauspiel vorbei. Die Mutter hatte blutigen Schaum vorm Mund und das Kind war gesund, ein Mädchen, so kräftig, als wäre kein Krieg. Fast dreitausend Gramm hat die gewogen.«

René nickte verständnislos.

»Und von irgendwoher haben sich Louises Brüste gefüllt. Sie hatte sogar Milch.«

»Und dann?«

»So war das.«

»Und dann, Frau Heuss? Was ist dann mit dem Mädchen passiert?«

»Wenn Sie mich fragen, hätte die Louise weiterziehen sollen. Sie hätte westwärts gehen und sich einen Amerikaner anlachen sollen. Sie war doch hübsch. Sogar mit Säugling hätte sie einen gekriegt. Doch stattdessen blieb sie und strandete in einem der verlassenen Höfe wie die anderen Flüchtlinge, die nicht weiter wussten.« Sie machte Pause. Ihr Gesicht schien kurz davor, sich in die leblose Maske zurückzuverwandeln. René hielt ihr den Becher hin. »Doch die Louise war anders. Die wusste weiter. Gut möglich, dass sie den Schankwirt von Anfang an ins Auge gefasst hatte. Der ist nicht als Krüppel aus dem Krieg zurückgekommen wie meiner. Er besaß die Schänke, die ihm die Kommunisten nicht weggenommen haben, und war auch sonst ein anständiger Kerl. Kein Säufer. Die beste Partie in der Gegend. Auf den hatte sie es abgesehen.«

»Ich verstehe.«

»Nur die Anna war im Weg. Das Kind war ein Fluch. Nicht zu zähmen. Nachts ist sie mit Banden von Flüchtlingskindern plündernd durch die Dörfer gezogen. Die Kinder waren gefürchtet, weil sie hungrig und geschickt waren. Wie die Ratten. Tagsüber ist Anna der Mutter nicht von der Seite gewichen und hat sich mit den Jungen vom Dorf angelegt. Sie hatte immer Wunden und Beulen. Irgendwas an der hat immer geblutet.« Sie machte eine Pause. Drei angestrengte Atemzüge, dann ging es weiter. »Die Mutter war sogar in Lumpen schön und wusste das auch, so, wie sie sich bewegte. Aber das Mädchen war ein hässliches Entlein. Und je älter sie wurde, desto mehr Schwierigkeiten hat sie gemacht. So war das.« Mit schwacher Hand schob sie sich eine Haarsträhne aus dem Gesicht.

»Und eines Tages war sie weg und keiner hat sie vermisst. Ich glaube, es hat gar keiner gemerkt. Wenn einen etwas stört, merkt man es nur, wenn es da ist. Wie Zahnschmerzen. Und wie Frau Lechtner, wenn sie ihre Anfälle hat. Doch wenn es weg ist, ist es weg.« Sie nickte. »Bis Sie eben vor meinem Bett standen und nach dem Kind gefragt haben, hatte ich die Sache vollkommen vergessen. Eines Tages stand die Louise frisch gewaschen und gekämmt hinter der Theke. Herrgottimhimmel hat der Mann sie vergöttert! Und nicht nur der. Keiner hat mehr daran gedacht, dass sie mal einen eigenen Namen gehabt hatte, geschweige denn ein eigenes Kind. Noch eins hat sie nach der Geburt nicht kriegen können. Aber sie hatte ja seine drei Jungs.«

Ratlos betrachtete er sie. »Und wo ist das Mädchen geblieben?«

»Wer?«

»Die Anna.«

»Ach.« Die Greisenhand beschrieb flatternd einen unbestimmten Kreis. »Waisenkinder gab es nach dem Krieg genug. Die kamen alle irgendwo unter.«

»Sie haben nie wieder von ihr gehört?«

Frau Heuss schien sich große Mühe zu geben, seinen Besuch zu verlängern und suchte angestrengt die Erinnerung ab. Ihre Augen verengten sich. Er wartete. Doch schließlich beschied sie: »Nein. Ich glaube nicht. Es gab ja noch die Beerdigung. Bei Beerdigungen ist es manchmal passiert, dass jemand von früher wieder aufgetaucht ist. Ab und zu sogar aus dem Westen. Alle, die sich getraut haben, waren ja irgendwann weg, aber bei der Beerdigung der Eltern standen sie dann plötzlich am Grab und haben sich die Augen ausgeheult. Für uns war das interessant. Wie sie aussahen und was sie anhatten. Die Louise starb jung, sie war bis zum Ende hübsch. Aber das Mädchen kam nicht. Die hätten wir erkannt. Da bin ich mir sicher. Die war nicht dabei.«

»Hm.« René kratzte sich am Kopf. Der Weg, den die Partnerin bis ins Connaught Hotel zurückgelegt hatte, war also noch viel länger gewesen, als er sich hatte vorstellen können. Er würde gerne wissen, wie die Geschichte weiterging. Doch Frau Heuss' Wissen war ausgeschöpft. »Vielen Dank«, sagte er und erhob sich vom Hocker.

»Sie wollen schon gehen?«

»Über die Osterfeiertage bekommen Sie bestimmt noch mehr Besuch«, tröstete er.

»Das sagen Sie so.«

»Brauchen Sie noch etwas?«

»Sagen Sie –« Frau Heuss strich langsam die Bettwäsche glatt. »Wenn die Frau Lechtner aufwacht, falls sie noch einmal aufwacht, was soll ich ihr denn dann sagen? Ich glaube, ich sage ihr, dass jemand da war, der sich für ein verstoßenes Mädchen interessiert hat. Sind Sie ein Verwandter?«

Er warf einen Blick auf das bewusstlose Greisengesicht im Nachbarbett. »Sagen Sie, ein Freund.«

Sie nickte zufrieden. »Gut, das sage ich ihr. Ich erzähle ihr die ganze Geschichte, weil die kennt sie noch nicht, und dann sage ich ihr, dass ein Freund von dem armen Ding bei mir zu Besuch war.«

KAPITEL 10

»Ein paar Kilometer entfernt verlief die Front. Dort, wo heute die ausgebrannte Ruine verfällt, stand einmal ein herrschaftlicher Palast. Die Anlage muss früher wie im Bilderbuch ausgesehen haben. Ich habe alte Gemälde gesehen. Selbst wenn man den Hang russischer Künstler zum Kitsch abzieht, bleibt als Motiv ein butterblumengelbes Märchenschloss übrig. Es hatte die gleiche Farbe, die glückliche Kinder der Sonne geben, und lag in einem endlosen Park voller Fontänen und Wasserspiele. Goldene Statuen zierten die Eingänge kleiner Galerien. Die Wege waren gesäumt von Bäumen aus aller Welt. Ganz am Ende ruhte das pastellblaue Meer. Das haben die Deutschen nicht zerstört, aber das war auch das Einzige.

Es heißt, es waren die Faschisten. Das ist die korrekte Ausdrucksweise. Doch weil die Faschisten alle deutsch waren, kann man auf das komplizierte Wort auch verzichten.

Versuch mal, dir eines dieser perversen Bilder aus dem Mittelalter über die Hölle vorzustellen. Ich meine die vielen verschiedenen Szenen, in denen der Teufel und seine aufgegeilten Helfer den Menschen die Augen ausstechen, die Knochen brechen, sie zerteilen, auspeitschen, in Stücke reißen, verbrennen. Die Deutschen haben hier noch grausamer gewütet.

Aber bitte lies weiter. Ich weiß nicht, was mit den Althoffs passiert ist, weil du nie davon gesprochen hast. Ich weiß nur, dass die Russen da auf Rachefeldzug waren. Doch ich will auf etwas anderes hinaus.

Als ich hierherkam, war ich darauf gefasst, büßen zu müssen. Ich kenne niemanden, der in der Blockade nicht Angehörige verloren hat, die drinnen in der Stadt verendet sind wie Tiere. Jeden Tag fahre ich im Bus an dem schwarzen Haufen Schutt vorbei, der von dem Märchenschloss übrig geblieben ist. Ich dachte, sie würden uns hassen. Doch wie behandeln mich die Russen?

Ehrenwort – es passiert nicht selten, dass sie lächeln, wenn sie hören, dass ich Deutsche bin. Sie schütteln erst ungläubig den Kopf, dann lächeln sie. Die Russen haben nämlich eine Schwäche für Dinge, die sie nicht verstehen. Und dass ich es gewagt habe, hierherzukommen, gehört dazu. Außer einem verrückten Mathematiker aus Rostock, der mit niemandem spricht, bin ich die Einzige.

Es hat fast drei Monate gedauert, bis ich mich getraut habe, einer Einladung zu folgen. Die Russen laden einen oft ein. Alle sitzen am Tisch, und weil es in letzter Zeit immer Brot gibt, hat jeder eine Scheibe vor sich. Es wird getrunken und ins Brot gebissen, getrunken, gebissen, getrunken, gebissen, und dann fängt einer an zu weinen. Einer fängt immer an zu weinen. Wenn sie betrunken sind, werden sie sentimental. Trotzdem bekam ich jedes Mal Angst, bis ich mich endlich damit abfand, dass die Russen das Bedürfnis nicht kennen, jemanden für ihr Leid verantwortlich zu machen. Es muss eine grundlegende russische Eigenschaft sein, das Böse, das allem innewohnt und sich beim Überfall der Deutschen nur in außergewöhnlicher Blöße zeigte, hinzunehmen. Das Leben ist hart und Schicksalsschläge gehören dazu. Sie sind unvermeidbar. Man muss sie ertragen. Man muss einstecken können, denn das Leben war noch nie gerecht, ist nicht gerecht und wird auch nie gerecht sein.

Weißt du, was das bedeutet? Das bedeutet, dass kein Russe der Kommunistischen Partei glaubt!«

René Hartenstein brach erstaunt ab. Er las die letzten zwei Sätze noch einmal. Hätte die Staatssicherheit mitgelesen, wäre der Brief spätestens nach dieser Stelle aus dem Verkehr gezogen worden.

Er legte das eng beschriebene Luftpostpapier beiseite und sah sich den vergilbten und etwas brüchigen, ansonsten aber unversehrten Umschlag noch einmal genau an. Die schwungvoll geschriebene Adresse. Drei blaue Briefmarken mit dem Porträt von Juri Gagarin. Die Stempel waren verrutscht, doch die Jahreszahl

1964 war noch zu erkennen. Auf der Rückseite war die Absenderadresse in die dafür vorgesehenen winzigen Zeilen gequetscht. Nichts wies darauf hin, dass der Brief kontrolliert worden war. So hatte sie ihr konterrevolutionäres Gedankengut offensichtlich ungestört mit der Mutter teilen können.

»Schließlich behaupten Marx und Engels, dass sich die Entbehrungen des Klassenkampfs lohnen. Sie verheißen Gerechtigkeit, Menschlichkeit und Glückseligkeit, wenn der Kampf gewonnen und die höchste Gesellschaftsform erreicht ist. Jeder nach seinen Fähigkeiten, jeder nach seinen Bedürfnissen. Die Deutschen glauben das, und deshalb rackern sie sich eifrig für die Zukunft ab.

Doch hier glaubt das kein Mensch. In der Tiefe seiner Seele spürt jeder russische Kommunist, dass alles so bleibt, wie es ist, egal wie sehr sich die Dinge ändern mögen. Es wird immer oben und unten geben, es wird immer Willkür geben, man wird dem Schicksal immer ausgeliefert bleiben. Niemand glaubt an Fortschritt. Die gesamte Energie der Russen gehört dem, was der Gegenwart abzugewinnen ist, und das ist aus der Perspektive einer Fremden, zumal einer Deutschen, geradezu unanständig viel. Da es gut möglich ist, dass es kein Morgen geben wird, ringen die Russen dem Leben auf der Stelle alles Sinnliche ab, was es zu bieten hat.

Du müsstest die gierigen Augen sehen in den Schlangen, die sich abends vor den Theatern und Konzerthäusern in der Stadt bilden. Ellenbogen gegen Ellenbogen, zahnlose Oma gegen Bauarbeiter, sie lechzen nach Linderung, wollen Alltag und Trübsal vergessen. Und dann haben sie es auf einen Stehplatz geschafft – zwei Stunden ohne Anlehnen –, und die Tränen strömen ihnen über die müden Gesichter. Als ich das erste Mal im Kirow-Theater saß, wusste ich nicht, wie mir geschah. Es ist ansteckend. Sie haben ›Giselle‹ getanzt und mir war, als könnte ich fliegen. Ich glaube, da habe ich zum ersten Mal richtig verstanden, warum du mich weggeschickt hast. Geahnt habe ich es immer, aber das Heimweh war zu groß.«

Die restlichen Zeilen waren mit schwarzer Tinte gründlich durchgestrichen. René hielt das dünne Papier gegen das Licht der Schreibtischlampe und versuchte es aus verschiedenen Winkeln. Doch außer einzelnen Wörtern war nichts zu erkennen, der Text blieb unlesbar. Vom eigenen Sturm und Drang beschämt, hatte die Autorin sich selbst zensiert.

Da die nächsten Seiten des Briefes genauso fehlten wie der Anfang, faltete er das beidseitig beschriebene Papier wieder zusammen und steckte es behutsam zurück in den Umschlag. Vor ihm lag die gesamte Beute. Er hatte noch zwei weitere Briefe und eine Postkarte aus dem Archiv der Biobäuerin gefischt. Alle waren adressiert an Louise Röhlicke, Gasthof Zur Schänke, 5231 Rohrborn, Bezirk Erfurt, DDR.

Der nächste war ein halbes Jahr später geschrieben, am 10. November 1965, ebenfalls in Petrodworets. Eine Einleitung mit einem Hinweis darauf, ob die Studentin in der Zwischenzeit Post von ihrer Mutter bekommen hatte, gab es nicht. Sie begann ohne Umschweife.

»Sie haben mir einen Orden verliehen! Ich weiß, ich weiß – die Inflation an Medaillen ist groß. Wahrscheinlich verteilen sie in deiner Genossenschaft alle paar Tage Melk-und-Mist-Medaillen. Du magst es also für nichts Besonderes halten, dass ich ausgezeichnet worden bin. Aber du kennst die Vorgeschichte nicht.

Ich habe in der gesamten Schulzeit keinen einzigen ernst zu nehmenden Preis gewonnen. Damit es nicht allzu negativ auffiel, haben sie mir zwei- oder dreimal irgendeine bronzene Ehrennadel dritter Klasse angesteckt. Warum sie etwas gegen mich hatten, ist schwer zu sagen. Da es nicht an meinen Noten lag, muss es charakterliche Gründe gehabt haben, doch wie sie auf eine negative Gesinnung schließen konnten, ist mir ein Rätsel, denn ich unterstütze die sozialistischen Ideale VOLL UND GANZ. Zu der momentan geltenden Parteilinie habe ich mich, soweit ich sie kannte, nie abweichend geäußert. Ich wusste schließlich, dass in der Schänke kein Platz für mich war. Von der Schule zu fliegen konnte ich nicht riskieren. Ich bin nie negativ aufgefallen. Doch obwohl ich zu den Besten gehörte, obwohl ich immer gesagt und getan habe, was verlangt wurde, haben sie mir nicht über den Weg getraut. Alle haben mir misstraut, bis auf einen.

Das Misstrauen zwischen den Klassenkameraden und mir beruhte auf Gegenseitigkeit. Die meisten waren wie ich irgendwo aufgelesen worden, damit wir Arbeiter- und Bauernkinder das bürgerliche Bildungsmonopol brachen. Nichts gegen Proletarier. Das Problem ist nur, dass geborene Verlierer viel Wut im Bauch haben und große Angst, die Liebe der Partei wieder zu verlieren. Die würden alles für sie tun, die ihnen Essen und warme Kleidung gegeben hat und die Aussicht, zur Herrscherklasse von morgen zu gehören. Je verlorener die Seele, desto größer die Wahrscheinlichkeit, dass sich ein Hundertfünfzigprozentiger daraus entwickelt. Ich weiß das, weil ich mit denen endlose Ferien verbringen musste. Die anderen sind nach Hause gefahren zu ihren Eltern. Oder wenigstens zu entfernten Verwandten.

Das Misstrauen der Lehrer war unfair und wahrscheinlich nur relativ, weil ihnen die kleinen Rotärsche lieber waren. Das Misstrauen der GOL und des Direktors wiederum leitete sich aus dem der Lehrer ab. Sie mochten mein Gesicht nicht. Der Direktor hat mich sogar einmal in sein Büro kommen lassen, um mir zu sagen, dass ich anders gucken sollte. Wenn ich weiterhin so aufsässig guckte, würde nie etwas aus mir werden. Wie ich stattdessen gucken sollte, konnte er mir allerdings auch nicht sagen. Die Unterhaltung war so peinlich, dass ich aus Verlegenheit angefangen habe, seinen Dackel zu streicheln, woraufhin er losbrüllte: ›Siehst du! Genau davon spreche ich!‹

Ich habe also nie eine Auszeichnung bekommen. Ich glaube, sie haben mich für ein Versehen gehalten, einen nicht wiedergutzumachenden Fehler, aus dem kein brauchbarer Parteikader mehr zu schmieden war. Deshalb musste ich auch nie Gruppenratsvorsitzende werden oder in der ersten Reihe marschieren und die schweren Banner halten. Sie haben mir nicht einmal die

Gestaltung der Wandzeitung zugetraut. Sie haben mich in Ruhe gelassen.

Dass ich nicht irgendwo in der Produktion verschwunden bin, sondern trotzdem Abitur machen durfte, ist dem Russischlehrer zu verdanken. Herr Trawin war ein scheuer, einarmiger Mann mit traurigen Augen, der über geheimnisvolle Kräfte verfügte. Je mehr ich darüber nachdenke, desto mehr bin ich davon überzeugt, dass er es war, der auf seine stille Art die Geschicke der Schule lenkte. Nicht der aufgeblasene Direktor, sondern er.

Offiziell war Wladimir Trawin unser Russischlehrer und in dieser Rolle sehr einsam. Wusstest du, dass sich die Vorurteile und der Hass gegen die sowjetischen Besatzer darin ausdrücken, dass die russische Sprache boykottiert wird? Kein Schüler will die Sprache der Slawen lernen, und kein anständiger deutscher Lehrer nimmt ihm das übel.

Das Büro des Direktors ging auf den Waldsee hinaus. In der umgebauten Burg auf der gegenüberliegenden Seite war eine sowjetische Panzereinheit untergebracht. Ich weiß nicht mehr, ob es während des Gesprächs über meinen Blick war oder bei anderem Anlass. Der Direktor stand am Fenster und es regnete. Ich konnte nur das Getrampel der Soldatenstiefel unten im Schlamm hören und das Brüllen des russischen Offiziers, der sie antrieb. Du hättest die Verachtung in seinem Gesicht sehen müssen, als er knurrte: ›Grau wie der Himmel, die Unterhemden. Wie man Waschmittel benutzt, wird der Iwan wohl nie mehr lernen.‹ Dann erinnerte er sich daran, dass ich im Zimmer war und hätte mich wohl am liebsten eigenhändig aus dem Fenster auf die armen Schweine geschmissen.

Das kyrillische Alphabet dient als ewige Ausrede. Sie brauchen Jahre, um Lesen und Schreiben zu lernen, und danach reicht die Zeit für kein anständiges Buch mehr. Außerdem ist Herr Trawin kein Mensch, der sich aufdrängt. Er hat die Geringschätzung seiner Sprache ertragen, so wie er, nach dem Armstummel und seinem schwermütigen Blick zu schließen, viel ertragen hat, bevor es ihn nach Gera verschlug. Ich war die Einzige, die sich nicht gegen Russisch gewehrt hat, und deshalb war er der Einzige, der mich nicht aufgab.

Vielleicht brauchte er einfach nur jemanden, mit dem er sich unterhalten konnte. Erst hat er mir die Sprache beigebracht, und dann, als ich gut genug war, hat er sie mir alle zum Lesen gegeben. Sogar die Achmatowa, wer weiß, wo er die herhatte, Tolstoi, Puschkin, Dostojewski, Lermontow, Turgenew, Derschawin. Manchmal hat er selbst gemachte Marmelade auf zwei Unterteller verteilt und mir einen hingestellt. Während der Besprechung hat er seine Portion langsam im Tee verrührt. Wir haben uns mit den Dramen der erfundenen Helden getröstet, und zum Dank hat er mich hierhergeschickt, in seine Heimatstadt.

Dabei wirkte er nicht wie einer, der Fäden ziehen kann. Über wie viele Ecken er seine unsichtbaren Kontakte spielen ließ, weiß ich nicht. Ich hoffe, dass er meinetwegen nicht um Gefallen gebeten hat, die er nicht abbezahlen kann.

Er saß mit gesenktem Blick im Lehrerkollektiv, als die Neuigkeit verkündet wurde. Danach hat er mir die Hand geschüttelt, wie immer die linke, als ob es mein Verdienst gewesen wäre. Bis dahin hatte es nur einen einzigen Überflieger gegeben – eiserne Linientreue, perfekte Noten –, den die Sowjets von unserer mittelmäßigen Proletarierschule zum Studium haben wollten. Er wurde für drei Jahre in den Ural verbannt und war der ganze Stolz des Direktors.

Ich dagegen, der hoffnungslose Fall, kam nach Leningrad! Nur ein Bett hat Herr Trawin mir nicht in der Stadt organisieren können. Deshalb wohne ich draußen, vierzig Kilometer entfernt, in Petrodworets. Und jetzt haben sie mir den Orden des Roten Banners der Arbeit verliehen. Das ist kein Allerweltsorden, Mama. Herr Trawin wird das wissen. Ich hoffe, er ist zufrieden mit mir. Nach der Verleihung gab es einen Empfang mit Butterbroten und Speck, den ich verpasst habe, weil der Fotograf zu lange gebraucht hat. Doch ich wollte unbedingt ein Porträt mit dem

Orden haben. Ich will, dass es am Eingang der Schule neben den Bildern der kleinen Ehrungen der kleinen Rotärsche aufgehängt wird, und dass der Direktor jeden Tag daran vorbeigehen muss.«

Mit dieser eitlen Verwünschung brach der Brief ab. René Hartenstein schmunzelte. Natürlich war ihr Porträt in der Schule aufgehängt worden. Keine Frage. Wahrscheinlich hatte der Direktor jeden Besucher höchstpersönlich auf das Foto hingewiesen. Sehen Sie, das Mädchen auf dem Bild, das war kein leichter Fall. Eine verwahrloste Halbwaise aus asozialem Elternhaus, als sie hier ankam. Von Makarenko, dem großen sowjetischen Pädagogen, wissen wir aber, dass jedes Kind resozialisierbar ist. Zucht und die Liebe des Kollektivs – mehr braucht es nicht. So haben wir es geschafft, aus dem wilden Kind eine gefestigte sozialistische Persönlichkeit zu formen. Kommen Sie näher heran. Sehen Sie das Abzeichen da an ihrer Brust? Der Orden des Roten Banners. Unsere Anna gehört zu den wenigen Deutschen, die je mit dem Orden ausgezeichnet worden sind.

René faltete die dicht beschriebenen Seiten des Briefes wieder zusammen und sah auf. Die schwarze Katze der Würzburgerin war aus dem Trubel im Hof nach oben geflohen und leistete ihm seit einiger Zeit Gesellschaft.

Er saß in einem feuchten und kalten Zimmer ohne Tageslicht, dessen Fenster mit Brettern vernagelt und mit schwarzer Plane abgedichtet waren. Juliane nannte es ihr Arbeitszimmer. Von den Wänden schälten sich mehrere Tapetenschichten, der Boden bestand aus Sperrholz. Die einzigen Möbelstücke waren der Tisch, an dem er saß, und ein weißes Billy-Regal, das vor den schlimmsten Schimmelflecken an der Wand stand, die jedoch rechts und links weiterwuchsen. Auf dem Regal standen ein paar zerfledderte Aktenordner, von denen er annahm, dass es sich um Julianes Buchhaltung handelte. Hier bewahrte sie auch ihre historischen Schätze aus dem Sperrmüll auf.

Die Katze saß auf einer der ausrangierten Gemüsekisten, in denen René die Briefe vorhin gefunden hatte.

»Hätte ich nicht gedacht«, gestand er. »Aber Briefe von anderen Leuten lesen hat was.«

Keine Reaktion. Die Katze starrte ihn aus gelben Augen reglos an.

»Ihr seid doch von Natur aus Schnüffler. Du weißt also, wovon ich rede.«

Sie blinzelte. Zwinkern war angeblich das Lächeln der Katzen. Er nickte und nahm sich den letzten Brief vor, obwohl er Hunger und Durst hatte. Er wollte wissen, wie es weiterging.

»Klar kannst du mein Archiv durchsuchen«, hatte die Würzburgerin heute Morgen gegen den Lärm der Gabelstapler auf dem Erfurter Großmarkt ins Telefon gerufen. »Aber heute ist Samstag. Großkampftag auf dem Hof. Wenn du dir das Material heute noch angucken willst, musst du es alleine machen.«

Er hatte sie gefragt, was aus dem Gasthaus in Rohrborn geworden war. In dem menschenleeren Dorf konnte man sich heute keine Kneipe mehr vorstellen.

»Was aus der Schänke geworden ist? Die stand ewig leer, bis sie sie dann letzten Herbst abgerissen haben. Totaler Quatsch. Angeblich gab es einen Investor, der das brachliegende Grundstück von der Stadt kaufen wollte, dann aber doch einen Rückzieher gemacht hat. Vor dem Abriss haben sie das große Haus komplett entrümpelt.« An dieser Stelle hatte sie mit einem Händler um den Preis von Weidensträuchern und Blumen gefeilscht und ihn warten lassen. »Das war irre für mich. Ich habe gebundene Rechnungsbücher gefunden, die bis in die fünfziger Jahre zurückreichten. Geniale Quellen zu privaten Kleinunternehmern. Die Bauarbeiter haben mich ausgelacht, dass ich das Zeug haben wollte. Doch dann haben sie es mir mit dem Bagger in den Hof gebracht. Eine ganze Schaufelladung voller Unterlagen.«

Vorsichtig zog er den letzten Brief aus dem Umschlag. Er war der dickste von allen. Es war erstaunlich, wie gut sich das sowjetische Briefpapier gehalten hatte. Die Seiten waren so glatt, als wären sie gebügelt worden, und kaum vergilbt. Die über die

Zeilen preschende Tinte war etwas verblichen, aber noch gut lesbar. Die Briefe mussten im Dunkeln aufbewahrt worden sein. Er stellte sich vor, wie Annas Mutter sie eilig zwischen den Seiten der dicksten Bücher in ihrem Haushalt hatte verschwinden lassen. Ganz oben ins Regal hatte sie die Nachrichten der geopferten Tochter verbannt, in alte Rechnungsbücher, wenn sie ungebeten und in unregelmäßigen Abständen in ihr Leben einschlugen. Es sah nicht danach aus, als hätte die Mutter jemals die Kraft besessen, noch einmal auf den Hocker zu steigen und die Briefe hervorzuholen. Sie hatte schon genug um die Ohren mit den drei Jungs. Das Mädchen musste alleine zurechtkommen. Sie hatte das Zeug dazu.

»Liebe Mama, ich schreibe dir – oder vielmehr mir, weil ich es schwarz auf weiß vor mir sehen muss und außerdem gar nicht weiß, ob die Post überhaupt bei dir ankommt –, um meine Entscheidung mitzuteilen. Ich schreibe nicht mehr aus Petrodworets, sondern sitze an einem schweren Schreibtisch mit geschwungenen, in Raubtierpfoten auslaufenden Beinen in der Innenstadt von Piter, wie Leningrad bis heute genannt wird. Vor dem Fenster duftet weißer Flieder. Ein Park schließt sich an, dahinter ein schicker, großer Wohnblock aus der Zeit Peters des Großen.

Das unvollendete Wohnheim, in dem ich in Petrodworets gewohnt habe, befand sich übrigens nicht einmal im Ort selbst. Es stand außerhalb in trockengelegtem, unbesiedeltem Sumpfgebiet südwestlich des Zentrums, zwischen den Rohbauten der Fakultäten für Chemie, Mathematik und Physik. Dort hausen immer noch etwa zweihundert Studenten, die nirgendwo anders untergekommen sind, zwischen nackten Betonwänden.

Im Nachhinein frage ich mich, wie ich es dort so lange ausgehalten habe, aber das fragt man sich im Nachhinein wohl immer. Zweieinhalb Jahre … Im ersten Winter war das Heizwerk noch in Bau. Wir haben im Schlafraum ein Matratzenlager gebaut, um uns gegenseitig zu wärmen. Zwanzig ungewaschene Frauenkörper aneinander. Die Wasserleitungen waren noch nicht gelegt, ein gefliestes Klo gibt es bis heute nicht. Die Sauna, in der man den Dreck ausschwitzen kann, ist erst vor zwei Monaten fertig geworden. Mit Bus, Zug und Metro dauert es etwa zwei Stunden bis in die Stadt. Jeden Tag bin ich zwei Stunden hin- und zwei Stunden zurückgefahren, meistens im Stehen, meistens den sauren Atem eines Säufers im Gesicht. Wollmützen sind knapp. Im ersten Winter ist mir meine in der Metro geklaut worden. Sie reißen sie dir vom Kopf und springen im letzten Moment auf den Bahnsteig, wenn die Türen schließen. Es hat Wochen gedauert, bis ich eine neue organisiert hatte. Seitdem trage ich immer ein Gummiband ums Kinn.

Genug Lebensmittelmarken gibt es nur für Brot, Zucker und Tee. Ich bin dünn wie ein Strich, Mama. Es sind nur noch Haut und Knochen übrig. Ich habe nämlich nicht den gleichen Fehler gemacht wie die anderen. Du müsstest ihre Zähne sehen. Sie sind braun, vielen fehlen Backenzähne, und frag nicht, wie hier der Zahnarzt vorgeht, womit er betäubt und wie lange es dauert, bis man wieder aufwacht. Da habe ich lieber nur von Wasser und Brot und Büchern gelebt. Ein Glück, dass ich dir immer ähnlicher sehe! Lange habe ich gedacht, dass mein Vater mein Aussehen gründlich verdorben hatte, doch mittlerweile kann ich im Spiegel erkennen, dass ich deine Tochter bin. Darauf bin ich stolz. Und wenn ich lache, muss ich nicht die Hand vor den Mund nehmen.

Auch sonst habe ich gelernt, auf mein Äußeres zu achten. Für die Russen gibt es nichts Wichtigeres als Kleidung. Ich glaube nicht, dass es am Mangel liegt und dass sie nur deshalb auf Äußerlichkeiten versessen sind, weil es nichts zu kaufen gibt. Nein. Ich glaube, es geht tiefer. Es hat mit ihrem unbedingten Bedürfnis nach Verschönerung zu tun. Sie lassen keine Möglichkeit aus, das Leben – kurz, hart und hässlich wie es ist – zu verzieren.

Die Bereitschaft, den Sinnen zu erliegen und dem Dasein jeden Tropfen Saft abzuringen, erklärt auch die russische Praxis der Liebe. Ich weiß nicht, wie ich es sonst ausdrücken soll. Vielleicht ganz einfach: Hier schläft jeder mit jedem – was eine Übertreibung ist, aber keine große. Die kommunistische Gütergemeinschaft scheint zumindest in dieser Hinsicht verwirklicht. Lust ist ein Recht für alle. Soweit ich das einschätzen kann, ist die bürgerliche Moral diesbezüglich erfolgreich aufgehoben. Kommt es zur Schwangerschaft, wird die Frau auf Kosten des Kollektivs kurz krankgeschrieben für die Abtreibung.

Ich schreibe wahrscheinlich ohnehin ins Leere, deshalb kann ich es ruhig zugeben: Ich bin anders als die meisten Russen. Ich will keinen Zeitvertreib, sondern große, leidenschaftliche Liebe wie in ihren Romanen. Ich will mich so kompromisslos hingeben wie die Helden der Bücher von Herrn Trawin. Für den, der mein Leben bestimmen soll, will ich alles tun. Wie Anna Karenina. Von mir aus bis zum bitteren Ende, bis zur Selbstaufgabe. Hauptsache, ich verschwende mich nicht mit Halbherzigkeit.

Ich will kein Heer von Liebhabern, die als austauschbare Erinnerungen in einer endlosen Kette – Frühling, Sommer, Herbst und Winter – durch meine Vergangenheit geistern. Ich will nicht, dass meine Sinne durch Erfahrung abstumpfen. Ich will so lieben, dass es wehtut.

Samstags fahren viele Studentinnen in die Stadt, meistens in Zweier- oder Dreiergruppen, um auf dem Newski Prospekt herumzuspazieren und mit männlichen Zweier- oder Dreiergruppen anzubandeln. Ob sie mit ihnen ins Bett gehen, ist vor allem eine Raumfrage. Wer in dieser Stadt, in der drei Generationen in einem Zimmer wohnen, weiß, wo man eine halbe Stunde lang ungestört zu zweit liegen kann, hat gewonnen.

An der Universität sind Studenten aus aller Welt, und für manche ist es das Paradies auf Erden. Vor allem die verklemmten Jungs aus England oder Saudi-Arabien können ihr Glück kaum fassen. Auch die Handvoll Amerikaner, die es hier gibt. Sie rennen mit glasigen Augen durch die Gegend und fangen sich früher oder später alle fiese Entzündungen ein. Doch selbst das ist kein großes Problem, weil es Krankenstationen gibt, die die ganze

Nacht geöffnet sind, und Krankenschwestern, die für ein Paar Schnürsenkel oder Schokolade aus jedem Ekzem den Eiter lassen.

Ich habe da nie mitgemacht. In unserem Skelett von Wohnheim, wo auf jede Frau mindestens acht Physiker kamen, war ich wahrscheinlich die einzige Jungfrau.

Bis die letzte Seminararbeit fällig war. Michail Iwanowitsch Ermolaew ist Dozent für moderne Literatur. Er hat ein slawisches Gesicht, womit ich knochig meine, trägt den obersten Knopf seines Hemdes offen, den Schlips locker, ist groß und schlaksig und der aufsteigende Stern in der Fakultät. Er ist Anfang vierzig und wird an den Schläfen grau. Außerdem ist er geschieden und bewohnt ganz allein zwei Zimmer in einer Kommunalka in der Innenstadt. Zwei Zimmer, Mama!

Es heißt, dass schon die halbe Universität bei ihm zum Beischlaf eingeladen war. Warum also sollte jemand wie er sich für jemanden wie mich interessieren, die nicht will? Und warum sollte jemand wie ich sich für jemanden wie ihn interessieren, der nicht genug bekommen kann?

Es war im Januar. Wir waren nach der Mittagspause in seinem Büro verabredet, um meine Arbeit zu besprechen.

Ermolaew hat im vergangenen Jahr einen gewagten Artikel über Aleksandr Blok veröffentlicht, der viel Aufsehen erregt hat. Wie viele andere in der Literaturwissenschaft ist Blok ein Thema, bei dem man leicht vom Weg abkommen kann, doch Iwanowitsch gilt als virtuoser Drahtseilakrobat. Er versteht es, die Zensur auf so geschickte Weise herauszufordern, dass sie gar nicht merkt, wie viel sie gibt, bevor es zu spät ist. Das würde ich auch gerne können.

Also gab ich mir große Mühe, als er mir erlaubte, meine Seminararbeit über »Die Rolle der Stadt in Bloks Spätwerk« zu schreiben. In drei Wochen war Abgabetermin, und um sein Risiko als verantwortlicher Lehrkörper einzugrenzen, wollte er korrigieren, was ich bislang geschrieben hatte.

Zwei Stunden und zwanzig Minuten lang habe ich auf dem

kalten Korridor in der Fakultät vor seiner verschlossenen Tür gewartet. Als er endlich unfrisiert und kein bisschen verfroren um die Ecke geschlendert kam, konnte ich mir denken, warum er den Termin vergessen und noch keine Zeile des Manuskripts gelesen hatte. Draußen leuchtete meterhoher Schnee in der Dunkelheit. Die Fahrt nach Hause würde Stunden dauern. Ich sagte, dass ich losmusste. Er bestand darauf, dass ich blieb. Ich hatte blaue Lippen, er würde Tee aufsetzen und dabei die Arbeit lesen. Er würde sich beeilen.

Ich bin wegen Aleksandr Blok geblieben, und das Erstaunliche war, dass es ihm auch um die Arbeit ging. Alles Selbstdarstellerische, mit dem er in den Vorlesungen das Publikum unterhielt, fiel von ihm ab. Als wir anfingen, über die Gedichte zu sprechen, war er kein Schauspieler mehr, sondern nur noch ein erfahrener Lehrer, der geduldig auseinandersetzte, wo ich welche Pirouetten drehen musste, um Blok mit der Interpretation näherzukommen und trotzdem keinen Ärger zu kriegen. Wir haben so lange an dem Text gefeilt, bis es zu spät war, um noch nach Petrodworets zu kommen. Er hat mich mit zu sich nach Hause genommen, wo wir in der Küche weitergeredet und gegessen haben. Dann hat er mir das Sofabett hergerichtet und ich habe so gut geschlafen wie seit zweieinhalb Jahren nicht mehr.

Am nächsten Morgen gab er mir Tee, Rosinen und frisches Weißbrot. Ich war nicht krank oder hatte es sonstwie verdient, bedient zu werden. Die anderen Bewohner dachten, ich sei die Nummer der letzten Nacht, dabei hatte ich nur tief und fest geschlafen. Michail Iwanowitsch erwartete nicht einmal Unterhaltung von mir. Ich konnte aus dem Fenster auf den mit Neuschnee bedeckten Italienischen Garten sehen, während er mit einer beeindruckend dicken Zimmernachbarin redete, die Schauspielerin am Aleksandrinskij-Theater ist.

Es ist eine Kommunalka voller Wissenschaftler und Kulturschaffender, alles Leute mit unschätzbaren Verbindungen. Als wir im überfüllten Bus zurück zur Universität fuhren, hat er mir von oben herab erklärt – denn er stand und ich saß –, wer wer in der Wohnung ist. Während der Bus mit seinen Ketten durch den Schnee schaukelte, hielt er sich mit aller Kraft fest, um nicht gegen mich zu stoßen.

Ich habe nie mehr in Petrodworets übernachtet. Er hat versprochen, mir einen Platz in einem Wohnheim in der Stadt zu verschaffen. Bis dahin sollte ich auf seinem Sofa schlafen. In der fünften Nacht bin ich zu ihm gegangen. ›Na konets‹, hat er gesagt und mir das Hemd abgestreift, endlich.

Ich glaube, er war noch überraschter als ich. Ich habe ja keine Ahnung, wie die Liebe funktioniert, aber er schon, und er sagt, dass so etwas wie mit uns, wenn man großes Glück hat, einmal im Leben passiert.

Du wirst enttäuscht sein, hatten mir die Mädchen prophezeit. Wer seine Unschuld so lange hütet, baut Erwartungen auf, die nicht erfüllt werden können. Das erste Mal ist eine Tortur. Es ist eine Schweinerei, peinlich und tut weh.

Sie haben ja keine Ahnung! Er ist schließlich kein Dilettant. Es tat kein bisschen weh.

Ich blieb darauf gefasst, dass es bald vorbei sein würde. Früher oder später würde er wieder Lust auf andere bekommen. Die Verwaltung der Fakultät würde einen Platz im Wohnheim für mich finden. Dann würde sein Bett wieder frei und Michail Iwanowitsch könnte sein altes Leben wieder aufnehmen.

Doch bis es so weit war, hat er die gefährlichste Deutsche, wie er mich nennt, die je zweieinhalb Jahre lang vor den Toren von Leningrad ausgeharrt hat, in die Gesellschaft der Stadt eingeführt. Er hat mich überallhin mitgenommen. Ins Theater sowieso, doch auch in die Küchen und Zimmer seiner Freunde. Erst war ich schüchtern. Sie sind mindestens so alt wie er und müssen zahllose kleine Mädchen an seiner Seite gesehen haben, die kamen und gingen. Doch dann hat mich das Gespräch mitgerissen, und wenn nicht das Gespräch, dann der Wodka, und wenn nicht der Wodka, dann sein Arm um meine Schulter. Nie habe ich mehr gelernt, nie habe ich besser gegessen. Materiell fehlt es der russischen Intelligenzija an nichts, sie hat sogar Filzstiefel. Die Klasse soll frei sein von weltlichen Sorgen, damit sie ihr ganzes Streben der Wissenschaft und der Kunst widmen kann.

Nur die Zensur schränkt die Klasse der Denker ein, die launischen Regeln, was erlaubt ist und was nicht. Mischa hat versucht, mir das Spiel aus Geben und Nehmen zu erklären. Jede Veröffentlichung ist der Versuch eines vernünftigen Kompromisses. Mal wird er angenommen, mal nicht. Verlässlich ist nur die Willkür.

Er lacht, wenn er davon spricht. Sein Aufsatz über Blok war ein großer Triumph, doch ein halbes Jahr später hat er eine ähnliche Veröffentlichung zurückziehen und seinen Namen unter eine banale, bauchpinselnde Festschrift für den Dekan setzen müssen. Ich war enttäuscht, dass er das gemacht hat. ›So ist das Leben‹, hat er mir erklärt. ›Wie kannst du da nur mitmachen?‹, habe ich ihn gefragt. ›Warum?‹, hat er gesagt und seine Hand auf meine Schenkel gelegt. ›Darum.‹ Er hat eine Weile nachgedacht. ›Das gehört dazu. Dafür liege ich jetzt hier mit dir und nicht auf einer Eisenpritsche in Sibirien.‹

Gestern Nacht auf dem Weg nach Hause, oder vielmehr heute Morgen, denn der Himmel über der Stadt färbte sich schon wieder milchig grau, hat er mich gegen eine Hauswand gepresst. Wir verfolgen den Wettbewerb – weiterzuschreiben treibt mir das Blut ins Gesicht, doch was soll's –, uns in möglichst vielen Stadtteilen zu lieben. Wir gegen uns. Mischa hat versprochen, dass wir es eines Tages auf allen Inseln getan haben werden, und dass er das noch mit keiner anderen geschafft hat. Newskij hatten wir zwar schon, aber ich dachte, darauf sei er aus. Die Straße war menschenleer. Neben uns die Jalousie eines geschlossenen Schuhgeschäfts. Doch er knöpfte mir nicht den Mantel auf, sondern flüsterte in mein Ohr, dass ich zwölf Stunden Bedenkzeit habe.

Die Verwaltung hat einen Platz im Wohnheim für mich gefunden, doch er hat ihn ausgeschlagen. Er will keine freie Bude mehr.

Meine Seminararbeit über Blok ist vom Komitee mit Bestnote ausgezeichnet worden. Wenn ich mich im Sommer bei den Prüfungen einigermaßen anstrenge, ergibt das einen Durchschnitt, mit dem ich selbst mit einer Kaderakte wie meiner promovieren kann. Der Orden wird helfen. Verstehst du, was das bedeutet? Mischa ist auf dem besten Weg, Professor zu werden, ich Doktorandin, mit seiner Hilfe vielleicht eines Tages Dozentin. Als Übersetzerin werde ich immer arbeiten können. Vielleicht gehe ich sogar ans Theater. Und wenn wir heiraten und der sieche Dichter vorne in der Wohnung stirbt, bekommen wir vielleicht noch ein Zimmer dazu. Das flüstert er mir mit heißem Atem ins Ohr und ich halte mit beiden Händen seinen Kopf fest, damit er mein Gesicht nicht sieht.

Wie soll man jemandem erklären, der einem mehr bietet als man sich wünscht, dass es trotzdem nicht reicht? Ich weiß selbst nicht warum. Es ist, als ob ich mehr wollte als Glück. Das mit Iwanowitsch ist zu einfach. Liebe hat mit Schmerz zu tun, nicht wahr? Es muss wehtun, damit es groß ist. Oder? Es muss mindestens so wehtun wie an dem schwülen Tag am Ende des Sommers, als du mich zum Bus gebracht und gesagt hast, ich solle den Fahrer antreiben, falls er bummelt, weil der Zug in Erfurt nicht auf mich wartet.

Ich wäre ein Feigling, wenn ich hierbliebe. Ich kann nicht aufgeben und hierbleiben und stolz darauf sein, dass mein Mann ein Meister des Kompromisses ist, und ich das eines Tages auch noch von ihm lernen werde. Das kann es nicht gewesen sein. Dafür hast du mich nicht weggeschickt. Dafür hat Herr Trawin mir nicht diese Heldengeschichten in den Kopf gesetzt.

Ich mache mich jetzt auf den Weg zum Bahnhof und werfe den Brief ein. Dann fahre ich zurück nach Petrodworets, wo ich es die letzten paar Monate bis zum Abschluss auch noch aushalte. Und dann, Mama, dann gehe ich nach Berlin. Deine Anna«

René Hartenstein behielt den Brief noch einen Moment lang in Händen. Als er aufsah, saß die Katze in unveränderter Position, als hätte auch sie sich nicht losreißen können. Beeindruckt faltete er die Seiten wieder zusammen und steckte sie zurück in den Umschlag.

Er griff nach der Postkarte. Sie war vier Monate später in Berlin Mitte abgestempelt, im August 1967. Die Vorderseite musste einmal rot gewesen sein. Jetzt hatte sie die bräunliche Farbe geronnenen Blutes. Darauf waren das Profil von Lenin gedruckt und die Losung »Von der Sowjetunion lernen, heißt siegen lernen«. Auf der gelblichen Rückseite standen nur zwei Sätze: »Ich bin jetzt in Berlin. Bitte lass mich wissen, ob du diese Karte bekommst. Meine Adresse lautet A. A. bei Ilse Möhring, Marienstraße 9, 1020 Berlin.«

Das war's. Er hatte sämtliche Kisten sorgfältig durchsucht. Es war die letzte Nachricht an ihre Mutter. Nach der Erinnerung der alten Frau Heuss war die Mutter bis zum Tod jung und hübsch geblieben, wie es sich für eine Legende gehörte. Es war also gut möglich, dass sie kurz nach dem letzten Brief gestorben war.

Danach hatte die Tochter entweder ahnungslos weiter ins Leere geschrieben, und ihre Briefe waren im Mülleimer gelandet. Oder sie hatte keine mehr geschickt.

Renés Nacken war steif vom Lesen. Seine Augen brannten. Er knipste die Schreibtischlampe aus und streckte sich im Dunkeln.

Fest stand, dass sie mit hohem Anspruch in die Hauptstadt gezogen war. Wahrscheinlich hatte sie einfach Besseres zu tun gehabt als Briefe zu schreiben, die nie beantwortet wurden. Und es ließ sich nicht leugnen, dass er gerne gewusst hätte, was.

KAPITEL 11

Als er aus dem düsteren Haus ins helle Sonnenlicht trat, war gerade kein Kunde auf dem Hof. Juliane machte Pause. Sie saß in ihren Latzhosen allein auf einer Kiste in der Sonne und las. Blinzelnd setzte er sich neben sie.

»Hast du etwas gefunden?«, fragte sie und legte ihr Buch zur Seite.

Er rieb sich die Augen. »Willst du dir nicht mal Fenster anschaffen? Da oben herrscht ewige Nacht.«

»Mich interessiert mehr, ob du was gefunden hast.«

»Ich meine – wie lange haust du denn hier schon so?«

»Ich schlafe unten. Das obere Stockwerk brauche ich erst mal nicht.«

»Gefällt's dir denn hier?«

Sie zuckte die Achseln.

»Willst du bleiben?«

Sie hob noch mal die Schultern. Wenn sie so lächelte, hatte sie was, dachte er. Nicht sein Typ, aber niedliche Grübchen. »Das Geschäft läuft prima«, gestand sie. »Schließlich kaufen heute alle Bio, die sich für was Besseres halten. Wahrscheinlich könnte ich das Doppelte verkaufen, wenn ich wollte. Die Leute kommen sogar aus Weimar angefahren.« Sie ließ den Blick über den chaotischen Innenhof schweifen. Kuchen und Brot waren ausverkauft, von den Ostersträuchern waren nur noch ein paar Zweige übrig. Leere Kisten, wohin man schaute. »Aber ehrlich gesagt habe ich es mir anders vorgestellt. So ist es immer. Ich dachte, hier ist mehr Zusammenhalt. Dorfgemeinschaft und so. Aber man ist doch eher auf sich allein gestellt. Es ist wie in Würzburg oder Indien, nur kleiner.«

»Du warst in Indien?«

Sie schüttelte so heftig den Kopf, als gälte es, den gesamten

Subkontinent mit allen Halbgöttern abzuschütteln. »Sag – hast du denn was über die Frau gefunden, nach der du suchst?«

»Darf ich mir ein Glas nehmen?« Er deutete auf den halb leeren Container mit Apfelmost, der auf einem Hocker an der Hauswand lehnte.

»Bitte – wenn du dann endlich redest.«

Er zapfte sich ein Glas und setzte sich wieder. »Du hast deine sozialen Kontakte also bislang eher mit den toten Rohrbornern geknüpft als mit den lebenden?«

»So ungefähr.«

»Die Frau, die mich interessiert, die lebt noch. Sie ist Teilhaberin einer Firma, bei der ich anfangen kann. Nach Ostern muss ich mich entscheiden. Eigentlich sollte ich mich nicht für sie interessieren, sondern für die Firma. Aber über den Laden gibt es nichts –« Sein Glas war leer und er stand auf, um sich nachzuschenken.

»Und deshalb pilgerst du an ihren Geburtsort?«

Er war sich nicht sicher, wie viel Sarkasmus in der Frage mitschwang. Vielleicht gar keiner.

»Ich war ja sowieso bei meinen Eltern.« Er trank. »Aber ehrlich gesagt weiß ich auch nicht genau, warum sie mich so interessiert. Ihre Geschichte, meine ich. Zwei Stunden saß ich da oben in der Dunkelkammer, um Briefe zu lesen, die mich nichts angehen.« Er schüttelte den Kopf. »Und jetzt will ich wissen, wie's weitergeht.«

Die einsame Würzburgerin lächelte. »Mach dir nichts draus. Das kenne ich.«

»Was?«

»Biografieforschung heißt das wissenschaftlich ausgedrückt. Ein qualitativer Ansatz der Forschungsmethodik. Dabei ist es eigentlich reine Schnüffelei. Und dich hat offensichtlich das Jagdfieber gepackt. Wenn man einmal anfängt, kann man nicht mehr aufhören. Das ist wie Chipsessen.«

»Bis die Schüssel leer ist.«

»Warum würde ich sonst im Abfall anderer Leute rumwühlen?

Es macht einfach Spaß, vergessene Leben aufzudecken und dem Fremden dabei immer näher zu kommen.«

Er unterdrückte einen Rülpser.

»Außerdem weiß man nie, wohin die Reise geht. Vielleicht findest du am Ende wirklich was über die Firma.«

»Unwahrscheinlich. Bislang kenne ich ihren Lebenslauf nur bis Anfang zwanzig. Sie ist hier in Rohrborn aufgewachsen, doch als sie fünf oder sechs war, hat ihre Mutter den Wirt geheiratet und konnte sie nicht mehr gebrauchen. Sie ist auf ein Internat gekommen, wurde zum Studieren in die UdSSR geschickt und kehrte danach zurück nach Berlin.«

»Interessant. Weißt du, in welchem Jahr das war?«

»Als sie zurückgekommen ist? Das war 1967.«

Juliane ignorierte eine Familie mit zwei Kindern, die auf Fahrrädern durch die Hofeinfahrt fuhr. »Eine spannende Zeit. Da rebellierten im Westen gerade die Studenten. Der Vietnam-Krieg eskalierte, Martin Luther King verlor die Bürgerrechtsbewegung in den USA, Dutschke wurde angeschossen, die Kolonien erklärten überall auf der Welt ihre Unabhängigkeit. Und in Prag riefen sie zur gleichen Zeit den Sozialismus mit menschlichem Antlitz aus.«

»Du wärst eine gute Lehrerin geworden.«

»Das täuscht.« Sie ließ sich nicht ablenken. »Ostberlin lag genau in der Mitte. Ich habe keine Ahnung, wie viel die hinter der Mauer von der Aufbruchstimmung im Rest der Welt mitbekommen haben.« Die Familie sah sich suchend um. Widerstrebend stand Juliane auf.

»Ich habe ihre damalige Adresse«, sagte René.

Sie rückte die Latzhose zurecht. »Hast du sonst noch was?«

»Den Namen der Mitbewohnerin oder Vermieterin.«

»Damit kommt man vielleicht sogar weiter«, sagte sie im Weggehen.

***

Er machte sich nützlich und räumte auf, so gut es ging. Während er aus den Kisten das Gemüse sortierte, das selbst für Bio zu braun war, wanderten seine Gedanken nach Madrid. Da machte Cosima gerade mit einer Horde blonder Bräute die Stadt unsicher. Eine Schulfreundin von ihr feierte Junggesellinnenabschied. Schon letztes Jahr waren sie zusammen auf zwei Hochzeiten gewesen … Doch ohne feste Anstellung konnte er es vergessen. Er musste etwas zu bieten haben. Nicht weil sie es verlangte, sondern weil sie es wert war. So gesehen frönte er hier nicht nur müßiger Neugier. Es stand zu viel auf dem Spiel, als dass er sich noch einmal eine falsche Entscheidung leisten konnte. Je mehr er herausfand, desto sicherer konnte er sein, dass er das Richtige tat. Und wenn er das Richtige tat, dann war sie sein.

Um drei Uhr schloss die Würzburgerin das Hoftor von innen ab und holte ihren Laptop aus dem Haus. Sie loggte sich in das Melderegister der Stadt Berlin ein und begann, während er neben ihr saß und die Daten lieferte, sämtliche Heirats-, Geburts- und Sterbeurkunden sowie die Abmeldungen des Standesamts Mitte nach der Mitbewohnerin der Smoktun zu durchsuchen.

Nach zehn Minuten ging ihnen Ilse Möhring, Jahrgang 1945, wohnhaft in Berlin Mitte, Marienstraße 9, ins Netz. Sie war im Heiratsregister des Jahres 1970 erfasst. Am 2. September hatte sie jemanden namens Horst Böhden geheiratet.

»Hätte sie einen Müller genommen, hätten wir Pech gehabt. Aber Böhden ist gut.« Juliane knibbelte an dem beringten Ohr. »Im Berliner Telefonbuch sind nur drei Böhdens eingetragen. Von einem von denen kannst du hoffentlich rauskriegen, ob es die Ilse noch gibt.«

Er versprach, sich für ihre Hilfe zu revanchieren. Er würde ihr alles Material überlassen, das für das Rohrborn-Buch von Wert sein könnte.

***

Als er die Wohnung seiner Eltern aufschloss, wusste er sofort, dass etwas passiert war. Er musste sein gesamtes Körpergewicht gegen die Tür stemmen, um sie einen Spalt weit aufzudrücken.

Es bot sich ein Anblick der Verwüstung. Der Fußboden im Flur war von Kartons, Packpapier und Styroporformen übersät. Sein Vater besaß die Angewohnheit, die Verpackung von allem aufzubewahren, was einigermaßen teuer war. Wegen der Garantie, behauptete er. Es war aussichtslos, ihn davon zu überzeugen, dass er sein Geld auch ohne Karton erstattet bekommen würde, wenn etwas kaputtging. Deshalb waren überall in der Wohnung Kisten von Elektroartikeln auf und unter Schränke gequetscht, sie stapelten sich in der Küche hinter der Sitzbank und dienten im Flur als Ablage. Bis Lilly heute Nachmittag aufgetaucht war und das Chaos angerichtet hatte, über dem nun drei unschuldige Gasluftballons aus rosa Silberpapier schwebten.

Sie lag mit offenem Mund auf dem Schoß ihrer Oma im Wohnzimmer und schlief. Seine Mutter hatte rote Backen vor Aufregung und guckte Kinderkanal. Sie drückte die Zigarette aus und erklärte den unerwarteten Besuch der Kleinen. Lillys Mutter war eingefallen, dass in dem Auto, in dem sie mit Freunden über die Feiertage nach Holland fahren wollte, kein Platz für Lilly war. Deshalb hatte sie einen Bekannten organisiert, der das Mädchen vorhin abgeliefert hatte. Andy war zwar heute Abend unterwegs, aber er hatte versprochen, sich morgen um sie zu kümmern.

***

Es war ein trüber, wolkenverhangener Ostersonntag, den Andy, wenn Lilly nicht gewesen wäre, im Bett verbracht hätte. In völlig verkatertem Zustand starrte er sie an wie eine Außerirdische, als sie um zehn Uhr – nachdem Oma und Onkel René sie vier Stunden lang in Zaum gehalten hatten – heulend in sein Zimmer stürmte.

Er zog sich fluchend an, spuckte gelb ins Waschbecken, nahm

die brüllende Tochter in den Arm und schleppte sie aus der Wohnung. Die Kraft, die in Andy steckte, ausgemergelt wie er war, beeindruckte René noch wie früher. Er folgte ihnen.

Der Himmel hing tief über der Siedlung. Kein Mensch war auf den Beinen. Verlassen lag der Spielplatz zwischen den Hochhäusern. Andy setzte Lilly, die sich einigermaßen beruhigt hatte, auf die feuchte Schaukel und bot dem kleinen Bruder eine Zigarette an. Das machte er seit Jahren, obwohl er wusste, dass René schon lange nicht mehr rauchte. »Sieht zu sehr nach Asi aus, was?«, lachte er bellend. Die Zwischenräume seiner Zähne waren schwarz.

René verzog das Gesicht. Andy packte ihn aggressiv am Nacken. »Noch alles da?« Er riss Renés schwarze Kapuzenjacke nach hinten, bis das Tattoo zu sehen war, und gab ihm eine harte Kopfnuss. »Wehe, du lässt das weglasern.«

»Arschloch«, gab René zurück und rieb sich den Nacken. Es gab keinen Grund, den lodernden, etwa zwanzig Zentimeter großen Drachen, der senkrecht auf sein Rückgrat gestochen war, zu entfernen. Wenn er Schlips und Kragen trug, war nichts zu sehen.

Als Lilly ausgeschaukelt hatte, schnallten sie sie in einem rosa Kinderwagen fest, in den sie schon lange nicht mehr passte, und machten einen Spaziergang in die Stadt. Andy erläuterte ihm seine neueste Geschäftsidee. René spielte währenddessen in Gedanken durch, wie er Ilse Böhden, geborene Möhring, um Hilfe bitten konnte, falls er sie ans Telefon bekam. Andy wollte ein Stundenhotel eröffnen.

»Ruhe, Lilly. Du kriegst dein Eis. Die Idee ist so geil, dass ich mich frage, warum noch niemand vor mir draufgekommen ist«, sagte er und griff sich in den Schritt. »Warst du schon mal in Südamerika?«

René schüttelte den Kopf.

»Ein Brother von mir sagt, da gibt es in jeder Stadt zehn Läden von der Art. Mindestens. Und selbst die ollsten Schuppen laufen von alleine. Diskrete Abfahrt von der Straße, Parkplatz hinter hohen Mauern, saubere Laken, Pariser. Los geht's. In den gehobeneren Zimmern geschmackvolle DVDs.«

»Du willst Zuhälter werden?«

»Mit Zuhälterei hat das nichts zu tun. Hör zu. Stundenhotels sind für normale Paare, die nur mal ungestört vögeln wollen. Ohren zu, Lilly. Leute wie du und ich. Nein, du nicht. Du hast ja eine Wohnung. Ich meine für Nesthocker wie Marc und mich, die immer noch bei Mama und Papa wohnen und mal allein sein müssen mit dem Fräulein. Zwanzig Euro die Stunde.«

Lilly musste mal. Andy hängte die Baseballkappe an den Kinderwagen und ging mit ihr hinter einen Baum an der Straße.

»Überleg mal«, sagte er, als er die Kappe wieder aufsetzte. »Ausziehen kann sich keiner mehr leisten. Im Osten wimmelt es von frustrierten Nesthockern mit Ladehemmung. Ich meine – Wachstum unbegrenzt! Das finanziert uns jeder, Bürgschaftsbank und Thüringer Aufbaubank schütten uns mit Krediten zu, und für die Renovierung noch mal extra. Irgendein leer stehender Riegel am Stadtrand.« Er spuckte zur Seite. »Verstehst du? Und wenn der Plan steht, machen wir eine Weiterbildungsreise nach Brasilien. Das bezahlt uns die Arbeitsagentur. Ich kenn die Jungs. So was übernehmen die alles wegen Existenzgründung und so.«

René dachte an die Legende, die er brauchte. Einen überzeugenden Vorwand, um die fremde Frau zum Reden zu bringen. »Du meinst, die nehmen dir das ab?«

»Lo-go.«

»Eine Schwachsinnsidee.«

»Wieso?« Andy grüßte einen Mann mittleren Alters, der auf der anderen Straßenseite seinen Hund ausführte. Lilly fing wieder an zu brüllen.

»Ist der von der Arbeitsagentur?«, fragte René.

»Fast. Ruhe da unten.« Andy kippte den Kinderwagen nach hinten, bis er nur noch auf den Hinterrädern fuhr. Lilly quietschte vor Vergnügen.

»Und wenn sie draufkommen, dass Stundenhotels nur da funktionieren, wo die Leute streng katholisch sind und Hausangestellte haben, die Tag und Nacht aufpassen, dass im Kinderzimmer nicht gesündigt wird?«

Andy winkte ab, ohne dass der Kinderwagen die Balance verlor. »Ficken ist besser als mit Baseballschlägern Vietnamesen jagen. Ohren zu, Lilly. Für alle Beteiligten. Das ist mein Argument. Abbau von überschüssigem Testosteron und diesem Zeug. Verbesserung der Sozialstruktur. Okay? Arbeitslose können von mir aus Rabatt kriegen. Ein gutes Argument nach dem anderen. Fünfzehn neue Arbeitsplätze für Verwaltung, Kasse, Putzen. So macht man das. Die dürfen ihre Einwände einbringen, und dann rede ich weiter. So geht verkaufen. Mann, was ich schon alles vertickt habe! Der Trick ist, dass der Käufer am Ende glauben muss, es war seine Idee.«

»Ich verstehe.«

Andy gab sein hartes Lachen von sich. »Glaub's mir, Dicker. Ich werde Stammkunde im eigenen Laden. Es ist eine absolut geile Idee.«

Die Frage, wie viel Kapital er vorschießen würde, bevor die großen Kreditinstitute in das Bombengeschäft einstiegen, bog René ab, indem er an der Eisdiele dreimal drei Kugeln mit Schokoglasur kaufte. Auf dem Rückweg fing es leicht an zu regnen.

***

Den Rest des Ostersonntags verbrachten sie ballernd am Computer. Gegen die unerbittliche, dunkle Melancholie, die früher oder später jeden in Sömmerda befiel, tranken sie Bier und ließen sich von der Mutter mästen. Lilly wurde vor dem Küchenfernseher geparkt. Erst am nächsten Vormittag ging René in Andys Zimmer, um zu telefonieren.

Unter dem ersten Anschluss, den er anrief, meldete sich niemand. Unter der zweiten Nummer ging ein junger Mann namens

Böhden ans Telefon, in dessen Familie es keine Ilse gab. Unter dem dritten Anschluss hob eine Frau ab. Ihre leise Stimme lag in der gehobenen Altersklasse, die er suchte.

»Spreche ich mit Ilse Böhden?«

»Am Apparat.« Dem Zungenschlag nach eine Berlinerin.

»Guten Tag. Mein Name ist René Hartenstein. Ich rufe an, um zu fragen, ob Ihnen der Name Anna Althoff etwas sagt?«

Die Frau brachte zögernd heraus: »Wer sind Sie?«

Volltreffer. Sie musste es sein. Er schöpfte Mut.

»Hätten Sie etwas dagegen, wenn ich Ihnen ein paar Fragen über Frau Althoff stelle?«

Wieder dauerte es eine gefühlte Ewigkeit, bis sie sprach. »Warum?«

»Entschuldigen Sie. Ich – ich weiß, es hört sich merkwürdig an, aber ehrlich gesagt ist mein Anliegen am Telefon schwer zu erklären. Es wäre einfacher, wenn ich Sie persönlich sprechen könnte. Wäre das möglich? Ich könnte heute noch nach Berlin kommen, wenn Ihnen das recht ist.« Er holte Luft. »Mir ist natürlich klar, wie komisch das wirken muss, wenn ein Fremder Sie so dreist überfällt. Und das auch noch am Ostermontag.« Kunstpause. »Aber Sie können mein Interesse an Frau Althoff sicher nachvollziehen, sobald ich es Ihnen erklärt habe. Haben Sie heute Nachmittag vielleicht eine halbe Stunde Zeit?«

»Ich –« Es klang verunsichert. »Seit Jahrzehnten habe ich nichts mehr von ihr gehört. Ich weiß nichts über sie.«

»Doch, bestimmt.« Er sprach so sanft er konnte. »Es geht mir nur um die Zeit, als sie zusammen gewohnt haben.«

Schweigen.

»In der Marienstraße – erinnern Sie sich?«

»Natürlich erinnere ich mich. Ich hatte das Zimmer zur Straße. Eine andere Kollegin wohnte neben mir und Anna hatte die kleine Kammer zum Hof. Es waren ihre ersten eigenen vier Wände. Nicht mal ein Schrank passte hinein, doch sie hat sich darüber gefreut, als wäre es ein Palast.« Sie verstummte.

Er schloss die Augen. Komm schon, Ilse, der Anfang ist gemacht. Gib dir einen Ruck.

»Doch ich glaube nicht, dass ich Ihnen weiterhelfen kann.« Ihre Stimme klang merkwürdig bedrückt. »Die Anna hat mich bestimmt schon lange vergessen. Sie weiß bestimmt nicht mehr, wer ich bin. Aber ich will trotzdem nicht hinter ihrem Rücken über sie reden. Trotz allem. Das wäre nicht richtig.«

»Frau Böhden –«

Sie unterbrach ihn. »Da gibt es andere Leute, die sie besser kennen als ich. Glauben Sie mir. Ganz andere Leute! Also bitte –« Sie räusperte sich, »– bitte belästigen Sie mich nicht mehr. Ich möchte das nicht. Auf Wiederhören.«

KAPITEL 12

Er hatte geglaubt, er sei noch einigermaßen im Training und würde es aushalten, doch er hatte sich getäuscht. Vier Tage Sömmerda am Stück waren zu viel. Nach dem Telefonat suchte er das Weite. Er packte seine Sachen und floh aus der verkommenen Wohnung, in deren verrauchten Zimmern man immer weniger in der Lage war, die grundlose Wut aufeinander zu unterdrücken. Er setzte sich ins Auto und ließ die Klingersiedlung hinter sich. Knapp drei Stunden später war er in Berlin.

In dem Hotel in Moabit, einem Best Western, hatte er sich während der Referendarzeit ein paar Mal mit der Frau eines Oberstaatsanwalts getroffen. Eine der ältesten und dicksten Frauen, mit denen er je im Bett gewesen war. Sie hatte ausgesehen wie eine Hausfrau, eine fantastische Köchin und engagierte Vorsitzende des Elternbeirats und hatte gleich beim ersten Treffen seinen Gürtel ins Spiel gebracht. Das Hotel in gefährlicher Nähe zum Gericht war ihre Idee gewesen. Er buchte ein Einzelzimmer für zwei Nächte.

Auf dem Zimmer rief er seine Mutter an, von der er sich nicht verabschiedet hatte. Sie klang misstrauisch.

»In Berlin. Aha. Hat es mit dem neuen Job zu tun?«, fragte sie.

»Indirekt.«

»Aber du hast doch nichts dabei. Willst du dich so bewerben?«

»Wie?«

»Du meinst, es ist ein Job, bei dem du keinen Anzug tragen musst?« Sie bemühte sich gar nicht, ihre Sorge, dass der monatliche Zuschuss von ihm in Zukunft ausbleiben könnte, zu überspielen.

»Mama, ich bin nicht für ein Bewerbungsgespräch hier. Es geht um was anderes. In ein paar Tagen weiß ich mehr.«

»Das sagt Andy auch immer.« Ihr Husten kam jedes Mal von

weiter unten. »Mach mir keine Dummheiten, verstanden? Ich kann nicht noch so einen gebrauchen. Und was ist mit dem Auto?«

Verdammt. Den versprochenen Wagen hatte er vergessen. Er holte tief Luft. »Hör zu. Wenn es klappt und ich wirklich nach London gehe, dann lasse ich meinen Wagen hier. Dann kannst du den fahren.« Der Gedanke tat weh, aber es war das Vernünftigste. »Nur müsstest du eine Garage finden.«

»Die sind teuer.«

»Keine Sorge. Entweder das oder ich kauf dir ein Auto.«

Cosima meldete sich sofort. Sie war wieder in Frankfurt, auf dem Weg zu einer Verlagssitzung in der Kneipe, auf die sie keine Lust hatte. Sie wollte nur noch schlafen. »Außerdem kann ich mein Gesicht nicht mehr bewegen.«

Es tat verdammt gut, ihre Stimme zu hören. Er hatte sie vermisst. »Warum das denn?«

Sie lachte. Sobald sie in Madrid die Gesichtsmuskeln entspannt hatte, erzählte sie mit genüsslichem Spott in der Stimme, hatte die Braut angstvoll gefragt, ob alles okay sei. Sie hatten alle ununterbrochen strahlen müssen und beteuern, wie aufregend und wunderwunderschön das alles war. Wer in Verdacht geriet, der Freundin das Vorspiel zum schönsten Tag des Lebens zu verderben, war auf der Stelle mit Tränen bestraft worden.

»Egal was passiert – ich will auf jeden Fall keinen Junggesellinnenabschied«, teilte sie mit. »Ich will überhaupt kein Getue. Wir sind schließlich nicht in Amerika. Ich will keinen Antrag von dir und auch keinen Verlobungsring. Wenn es so weit ist, entscheiden wir das gemeinsam, okay?«

Er grinste. Um seine Zustimmung zu signalisieren, hätte er jetzt gern ihr Gesicht zu sich herangezogen und sie begierig geküsst.

»Nur weil wir heiraten, will ich mich nicht wie eine Dreijährige benehmen.«

»Verstehe.«

Ansonsten war Madrid gut, aber alles voller Arbeitsloser. »Ich sag dir, das macht einem Angst. Und wo bist du?«

»In Berlin.«

»In Berlin?«

»Ich erzähl dir später, warum. Die Osterfeiertage waren interessant. Es hat mit der Frau zu tun, die ich in London getroffen habe.«

»Nimmst du das Angebot an?«

»Weiß ich noch nicht.«

Er hörte eine einfahrende U-Bahn im Hintergrund. »Nach den Horrorgeschichten, die wir in Madrid gehört haben, würde ich sagen, dass jeder anständig bezahlte Job besser ist als keiner. Hauptsache, man fällt nicht hinten über und gehört plötzlich zu den Verlierern.«

»Hm.«

»Andererseits spucken die Spanier Gift und Galle gegen die Banken. Wenn du nach London gehst, gehörst du zu den Bösen.« Sie lachte fröhlich. »Aber das bist du ja gewohnt. Ich bin gleich im Tunnel. Lass uns morgen reden, ja?«

Der nächste Anruf verlief weniger wortreich. Es gelang ihm allerdings wie erhofft, sich für den nächsten Tag zum Mittagessen zu verabreden.

***

»Gefällt mir.«

Hadice Demir, stellvertretende Abteilungsleiterin der Schwerpunktabteilung Wirtschaftskriminalität bei der Berliner Staatsanwaltschaft, sah etwas zu verwirrt auf. Sie tat, als wäre sie vollkommen vertieft in die *Bild-Zeitung*, die vor ihr lag. Dabei war er sicher, dass sie ihn schon durchs Fenster gesehen hatte.

»Ach – hallo!«

Er küsste sie auf die Wange, um sie zu entwaffnen, falls sie vorhatte, ihm die Gemeinheiten an den Kopf zu werfen, die sie sich drei Jahre lang zurechtgelegt hatte. Ihr Geruch weckte Erinnerungen. »Die neue Frisur. Steht dir gut, so halblang.«

»Danke.«

»Wie lange ist es her?«

»Was?«

»Dass wir hier das letzte Mal zusammen essen waren?«

Sie hatte ihn ins »Bosporus« bestellt, eine der drei kleinen Dönerbuden mit Flipperautomaten und verspiegelten Wänden, die ihrem Onkel gehörten. Früher hatten sie sich hier unterm Tisch zu verstehen gegeben, wie sie den Abend verbringen würden. Offensichtlich ging Hadice auch als leitende Staatsanwältin noch Döner essen. Dass sie keine Türkenkomplexe hatte, gehörte zu den Eigenschaften, die er sehr an ihr gemocht hatte.

Doch jetzt hob sie betont lässig die Augenbrauen und zuckte die Achseln. Keine Ahnung, sollte das heißen, es gibt Gott weiß Wichtigeres, worüber ich mir Gedanken mache, als darüber, wie lange du aus meinem Leben verschwunden bist. Sie trug noch immer die Goldkette mit dem Anhänger, der in der Bluse verschwand.

»Mehr als drei Jahre, glaube ich«, antwortete er sich selbst.

»Wie geht's der Gräfin?«

Er nickte. Sie hatte Cosimas Namen nie über die Lippen gebracht. »Gut.«

»Seid ihr verheiratet?«

»Nein.«

»Stammhalter?«

»Was?«

»Kinder?«

»Nein. Noch keine. Und du?«

»Ein Junge. Im Juni wird er eins.«

Er beugte sich so tief über den Tisch, dass sie gezwungen war, aufzusehen und seinem Blick zu begegnen. »Herzlichen Glückwunsch. Du bist Mama!«

Zum ersten Mal lächelte sie. »Ja.«

»Deshalb siehst du so gut aus. Die Haare und alles. Du siehst verdammt sinnlich aus, weißt du das?«

Sie lachte. Endlich. »Sehr witzig. Seit zehn Monaten habe ich keine Nacht mehr durchgeschlafen. Alle drei Stunden raus. Solche Augenringe hatte ich noch nie.«

»Doch.«

»Nein.« Sie errötete.

»Man sieht, wie gut es dir geht. Und dann auch noch die Beförderung. Ich habe im Internet gesehen, dass du stellvertretende Abteilungsleiterin bist. War das nach oder vor der Geburt?«

»Kurz davor.« Sie warf ihm einen Blick zu, der sagte: Hör auf mit den Schmeicheleien und komm zur Sache. Was willst du?

Doch er ließ sich nicht aus der Ruhe bringen. »Herzlichen Glückwunsch. Sehr beeindruckend.«

»Quatsch.« Sie verschränkte die Arme auf dem Tisch, wobei sich eine Spalte im Ausschnitt bildete. »Das läuft in der Staatsanwaltschaft wie in jeder anderen Behörde. Weil sie nicht schon wieder einen deutschen Mann Mitte fünfzig befördern können, brauchen sie jemand jüngeren oder eine Frau oder einen mit Migrationshintergrund. Ich bin alles zusammen, damit war die Sache entschieden.«

»Ich nehme an, damit hast du dir sämtliche Kollegen Mitte fünfzig zu Feinden gemacht«, bemerkte er.

Sie zuckte die Achseln. »Ich war noch nie ihr Typ.«

»Da muss der brüllende Säugling nachts ja direkt eine Erholung sein.«

Sie lächelte. »Und du?«

»Ich bin arbeitslos und auf Jobsuche.« Um Beileidsbekundungen abzuwürgen, stand er auf. »Noch immer extra scharf mit Cola Light?«

Die triefenden Döner halfen, die Situation zwischen ihnen weiter zu entspannen. Es war, als ob sie Friedenspfeife rauchten. Sie öffneten die Coladosen, legten den Tisch auf beiden Seiten mit Servietten aus, stellten die Ellenbogen darauf und neigten die

Köpfe beim Essen, damit die Sauce am Kinn vorbeitriefte. Dabei erklärte er seine Situation. Er befand sich wieder auf sicherem Terrain. Es ging nicht mehr um Smoktuns Privatleben, sondern ums Geschäftliche. Hadice hörte ohne eine Zwischenfrage zu. Ab und zu leckte sie ihre Finger ab.

»Die Firma ist sagenhaft erfolgreich«, schloss er. »Der Brancheninsider, dem ich von dem Angebot erzählt habe, ist grün geworden vor Neid.«

Hadice mühte sich mit dem verklebten Chilispender ab.

»Allerdings gab es da dieses Strafverfahren gegen sie Anfang der Neunziger. Es ging um mehrere Millionen Mark.« Er nahm ihr den Chilispender aus der Hand, knallte ihn mehrmals auf den Tisch und reichte ihn zurück. »Und weil ich mich nicht mehr an die Einzelheiten erinnern kann, will ich mir die alten Ermittlungsakten noch mal ansehen. Verstehst du? Einmal Atomindustrie reicht. Ich will sichergehen, dass ich mich nicht schon wieder auf etwas einlasse, was kurz vorm Abgrund steht. Wenn sich herausstellt, dass die Sache verjährt ist, bin ich zufrieden.«

Sie schüttete immer noch rotes Pulver auf ihr Fleisch. »Schwere Wirtschaftsdelikte verjähren nicht.«

»Eben.«

»Ein Verdachtsfall aus der Wendezeit, sagst du? Es kann sein, dass die demnächst alle, einer nach dem anderen, wieder aufgerollt werden.«

Er sah scharf auf. »Im Ernst?«

»Wie gesagt – für meinen Chef bin ich ein schwarzhaariger Mülleimer. Was ihn nicht interessiert, gibt er mir. Deshalb muss ich mich im Moment mit einem Haufen übereifriger Softwareprogrammierer vom Fraunhofer-Institut herumschlagen.«

»Ich verstehe kein Wort.«

Sie wischte mit dem Handrücken über ihre Lippen. »Okay. Für dich noch mal ganz langsam und von vorne – dass die DDR ein totalitärer Überwachungsstaat war, ist dir bekannt?«

»Ja.«

»Egal was in der DDR passiert ist, ob wichtig oder unwichtig – die Stasi war dabei und hat mitgeschrieben.«

Er nickte.

»Dieses Allwissen war ihre schärfste Waffe. Damit konnte sie praktisch jeden gefügig machen. Doch als die Mauer gefallen war, wurde der Stasi klar, dass sich diese Waffe gegen sie selbst richten würde, wenn der Feind sie in die Hände bekommt.«

»Sprichst du vom Stasi-Archiv?«

»Eben nicht.« Sie schüttelte den Kopf. »Im sogenannten Stasi-Archiv befindet sich hauptsächlich historischer Kram. Darin sind alte Protokolle erhalten, Vorgänge, die damals schon abgeschlossen und nicht mehr relevant waren. Verstehst du? Die Unterlagen über laufende Sachen haben sie nämlich in letzter Minute vernichtet.«

»Wie – in letzter Minute?«

Sie lächelte. »Du erinnerst dich vielleicht. Als die Grenzen offen waren, hatte das Volk erst mal anderes im Kopf als sich zu rächen. Es wollte erst mal Bananen probieren und das Begrüßungsgeld einstreichen.«

»Hey! Ich fang gleich mit Türken-Sprüchen an.«

Sie ließ sich nicht beirren. »Und diese Ruhe vor dem Sturm hat die Stasi dazu genutzt, die wichtigsten Dokumente zu zerstören. Die Zentrale in Lichtenberg wurde wie eine Burg befestigt. Sämtliche Reißwölfe der Republik wurden beschlagnahmt, nach Berlin gekarrt, und dann haben sie begonnen zu schreddern, vierundzwanzig Stunden täglich, auf Hochtouren.«

»Aha.« Er fragte sich, worauf die Geschichtsstunde hinauslaufen sollte.

»Alle brisanten Informationen, alle noch laufenden Operationen, alle in Gebrauch befindlichen Akten, die Mitarbeiter-Kartei, die Agentennetze sollten restlos vernichtet werden.« Sie machte Pause für einen Biss und spülte Cola hinterher. »Sie haben das Papier auch verkollert und in riesigen Fegefeuern verbrannt. Weißt du, was verkollern ist?«

»Kollern bedeutet feucht schreddern. Mit Wasser zu Brei verrühren.« Bei einer ABM hatte sein Vater ein paar Monate lang in einer bankrotten Papierfabrik gearbeitet.

Sie nickte. »Doch weil die Reißwölfe heiß liefen und die Kollermaschinen verstopften und die Zeit davonlief, haben die Stasi-Leute angefangen, das Papier mit den Händen zu zerreißen. Insgesamt fünfundvierzig Millionen Seiten wurden per Hand zerfetzt.« Sie sah ihn herausfordernd an. »Fünfundvierzig Millionen – stell dir das mal vor! Und zwar nicht nur ein- oder zweimal, sondern jedes Blatt acht- bis dreißigmal!«

Er runzelte die Stirn. »Und woher weißt du das alles?«

»Sag ich dir gleich. Aber erst überleg dir mal, was für ein eiserner Wille dazugehört, um fünfundvierzig Millionen Blatt Papier eigenhändig in fingernagelgroße Stücke zu zerfetzen. Ehrlich – so was machen nur die Deutschen. In jedem anderen Land hätten sie das Altpapier zerknüllt. Hier nicht. Befehl ist Befehl. Die Untergebenen haben die Fetzen sogar ordnungsgemäß auf mehrere Säcke verteilt, damit die Seiten hinterher schwerer zu rekonstruieren sind!«

»Schon gut, Hadice.« Er grinste gutmütig. »Die spinnen, die Deutschen. Alle anal fixiert.«

Mit zufriedenem Lächeln wischte sie sich die Hände ab. »Sag ich doch.«

»Und warum bist du plötzlich so bewandert in ostdeutscher Geschichte?«

»Wegen dieses riesigen Puzzles, das die Stasi hinterlassen hat. Zwei Monate nach dem Mauerfall riefen die Bürgerrechtler dann endlich zum Sturm. Sie besetzten das Stasi-Hauptquartier und beschlagnahmten Zehntausende Säcke voller Papierschnipsel.«

»Ich verstehe immer noch nicht, was das mit dir zu tun hat.«

»Hör zu. Jetzt, nach mehr als zwanzig Jahren, sollen die zerrissenen Akten wieder zusammengesetzt werden. Ein paar Tausend Seiten haben sie schon lesbar gemacht.«

»Wer?«

»Wissenschaftler vom Fraunhofer-Institut. Sie entwickeln eine sogenannte Schnipselmaschine, die die Seiten elektronisch wieder zusammensetzt. Wenn die eines Tages richtig funktioniert, dann könnten alte Fälle aus der Wendezeit, die aus Mangel an Beweisen eingestellt werden mussten, wieder aufgerollt werden. So wie deiner.«

»Aber noch funktioniert die Maschine nicht?«

»Das Projekt läuft seit Jahren. Im Moment stecken sie in technischen Schwierigkeiten und brauchen mehr Geld. Wenn der Bundestag demnächst nicht mehrere Millionen zusätzlich bewilligt, wird das Material für immer unlesbar bleiben. Deshalb liegen die Forscher uns – also meinem Chef, und der hat die Sache an mich delegiert – seit Anfang des Jahres in den Ohren.«

»Und was wollen sie von euch?«

»Sie wollen, dass wir ein Rechtshilfegesuch stellen. Dann könnten sie vor dem Bundestagsausschuss argumentieren, dass ihre Schnipselmaschine nicht nur der Vergangenheitsbewältigung dient, sondern auch der aktuellen Strafverfolgung.«

»Ich verstehe.«

»Holst du uns ein Eis?«

Er stand gehorsam auf und ging zur Theke. Sie wollte ein Cornetto Nuss, das wusste er noch von früher.

»Das heißt also, dass du direkt an der Quelle sitzt«, konstatierte er, als er ihr das Eis reichte und sich wieder setzte.

»Ehrlich gesagt habe ich die Fraunhofer bislang jedes Mal abgeschüttelt. Ich habe eine Horde missgünstiger Kollegen hinter mir her, die verbreiten, dass ich dem Job nicht gewachsen bin. Da kann ich mich nicht mit so abgestandenem Scheiß aus der Wendezeit herumschlagen.«

»Ich fand es damals sehr interessant.« Er streckte die Hand aus und strich ein Schokoladenstück von ihrer Lippe, das hängen geblieben war. Sie wehrte sich nicht.

»Aber du wolltest auch nicht weiterkommen in der Staatsanwaltschaft.«

»Das stimmt.«

Eine Weile leckte sie schweigend am Eis. Dann sagte er: »Ich würde sagen, du stellst kein Rechtshilfegesuch.«

»Bitte?«

»Das macht es zu offiziell. Du lieferst dem Fraunhofer-Institut nur ein paar Stichworte, nach denen sie das Material durchsuchen, das sie bislang zusammengesetzt haben. Das kostet dich keine fünf Minuten, denn die Stichworte kriegst du von mir. So bekommst du die lästige Sache vom Tisch, die Fraunhofer sind zufrieden, und ich kann beruhigt nach London gehen. Denn jetzt weiß ich, dass bei euch sowieso keiner Bock auf die Wende hat.«

»Und wenn sie etwas finden?«

»Und wenn sie etwas finden, dann ruf mich an, damit ich meine Koffer packen kann.«

Aus ihren schwarzen Augen sprachen Misstrauen, Unschlüssigkeit und große Zuneigung. »Ich hatte ganz vergessen, wie ausgeprägt dein Gerechtigkeitssinn ist. Solange sie nicht belangt wird, stört es dich nicht, für eine Straftäterin zu arbeiten. Stimmt's?«

»Wenn sie einen guten Job zu bieten hat –«, er warf eine zerknüllte Serviette in den Plastikeimer in der Ecke, »– natürlich nicht. Es soll sogar Leute geben, die ohne Skrupel für Banken oder Versicherungen arbeiten oder als Rechtsanwälte.«

Sie verzog das Gesicht.

»Und darauf zu warten, dass mir Amnesty International eine Stelle anbietet, kann ich mir nicht leisten. Ich brauche Geld. Abgesehen davon sind die bestimmt auch nicht so sauber wie ihr Ruf.«

Hadice steckte sich das letzte Stück Waffel in den Mund. »Du willst also, dass ich dir die Ermittlungsakten aus dem Archiv besorge.«

»Länger als zwei Stunden brauche ich sie nicht.«

»Weißt du –«, sie stützte das schmale Gesicht auf die Hand, »auf genau so eine Dienstverfehlung warten sie. Amtsmissbrauch und Rechtsbeugung zugunsten meiner anatolischen Sippe. Genau so was in der Art.«

Er musste daran denken, dass sie nicht in die U-Bahn stieg, wenn der Fahrkartenschalter kaputt war. Sie ließ die Bahn fahren und nahm stattdessen ein Taxi, weil sie weder riskieren konnte, ohne Ticket zu fahren, noch zu spät zu kommen. Wer als Türke etwas werden will, hatte sie ihm erklärt, darf sich nicht den geringsten Fehltritt leisten.

Er versuchte zu scherzen. »Wenigstens gehöre ich nicht zur Sippe.«

Sie drehte den Kopf zur Seite und sah aus dem angelaufenen Fenster. »Doch. Irgendwie schon.«

»Wenn du das machst, Hadice, dann – ehrlich –« Er verstummte. Natürlich hatte er ihre Hilfe nicht verdient.

KAPITEL 13

»Wir dachten schon, du seist ihr kleines Privatvergnügen.« Safal Yadav, einer der drei Teilhaber von LSK Capital, saß drei Sitze entfernt von ihm am Kopfende des leeren Konferenztischs. Alle anderen hatten das Zimmer verlassen. Yadav war ein Inder mit jungem Gesicht und grauen Haaren, lang und ungelenk, der auf kein Möbelstück zu passen schien. Seine Beine waren seitlich übereinandergeschlagen, sodass eine schwarz polierte Schuhspitze auf Tischhöhe wippte. Mit lose hängenden Handgelenken tippte er etwas in sein Laptop. »Das war unser Verdacht.«

»Meinst du mich?« Eine überflüssige Frage, denn sie waren allein. Doch Renés Konzentrationsvermögen ging zur Neige. Er war zu müde, um aufzustehen, sonst wäre er längst weggewesen. Stattdessen nutzte er die Gelegenheit, von seinem neuen Arsenal an englischen Schimpfwörtern Gebrauch zu machen: »Warum zum Teufel das denn?«

Yadav lachte leise.

Sie hatten eine weitere durchwachte Nacht hinter sich. Mehr als drei oder vier Stunden konnte in letzter Zeit niemand, der an dem Deal beteiligt war, geschlafen haben. Yadav in seiner einnehmenden Art hatte sich jedes Mal sehr höflich entschuldigt, bevor er ihn mit immer neuen Schriftsätzen, die verfasst, begutachtet oder redigiert werden mussten, um den Schlaf gebracht hatte. René hatte das Gefühl, in den vergangenen fünf Wochen mehr gearbeitet zu haben als in den ganzen zweieinhalb Jahren bei ReAG zusammen.

Er hatte Hunderte Vertragsseiten durchgearbeitet, sich durch Finanzmodelle gebissen, bis die Zahlen vor seinen Augen verschwommen waren, Risikoabwägungen auf Englisch geschrieben und x-mal überarbeitet, Besprechungen mit LSKs externen Anwälten geleitet, die viel mehr Ahnung hatten, aber trotzdem Anweisungen von ihm erwarteten, und schließlich – bei der eben zu

Ende gegangenen Sitzung, in der seine Fragen von der Gegenseite nicht erschöpfend beantwortet worden waren – hatte er zusammen mit Yadav die Entscheidung gefällt, dass LSK Capital doch nicht einsteigen würde. Es ging um ein deutsch-holländisches Joint Venture, das Geld für die Weiterentwicklung seiner Produktlinie brauchte. Die Firma lieferte Gerüstteile und Ausrüstung für Fracking-Bohrstellen.

Er war so erschöpft, dass er während der Verhandlung manchmal selbst darüber gestaunt hatte, wie flüssig ihm die englischen Fachworte über die Lippen kamen. Er konnte reden, als ob er sein Lebtag nichts anderes getan hätte als sich mit den Risiken von Hydraulic Fracturing zu beschäftigen. Als er vor Verwunderung ins Stocken geraten war, hatte er sich mit aller Kraft zwingen müssen, die Zuschauerränge wieder zu verlassen. Er hatte noch nie so viel neues Wissen in so kurzer Zeit in sich hineingeschaufelt.

Auch deshalb war er jetzt enttäuscht. Es war zwar die richtige Entscheidung gewesen, aber sie bedeutete, dass er den ganzen Scheiß umsonst studiert hatte. Außerdem hätte er gerne gewusst, wie es sich anfühlt, fünfzehn Millionen Dollar zu investieren. Er hätte den Adrenalinstoß gut gebrauchen können. Stattdessen liefen ihm Kälteschauer über den Rücken. Die Müdigkeit verbreitete einen metallischen Geschmack in seinem Mund.

»Wir kannten dich ja nicht und haben dich für einen ziemlich überflüssigen Neuzukauf gehalten. Vielleicht wird sie sentimental auf ihre alten Tage, haben wir gedacht. Vielleicht hat sie Heimweh, die gute Anna.« Yadav lachte und schob das Haar nach hinten, das in grauen Wellen bis zum Nacken reichte. Spott wusste er genauso nett zu verpacken wie Kritik. Es war schwer, ihm etwas übel zu nehmen. »Dabei bist du gut, Mann.« Er beugte sich wieder über sein Laptop und tippte weiter. »Ehrlich gesagt haben wir einen Neuen noch nie so brutal ins kalte Wasser geschmissen wie dich. Aber es ging nicht anders, und du hast dich verdammt gut geschlagen. Das hatte was, wie du die Holländer umgekrempelt hast.«

René gab ein verlegenes Geräusch von sich.

»Wie hat sie dich eigentlich gefunden?«

»Wer?«

»Anna.«

»Hat sie das nicht erzählt?«

Ohne vom Bildschirm aufzusehen schüttelte Yadav den Kopf. Das schmale Gesicht mit der Adlernase war in bläuliches Licht getaucht. Durch die Glaswand hinter ihm war das offene Büro zu sehen. Schlichte helle Designermöbel auf dunklem Parkett. Sieben Arbeitsplätze auf vierzig Quadratmetern. Es war ein funktionales Büro, das nicht zur Repräsentation gedacht war, sondern zum Geldverdienen. Zwei Hinterköpfe zeichneten sich vor den Dreifach-Bildschirmen ab, die anderen Plätze waren um die Mittagszeit verlassen. René sah weiter nach rechts und im selben Moment trat die Smoktun aus ihrem Büro. Er hob grüßend die Hand. Sie reagierte nicht. Vielleicht reflektierte die Scheibe und sie konnte ihn nicht erkennen. Seit er hier war, hatte er bis auf den Austausch von Höflichkeiten kaum etwas mit ihr zu tun gehabt.

»Falls du es noch nicht gemerkt hast«, fuhr Safal Yadav fort, »sie ist nicht besonders gesprächig. Die lässt sich ungern ins Blatt gucken.«

»Selbst von euch nicht?« Die Frage war ihm ungewollt herausgerutscht. Er wollte nicht neugierig wirken. Andererseits war das die erste Unterhaltung mit Yadav über etwas anderes als den PER oder die Langzeitprognosen des Fracking-Zulieferers.

»Nein. Madame ist berüchtigt für ihre Alleingänge.« Yadav klappte den Laptop zu. »Und als du plötzlich vom Himmel gefallen bist – ein Deutscher mit braunen Schuhen und schlechtem Englisch –, da dachten wir, dass sie diesmal endgültig danebengegriffen hat.« Er grinste. »Doch wir haben uns nicht zum ersten Mal getäuscht.« Gnädig fügte er hinzu: »Das ist übrigens als Kompliment gemeint. Dein Englisch ist mittlerweile so gut wie perfekt.«

René sah betroffen unter den Tisch. Die Lochmusterschuhe waren cognacfarben, nicht braun. Andererseits hatte Cosima sie schon immer gehasst. Er hätte auf sie hören sollen. Er riss sich von dem Anblick los. »Ich dachte, ihr braucht Verstärkung und sucht jemanden, der sich im deutschen Energiesektor auskennt?«

Der Inder machte eine fahrige Handbewegung, die alles bedeuten konnte. Ja, wir suchen; nein, wir suchen nicht; ja wir suchen, falls sie das behauptet. »Sag schon – wo hat sie dich denn aufgegabelt?«

René überlegte. »Am Telefon.«

»Im Ernst?« Yadav grinste.

»Ich war gerade bei der ReAG rausgeworfen worden. Ich habe sie wegen etwas ganz anderem angerufen, und wir sind ins Gespräch gekommen.«

»Das sieht ihr ähnlich.« Yadav lehnte sich weit auf seinem Stuhl zurück und streckte beide Arme aus. Er hatte dunkle Augenringe. Die letzte E-Mail von ihm hatte René heute Morgen um drei Uhr bekommen. »Sie entscheidet vollkommen instinktiv und unberechenbar und liegt damit zu neunundneunzig Prozent richtig. Als ob sie einen Sinn besäße, der anderen fehlt.«

»Zu neunundneunzig Prozent?«

Yadav gähnte. »Würde ich sagen. In sechzehn Jahren ist sie auf keine einzige Mine getreten. Du weißt, was ich meine.«

Der Finanzjargon war ihm mittlerweile geläufig. Auf Minen treten hieß: mit falschen Investitionen das Geld versenken. »Nicht schlecht.«

»Du hörst dich schon an wie ein unterkühlter Brite. ›Nicht schlecht‹ ist wohl etwas tief gegriffen!« Yadavs dunkle Augen blitzten. »LSK hat sämtliche Internet-, Immobilien- und Finanzkrisen ohne Verlust überstanden. In sechzehn Jahren hatten wir keinen einzigen negativen Abschluss. Sogar 2008 lagen wir bei über dreizehn Prozent.« Sein Blick schweifte auf die Stirnseite des Raumes. »Siehst du das Bild da?«

René Hartenstein machte einen halben Kreis auf seinem Drehstuhl und betrachtete das übergroße Gemälde hinter sich. Es war ein gegenstandsloses Geschmiere aus Orange- und Grüntönen. Drei an der Decke angebrachte Strahler setzten es in Szene. Ihm gefiel der breite Rahmen, der wie ein verschnörkelter Fremdkörper in dem kahlen Büro wirkte. Mit dem Bild konnte er aber nichts anfangen.

»Das ist ein Troter. Denkmal für das beste Geschäft unseres Lebens.«

»Aha.«

»Einer von euch. Aus Leipzig.«

»Hübsch«, log er.

»Banause!« Yadav lachte gutmütig und fiel zurück in die halb liegende Position auf den Stuhl, Blick zur Decke, Lider halb geschlossen. »Den hat Sarina für uns ersteigert. Das ist meine Frau. Du wirst sie kennenlernen.«

»Eine Kunsthändlerin?«

»Unter anderem. Sie ist auch Filmproduzentin. Arbeitet seit Jahren an einem großartigen Film, den niemand finanzieren will –« Er unterbrach sich mit einem lauten Gähnen und rieb sich das Gesicht. »Gott, bin ich fertig. Den Troter hat sie 2011 wegen seiner deutschen Herkunft und wegen des Titels ersteigert. ›Explosion‹ heißt das Werk. Das passte. Mittlerweile ist es angeblich das Zwei- oder Dreifache wert.«

Langsam drehte René die Runde wieder zurück. Wenn er jetzt die Augen schloss, würde er einschlafen. Doch er wollte wach bleiben und die Chance nutzen, seine Neugier zu stillen. Nach fünf Wochen, in denen er ausschließlich an diesem einen Deal gearbeitet hatte, der gerade gescheitert war, hatte er noch immer das Gefühl, nur die äußerste Schicht von LSK zu kennen. Der Kern des Ganzen – falls es einen gab, und selbst darüber war er sich nicht im Klaren – war ihm nach wie vor fremd. Auch aus Smoktuns Rolle wurde er nicht schlau. Als er sie im Connaught Hotel getroffen hatte, in großer Eile, zwischen zwei Terminen, schien sie mitten im Tagesgeschäft gesteckt zu haben und wirkte sehr engagiert. Doch jetzt war es eine Seltenheit, dass sie im Büro erschien, und wenn, dann wurde sie von ihren Leuten kaum beachtet. Sie schien in keinen der laufenden Deals eingebunden zu sein. Anscheinend reiste sie viel. Er gewann zunehmend den Eindruck, dass sich ihre Rolle auf die einer Galionsfigur beschränkte, die nicht mehr allzu oft gebraucht wurde.

»Euer bestes Geschäft habt ihr 2011 abgeschlossen?«

»Im März 2011. Das müsste Anna dir eigentlich erzählt haben. Hat sie bestimmt.«

Etwas sagte ihm, dass er seine absolute Unwissenheit verbergen sollte. Er überlegte blitzschnell. »Du meinst den Atomausstieg. Das stimmt. Sie hat angedeutet, dass ihr an der deutschen Energiewende verdient habt.«

»Kann man so sagen. Kaum dass die ersten Nachrichten aus Fukushima kamen, haben wir alles auf die deutsche Angst gesetzt. Anna hat ohne einen einzigen Moment zu zögern reagiert. Sie kennt die Deutschen, hat sie gesagt.« Er wippte auf seinem Stuhl. »Das war Wahnsinn. Ich habe zweiundzwanzig Jahre im Handelsraum von Goldman verbracht. Da gibt es viele Irre, sag ich dir. Doch keiner von denen ist jemals so weit gegangen wie Anna an dem Tag. Niemand, den ich kenne, hat Nerven wie diese Frau.« Er lachte. »Wir haben die deutschen Energieversorger geshortet, dann sprach die Kanzlerin, und dann fielen die Kurse in den Keller. Das war der Durchbruch von LSK Capital. Seitdem ist die Kriegskasse bis oben hin gefüllt und wir sind auf Einkaufstour.« Er streckte sich wieder und gähnte. »Aber jetzt will ich erst mal heim und schlafen.«

René brummte zustimmend, rührte sich jedoch nicht vom Fleck. Auch Yadav blieb sitzen. Kraftlos griff er nach der Wasserflasche in der Mitte des Tisches und einem Glas. Ein paar Sekunden lang war nur das Prickeln der Kohlensäure zu hören. René hielt ihm sein Glas hin.

»Was hat sie eigentlich für einen Mann?«, fragte er in die Stille. Es war ein Schuss ins Blaue. Er hatte keine Ahnung, woher sie den Nachnamen hatte. Sie konnte verheiratet, aber genauso gut geschieden oder verwitwet sein.

Lächelnd setzte Yadav das Glas ab. »Er ist kaum älter als sie, sieht aber aus wie aus einer anderen Generation. Um ehrlich zu sein wirkt er sogar wie aus einer anderen Welt. Aber das bleibt unter uns!«

»Ein Deutscher?«

»Er verbringt die meiste Zeit auf dem Anwesen, das sie in Südfrankreich besitzen. Angeblich ist sein Französisch besser als sein Englisch. Hier kann er sich nur mühsam verständigen. Wenn er sie ab und zu besuchen kommt, weicht sie nicht von seiner Seite und übersetzt mit einer Engelsgeduld. Du müsstest sie mal zusammen sehen. Wirklich entzückend.«

»Haben sie Kinder?«

»Die sind erwachsen. Anna ist dreifache Großmutter.«

René schüttelte ungläubig den Kopf. Yadav lachte. »Ich weiß. Aber wenn man sie dann mit den Kleinen auf dem Schoß sieht, wirkt es plötzlich ganz normal.«

***

Drei Wochen später waren die Mitarbeiter von LSK Capital und einige externe Berater bei Yadav und seiner Frau zum Essen eingeladen. »With partners«, stand in der E-Mail, und »no formal dress code«, also keine formelle Kleiderordnung, was ihn veranlasste, den Herrenschneider anzurufen, ob sein neuer Anzug schon fertig war.

Yadavs Urteil über seine Schuhe hatte ihn hart getroffen. Dass er ausgerechnet in London seine äußere Erscheinung vernachlässigt hatte, nur weil er Tag und Nacht mit Fracking beschäftigt gewesen war, ärgerte ihn. Obwohl er vor langer Zeit gelernt hatte, dass gute Kleidung die einfachste Art ist zu gefallen, hatte er die Augen nicht aufgemacht. Er war davon ausgegangen, dass die Garderobe aus Eschborn genügen würde. Dort hatte sie zu den besten gezählt. Nach Yadavs Bemerkung ging er sofort zu Sarah, der Sekretärin, und fragte sie, wo er einkaufen musste, wenn er so gut aussehen wollte wie Safal. Sie empfahl ihm genauso unverblümt »Gieves & Hawkes« in der Savile Row. Für Anfänger wäre das genau das Richtige.

Es bediente ihn ein untersetzter, grauhaariger Mann, dem er gestand, dass er Deutscher war und keine Ahnung hatte, was er falsch machte. Der Alte nickte. In den folgenden anderthalb Stunden bat er ihn kein einziges Mal um seine Meinung. Er staffierte ihn für sechstausend Pfund aus. Dafür bekam er einen maßgeschneiderten dunkelblauen Anzug mit kaum wahrnehmbar fein gewebten Nadelstreifen, fünf Hemden, vier Krawatten, einen Gürtel, ein Jackett, eine Cordhose, zwei Pullover, fünf Paar Socken. Die Schuhe kaufte er wie geheißen in einem Laden in der Jermyn Street. Sie verabredeten, dass er für die zweite Garnitur wiederkommen sollte, wenn die Probezeit erfolgreich bestanden war.

Allerdings waren weder Anzug noch Hemden zur Dinnerparty bei den Yadavs fertig. Noch bedauerlicher war die Tatsache, dass Cosima ihren Flug verfallen lassen und er allein hingehen musste. Er hatte sich darauf gefreut, ihr die Leute von LSK vorzustellen, die zweifellos besser mit ihr umgehen konnten als die Eschborner.

Damals hatte er den Fehler begangen, sie zum Sommerfest der ReAG-Atom mitzubringen. Sie hatte ein flatterndes weißes Kleid getragen, in dem sie sehr hübsch, aber noch ätherischer ausgesehen hatte als sonst. Die biederen Kollegen waren so eingeschüchtert gewesen, dass sie ihr verstohlene Blicke zugeworfen und Abstand gehalten hatten. Nur Martin Jäger hatte sich mit ihr unterhalten.

Jetzt lag sie im Westend mit einer Halsentzündung im Bett und konnte die Einladung nicht annehmen. »Was willst du denn anziehen?« Sie wollte ihn wenigstens aus der Ferne am Telefon beraten.

»Jeans.«

»Jeans?«

»Das dauert noch mit dem neuen Anzug.«

»Nein, René, das geht nicht.«

»Wieso?«

»Das ist ein Abendessen. Du brauchst nicht unbedingt einen Schlips zu tragen, aber einen Anzug schon.«

Er schwieg.

»Dann mach was du meinst. Ich kenne die Leute ja nicht. Ich bezweifle nur, dass sie beim Essen die Marke deiner Boxershorts lesen wollen. Diese tiefergelegten Jeans von dir sind schrecklich.«

»Die habe ich längst meinem Bruder gegeben.«

»Also ich würde es nicht tun.« Sie schnäuzte sich und wechselte das Thema.

Soweit er das beurteilen konnte, war die Adresse der Yadavs an Prestige, also an Missgunst- und Einschüchterungspotenzial, kaum zu überbieten. In dieser Stadt, in der die Postleitzahl den gesellschaftlichen Status verriet, war es eine geradezu aggressive Adresse. Sie wohnten am Sloane Square im Herzen von Chelsea, in einer schmalen Seitenstraße, die von hohen Backsteinhäusern gesäumt war. Außer den auf Hochglanz polierten Maschinen am Straßenrand schien sich in der Gegend in den letzten zweihundert Jahren nicht viel verändert zu haben. Als René auf die glänzende Messingklingel an Yadavs Eingang drückte, erklang ein helles Glockenspiel. Im nächsten Moment öffnete eine dunkelhäutige Inderin die Tür. Sie trug eine Hausmädchenuniform mit weißem Kragen und bat ihn mit demütigem Lächeln hinein, in vergangen geglaubte Zeiten, zurück ins 19. Jahrhundert.

Im Eingangsbereich plätscherte ein Springbrunnen. Er wurde nach oben gebeten, an einer Spiegelwand vorbei in die Wohnräume. Die Absätze seiner neuen Schuhe hallten auf den Marmorstufen. Nur die farbigen Socken, die der Verkäufer für ihn ausgesucht hatte, hatte er sich nicht überwinden können anzuziehen. Ansonsten sah er aus, als ob er in Häusern wie diesem ein und aus gehen würde. Sein zurückgekämmtes Haar saß fest, ohne zu glänzen. Er trug ein weißes Hemd, das neue dunkelblaue Jackett, den geflochtenen Gürtel und Jeans.

Leise Jazzmusik empfing ihn, und auf einem silbernen Tablett, das ein weiteres, am Treppenende platziertes Dienstmädchen balancierte, ein Glas Champagner. Er nahm einen großen Schluck und gesellte sich zu zwei Anwälten, die es sich auf der Sofalandschaft mit ihren Frauen gemütlich zu machen versuchten, ohne gegen eine der zahllosen Skulpturen zu stoßen. Die Frauen wirkten nervös. Im Sitzen verschoben sich ihre Dekolletés.

Die Dame des Hauses stand mit dem Rücken zu ihm und gab Anweisungen über ein Haustelefon. Als sie sich umwandte, glitzerte und funkelte ihr Schmuck. Ihre Augen waren tiefschwarz umrandet, der Mund dunkelrot, die pechschwarzen Haare ein mehrstöckiges Kunstwerk. Sie trug einen reich bestickten Sari und hatte ein strahlendes Lächeln. Yadav trat dazu und legte den Arm um seine Frau. Auch er hatte Jeans an, registrierte René zufrieden und leerte sein Glas. Er war froh, dass man ihm den Blumenstrauß unten an der Tür abgenommen hatte. In den Armen dieser Königin aus Tausendundeiner Nacht hätten seine holländischen Schnittblumen ausgesehen wie ein Witz.

»Das ist unsere neue Allzweckwaffe«, stellte Yadav ihn vor.

»René.« Er gab Sarina Yadav die Hand und verbeugte sich leicht.

»Sarina.« Ihre Augen blitzten. »Ich habe viel von dir gehört. Ein geborener Businessman, sagt Safal. Hart wie Stahl.«

»Ach was.« René lächelte. »Das ist alles nur Show.«

»Innendrin ist er butterweich.« Yadav warf lachend den Kopf in den Nacken. René sah aus den Augenwinkeln, dass die Smoktun gerade die Treppe hochkam. Sie trug eine auffällige Farbe, doch bevor er genau hinsehen konnte, berührte ihn Sarina am Arm und führte ihn durch die plaudernden Kollegen hindurch bis ans andere Ende der Räumlichkeiten, wo sich eine jüngere Version von ihr malerisch auf einen Armsessel drapiert hatte.

»Das ist Juhi. Setz dich anständig hin, mein Schatz. Sie geht auf

St. Paul's.« Die Vierzehn- oder Fünfzehnjährige, deren Körpersprache mindestens doppelt so alt wirkte, streckte ihm mit halb geschlossenen Lidern die manikürte Hand hin. Er besaß mittlerweile eine vage Vorstellung davon, wie versessen gewisse britische Schichten auf gewisse Schulen für ihre Kinder waren. Der Tonfall der Mutter besagte, dass St. Paul's etwas ganz Besonderes sein musste. »Juhi ist im Gegensatz zu mir sehr ehrgeizig. Aus unerfindlichen Gründen lernt sie sogar seit drei Jahren Deutsch. Sie ist praktisch fließend und braucht nur ein wenig Konversation.«

Die indische Göre entpuppte sich als unterhaltsam und witzig. Sie konnte kaum ein Wort Deutsch, hatte aber auf zahlreichen Schulausflügen schon mehr von Deutschland gesehen als er. Ihre frühreifen Small-Talk-Qualitäten in Kombination mit den erstaunlich kindlichen Flirtversuchen fand er so nett, dass er bis zu Beginn des Abendessens bei ihr sitzen blieb und sich im Rahmen des Vernünftigen betrank.

Es gab verdammt gute Currys und er probierte sie alle. Sarina Yadav behielt ihn im Auge und veranlasste die Angestellten, seinen Teller ständig aufzufüllen. Er versuchte mehrmals, in Smoktuns Nähe zu gelangen. Sie saß an einem niedrigen Tisch und schien, anders als tagsüber im Büro, über große Anziehungskraft zu verfügen. Er war nicht der Einzige, der die Gelegenheit nutzen wollte, der Chefin näherzukommen, und auf den richtigen Augenblick wartete.

Doch nachdem er jedes Mal nur einen kurzen Blick auf ihr purpurfarbenes Kleid erhaschen konnte, bevor sich jemand vor ihn schob, gab er auf. Er hängte Juhi ab und gesellte sich zu dem dritten Teilhaber, den er bislang kaum kannte.

Edward Stewart war ein bulliger Mann mit tiefer Stirn. Er sah aus wie ein aus dem Leim gegangener Lastwagenfahrer und galt als ein Veteran der Londoner City, der mit allen Wassern gewaschen war. Vor LSK Capital hatte er mehrmals zwischen der Finanzaufsicht und verschiedenen Investmentbanken hin- und hergewechselt. Wenn er den Mund aufmachte, was nicht allzu oft geschah, waren seine Äußerungen schroff bis verletzend. Mit seiner an Autismus grenzenden Art war er das direkte Gegenteil von Yadav, dem Gentleman.

René sprach ihn auf seinen alten Aston Martin an, und der Dicke merkte schnell, dass er Ahnung hatte. Selbst seine Frau, eine füllige Amerikanerin mit zu viel Make-up, sah sich erstaunt um, als sie wenig später einträchtig nebeneinander über Stewarts Smartphone gebeugt saßen und Fotos anguckten.

Irgendwann nahm René ein Paar eleganter Stöckelschuhe aus schwarzem Wildleder wahr, die sich vor ihm in den tiefen Teppich bohrten. Er sah auf. Ed Stewart konnte den Blick nicht von der Auto-Statistik auf seinem Bildschirm lösen. Doch die Smoktun sah ohnehin nur ihn an.

»Guten Abend, Herr Hartenstein.«

Es war Wochen her, seit er mit seinem Nachnamen angesprochen worden war. Er rappelte sich vom Sofa auf. »Guten Abend, Frau Smoktun.«

Plötzlich war es ihm unangenehm, der Frau gegenüberzustehen, über die er viel zu viel wusste. Sie sah zu ihm auf, nichts ahnend und freundlich. Er fuhr sich betreten durchs Haar.

»Wir zwei haben uns noch gar nicht unterhalten.«

»Das stimmt.«

Stewart hob den Kopf und murmelte »Alright, Anna?« Er hatte schon einiges getrunken. Die Smoktun ignorierte ihn.

»Ich habe es versucht«, bemerkte René, »doch Sie waren die ganze Zeit besetzt.«

Sie lächelte. »Aber jetzt will ich nach Hause. Wenn Sie möchten, nehme ich Sie im Taxi mit. Wir müssen in die gleiche Richtung.«

Woher wusste sie das?, fragte er sich verwirrt, doch dann fiel ihm ein, dass sie es gewesen war, die ihm die Firmenwohnung in Kensington angeboten hatte. »Ich komme gerne mit. Vielen Dank.«

Yadav und seine Frau brachten sie zur Tür. Sarina beschwor

ihn zum Abschied mit glühenden Bollywood-Blicken, dass er LSK verlassen und Juhis Nachhilfelehrer werden sollte. Das Sprachgenie war hinter ihrer Schulter aufgetaucht und rollte genervt die Augen. Er zwinkerte, woraufhin Mutter und Tochter beglückt lachten.

Draußen wartete ein schwarzes Taxi mit laufendem Motor. Dunkle Pfützen glänzten auf der Straße. Er ging voraus, öffnete die Hecktür und ließ der Smoktun den Vortritt. Als er hinter ihr einstieg, fixierte ihn der Fahrer bereits ungeduldig im Rückspiegel.

»Ihre Adresse«, soufflierte die Smoktun, während sie zur Seite rutschte.

»Campden Hill Court on Campden Hill Road, please.«

»Number?«, bellte der Taxifahrer.

»68A.«

Mit einem Ruck setzte sich der Wagen in Bewegung. René fuhr oft Taxi, seit er hier war – nicht nur, weil er sein Auto vermisste. Die schlechte Federung, der hohe Passagierraum, das Gefühl von Kutsche vermittelte ihm jedes Mal das Gefühl, in einer Wirklichkeit gewordenen Lektion aus dem Englischbuch gelandet zu sein. Jetzt drückte er auf den Knopf an der Tür, der die Mikrofonverbindung zum Fahrer unterbrach, und stellte fest: »Samstagabend. Er hat keine Zeit zu verlieren.«

»Sie kennen sich langsam aus«, bemerkte sie lächelnd und streifte ungeniert ihre Stöckelschuhe ab. Nachdem sie ihn eine Weile so interessiert von der Seite gemustert hatte, dass er nicht mehr wusste, wo er hingucken sollte, setzte sie hinzu: »Sagen Sie – gefällt es Ihnen eigentlich in London? Ich meine allgemein. Dass Ihnen der Abend gefallen hat, habe ich mitbekommen. Sie waren ein voller Erfolg, würde ich sagen.«

Er grinste verlegen.

»Ich meine die Arbeit. Gefällt es Ihnen bei uns?«

Was für eine Frage. Die Antwort war so offensichtlich, dass er sie dabei nicht angucken mochte. »Klar gefällt es mir.«

Cosima hatte die Frage anders gestellt. Was in ihn gefahren war, hatte sie verwundert wissen wollen. Er war morgens der Erste im Büro und ging abends als Letzter. Seit er hier war, kannte er weder Mittagspausen noch Feierabend, weder Wochenenden noch Feiertage. Was London außerhalb der Arbeit zu bieten hatte, das Nachtleben, die Parks, Restaurants, Märkte, Kinos, Theater, Ausstellungen, ließ er sich konsequent entgehen. Selbst an den Wochenenden, an denen sie ihn besucht hatte, hatte er, während sie zwischendurch schlief, gearbeitet. Sie beschwerte sich nicht, denn der Sex hatte auch sie die Stadt vergessen lassen, aber sie wunderte sich über ihn. Das, was er bislang als seinen Arbeiterstolz bezeichnet hatte, schien er achtlos über Bord zu werfen.

Er versuchte es damit zu erklären, dass er hier aus freiem Willen ins Büro ging. Es war nicht wie bei der ReAG, wo er nur fürs Geld gearbeitet hatte. Dort hatte er bezahlten Frondienst geleistet. Wie sein Vater auf dem Bau, nur besser. So war das Arbeitsleben, hatte er gedacht.

Doch hier war es anders. Es fing damit an, was er nicht machen musste. In einem Konzern wie der ReAG konnte man sich den Grabenkämpfen zwischen den Kollegen kaum entziehen. Wer in Meetings am meisten zu sagen hatte, wer in welches Büro ziehen würde, welcher Titel wessen Visitenkarte schmückte, waren Fragen, denen mehr Zeit gewidmet wurde als der Sache selbst.

Die Leute von LSK Capital dagegen konnten sich solche Sandkastenspiele nicht leisten. Sie kämpften nicht gegeneinander, sondern gemeinsam. Das gefiel ihm. Es war egal, ob man gut reden konnte oder ob man morgens um neun am Schreibtisch saß. Weil es keine Hierarchiestufen gab, wollte niemand befördert werden. Das, was er hier machte, fühlte sich – ein besseres Wort fiel ihm auf Cosimas Frage nicht ein – erwachsener an. Es wurde härter und konzentrierter gearbeitet als in Eschborn. Einer für alle, alle für einen. Die Kollegen waren loyal untereinander. Wenn der Fonds Gewinn machte, strich selbst Sarah, die Sekretärin, mehr Geld ein, und der Pförtner unten am Eingang bekam auch seinen Tausender.

Außerdem stimmte es, was Yadavs Frau vorhin gesagt hatte. Er war gut. Er passte hierher. Es war, als ob LSK Talente in ihm wiedererweckte, die lange Zeit brachgelegen hatten. Als jüngster von drei Brüdern hatte er von klein auf starke Nerven entwickelt. Er konnte Versuchungen genauso gut widerstehen wie Druck. Er ließ sich kein schlechtes Angebot aufzwingen und nahm kein gutes ungeprüft an. Obwohl er einer der Jüngsten in der Siedlung gewesen war, die herumgehangen und auf Ärger gewartet hatten, hatten sie ihn respektiert. Sie hatten sogar seinen Rat eingeholt, wenn es darum ging, wann der Kiosk wieder dran war oder welchem Sozialarbeiter sie als Nächstes die Fahrradreifen aufschlitzen sollten.

Diese Lehrjahre kamen ihm jetzt zugute. Die direkte Konfrontation, auf die jeder Vertrag hinauslief, lag ihm. Er scheute sich nicht, der Gegenseite ins Auge zu sehen und schamlos zu bluffen. Er besaß die Härte und den nötigen Charme. Er genoss den Adrenalinschub, wenn es kein Dazwischen gab, sondern nur Sieg oder Niederlage.

Während ihrer Besuche hatte er Cosima das, was er nicht in Worte zu fassen vermochte, auch auf andere Weise beigebracht. Sie hatten Achtundvierzig-Stunden-Marathons veranstaltet wie ganz am Anfang, in denen sie sich zunehmend hemmungslos von ihm hatte mitreißen lassen. Sein Verlangen, sich wieder und wieder zu verausgaben, war unstillbar. Besser konnte er seinen Übermut und die wiedergewonnene Energie nicht beweisen. Cosima bekam am eigenen Leib zu spüren, wie gut ihm London tat.

Die Smoktun dagegen musste ihn beim Wort nehmen. Er zog ungeduldig die Nase hoch. Was für eine Frage … Es gab wohl niemanden, der besser ermessen konnte als sie, wie sich das alles – das Taxi, die Dinnerparty, die neuen Schuhe, der im Geld schwimmende Fonds – für ihn anfühlte. Schließlich kam sie aus Rohrborn. Er wollte ihr die Verbindung zwischen ihnen offenbaren. Er wollte, dass sie wusste, dass er wusste, dass sie beide aus demselben Loch kamen. Doch glücklicherweise war er nüchtern genug, es jetzt nicht zu tun.

»Von Safal weiß ich, wie sehr Sie sich reinhängen«, fuhr sie fort. »Mir scheint, Sie sollten es erst mal etwas langsamer angehen. Versuchen Sie, ein Gefühl für LSK zu entwickeln. Nehmen Sie sich Zeit, stöbern Sie im System herum und sehen Sie sich alte Deals an. Wenn Sie die Strategie dahinter begreifen, lernen Sie die Firma am besten kennen.«

»Safal behauptet, dass die besten Geschäfte alles Alleingänge von Ihnen waren.«

»Safal Yadav ist ein Schmeichler.« Sie lächelte. »Deswegen sollten Sie auch genauer hinsehen. Wenn Sie genauer hinsehen, dann sehen Sie, dass er übertreibt.«

Sie waren schon auf der Kensington High Street. Der Fahrer nahm die Schlaglöcher bei vollem Tempo, schaffte die Ampel aber nicht. Im letzten Moment bremste er ab. Die Smoktun hielt sich am Türgriff fest. »Außerdem sollten Sie sich London nicht entgehen lassen. Die Stadt hat viel zu bieten.«

Er hatte nicht das Gefühl, etwas zu verpassen. Wenn sie ihn behielten, würde noch genug Zeit für Stadtrundfahrten sein. Doch er gab sich verbindlich. »Es stimmt schon«, gab er zu. »Außer Mayfair kenne ich kaum was.«

»Sehen Sie. Dann holen Sie es nach.«

Um nicht auf sie zu rutschen, musste er sich mit aller Kraft gegen die Kurve stemmen. Mit einem Affenzahn bog der Fahrer in die Campden Hill Road ein, fragte nach dem Haus, machte ruckartig davor Halt und knipste die Deckenbeleuchtung an. René griff nach seinem Portemonnaie, doch die Smoktun schüttelte den Kopf. »Ich bezahle am Ende. Gute Nacht.« Weil seine Tür in den Verkehr ging, drückte sie die Knie zur Seite, damit er über sie hinwegsteigen konnte.

»Danke. Ihnen auch eine gute Nacht.« Fast wäre er auf einen ihrer Schuhe getreten, die auf dem Boden lagen. Er machte einen Satz auf den Bordstein und behielt die Tür in der Hand, damit das geschäftstüchtige Arschloch nicht losfahren konnte. »Und was ich noch sagen wollte, betrifft Ihr Kleid. Sie sahen toll aus heute Abend.«

Ihre Augen trafen sich. Ihr erstauntes Lächeln erwiderte er treuherzig. Es war ein ehrliches Kompliment. Er meinte damit nicht, dass sie relativ gut aussah, im Vergleich zu anderen Frauen ihres Alters, die nur noch Tarnfarben trugen. Er meinte auch nicht, dass sie es mit viel Geld geschafft hatte, nach viel Geld auszusehen. Sondern er meinte, dass sie in dem knielangen, an der Taille gerafften Kleid, mit dem dezenten Schmuck und dem dunklen Lippenstift auf den faltigen Lippen ein eleganter Anblick war. Er meinte es absolut.

»Vielen Dank.«

Er warf die Tür zu und im selben Moment rumpelte der schwarze Wagen los. Den Hügel hinauf, in Richtung Notting Hill.

KAPITEL 14

Es war Hadices Bedingung gewesen, dass er sich rasieren musste. In diesem Aufzug, hatte sie gesagt, konnte sie sich nicht mit ihm im Gerichtsgebäude sehen lassen. Die Wachleute an der Sicherheitsschleuse würden seinen schwarzen Kapuzenpulli und die Trainingshose missverstehen und befürchten, dass er einem Angeklagten bei der Verhandlung Unterstützung leisten wollte. Sie würden ihn von oben bis unten filzen. Also kaufte er sich wie geheißen ein Hemd, bügelte es im Hotelzimmer, rasierte sich und wurde prompt ohne Taschenkontrolle durchgelassen.

Hadice drückte ihm einen Aktenstapel in die Hand, damit es aussah, als ob er dazugehörte, und ging mit raschen Schritten voraus in ihr Büro. Dort sah er sich suchend um. Auf dem Schreibtisch, auf dem Fensterbrett, an den Wänden, in den Regalen – nichts. Kein einziges Foto von ihrem kleinen Sohn. So vorsichtig war sie. Babybilder könnten von den lauernden Kollegen als Schwäche ausgelegt werden, als Indiz für mangelnde Konzentration … Welche Überwindung musste es sie da gekostet haben, ihm zu helfen. Er schwieg und schwor sich, sie nicht in Verlegenheit zu bringen.

Die Akten aus dem Archiv hatte sie bestellt und auf ihrem Schreibtisch für ihn bereitgelegt. Drei prall gefüllte Ordner, insgesamt fünfhundert Seiten. Damit er unentdeckt blieb, schloss Hadice ihn von außen ein. Ihre Verhandlung würde voraussichtlich den ganzen Nachmittag dauern. So lange hatte er Zeit, den Deal zu verstehen, der Anna Smoktun nach dem Untergang der DDR zu einer vermögenden Frau gemacht hatte.

Der Großteil der Unterlagen war vollkommen wertlos. Er überblätterte nichtssagende Rechnungen, mit denen die Smoktun Anfang der neunziger Jahre die Staatsanwaltschaft ruhiggestellt hatte. Sie hatte kiloweise Material nach Berlin geschickt, nachdem sie aufgefordert worden war, die Geschäftstätigkeit ihrer Liechtensteiner Firma offenzulegen. Der Verdacht lautete auf Veruntreuung. Ihr wurde vorgeworfen, Ende 1989, ein paar Wochen nach dem Mauerfall, eine Scheinfirma gegründet zu haben, auf deren Konten in der Schweiz gelagerte DDR-Devisen überwiesen worden waren. Innerhalb weniger Monate waren 14,7 Millionen Mark für »Beratungsleistungen« auf ihrem Konto eingegangen.

Während er las, erinnerte er sich daran, was er als Referendar gelernt hatte. Erst hatte er es gar nicht glauben können. Er war schließlich noch ein Kind gewesen, als die Mauer fiel, und deshalb beschränkten sich seine Erinnerungen an die Wende auf die Bilder, die sich durch ewige Wiederholung im Fernsehen ins kollektive Gedächtnis eingebrannt hatten: Weinende Dauerwellen in Superzeitlupe, glückselige Aldi-Sekt-Duschen am Brandenburger Tor, untermalt von den Scorpions. Dass die Wende noch eine ganz andere Seite gehabt hatte, war ihm erst zwanzig Jahre später klar geworden, beim Einmotten von Tausenden von Straftaten, die einen Schaden von vielen Milliarden angerichtet hatten, aber nie geahndet worden waren.

Da hatte er begriffen, dass Ostdeutschland elf Monate lang – zwischen Mauerfall und Wiedervereinigung – ein gesetzloser Staat gewesen war. Die Partei hatte die Kontrolle verloren. Es hatte keine Polizeigewalt mehr gegeben, keine Staatsanwaltschaft, keine Richter, keine Strafen. Niemand wusste, was legal war, was illegal, und niemand griff ein. Die Vopos trauten sich kaum auf die Straße. Es war wie überall auf der Welt, wenn das Volk keine Angst mehr haben muss vor Konsequenzen – dann wird geplündert. Ein Großteil der verwertbaren Überreste der DDR war unterschlagen worden, veruntreut, gestohlen und hinterzogen.

Nach der Wiedervereinigung galt es, das Unrecht der elf Monate aufzuklären. Es wurden mehrere Sonderstaatsanwaltschaften gegründet, die das verlorene Volksvermögen zurückgewinnen sollten. Da jedoch die ostdeutschen Juristen unbrauchbar waren, und die guten im Westen keine Lust auf den Osten hatten, waren es hauptsächlich Westdeutsche aus der zweiten Reihe, die sich mit Beförderungen in den Osten locken ließen, um ein paar Jahre wahllos im Sumpf der Wende herumzufischen. Etwa zwanzigtausend Ermittlungsverfahren leiteten sie Anfang der neunziger Jahre ein. Weil aber die meisten Verdächtigen die überforderten Ermittler genauso locker abschütteln konnten wie die Smoktun, kam es am Ende in nicht einmal fünfhundert Fällen zur Verurteilung.

Dass René dieses schwarze Loch in der deutschen Rechtsgeschichte schon in der Referendarzeit ermessen hatte, machte die Sache jetzt leichter. Er glaubte sofort, dass die Smoktun unbehelligt davongekommen war. Während die Berliner Beamten noch mit ihren Telefonabrechnungen beschäftigt waren, räumte sie die Millionen von ihrem Konto und meldete Konkurs an. Um das Geld zurückzukriegen, hätte die Staatsanwaltschaft beweisen müssen, dass ihr einziger Geschäftspartner eine staatliche DDR-Firma gewesen war, und dass deshalb das Vermögen, das die Firma ihr überwiesen hatte, dem deutschen Staat gehörte. Doch dieser Beweis gelang nicht.

Auf den letzten Seiten des letzten Ordners, den Hadice ihm besorgt hatte, war protokolliert, dass Chemtrans, der Name der Firma, von der das Geld stammte, in keinem zugänglichen Firmenverzeichnis der DDR zu finden war. Daraufhin war das Verfahren aus Mangel an Beweisen eingestellt worden.

***

Am späten Nachmittag schloss Hadice von außen wieder auf. Sie trat ein, lehnte sich mit dem Rücken gegen die Tür und sah ihn auf eine Weise an, die er bis in die Zehenspitzen spürte. »Du bist ja wirklich noch da«, sagte sie. »Ich hatte schon Angst, dass du dich wieder aus dem Staub gemacht hast.«

»Keine Sorge. Ich will ja was von dir. Da kriegt man mich nicht so schnell los.«

»Was willst du denn noch?«

Er senkte den Blick und ordnete die Papiere. Nein, darauf würde er sich jetzt nicht einlassen. Sie wollte ihm beweisen, dass sie über ihn hinweg war. Und natürlich gefiel sie ihm. Die selbstbewusstere, verheiratete Version von ihr gefiel ihm sogar noch besser als die von früher. Aber er wollte weder eine Nummer im Büro noch sie mit ins Hotel nehmen. Glaub mir, Hadice. Du bist viel zu ausgehungert, als dass deine Wünsche wahr werden könnten.

»Deine Meinung«, antwortete er deshalb ganz sachlich.

In wenigen Sätzen fasste er die Sachlage zusammen. Ihr gegenüber kannte er keine Hemmungen und war nicht versucht, sich als redlicher auszugeben als er war. Weil sie genauso wenig dazugehörte wie er, traute er ihr unbefangenere und praktischere Maßstäbe zu als der westdeutschen Mehrheit.

Sie kam in der Tat zu demselben Schluss wie er. Auch sie sah keinen Grund, warum er nicht nach London gehen sollte. Es gab nur ein einziges Stichwort, das der Smoktun gefährlich werden konnte. Nur in dem unwahrscheinlichen Fall, dass die Schnipselmaschine ein Dokument fand, auf dem eine staatliche DDR-Firma namens Chemtrans erwähnt war, könnte sie überführt werden. Doch selbst dann bezweifelte Hadice, dass sich in der Staatsanwaltschaft jemand finden ließ, der Lust hätte, einen uralten Fall mit relativ geringem Streitwert und unklarem Ausgang neu aufzurollen.

***

Am Morgen nach der Dinnerparty bei Yadavs saß René an der schmalen Küchenbar in seiner Wohnung. Er hatte die Balkontür geöffnet. Kühle Morgenluft strömte herein und befreite den Kopf. Er aß Spiegeleier und surfte zufrieden im Internet. Sein Kater war kultiviert und gut auszuhalten und erinnerte ihn auf nicht unangenehme Weise an gestern Abend.

Er war vor geraumer Zeit von schamloser Werbung auf Taxis und Doppeldeckerbussen auf eine Internetseite gelockt worden. Sie weckte eine bislang unbekannte voyeuristische Lust in ihm, von der er nicht mehr loskam. Geboten wurden täglich neue Belege des Wahnsinns, der entsteht, wenn überschüssiges Geld aus der ganzen Welt in eine Stadt strömt, die nicht besonders viel dafür zu bieten hat.

Als handelte es sich um Spekulationsobjekte wie Edelmetalle, Währungsoptionen oder Wertpapiere konnte man sich auf der Internetseite über den aktuellen Marktwert von Familienhäusern informieren. Jeder Kauf und Verkauf von Immobilien wurde registriert. In aufwendigen Grafiken war die Preisentwicklung dargestellt, der geschätzte momentan zu erzielende Preis und errechnete Prognosen. Seine Zweizimmerwohnung mit Balkon, die LSK Capital ihm zu einem symbolischen Mietpreis zur Verfügung stellte, war derzeit etwa 1,2 Millionen Pfund wert.

Dafür bekam man fünfundvierzig mit fleckigem Teppich ausgelegte Quadratmeter. Eine Wohnungstür, die direkt ins Wohnzimmer führte. Zugige, einfach verglaste Schiebefenster, von denen sich die Hälfte nicht öffnen ließ, weil das Seil gerissen war oder der Rahmen klemmte oder der Maler sie aus Versehen zugekleistert hatte. Heizkörper, die sich nicht regulieren ließen. Ein rundes Loch im Küchenfenster, das als Abzug diente. Braune Wasserflecken an der Schlafzimmerdecke. Ein täglich von der Dusche unter Wasser gesetztes Badezimmer. Und Verkehrslärm. Doch die Wohnung befand sich in einem herrschaftlichen Backsteinbau auf der Grenze zwischen Kensington und Notting Hill, in einer Gegend, wo reiche Araber, Russen, Syrer, Libanesen, Inder, Perser, Chinesen und Afrikaner vorzugsweise ihr Geld anlegten. Die Nachfrage war so groß, dass Makler per Flugblatt nach neuen Objekten suchten. In seinem Briefkasten fand er mehrmals in der Woche Schreiben »An den Besitzer«. Darin wurde der Eigentümer gedrängt, zu handeln, bevor es zu spät war, vom Boom zu profitieren und sofort zu verkaufen.

Es war ein paar Tage her, seit er das letzte Mal nachgesehen hatte. Als er den Straßennamen eingab, fand er prompt drei neue Einträge. Auch in seinem Haus war eine Wohnung verkauft worden. Fünf Zimmer, zwei Stockwerke unter ihm, im lichtarmen Erdgeschoss. 3,8 Millionen Pfund waren ein neuer Rekord für den Wohnblock. Fasziniert klickte er sich durch die Bildergalerie. Die Wohnung sah genauso müde aus wie seine. Das winzige Esszimmer bot gerade eben Platz für einen Tisch und einen vielarmigen Kronleuchter. Selbst in der Weitwinkelaufnahme war nicht zu übersehen, dass die Stuhllehnen gegen die Wände stießen. An beiden Längsseiten. Er rülpste.

Könnte er diesen Irrwitz mit jemandem von zu Hause teilen, hätte er noch mehr Spaß daran. Manchmal, wenn er abends durch das Eingangsportal unter der Messinglaterne ging, die polierte Holztür aufdrückte, den Pförtner grüßte und in den schmiedeeisernen Lift stieg, nahm er sich vor, seiner Mutter einen Flug zu buchen, ohne sie zu fragen, dann hätte sie keine Wahl mehr. Sie sollte ihn besuchen und sich in dieser Kulisse ein paar Tage lang fühlen wie im Film … Doch wenn er genauer darüber nachdachte, wurde ihm klar, dass die Reichen und Schönen, die das Viertel bevölkerten, sie wahrscheinlich nur einschüchterten. Die Gefahr bestand, dass seine Mutter sich nicht wie ein Filmstar vorkommen würde, sondern im Gegenteil fett, dumm, krank, arm und schlecht angezogen. Wie eine hässliche, das Straßenbild verderbende Schnorrerin. Und das wollte er nicht riskieren.

Er hatte ihr schon vor Jahren einen Urlaub geschenkt. Nach Ungarn, wie früher, oder nach Italien oder Spanien. Doch sie weigerte sich wegzufahren. Auch Marc und Andy und sein Vater mieden Unbekanntes und verließen Sömmerda nur, wenn es sein musste. Andy war der Einzige, der ihn ein beklemmendes Wochenende lang in Frankfurt besucht hatte und die Unsicherheit war erst von ihm abgefallen, als er wieder breitbeinig im Zug gesessen hatte, auf dem Weg nach Hause, zurück in sein Revier.

Also musste er seine Verwunderung darüber, wo er gelandet

war, für sich behalten. Cosima kannte nämlich nur den Teil von ihm, der hierher passte, und fand es nicht überraschend, dass er für einen Londoner Investmentfonds arbeitete. Den anderen, den Straßenköter-Teil, den kannte sie nicht. Sie war außerstande zu begreifen, wie erregend es für ihn war, einen tätowierten Ossi, die neongelben Schnürsenkel seiner teuren Joggingschuhe zuzuschnüren, um auf der Strecke bis zum Buckingham Palace das Kopfweh loszuwerden, das ein halbes Dutzend Gläser Taittinger so mit sich brachte.

Als er unten auf der Straße war, rannte er allerdings in die falsche Richtung. Er joggte nicht wie sonst links um die Ecke. Die übliche Strecke führte ihn an dem reetgedeckten Bilderbuchpub vorbei, in dem Eton-Sprösslinge in engen Hosen trinken übten, über die Hauptstraße, durch den schmalen Fußweg bis Kensington Palace Gardens, wo Roman Abramowitsch wohnte und Lakshmi Mittal seinem Sohn ein Haus für hundertsiebzehn Millionen Pfund gekauft hatte, in den Park hinein, vorbei am Palast der Windsor-Prinzen, immer geradeaus bis zu ihrer Oma. Er verzichtete auf diese reizvolle Runde und wandte sich stattdessen nach rechts, bergauf nach Notting Hill.

Das Viertel bestand aus kleinen Reihenhäusern, die an Schmuckkästchen erinnerten und nach derzeitigem Stand etwa je vier Millionen Pfund wert waren, sowie aus großen Reihenhäusern, die in der einfachen Version acht Millionen Pfund kosteten. Er passierte lange Straßenzüge aus identischen, säulengeschmückten Fassaden, die von vielen kleinen Kameras bewacht wurden. Abgesehen von ein paar philippinischen Kindermädchen mit blonden Kleinkindern an der Hand und einem Hundesitter mit einem halben Dutzend verschiedener Rassen, war es an diesem Sonntagmorgen menschenleer. Irgendwo in dieser Gegend wohnte die Smoktun. Allein, hatte Safal Yadav gesagt. Ihr Mann lebte in Frankreich, die Kinder in Amerika.

Dabei hatte jemand wie sie die freie Auswahl. Dass sie sich ausgerechnet in diese leblose Superreichen-Siedlung zurückgezogen hatte, wunderte ihn. Nach knapp drei Monaten, in denen er seine Nachbarn noch kein einziges Mal zu Gesicht bekommen hatte, konnte er langsam beurteilen, wie man hier miteinander umging – nämlich gar nicht. Es war die anonymste und einsamste Gegend, in der er je gewohnt hatte.

Der strahlend weiße Putz der Häuser begann ihn zu blenden. Er blinzelte gegen die Sonne. Und plötzlich, ohne jede Vorwarnung, hatte er die alte Frau Heuss im Ohr. Ihre brüchige Stimme übertönte sogar den laut röhrenden Aston Martin, der auf der anderen Straßenseite startete. »Das arme Ding«, befand sie so ungeniert, als urteilte sie immer noch über eine verrotzte Halbwaise. »Jetzt ist sie reich und frei. Aber noch genauso mutterseelenallein wie damals.«

Der Aston Martin donnerte davon. Er wischte sich den Schweiß von der Stirn. Dass er die gestrige Unterhaltung mit der Smoktun gerne fortsetzen würde, ließ sich nicht leugnen. Doch erst mal missachtete er ihren wie auch immer gemeinten Rat. Er hatte keine Lust, es langsamer angehen zu lassen. Er rannte zurück in die Wohnung, duschte und fuhr ins Büro.

***

Die Holländer hatten sich nach der brutalen Abfuhr zurückgezogen, um ihre Wunden zu versorgen. Doch dann legten sie wider Erwarten ein neues Angebot vor, das praktisch alle erhobenen Forderungen erfüllte. Safal Yadav wollte einschlagen, doch René hatte Blut geleckt und bat ihn zu warten. Er wollte die Holländer noch eine Weile vor sich her treiben. Wenn LSK ins Fracking-Geschäft einstieg, warum dann nicht zu noch besseren Konditionen, für weniger Geld, mit höheren Gewinnaussichten?

Daneben arbeiteten sie an einer möglichen Übernahme in Spanien. LSK hatte vor einiger Zeit zwei Gutachter analysieren lassen, wie sich die Ausbreitung der europäischen Wüste auf die spanische Versorgung und den Preis von Wasser auswirkte. Das

Ergebnis war dramatisch. Die spanische Zentralregierung und mehrere Provinzregierungen standen kurz vor der Pleite. Sie waren gezwungen, Teile der Wasserversorgung zu privatisieren, deren Wert sich in absehbarer Zukunft vervielfachen dürfte. Acht Anlagen standen zur Disposition, die jeweils etwa dreihundertfünfzig Millionen Euro kosten sollten. LSK Capital würde das Geld fast ausschließlich mit seinem guten Namen aufbringen. Nur einen Bruchteil der Summe müssten sie selbst investieren, der Rest wäre Fremdkapital.

Yadav bat ihn, nächste Woche mit nach Andalusien zu fliegen. Er wollte ihn von Anfang an dabeihaben, damit er sich nicht danach wieder in langen Nachtschichten in den Stand der Dinge einarbeiten musste.

Es war um die Mittagszeit. Er hatte eben mit Cosima telefoniert, um ihr Bescheid zu sagen, dass er nach Spanien ein langes Wochenende in Frankfurt verbringen würde. Auf dem Weg nach draußen traf er auf die Smoktun. Er hielt die Tür für sie auf.

»Guten Tag, Frau Smoktun.« Sie war zuvor kurz in der Besprechung über Spanien aufgetaucht, und er hatte sie wie allgemein üblich mit dem Vornamen angesprochen. Doch im Deutschen fiel er automatisch zurück ins Siezen.

»Hallo, Herr Hartenstein.« Sie lächelte. Der Analyst, der ihnen entgegenkam, konnte sie nicht verstehen. Die Muttersprache stiftete sofort etwas Vertrautes zwischen ihnen.

»Danke noch mal für die Heimfahrt am Samstag«, sagte er. Normalerweise nahm er die Treppe, doch jetzt drückte er auf den Knopf für den Aufzug.

»Keine Ursache.«

Der Lift kam, sie stiegen ein und fuhren schweigend nach unten.

»Sind Sie zum Mittagessen verabredet?«, fragte er in der Lobby.

»Nein.«

»Wollen wir zusammen essen?«

»Gerne.« Sie holte ihre Sonnenbrille aus der Handtasche. »Vielleicht haben wir Glück und finden einen Tisch in Shepherd Market.«

Die Sonne strahlte vom wolkenlosen Himmel. Auf jedem Treppenabsatz saßen Büroangestellte mit Sandwiches in der Hand. Vor einem Pub mit dunkler Holzfassade und üppigem Blumenschmuck in der Mount Street, das verrufen war für sein schlechtes Essen, fanden sie zwei Plätze im Freien. Um sie herum saßen Männer in dunklen Anzügen, die sich gedämpft unterhielten und einander mit wachsamer Konzentration zuhörten. Es war das Gegenteil der Kindergarten-Atmosphäre mittags in Eschborn, wo ein allgemeiner Zwang zum Frohsinn herrschte und die Kollegen in der Kantine miteinander wetteiferten, wer bei Tisch am lautesten lachte.

Die Smoktun blieb draußen sitzen. Er ging hinein, um Bier zu holen und zweimal Fish and Chips zu bestellen. Als er die zwei Pintgläser mit nassen Händen auf den Tisch stellte, lag vor ihr eine blaue Packung Gauloises. Er stieg über die Bank auf den Platz gegenüber.

»Stört es Sie?«

»Kein bisschen.«

»Ich rauche nur noch, wenn es nicht verboten ist und ich Lust dazu habe.« Sie zündete sich eine filterlose Zigarette an. »Und das kommt nicht mehr oft vor.«

Zufrieden nahm er den ersten Schluck Bier. Die Sonnenbrille und die Kippe in der Hand standen ihr gut.

»Sagen Sie, haben Sie eine feste Freundin?«, fragte sie unvermittelt.

Verwundert bejahte er.

»Ich bin von Natur aus neugierig. Macht es Ihnen etwas aus, von ihr zu erzählen?«

»Nein, es macht mir nichts aus.« Verlegen fuhr er sich durchs Haar. »Wir haben uns am Ende des Studiums kennengelernt. Sie ist Lektorin in einem Frankfurter Verlag. Aber wir wohnen getrennt.« Er stockte. Es war nicht einfach, über Cosima zu sprechen.

»Und – wollen Sie zusammenbleiben?«

»Ich schon.«

»Und die andere Seite?«

»Ich glaube, die andere Seite wartet erst mal ab, wie sich meine berufliche Laufbahn entwickelt.« Es wunderte ihn selbst, wie freimütig er antwortete. Seine Mutter stieß jedes Mal gegen eine Wand aus Schweigen, wenn sie versuchte herauszufinden, wie es zwischen ihm und Cosima stand.

»Ist sie gegen London?«

»Das nicht. London geht in Ordnung. Aber sie ist anspruchsvoll. Das heißt – zumindest ihre Eltern. Und zu denen hat sie ein enges Verhältnis.«

Die Smoktun musterte die Glut ihrer Zigarette. »Das hört sich unbequem an, wenn ich das sagen darf.«

Er zuckte mit den Achseln. »Irgendeine Kehrseite gibt es immer.«

»Da haben Sie recht.« Sie lächelte. »Und woher nehmen die Eltern ihre hohen Ansprüche?«

»Na ja. Cosima – so heißt sie – kommt aus der Nähe von Frankfurt. Am Main. Sie kommt aus einem Haus mit Klavierflügel und hohen Bücherregalen und verschwiegenem Garten. Und ich bin etwas anders aufgewachsen. Ohne Garten und ohne Bücher.« Er legte eine Kunstpause ein und nahm einen Schluck Bier. Jetzt sollte sie es wissen. »Und dann auch noch im Osten.«

»Ich weiß, wo sie herkommen«, erwiderte die Smoktun ruhig. »Sie kommen aus Sömmerda.«

Er stellte das Bierglas ab und sah sie entgeistert an. »Das wissen Sie?«

»Sie kennen meinen Geburtsort doch auch.«

»Ja schon, aber – aber der steht auch im Handelsregister.«

Sie lächelte. »Dachten Sie, dass ich mich weniger für Sie interessiere als Sie sich für mich?«

Einstecken ohne Schwäche zu zeigen war meistens die einzige Möglichkeit, sich gegen zwei stärkere Brüder zu wehren. Die

Kunst, sich nichts anmerken zu lassen, hatte er von klein auf trainiert. Es kam nicht oft vor, dass er die Kontrolle verlor. Doch jetzt spürte er, wie ihm das Blut ins Gesicht stieg. Die Smoktun plauderte arglos weiter.

»Ein verrückter Zufall, finden Sie nicht?«

»Allerdings.«

»Ich glaube, es ist vierzig Jahre her, dass ich zum letzten Mal da war.«

»Sie waren noch mal da?« Es war ihm einfach herausgerutscht. Schon wurde er wieder rot. »Ich war zuletzt an Ostern da«, beeilte er sich weiterzureden.

»An Ostern?«

»An Weihnachten auch. Meine Eltern wohnen in der Klingersiedlung.«

In diesem Moment trat ein stämmiger Engländer mit Siegelring an den Tisch, um die Smoktun mit Küsschen zu begrüßen. Er beachtete Hartenstein nicht und versuchte sie in ein Gespräch über gemeinsame Bekannte zu verwickeln. Doch die Smoktun blieb einsilbig. Schließlich begriff der Mann, dass er störte, und zog sich zurück. Ohne René Hartenstein aus den Augen zu lassen, nahm sie einen Schluck Bier, als hätte sie Angst, dass er und seine Ortskenntnisse sich in Luft auflösten und sie wieder allein dasäße.

»Und in Rohrborn? Waren Sie da auch mal?«

»Klar.«

»Und wie sieht es da aus?«

»Es gibt ein Neubaugebiet und einen hübschen Biohof.«

»Natürlich. Ein Biohof in Rohrborn.« Ihre Augen verengten sich. »Und was gibt es noch?«

»Na ja.« Das schlechte Essen war gekommen. In behaglicher Außerachtlassung aller Tischmanieren, die er sich mit zwanzig Jahren Verspätung angeeignet hatte, schob er mehrere Pommes gleichzeitig in den Mund. »Nicht viel. Das hat die Gegend so an sich.«

»Erzählen Sie.«

Er tat, was er konnte. Über Rohrborn gab es nicht viel zu berichten, ohne auf sein unberechtigtes Interesse an ihrer Vergangenheit zu kommen. Deshalb begann er, sein eigenes Zuhause zu beschreiben. Er klärte sie über die Arbeits- und Wohnverhältnisse seiner Familie auf, über deren quälendes Gefühl, zur falschen Zeit am falschen Ort zu leben, über die allgemeine Leere und seinen großen Bruder, der die Energie besaß, der Langeweile mit immer neuen Ideen zu trotzen. Obwohl die Smoktun alles getan hatte, um niemals zurückkehren zu müssen, obwohl sie auf einem anderen Stern lebte, wo ein einfaches Mittagessen das zweiwöchige Haushaltsgeld seiner Mutter kostet, unterstellte er ihr ein Gefühl für die Gegend. Es fiel ihm leicht, mit ihr zu sprechen. Die Vorstellung, dass niemand seine Herkunft ganz abschütteln konnte, löste seine Zunge.

Während sie ihren Fisch von der fettigen Panade befreite, hörte sie aufmerksam zu. Ab und zu fragte sie nach. Etwa, wie hoch er die Chancen einschätze, dass sein Bruder wieder Ärger bekommen würde. Hoch, sagte er und sie tat nicht bestürzt, sondern blickte nicht einmal vom Teller auf. Außerdem wollte sie wissen, ob er dafür sorgen würde, dass seine Nichte auf eine gute Schule kam. Es wirkte mehr wie eine Aufforderung als eine Frage. Er gestand, dass er noch nicht darüber nachgedacht hatte.

Auf dem Rückweg bedankte sie sich und sagte, das sei das interessanteste Mittagessen seit Langem gewesen. Sie standen nebeneinander an der Fußgängerampel und warteten auf Grün. Die Sonne warf ihre Schatten auf die Straße. Er erwiderte, dass sie aber das nächste Mal an der Reihe sei.

»Womit?«

»Ich habe das Gefühl, dass Sie mich ziemlich gekonnt ausgefragt haben.«

»Ich habe Sie gewarnt, dass ich neugierig bin«, sagte sie und sah ihn mit entwaffnendem Lächeln von der Seite an. »Aber fragen Sie ruhig, dann erzähle ich Ihnen alles, was Sie wissen wollen.«

Schon befürchtete er, wieder rot zu werden. Ihm war nicht wohl dabei, wie sehr er sich für sie interessierte. Das Unangenehme war, dass ihre Gegenwart und das Gespräch mit ihr seine Wissbegier nicht befriedigten, sondern eher steigerten. Er war selten jemandem begegnet, der gleichzeitig so warm und so kalt war. Sie wirkte gleichzeitig wissend und naiv, undurchsichtig und vertrauenerweckend. Bislang hatte er sich auf seinen Instinkt verlassen können, doch in diesem Fall versagte seine Menschenkenntnis. Er war sich noch unsicherer als zuvor, ob er der Frau neben ihm trauen konnte. Irgendetwas, das er nicht benennen konnte, ließ ihn zweifeln.

Als die Ampel umsprang, überquerten sie schweigend die Straße zum Berkeley Square. Safal Yadav saß mit einem der Analysten von LSK auf einer Bank auf der gegenüberliegenden Seite der Grünanlage. Beide hatten Servietten auf den angewinkelten Knien und Sandwiches in der Hand. Yadav winkte sie mit vollem Mund herüber. Während sie auf ihn zugingen, sagte die Smoktun in ihrer einnehmenden Art: »Suchen Sie nach mir, wenn Sie mittags wieder mal frei haben.«

Das würde er tun. Aber erst mal hatte er anderes im Sinn.

KAPITEL 15

Obwohl von Weitem abzusehen war, was passieren würde, war es zu spät, sich dazwischenzuwerfen. René konnte nichts mehr tun. Als die kleine grauhaarige Frau mit unsicheren Schritten das Café betrat, stellte sich ihr ein breitschultriger Kellner in den Weg. Der Geräuschpegel war zu laut, als dass René verstehen konnte, was er zu ihr sagte. Er sah nur, wie sie rot anlief, demütig den Kopf senkte und vor aller Augen wieder kehrt machte.

Am Abend nach dem Mittagessen mit der Smoktun hatte er ihre Telefonnummer wieder herausgesucht. Er hatte drei Bier getankt und sich geschworen, dass er sich nicht noch einmal abschütteln lassen würde. Diesmal würde er nicht vage herumdrucksen. Er erwog, sich als Hobbyhistoriker auszugeben, der sich für die DDR im Schicksalsjahr 1968 interessierte. Der Text, den er sich zurechtlegte, hätte der Würzburgerin alle Ehre gemacht. Er erforschte die bislang unterbelichtete Wohnkultur Jugendlicher in Ostberlin und wollte nachweisen, dass die berühmten Achtundsechziger-Kommunen im Westen nur ein entschärftes Derivat des Originals im Osten gewesen waren. Dabei war er auf die Wohngemeinschaft in der Marienstraße gestoßen … Doch während er die Berliner Nummer wählte, besann er sich auf Andys Regel, nach der man von dem, was man verkaufte, vor allem selbst überzeugt sein musste. Deshalb entschied er sich für die Wahrheit.

»Ich habe meine letzte Arbeitsstelle gerade erst verloren und will nicht schon wieder die falsche Entscheidung treffen, verstehen Sie? Deshalb versuche ich herauszufinden, ob Ihre ehemalige Mitbewohnerin vertrauenswürdig ist. Mehr nicht.«

»Deswegen wollen Sie sich mit mir treffen?«, fragte die leise Stimme am anderen Ende.

»Ich weiß, es ist ungewöhnlich – aber es gibt kaum handfeste

Informationen über die Firma. Deshalb will ich wenigstens etwas über die Gesellschafterin erfahren. Ich will mich absichern, bevor ich alle Zelte abbreche und endgültig nach London gehe.«

»Wie kommen Sie überhaupt auf mich?«

»Sie waren doch damals gut befreundet.«

»Ich habe Ihnen ja schon letztes Mal gesagt, dass wir Zimmernachbarinnen waren, aber –« Die Stimme brach ab und er horte nur noch flaches Atmen. »Aber das ist wirklich eine lange Geschichte. Am Ende ist sie ihren Weg gegangen und wir hatten keinen Kontakt mehr.«

»Ich denke schon, dass Sie ihr wichtig waren, denn ich habe einen Brief gefunden, in dem sie Sie erwähnt hat.«

»Mich? Wirklich?«

Und so hatte er Ilse Böhden behutsam und vorsichtig dazu überreden können, ihn zu treffen. Er hatte ohnehin vorgehabt, das kommende Wochenende in Deutschland zu verbringen. Statt von Spanien aus nach Frankfurt, würde er nach Berlin fliegen. Frau Böhden verriet ihm, dass sie samstags im Volkspark Friedrichshain spazieren ging. Also schlug er das Café Schönbrunn als Treffpunkt vor, das mitten im Park lag. Er hatte allerdings nicht daran gedacht, dass die jungen Schönen aus dem Bötzowviertel das Café fest in ihrer Hand hatten. Für alte DDR-ler war es völlig unpassend. Und jetzt war die Frau auch noch zusammengestaucht und hinauskomplimentiert worden, verdammte Scheiße.

Er holte sie an der Eingangstür ein. »Frau Böhden!«

Sie wagte kaum aufzusehen.

»Guten Tag. Ich bin René Hartenstein. Soll ich den Hund draußen anbinden?«

»Ich wusste nicht, dass man hier keine Hunde mitnehmen darf«, verteidigte sie sich. Sie hatte scheue Augen und ein fleckiges Gesicht. Tiefe Aknenarben zogen sich von den Schläfen bis zum Kinn.

»Wie heißt er denn?«

Der Schäferhund mit schwarzem Gesicht und stumpfem Fell

reichte ihr bis zur Hüfte. Er war bestimmt nicht der Einzige, der sich fragte, wie sie das Tier beherrschen wollte, wenn es die Lust packte, ein kleines Kind zu zerreißen.

»Er heißt Lars. Sie können ihn nicht anbinden. Ich auch nicht. Er ist das nicht gewohnt.« Sie strich dem Tier übers Ohr. »Wir kehren normalerweise nicht ein.«

»Dann setzen wir uns doch nach draußen. Auf der Terrasse kann der Hund bei Ihnen bleiben«, sagte René und sah in die kalte Wolkendecke, die über dem Park hing. Es war nur ein einziger Tisch von zwei Rauchern besetzt. Frau Böhden hielt sich am Halsband fest und rührte sich nicht.

»Sehen Sie, es gibt sogar Decken«, redete er ihr zu. »Dann ist es nicht so ungemütlich.«

Sie sah in Richtung Terrasse, als handelte es sich um feindliches Gebiet. Da würde er sie niemals zum Reden bringen. »Oder sollen wir lieber eine Runde im Park machen?«

Sie sah ihn dankbar an. »Dann bekommt er auch seinen Auslauf.«

Da René ihr den Vortritt ließ und sie außerstande war, die Richtung zu bestimmen, folgten sie dem Hund. An jeder Weggabelung verlangsamten sie die Schritte, bis der Führer Fährte aufgenommen hatte und sie an der Leine in die gewünschte Richtung zog.

»Es ist wirklich sehr nett, dass Sie gekommen sind, nachdem ich mich am Telefon so unklar ausgedrückt habe«, begann er und sah auf sie herab. Sie trug einen Mantel in gedecktem Altfrauen-Lila, zwei Nummern zu groß. Dazu schwarze Schnürschuhe mit Gummisohlen. Sie hatte die Leine um die Schulter geschlungen – wahrscheinlich zur Sicherheit, um die Angriffsgeschwindigkeit um das eigene Gewicht zu verringern, wenn das Tier sie mitschleifen musste – und sah nervös auf. »Schon gut.«

Ein Elternpaar mit teurem Kinderwagen kam ihnen entgegen und beäugte den Hund voller Misstrauen. Das Tier zog an der Leine, allerdings nur halbherzig. Frau Böhden blieb stehen und ließ die Fremden passieren. Er sagte: »Es würde mir sehr helfen, wenn Sie sagen, dass sie einen guten Eindruck von Anna Althoff haben.«

»Ja, unbedingt. Sie ist so – ich weiß gar nicht, wie ich das sagen soll. Ich meine das Gegenteil von langweilig.«

»Verrückt?«

»Nein, nicht verrückt. Wer damals verrückt war, ist in Hohenschönhausen gelandet. Sie war eher – besonders.«

»Jetzt spannen Sie mich aber auf die Folter.«

Frau Böhden reagierte nicht. Eine ganze Weile gingen sie schweigend nebeneinander her. Der Weg wurde steiler und schmaler, denn der Hund führte sie den Bunkerberg hinauf. René war sich nicht sicher, ob die Frau vor Anstrengung schneller atmete oder vor Aufregung. Als sie die Kuppe erreicht hatten, blieb sie stehen. Ihre vernarbten Wangen waren ungleichmäßig gerötet.

»Wissen Sie. Ich hatte gehofft, dass Sie sich noch mal melden. Sie kommen mir vernünftig vor. Da schadet es nichts, wenn ich Ihnen sage, was ich weiß.«

»Das stimmt«, pflichtete er vorsichtig bei.

Der Hund zog sie ein paar Schritte weiter. »Allerdings nur unter der Bedingung, dass Sie nichts über das wissen wollen, was sie danach gemacht hat. Hier, Larsi, ein Selbstgebackener.«

Was sie danach gemacht hat, echote es in seinem Kopf.

Frau Böhden holte eine Plastiktüte aus ihrer beigen Handtasche und fischte einen Hundekuchen heraus. Das Gebiss schnappte zu. »Also nichts über die Zeit danach. Davon weiß ich nichts. Wenn Sie in Wirklichkeit darauf aus sind, muss ich Sie enttäuschen.«

»Warum sollte ich?«

»Wie gesagt. Entweder Sie halten sich daran, oder Sie verschwenden Ihre Zeit.« Sie räusperte sich. Die klare Ansage kostete sie offensichtlich Kraft. »Außerdem würde ich umgekehrt auch gerne etwas erfahren. Darüber, wie es ihr heute geht, meine ich.«

»Abgemacht.« Er lächelte. »Sie erzählen, was Sie wissen, und dann erzähle ich Ihnen, was ich weiß.«

»Das Wichtigste ist, dass wir nicht auf seinen Feind treffen. Passen Sie bitte mit auf. Ein garstiger grauer Schäferhund, etwas kleiner als Lars. Lars ist imstande und beißt den tot, wenn ich es nicht rechtzeitig schaffe, die Leine dreimal um einen Baum zu wickeln.«

***

»Eine Sache will ich vorausschicken. Die ist mir wichtig, denn schließlich geht es um die DDR. Ich gehöre nicht zu denen, die sich einbilden, ihr Leben wäre im Westen besser gelungen. Ich glaube nicht, dass ich woanders glücklicher gewesen wäre. Also verstehen Sie mich bitte nicht falsch … Wenn ich etwas ändern könnte, dann wäre es nicht der Ort, sondern die Zeit. Die Medizin hat solche Fortschritte gemacht … Wenn ich heute jung wäre statt vor vierzig Jahren, dann hätte ich nicht solche Haut.« Frau Böhden hielt inne und zwang ihn, ihr ins Gesicht zu sehen. Sie lächelte bekümmert. Die tiefen Krater auf ihrem Gesicht entstellten sie noch als alte Frau. Wie sie früher ausgesehen hatte, mochte er sich nicht vorstellen. »Und wenn ich nicht solche Haut gehabt hätte«, sagte sie leise, »dann wäre alles anders gekommen. Dann hätte ich da nicht mitgemacht.«

»Wobei?«

»Ich meine, dann wäre ich nicht dermaßen ausgeflippt.«

»Ausgeflippt?« Es musste eine Frage der Definition sein. Er konnte sich nicht vorstellen, dass sein zaghaftes Gegenüber zu etwas Unanständigerem fähig war als in der Nase zu bohren. Entweder das, oder er war im Begriff, eine bemerkenswerte Geschichte zu hören.

Sie ignorierte die Zwischenfrage. »Doch damals gab es nichts. Mein Gesicht war jahrelang übersät von roten Feldern, die alle paar Wochen in eitergelber Blüte standen, und ich konnte nichts dagegen tun. Am Anfang hat meine Mutter Mehl drauf gestreut, angeblich ein altes Hausmittel, um die Saat auszutrocknen, doch davon wurden die Entzündungen noch schlimmer. Von Brennnesseln auch. Aussätzig hat mich mein Vater genannt, obwohl ich die Akne von ihm hatte. Wegen der schlechten Luft war sie bei mir nur viel schlimmer als bei ihm. Wie gesagt – es war keine gute Zeit für Hautkrankheiten, auch im Westen nicht.« Sie verstummte und sah ihn unsicher von der Seite an.

»Sie wundern sich bestimmt, dass ich damit anfange. Doch für das Verhältnis zwischen Anna und mir ist die Krankheit sehr wichtig. Mein Aussehen, meine ich. Mit Anna war nämlich vom ersten Moment an alles ganz anders.

Sie kam unter der Woche in Berlin an. Das weiß ich genau, denn ich war allein in der Wohnung. Die andere Kollegin, an deren Namen ich mich nicht erinnere, war arbeiten. Ich hatte mich krankschreiben lassen. Wenn es besonders schlimm war, habe ich mich nämlich im Bett versteckt. Und da mein Vater ein hohes Tier im MfS war, dem Ministerium für Staatssicherheit, haben sie mir die Krankschreibungen durchgehen lassen.

Ich lag also im Bett und hörte verwundert, wie die Wohnungstür aufgeschlossen wurde. Das Schloss klemmte und war nur mit einem bestimmten Trick zu öffnen. Sogar der Hauswart musste jedes Mal klingeln, damit wir ihn hereinließen, doch die Neue brauchte keine fünf Sekunden. Als hätte sie in ihrem Leben nichts anderes gemacht als Schlösser zu knacken – lachen Sie über mich?«

»Nein, nicht über Sie. Es ist nur erstaunlich, dass sie geschickter gewesen sein soll als der Hauswart.«

»Es stimmt aber. So war sie. Sie überraschte einen ständig mit Fähigkeiten, die scheinbar nicht zu ihr passten.«

»Erzählen Sie weiter. Es ist interessant.«

»Sie sind auch ein guter Zuhörer, muss ich sagen.« Mit vorsichtiger Keckheit sah sie ihn von der Seite an. »Sie verhalten sich mucksmäuschenstill. Geschickt machen Sie das. Ein bisschen kenne ich mich nämlich mit den Methoden zur Abschöpfung aus. Von meinem Vater.«

Frau Böhden taute zunehmend auf. Sie schien sich warm zu reden. Aus dem weiten Bogen, den sie offenbar vorhatte zu schlagen, schloss er, dass sie etwas Wichtiges zu sagen hatte. Er fragte sich, worauf die Erzählung hinauslaufen würde. Seit sie das Wort »später« in den Mund genommen hatte, wussten beide, dass ihr wortreicher Bericht auf nichts anderes zielte. Sie würde es ihm verraten. Stück für Stück würde sie sich dem nähern, was danach passiert war.

»Da stand sie dann im Flur, eher mager als dünn, verschwitzt, in abgewetzten Kleidern, mit fettigen Haaren, die an der Stirn klebten, und hat mich angelacht, als hätte ich ein ganz normales Gesicht. Es war ein akuter Tag, doch sie schien meine lodernde Stirn und die Schläfen überhaupt nicht zu bemerken. Nicht am ersten Tag und auch nicht am letzten. Anna war der erste Mensch auf der Welt, in dessen Gegenwart ich meine Hässlichkeit vollkommen vergessen konnte.«

Es war, als hörte sie dem letzten Satz hinterher, während sie abwesend an der Leine herumfummelte. Dann fügte sie hinzu: »Dabei war sie nicht blind. Entschuldigen Sie den Zeitsprung, aber die Sonnenbrille beweist das. Ein dreiviertel Jahr später legte sie diese Brille auf meinen Schreibtisch. Eine Sonnenbrille aus Prag mit dickem Rahmen und riesigen Schmetterlingsgläsern«, mit der freien Hand malte Frau Böhden zwei große Kreise in ihr Gesicht, »wie sie im Westen modern waren. Die Brille hat mein Leben verändert, ohne Übertreibung. Sie hat ein paar der schlimmsten Stellen verdeckt und von den anderen abgelenkt. So wortlos wie Anna sonst über mein Leiden hinweggegangen ist, hat sie es dann auch gelindert … So war sie.«

»Sie sah erbärmlich aus und hat sauer gestunken. Der Glockenrock aus Wollstoff, den sie anhatte, war viel zu dick für die Jahreszeit. Es war die Art von Rock, die sonst nur bei Aufmärschen getragen wurde, wenn sich Mädchen vom Land fein für die Großstadt machten. Verstehen Sie, was ich meine? In diesem Aufzug habe ich sie vollkommen unterschätzt. Mir war nicht bewusst, dass sie direkt aus der UdSSR kam. Ich traf sie nach drei Jahren Sowjetunion und fünf Tagen Zugfahrt und dachte, endlich eine Gleichrangige gefunden zu haben. Endlich war ein fast genauso elendes Ding wie ich aufgetaucht, eine aus der unteren Liga, eine Verbündete. Ohne dieses Missverständnis wären wir nie Freundinnen geworden. Ich wäre ihr gegenüber genauso abweisend gewesen wie gegenüber dem Rest der Welt und hätte nie gewagt, ihr die Stadt zu zeigen … Doch so bin ich die ganze nächste Woche nicht zur Arbeit gegangen, denn Anna musste ihre Stelle erst Anfang des nächsten Monats antreten –«

»Wo war das denn?«, unterbrach er. »Ihre Arbeitsstelle, meine ich?«

Er bereute die Zwischenfrage sofort, als er Frau Böhdens irritierten Blick sah. Es dauerte bis hinunter auf den Hauptweg, bis sie den Mund wieder aufmachte. Nein, er durfte sie nicht mehr unterbrechen. Um die Geschichte zu erzählen, schien Frau Böhden ihrer eigenen verschachtelten Dramaturgie zu folgen, die keine Einmischung von außen vertrug. Er würde sich in noch größerer Geduld üben müssen als befurchtet.

»Bei der Gesellschaft für Deutsch-Sowjetische Freundschaft, junger Mann«, antwortete sie schließlich spitz. »Da haben wir gearbeitet. Anna, die andere Mitbewohnerin und ich. Alle drei waren wir Übersetzerinnen, allerdings war nur eine von uns des Russischen mächtig. Ich war durch meinen Vater an die Stelle gekommen und die Ursula oder Marianne oder wie sie hieß auch nicht aufgrund ihrer Sprachkenntnisse. Nur Anna konnte jeden Text frei übersetzen, Deutsch-Russisch und Russisch-Deutsch, und hat das Wörterbuch, das neben ihrer Schreibmaschine lag, nur zur Tarnung benutzt. Damit hat sie ihr Arbeitstempo gedrosselt, damit die Leitung das Plansoll nicht erhöht hat –« Sie räusperte sich. »Doch ich war eigentlich dabei, von den ersten Wochen nach ihrer Ankunft zu erzählen.«

»Entschuldigung. Ich wollte Sie nicht unterbrechen.«

Der Hund schnüffelte nicht mehr auf dem Boden, sondern trabte aufrecht neben ihr her. Frau Böhden fand ihr Tempo. Mit leiser, aber deutlicher Erzählstimme fuhr sie fort. »Es war ein goldener Spätsommer. Nicht einmal die Schatten waren grau. Ganz Ostberlin leuchtete in warmen Farben. Die Luft war klar und die Straßenzüge waren noch aufgeheizt vom Sommer. Ich zeigte ihr alles, was sie sehen wollte, und an ihrer Seite war ich direkt stolz auf Berlin. Ich meine, wir waren zwar kein Paris, aber doch irgendwie Weltstadt. Schicker als Leningrad allemal.

Anna konnte sich nicht sattsehen am Straßenbild. In der UdSSR waren Bluejeans noch völlig unbekannt. Nietenhosen hießen sie offiziell. Bei uns liefen die Leute damit frei durch die Stadt. Ich hatte auch eine, die ich allerdings noch nie gewagt hatte anzuziehen. Ich weiß noch, wie sie mich ungläubig angestarrt hat, als ich das gestand – ab da trug ich kaum mehr etwas anderes.

Dann die Auslagen in den Geschäften. Wir sind die Friedrichstraße mehrmals hoch- und runtergelaufen, auf beiden Seiten. Als sie das Warenangebot aufgesogen hatte, machten wir mit den Restaurants an der Spree weiter. Wir hockten uns ans Ufer in die Sonne und beobachteten, wer ein und aus ging. Die Westler konnte man schon auf den ersten Blick ausmachen. Anna behauptete, das erkenne man allein daran, wie sie sich bewegten.

Wir besichtigten die Theater, das Berliner Ensemble bei uns um die Ecke und die Kantine hinten drinnen, in die ich mich noch nie hineingetraut hatte, die Regierungsgebäude und Botschaften, die Karl-Marx-Allee, das neu gebaute Kino International, die Großbaustelle am Alexanderplatz – alles wollte sie sehen. Sogar den Prenzlauer Berg mit den verlotterten Höfen. Selbst daran fand sie Gefallen. Und als sie Maß genommen hatte an der Stadt, begann sie mit ihrer Verwandlung.«

Die Erzählpause war eindeutig als Aufforderung gemeint, und er beeilte sich nachzufragen: »Mit ihrer Verwandlung? In was denn?«

»Eine Großstädterin.« Frau Böhden lächelte. »Annas Auffassungsgabe ist phänomenal, müssen Sie wissen. Sie ist wendig und schnell. Den Glockenrock habe ich kein zweites Mal an ihr gesehen. Allerdings hatte sie weder das Geld, um sich etwas Neues zu kaufen, noch die Verbindungen, um es zu organisieren. Meine Sachen waren ihr entweder zu klein oder viel zu weit, denn sie hatte spindeldürre lange Beine. Das heißt, jede andere hätte sich in Geduld üben müssen, bis sie gespart und sich in der Stadt eingelebt hatte. Anna nicht. Sie brauchte eine Nacht, las meine gesamte Sammlung an West-Zeitschriften, und dann hatte sie die Lösung.«

Er kontrollierte von der Seite, ob die Zwischenfrage nicht zu riskant war, bevor er einwarf: »Sie besaßen West-Zeitschriften?«

Ob Scham oder Stolz in ihrem Lachen mitschwang, war schwer zu sagen. Wahrscheinlich beides. »Von meinem Vater. Zu dieser Zeit hat er die Auswertungs- und Kontrollgruppe der Hauptabteilung 20 geleitet. Er hat mir regelmäßig mitgebracht, was seine Leute im oppositionellen Milieu so konfisziert hatten. *Stern, Hörzu, Bravo, Brigitte, Für Sie,* manchmal sogar einen vollkommen zerlesenen *Spiegel.* Den ganzen konterrevolutionären Kanon. Und nachdem Anna das alles durchgeackert hatte, ging sie zum Friseur.«

»Zum Friseur?«

»Ich war auch erstaunt. Nur die Friseuse hat schnell kapiert, was sie wollte. Vielleicht war Anna nicht die Erste, die auf die Idee gekommen war, obwohl ich diesen Schnitt an keiner anderen gesehen hatte. Am einfachsten wäre es gewesen, sie hätte ein Foto ausgerissen und mitgenommen. Doch das war ihr zu riskant. Stattdessen fuchtelte sie mit den Händen vorm Spiegel herum, bis die Friseuse durch den Laden trompete, sie habe schon verstanden, dass Anna aussehen wollte wie diese abgemagerte englische Bohnenstange.

Was dabei herauskam, hatte zwar so wenig mit Twiggy zu tun wie die Beat-Bewegung der FDJ mit den Rolling Stones, aber es stand ihr trotzdem. Ein kurzer Männerhaarschnitt, der ihre großen Augen betonte und sie plötzlich ganz anders aussehen ließ. Mit ihren langen, dünnen Gliedern und dem kurzen Haar wirkte sie wie ein frisch aus der Haft entlassenes Wesen zwischen Junge und Mädchen. Auf der Straße sah man sich nach ihr um. Sie hatte plötzlich etwas sehr Ungewöhnliches, fast Radikales.«

Frau Böhden sah ihn an und lächelte begeistert. »Das Geniale daran war, dass sie für diesen provokanten Schnitt nicht einmal zur Rechenschaft gezogen werden konnte. Anders als lange Haare an Männern waren kurze Haare an Frauen nämlich erlaubt. Zumindest nicht verboten. Man sah sie zwar nicht im wirklichen Leben, aber auf Plakaten und Wandbildern war die emanzipierte Werktätige mit praktischem Kurzhaarschnitt allgegenwärtig. Wissen Sie, wer Soja Kosmodemjanskaja war?«

»Nein.«

»Das weiß heute keiner mehr. Die Kosmodemjanskaja war eine junge sowjetische Partisanin, die von den Nazis hingerichtet wurde. Stalin hat sie posthum zur Heldin erklärt. Die hatte ähnliche Haare. Und weil Anna am Anfang noch sehr vorsichtig war, hat sie sich eine Vierzig-Pfennig-Briefmarke mit dem Porträt der Kosmodemjanskaja besorgt. Zur Verteidigung, falls die Frisur als Avantgarde kritisiert werden würde.

In diesem Stil machte sie weiter. Ihre Russischkenntnisse hielt sie vor der Abteilungsleiterin verborgen, sorgte aber dafür, dass sich unter den Kolleginnen herumsprach, wie hilfsbereit sie war. Keine Übersetzung war ihr zu lang. Sie übernahm alles, womit die Kolleginnen seit Tagen kämpften, und erledigte es diskret und schnell. Sie müssen wissen, dass es im Großraumbüro der Übersetzerinnen – wie in jedem Büro in der DDR – zuging wie auf einem Basar. Neben der offiziellen Arbeit fand die eigentliche Wertschöpfung statt. Da wurde mit allen möglichen Waren, Dienstleistungen, Kontakten und Informationen gehandelt, an die man anders nicht herankam.

Mein Platz war so etwas wie der tote Winkel auf dem Markt.

Ich war zu schüchtern zum Handeln und außerdem hat es mir auch an nichts gefehlt, was mir jemand anders hätte beschaffen können … Wie gesagt, es gab ja keine Mittel … Umgekehrt wird den anderen klar gewesen sein, dass ich mit diesem Gesicht die Kontakte, die ich über meinen Vater hatte, kaum einsetzen konnte. An meinem Platz blieb nie jemand stehen.

Anna dagegen war ein Naturtalent. Sie erfasste instinktiv, wie viel ihr Russisch wert war. Es war ihr einziges marktfähiges Gut. Damit stieg sie ein und vervielfachte ihre Position durch geschickte Tauschgeschäfte innerhalb weniger Wochen. Sie tauschte zum Beispiel einen Brief auf Russisch gegen einen Sack Mandeln aus dem Westpaket. Die waren zur Vorweihnachtszeit sehr gefragt. In der nächsten Transaktion tauschte sie die Mandeln plus eine Normen-Übersetzung gegen ein Dutzend Gläser Babynahrung, die immer knapp war. Für die wartete sie das höchste Angebot ab und hatte dann die Wahl zwischen einem Kilo Zwiebeln oder einem Paar Dederonstrümpfe oder zwei Theaterkarten. Und obwohl sie anständige Strümpfe wirklich dringend brauchte, entschied sie sich für Letzteres.

Also gingen wir zusammen ins Berliner Ensemble. Ich weiß nur noch, dass es kein Brecht war, den sie spielten. Damit habe ich sie hinterher getröstet. Brecht, habe ich zu ihr gesagt, ist vielleicht ganz anders, den spielen sie dann leidenschaftlicher. Aber ich glaube, sie war nicht nur von der blutleeren Vorstellung enttäuscht. Es waren auch die Zuschauer. Sie hat sich ständig umgeguckt – und sah in teilnahmslose Gesichter. So wie das deutsche Theaterpublikum eben ist. Die Leute gehen nicht hin, weil sie etwas sehen wollen, sondern weil sie gesehen werden wollen. Aus Dünkel. Verstehen Sie? Da saßen Funktionäre und Intellektuelle mit Stirnfalte und kritischem Blick, die nach Schwächen in der Inszenierung suchten.

Nach diesem Reinfall waren ihre nächsten Investitionen nur noch materieller Art. Für den anstehenden Winter verschaffte sie sich einen italienischen Mantel mit Pelzkragen. Dafür wurde sie mehrere Monate lang zur Leibeigenen einer älteren Kollegin aus der Abteilung für Kulturaustausch. In einer anderen Transaktion erstand sie ein Paar abgetragener Stöckelschuhe.

Irgendwann hat sie mir gegenüber mal bemerkt, dass die Deutschen nur gut mit Dingen sind, also mit allem, was man anfassen kann. Transzendenz dagegen können sie nicht. Es ist mir im Gedächtnis geblieben, weil es mir jedes Mal einen Stich versetzt hat, wenn ihr hier etwas nicht gefiel. Ich glaube, ich habe in der ständigen Angst gelebt, dass sie so plötzlich wieder verschwinden könnte wie sie gekommen war. Am Ende ist es ja dann genau so passiert –«

René warf ihr einen schnellen Blick zu, doch Frau Böhden schien zu versunken, als dass er es wagen konnte nachzufragen.

»Die Sorge wurde auch dadurch geschürt, dass sie von den Deutschen nie anders als in der dritten Person gesprochen hat. Genauso wie von den Berlinern, den Übersetzerinnen im Büro, den Kollegen im Haus der Kultur – das waren Einheiten, denen sie sich jederzeit problemlos anschließen konnte, wenn sie wollte. Im Gegensatz zu mir schien sie von außen nahtlos dazuzugehören, innerlich aber hielt sie diesen Abstand. Sie sprach nie von ›uns‹, sondern immer nur von ›ihnen‹.

Die Deutschen also. Deren unerträgliche Versessenheit auf Dinge, sagte sie, hat auch ihr Gutes. So ist die Welt wenigstens sicher vor ihnen. Nach dem Faschismus haben sie sich abgewandt von allem Unfassbaren, von Träumen und Unwirklichkeit. Was zählt, sind Sachen. Kaufen. Besitzen. Vergleichen. Tauschen. Umtauschen. Sparen. Reparieren. Verkaufen. Darum dreht sich ihr Leben. Und weil sie alle Zeit und Energie darauf verwenden, Fliesen, Radios und Autoreifen zu besorgen, merken sie gar nicht, wie leer ihr Dasein ist und was sie alles verpassen.

›Was denn?‹, fragte ich, und dann fragte sie zurück, wann ich das letzte Mal geheult hätte ohne zu wissen, ob es das Glück war, da zu sein, oder der Wodka oder das Elend der Welt. Oder sie fragte mich, wann wir endlich einmal auf eine richtige Feier gehen würden, obwohl sie gerade erst mit einem Verehrer auf einem Empfang zum fünfzigsten Tag der Revolution gewesen war, von dem jemand wie ich nur träumen konnte. Oder sie sagte ein unverständliches russisches Gedicht auf, um enttäuscht festzustellen, dass meine Augen trocken blieben.«

Frau Böhden wischte sich fahrig übers Gesicht. Sie hat die Freundin geliebt, dachte René. Sie hat sie vergöttert. Das wurde immer offensichtlicher.

»Es ist schwer, die Unruhe zu vermitteln, die sie an sich hatte. Sie hat nach etwas gesucht. Sie wollte mehr, verstehen Sie? In kürzester Zeit hat sie sich alles angeeignet, was sie kriegen konnte, alles, was das Berlin, das ich kannte, zu bieten hatte, doch das hat nicht gereicht.

Dabei bemühten sich die besten Partien um sie. Ich glaube, das wenig Mädchenhafte an Anna hatte etwas Herausforderndes für Männer. Die Schüchternen guckten nur und trauten sich nicht an sie heran. Es waren Männer mit Ehrgeiz, aufstrebende junge Spitzenkader mit Büros in den oberen Etagen, die es versuchten. Am besten kann ich mich an den mit dem fliehenden Haaransatz erinnern. Er war Referent eines Mitglieds des Zentralvorstands und verliebte sich so Hals über Kopf, dass er seine Verlobung löste, noch bevor Anna überhaupt wusste, wer er war.

Nach Betriebsschluss wartete er auf sie. Er hatte meistens ein Geschenk dabei – Schokolade oder eine Dose Ananas oder eine Flasche süßen Likör, in der Hoffnung, dass sie sich endlich betrinken und ihn mit auf ihr Zimmer nehmen würde. Ich glaube sogar, dass sie es versucht hat. Sie hat seine Gaben angenommen und ist mit ihm ausgegangen. Nicht um ihm falsche Hoffnungen zu machen. So war sie nicht. Ich glaube eher, dass sie sich selbst zu überzeugen versuchte. Denn wenn ich sonntagabends von dem Pflichttermin bei meinen Eltern zurückkam, hat sie mich jedes Mal gierig ausgefragt. Jede Beilage beim Mittagessen hat sie interessiert, jede Belanglosigkeit in der Unterhaltung, jeder Streit. Sie hat einen starken Drang nach Vater-Mutter-Kind verspürt, und das war es, was brave Jungs wie der fliehende Haaransatz im Angebot hatten –«

Frau Böhden räusperte sich. »Doch dann tauchte Bruno auf, und das mit den Anständigen war gelaufen.

Es ist schwer zu beschreiben. Es war wie eine ohrenbetäubende Explosion. Als ob zwei kinetisch aufgeladene Himmelskörper aufeinanderprallten … Das gesamte Haus haben sie in dieser Nacht um den Schlaf gebracht.

Es war im Februar und draußen herrschte eisiger Frost. Berlin lag unter meterhohem Schnee begraben, was Bruno Zand – wie eigentlich alles, was sich ihm in den Weg stellte – zu seinem Vorteil nutzte. Er klopfte spätabends an unsere Haustür und bat um Asyl. Er war gestrandet, sagte er und trat artig den Schnee von den Stiefeln. Die Locken hingen in vereisten Zotteln aus der Mütze. Sein Gesicht mit den gierig blitzenden Augen war rot verfroren. Die Straßenbahn steckte fest, teilte er mit, und würde ihn heute Nacht nicht mehr nach Hause bringen. Wir wussten, dass er oben im Prenzlauer Berg in einer Wohnung hauste, die angeblich nur über eine Leiter zu erreichen war, weil die Treppe fehlte. An Annas Stelle musste ich rot angelaufen sein über so viel Unverfrorenheit, denn er grinste mich in Grund und Boden. Anna befahl ihm, noch einen Sack Kohlen aus dem Keller zu holen. Es war die Extra-Ration, die der fliehende Haaransatz für uns besorgt hatte. Die wurde in dieser Nacht komplett verfeuert. Selbst in den Pausen, wenn sich eine Zeit lang nichts rührte und ich zu hoffen begann, dass sie eingeschlafen waren, lag eine so unerträgliche Spannung in der Luft, dass ich kein Auge zutat.«

Der Hund nahm den Hauptweg nach links. Sie würden also die dritte große Runde um den Berg machen. René blieb dicht an Frau Böhdens Seite. Die letzten roten Sonnenstrahlen zielten durch Wolkenlücken auf die Wipfel der Bäume. Gleich würde sich die Dämmerung über den Park legen. Der Weg vor ihnen war leer. Sie waren schon seit geraumer Zeit niemandem mehr begegnet.

»In den folgenden sechs Monaten lebte Anna auf einem anderen Stern. Und ich –« Sie verstummte und starrte abwesend in die Erinnerung. Sie hielt die Leine jetzt so locker, dass die Bestie jederzeit lospreschen hätte können, wenn der Feind auftauchte. Das Frauchen war nicht mehr in der Verfassung, sich um gegenwärtige Gefahren zu kümmern. Es war ganz und gar mit den Fallstricken der Vergangenheit beschäftigt. »– Ich habe mich mitreißen lassen.«

Ein Lächeln huschte über ihr entstelltes Gesicht. Sie schien erleichtert zu sein, dass es endlich raus war. »Vielleicht verstehen Sie besser, wovon ich spreche, wenn ich Ihnen von dem Abend erzähle, an dem ich zum ersten Mal mitkam.«

***

»Es war in der Bar des Tschechischen Kulturzentrums. Ein paar Monate später sollte der Palast wegen eines angeblich irreparablen Rohrbruchs geschlossen werden. Doch noch standen die Türen offen. Im Erdgeschoss fand eine Ausstellung über böhmische Bauernkunst oder etwas Ähnliches statt, was aber nur als Feigenblatt diente für das, was im Keller passierte. Man konnte die Beatles schon von oben hören. Die Beach Boys. Frank Sinatra. Die Stones. Die Tschechen hielten sich nämlich nicht an die 60/40-Regel, die die Stimmung mit peinlicher DDR-Musik tötete. Sie spielten nichts als imperialistische Unkultur, die ganze Nacht lang.«

Ihre Augen blitzten. »Und deshalb war der niedrige fensterlose Raum, kaum größer als ein Heizungskeller, ein Geheimtipp für Eingeweihte. Heute würde man sagen, dass sich der Keller der Tschechen zu der angesagtesten Adresse Berlins entwickelt hatte … Bequem passten da nicht mehr als dreißig Leute hinein, doch an dem Abend waren es mindestens hundert. Es war laut, eng, heiß und verraucht. Wie in der Hölle.« Sie lächelte. »Oder im Himmel, kommt ganz drauf an.«

René musste grinsen, doch sie nahm ihn nicht mehr wahr. Sie war zurück in einer anderen Zeit, an einem anderen Ort, wo Himmel und Hölle nicht auseinanderzuhalten waren.

»Als Bruno auftauchte, brüllte der Tscheche über die Köpfe aller Wartenden hinweg, wie viel Bier er brauchte. Bruno schien jeden zu kennen und grüßte, die eine Hand mit festem Griff um Annas ausrasierten Nacken gelegt, mit der anderen in alle Richtungen. Er stellte uns einem schlaksigen Jungen mit semmelblondem Haar und Nickelbrille vor, der versuchte, sich einen Vollbart wachsen zu lassen. Schon nach zehn Minuten in dem Keller befand ich mich in einem so abgehobenen Zustand, dass ich ungeniert aufsah und mich – nicht verliebte, aber doch auf der Stelle in ihn verguckte. Natürlich war er viel zu gutaussehend für mich, aber plötzlich war mir das ganz egal. Schließlich sahen Anna und Bruno erst recht wie Filmstars aus und hatten mich trotzdem mitgenommen.

Aus den Lautsprechern jaulte John Lennon. Neben mir knutschten in wechselnder Formation zwei Paare. Ich hatte noch nie so viele Nietenhosen auf einmal gesehen. Wenigstens in dieser Hinsicht gehörte ich dazu. Das Publikum verfügte allem Anschein nach über gute Versorgungskanäle und tat sich keinen Zwang an, es zu zeigen. Die Arbeiterklasse war, gelinde gesagt, stark unterrepräsentiert. Jung, privilegiert und schön war das Publikum – bis auf wenige Ausnahmen wie mich, aber daran dachte ich ja nicht mehr. Ab und zu tat sich im Gedränge eine Lücke auf, sodass der Blick auf die gegenüberliegende Wand frei wurde. Der Blonde machte mich darauf aufmerksam. Zwischen die Bilder von der Karlsbrücke in Prag und dem Wenzelsplatz hatte jemand Brigitte Bardot in hautfarbenem Bikini aufgehängt. Niemand hatte sich veranlasst gesehen, sie zu entfernen. Er lachte und zog mich in die Mitte zum Tanzen.«

Frau Böhden verstummte. »Und über all dieser Dekadenz thronte mit seinem schüchternen Lächeln Alexander Dubček«, erklärte sie schließlich, als wollte sie erst mal von sich selbst ablenken.

»Das Porträt des Generalsekretärs der Kommunistischen Partei der ČSSR hing auf dem Ehrenplatz über der Theke. Jemand hatte die tschechoslowakische Fahne um das Bild drapiert. Seine Krawatte war verdeckt und er sah aus wie ein schmalbrüstiger Fußballstar.«

Sie stockte und René spürte ihren inneren Widerstand. Sie kämpfte mit sich. »Wissen Sie«, sagte sie dann so leise, dass er den Kopf beugen musste, um sie zu verstehen, »ich habe das noch nie jemandem erzählt. Nicht einmal mein Mann kennt die Geschichte. Deshalb hat er auch nie begriffen, warum Otis Redding so wichtig für mich ist. Ich habe alles von ihm, auch das, was er für andere geschrieben hat. Die komplette Sammlung zu kaufen war für mich das größte Geschenk nach der Wende. Horst hat keine Ahnung, was die Negermusik für mich bedeutet. Er weiß nicht, was ich fühle, wenn der singt« – sie unterbrach sich – »Entschuldigung. Negermusik darf man ja heute nicht mehr sagen. Aber selbst wenn man kein Englisch versteht, hört es sich so deutlich nach Baumwollplantage an. Nach schwüler Hitze, Qualen, Sehnsucht und Schweiß. Nach harter Arbeit, grüner Sonne und müdem Sex.« Sie lachte schamhaft und warf ihm einen entschuldigenden Blick zu. Sie überraschte ihn. So viel Fantasie hätte er ihr gar nicht zugetraut.

»Wer ist denn Otis Redding?«

Sie machte keine Anstalten, die Frage zu beantworten. »Ehrlich gesagt wird mir langsam kalt.«

»Mir auch«, log er. »Wollen wir nicht doch ins Café gehen? Wir können uns mit den Decken über den Knien auf die Terrasse setzen und ich spendiere eine Runde Tee mit Rum.« Er sah verstohlen auf die Uhr. Es war kurz nach sechs. Erstaunlicherweise willigte sie ohne zu zögern ein.

***

Sie wählten einen Tisch am Rand. Der Hund legte sich brav zu ihren Füßen. Ungefragt stellte die Kellnerin ihm einen Napf mit

Wasser hin, wofür René ihr sehr dankbar war. Er hatte Angst gehabt, der Umzug ins Café und die fehlende Bewegung könnten Frau Böhdens Redefluss versiegen lassen. Doch Ilse Böhden blieb entspannt. Sie streichelte die Bestie und legte keinen Einspruch ein, als er zwei Kännchen schwarzen Tee und einen Viertelliter Rum bestellte.

»Dann bringe ich euch schön viel Kandis dazu, ja?«, flötete die Kellnerin.

»Bitte.« Einen Augenblick erwog er, auch Kuchen zu bestellen, entschied sich aber dagegen. Ohne wirkte der Alkohol besser.

»Otis Redding also«, forderte er sie behutsam auf.

»Ja, Otis Redding. Tun Sie mir den Gefallen und hören Sie sich das mal an. ›Try a Little Tenderness‹ oder ›I've Been Loving You Too Long‹ oder ›These Arms of Mine‹.« Sie sah ihn eindringlich an. Das Licht der Laterne warf unvorteilhafte Schatten in ihre Narben. »Machen Sie das. Seine Version von ›Try a Little Tenderness‹ gehört zu den besten Liedern der Musikgeschichte.«

»Versprochen.«

Sie nickte zufrieden. »Also hat der Blonde meine Hand genommen und mich in die Mitte gezogen, dorthin, wo eigentlich die Tanzfläche sein sollte, wenn es nicht so voll gewesen wäre. Er hat mich mit der größten Selbstverständlichkeit angefasst. Als wäre er blind. Seine Hand lag auf meinem Rücken, oberhalb der Hüfte, und dann haben wir begonnen uns zu bewegen, eingekeilt in der Menge, die uns aneinander presste. Jeden Finger habe ich durch mein Kleid gespürt. Er hatte lange, intellektuelle Finger. Einfühlsame Denkerfinger. Sie passten zur Nickelbrille. Manchmal sind sie hinuntergerutscht.« Sie presste die Lippen zusammen und brachte erst mal kein weiteres Wort heraus.

»Und dann der Geruch. Daran hätte ich ihn eigentlich erkennen müssen. Je nach Körperzone roch er unterschiedlich stark nach Zigarettenrauch, Kaugummi und Seife.« Sie seufzte. »Doch ich wusste ja nicht, wie die Jungs damals rochen. Ich war noch keinem so nah gekommen. Wissen Sie, wie sich das angefühlt hat, als er seine weichen Bartstoppeln über mein Gesicht rieb? Wie das war? Für mich?« Er sah auf. Die Erinnerung an den Bart trieb ihr Tränen in die Augen. Sie war entweder kurz davor zu lachen oder zu weinen. »Es war der Wahnsinn!«, flüsterte sie.

»Und sie spielten Otis. Daran erinnere ich mich noch. Der Rest ist ein Meer aus leuchtenden Farben und großer Leichtigkeit. Wie im Drogenrausch. Es war das Verrückteste, was mir in meinem ganzen Leben passiert ist. Sie müssen sich das vorstellen: Mein Dasein hatte aus dem Wunsch bestanden, dass mich der Erdboden verschluckt. Niemand hat mit mir etwas zu tun haben wollen. Ich war hässlich, einsam, hilflos und verhuscht. Nicht einmal meine Eltern hatten mich gern dabei. Und dann finde ich mich plötzlich in dieser Umgebung mit diesen Leuten und dieser Musik in den Armen eines großen Blonden wieder!«

René hütete sich, sie in ihrer Vergangenheitsbewältigung zu unterbrechen. Er wagte nicht einmal sie anzusehen. Er machte sich unsichtbar wie ein Pfarrer im Beichtstuhl.

»Er nahm meine Hand und führte mich die Treppe hoch in den Garten hinterm Haus und als ich ein Jahrhundert später wieder zu mir kam, stand Bruno Zand über uns. Er packte den blonden Traum am Kragen und brüllte: ›Ich hab dich überall gesucht, du Vollidiot. In zehn Minuten musst du draußen sein!‹ Der rappelte sich auf, riss die Hosen hoch und rannte im nächsten Moment wie ein Irrer davon.«

René vergaß seinen Vorsatz, unbemerkt zu bleiben. Er stutzte. »Was?«

Frau Böhden griff nach ihrer Tasse und trank. Lange Zeit sagte sie gar nichts. Als sie die Tasse abstellte, war sie leer. »Er stand unter Zeitdruck. Er hatte die Wahl, es entweder mit einer anspruchsvollen Schönen zu versuchen, mit der er voraussichtlich bis Mitternacht nicht weit kommen würde. Oder mit mir.«

»Das verstehe ich nicht.«

»Doch«, erwiderte sie leise, »das verstehen Sie sehr wohl. Unter Männern ist die Strategie nicht unüblich. Manche sind sogar spezialisiert auf Frauen wie mich. Man muss nur Romane lesen. Männliche Autoren. Früher oder später stolpert man über den Trick: Nehmt die Hässlichen, steht da, nehmt die Mauerblümchen, die keiner haben will, denn die platzen fast und kennen keine Hemmungen, wenn sie einmal richtig auf Touren kommen und ihren unterdrückten Sehnsüchten freien Lauf lassen können. Die machen alles.«

Er schaffte es nicht, sie anzusehen.

»Sein Tagesvisum lief um Mitternacht aus.«

»Er kam aus dem Westen?«

Ein undurchsichtiges Lächeln glitt über ihre Züge. »Wenigstens war ich die letzte Ostbraut, die er aufs Kreuz legen konnte. Er hat es offenbar nicht rechtzeitig über die Zonengrenze geschafft und bekam eine Einreisesperre. Meine einzige Genugtuung. Ich habe ihn die Uhrzeit vergessen lassen.« Sie schniefte. »Immerhin.«

KAPITEL 16

Sie waren noch immer die einzigen Gäste auf der spärlich beleuchteten Terrasse. Wenn die Eingangstür geöffnet wurde, drang gedämpfte Musik aus dem Café. Jemand trat zum Rauchen ins Freie. Man hörte Schritte auf dem Kies, ein klickendes Feuerzeug. Dann war es wieder still.

Es war eigentlich zu kalt, um draußen zu sitzen. Frau Böhdens Gesicht war fleckig vor Nervosität und Kälte. Sie saß unter Decken eingemummt auf ihrem Stuhl und zitterte immer wieder unter Schauern, von denen sie sich jedoch nicht beeinträchtigen ließ. Ihr Blick war an René vorbei in das unruhige Dunkel des Parks gerichtet, während sie mit einer eigentümlichen Mischung aus Beharrlichkeit, Reue und Trotz fortfuhr. Es war, als ob sie nichts und niemand mehr davon abhalten sollte, die Dinge richtigzustellen.

»Ein normales Mädchen hätte das Weite gesucht. Die Scham, wie eine weggeworfene Puppe im Garten liegen gelassen zu werden, hätte dafür gesorgt, dass es sich in dieser Szene nie mehr hätte blicken lassen. Doch ich war kein normales Mädchen, denn ich hatte ja nichts zu verlieren. Als der Blonde in der Dunkelheit verschwunden war, hielt Bruno mir wortlos die Hand hin und zog mich hoch. Allein diese Geste hat gereicht, um den unwirklichen Traum, in den ich geraten war, fortzusetzen. Verstehen Sie?«

»Nicht ganz«, gab René leise zurück.

»Der Wahnsinn ging weiter. Weil Anna nett zu mir war, war auch Bruno nett zu mir, und weil Bruno nett zu mir war, hat mich niemand mehr komisch angeguckt. Sie haben mich akzeptiert … Also stand ich vor der Wahl, entweder in das Nichts zurückzukehren, aus dem ich kam, oder mich diesem Haufen aus Schönen und Wilden anzuschießen, aus Draufgängern, die das Gegenteil waren von mir selbst.«

»Sie sind also geblieben?«

Frau Böhden kramte einen Hundekuchen aus der Plastiktüte, schien dann aber zu vergessen, was sie damit anfangen wollte. Der Hund schlief. »Ich glaube, ich war so eine Art hässliches Maskottchen. Damals habe ich das zwar nicht so empfunden, aber im Nachhinein denke ich, dass es so gewesen sein muss. Ich passte dazu, indem ich überhaupt nicht dazu passte. Wissen Sie, was ich damit meine? Die Sonnenbrille wurde zu meinem Markenzeichen, und über meinen Vater konnte ich sie über das wachsende Interesse der Staatssicherheit auf dem Laufenden halten.« Sie räusperte sich.

»Wir wurden beobachtet. Die Staatssicherheit wusste nicht nur, wer wir waren, sondern auch, wo wir uns trafen, was wir machten, wer nur ab und zu dabei war und wer zum harten Kern gehörte. Wenn wir in die Tschechoslowakei fuhren, um den Sozialismus mit menschlichem Antlitz mit eigenen Augen zu sehen, haben sie jedes Autokennzeichen registriert und jeden Insassen. Doch die armen Grenzer, die Brunos roten Wartburg mit ihren neidischen Blicken regelrecht verschlangen, die waren nicht in der Lage, uns die Laune zu verderben.

Mein Vater konnte mich warnen und mir drohen, so viel er wollte. Wie gesagt – zu verlieren hatte ich nichts. Ich muss ein halbes Dutzend Mal in Prag gewesen sein in dieser Zeit. Mindestens!« Sie hielt inne, um ihre Tasse zu leeren. Er signalisierte der Kellnerin von Weitem, dass der Rum alle war.

»Sogar eine zerkratzte Platte von Louis Armstrong habe ich in der Altstadt gefunden. Wir sind einkaufen gegangen, haben unzensierte West-Filme im Kino gesehen und uns abends in den Kneipen mit den Tschechen verbrüdert. Bruno versicherte ihnen, dass wir auf dem besten Weg in ihre Richtung waren. Er war stolz darauf, sagte er dann, in einem Land zu leben, in dem Solidarität und Menschlichkeit die erklärten Ziele der Mächtigen waren. Er wollte sie nur beim Wort nehmen.« Sie lachte leise. »Und dann gab er eine Runde auf die beste DDR der Welt aus.«

Blinzelnd glitt ihr Blick zurück aus der Ferne und fixierte ihn. »Wissen Sie eigentlich, wer Heinrich Zand war?«

»Heinrich Zand?« Er sah erstaunt auf.

»Es gab sogar eine Straße mit seinem Namen. Eine kleine Stichstraße in Niederschönhausen. Ist nach der Wende natürlich umbenannt worden. Das war sein Vater.«

»Bruno Zands Vater?«

»Die Mutter hat den Krieg nicht überlebt. Aber seinen Vater kannten damals alle. Ein berühmter Wissenschaftler, der in den fünfziger Jahren mit einem Koffer voll geheimer Formeln aus dem Westen übergelaufen ist. Zur Belohnung bekam er den Nationalpreis erster Klasse und die Straße und den Wartburg und noch alle möglichen anderen Privilegien. Damals wurde jeder Überläufer gefeiert wie ein Tor im Endspiel.

Bruno hat erzählt, dass die Partei für den längsten Teil seines Lebens seine Ersatzmutter war. Er hat sie abgöttisch geliebt. Doch irgendwann war die blinde Liebe aufgebraucht und er musste begreifen, wie engstirnig und stockkonservativ die Partei war. Sie war das Gegenteil von Revolution. Sie diente nicht mehr den Idealen seines Vaters, sondern nur noch denen der Macht.

Diese Einsicht war an sich kein Problem. Die teilte er mit jedem einigermaßen klar denkenden DDR-Bürger. Das Problem lag nur darin, dass Bruno Zand –«, sie atmete schwer, »– dieser vorlaute, intelligente, vom Leben verwöhnte Schönling mit seinem galaktischen Maß an Selbstbewusstsein, dass der sich nicht damit abfinden konnte. Von nun an setzte er seine Energie nicht mehr für die Partei ein, sondern gegen sie.

Als wir ihn trafen, arbeitete er als wissenschaftlicher Mitarbeiter an der Hochschule für Ökonomie. Wahrscheinlich hofften sie, dass der Sohn des Nationalpreisträgers wie sein Vater Gefallen an der Bequemlichkeit des wissenschaftlichen Betriebs finden und sich beruhigen würde.

Stattdessen begann er, am eigenen Körper zu experimentieren. Er wollte herausfinden, wie weit er gehen konnte, und andere ermutigen, das Gleiche zu tun. Wir dürfen der Partei die Arbeit nicht abnehmen, erklärte er jedem, der es hören wollte. Wir dürfen uns keinen Zwang antun, denn Selbstzensur ist die allerschlimmste –« Erschrocken drehte sie sich um. Es war nur die Kellnerin, die sich von hinten näherte, doch Frau Böhden befand sich in einer Zeit, in der man keinem Fremden trauen konnte. Argwöhnisch wartete sie ab, bis die Kellnerin Rum und Tee abgeladen hatte und wieder verschwand.

»Nach diesem Motto«, fuhr sie leise fort, »dass man sich die Freiheit nur nehmen muss, organisierte er auch diese Vietnam-Ausstellung an seiner Hochschule. Ich habe sie drei- oder viermal besucht, bevor sie geschlossen wurde. Die Bilder waren Stadtgespräch. Im Büro haben sie fast alle gesehen.

Der Anfang der Ausstellung war noch ganz unverdächtig. Unter dem Titel ›Für dich, kämpfendes Vietnam, unser Herz und unsere Hand‹ wurden die üblichen Fotos von Werktätigen gezeigt, die ihre Solidarität bewiesen. Dozenten spendeten Blut für Vietnam, Mitglieder der Wohnparteiorganisation gingen mit Spendenbeuteln im Studentenheim hausieren, Studenten standen sonntags an Fließbändern und spendeten ihren Lohn dem Vietcong. Außerdem hatten die Kinder aus der Hochschulkita Dutzende Malblöcke mit gelynchten Asiaten im entlaubten Regenwald gefüllt.

Der Rest der Ausstellung aber war eine Modenschau. Bis die Kaderleitung begriffen hatte, dass da was schiefgelaufen war und die Exponate räumte, musste es die meistbesuchte Vietnam-Ausstellung der Republik gewesen sein. Auf den Stellwänden hatte Bruno meterlange Fotostrecken aus Westberlin, Paris, London, Washington und San Francisco aufgehängt. Es waren Bilder der Antikriegsproteste im Westen, für die er den Vorwand formuliert hatte, dass der imperialistische Aggressor den Krieg auch an der Heimatfront verlor. Wir konnten uns nicht sattsehen. Es gab ja sonst keine Fotos von drüben – schon gar nicht meterhoch in Farbe von strahlend jungen Demonstranten mit wilden Mähnen, bunten Schlabberkleidern, Blumen im Haar und Sonnenbrillen, wie ich sie hatte. Es gab Nahaufnahmen von Bob Dylan, Jimi Hendrix, Joan Baez, die unsere Leute aus Westberlin im Unterhemd für Bruno reingeschmuggelt hatten.

Den einfachen Trick, so zu tun, als wäre die Partei vernünftig, wandte er auch im täglichen Leben an. In diesem Sommer machten wir, was wir wollten, und niemand hinderte uns daran. Das Tschechische Kulturzentrum wurde zwar geschlossen, doch die Party ging auf dem Grundstück von Brunos Vater am Motzener See einfach weiter. Dahin lud Bruno alle zum Baden ein, die, wie er prahlte, Annas nackten Anblick ertragen konnten … Es schien wirklich zu stimmen, dass man sich die Freiheit nur nehmen musste.«

René nickte. Er hatte die Dramaturgie verstanden. Von nun an ging es den Bach hinunter mit dem Märchen von 1968.

Frau Böhden seufzte. »Na ja. Und dann –« Sie haderte. »Dann fingen die Sommerferien an und ich muss zugeben, dass es meine Eltern nicht einmal besonders viel Überredung gekostet hat, mich aus Berlin herauszukriegen. Wahrscheinlich hat sie das selbst überrascht, denn ich glaube, sie mussten mich mittlerweile so gut wie aufgegeben haben. In den Monaten davor hatte nämlich nichts geholfen. Angeblich wurde mein Vater sogar im Ministerium unter Druck gesetzt. Wenn er mich nicht unter Kontrolle bekäme, hieß es, hätte er Konsequenzen zu fürchten. Doch das war mir egal. Nichts konnte mich dazu bewegen, von Annas Seite zu weichen. Nichts – außer der Ostsee.

Wir fuhren seit Jahren in ein Ferienheim auf Usedom, und auf das medizinische Wunder, das die Kombination von Salz und Sonne vollbrachte, wollte ich auch dieses Jahr nicht verzichten. Also fuhr ich Ende Juli mit, legte mich abseits des Urlaubskollektivs an den Strand, träumte davon, wie begeistert alle sein würden, wenn ich nach drei Wochen Sonnenbaden mit sauberem Gesicht nach Berlin zurückkehrte – doch als ich wieder aufwachte, marschierten eine halbe Million Soldaten in die ČSSR ein und zerquetschten meinen Traum unter ihren gut geölten Panzerketten, bis nichts mehr davon übrig war.« Ihre Augen füllten sich mit Tränen. René schenkte einen langen Schuss Rum nach.

»Die Stimme des Radiosprechers blieb so ungerührt, als hätten die Machthaber seine Seele vorsichtshalber in Salzsäure getaucht. Sie ahnten wahrscheinlich, dass ein einziges Zittern in seiner Stimme die Zuhörer aus ihrer Schicksalsergebenheit reißen hätte können. Prag hatte die Bruderstaaten um Hilfe gegen konterrevolutionäre Kräfte ersucht, meldete er in demselben ausdruckslosen Tonfall wie die Nachricht, dass die Einbringung der Ernte planmäßig verlief und sich Frau Minister Margot Honecker über die Vorbereitung auf das neue Schuljahr informiert habe.«

Tränen strömten jetzt haltlos über ihr Gesicht. René wartete. Die Kellnerin warf verwirrte Blicke in ihre Richtung. »Es war wie bei einem Unfall, bei dem man innerhalb eines Sekundenbruchteils begreift, wie schlimm es ist. Ein paar Monate lang war ich von meinem Spiegelbild erlöst worden. Ich hatte vergessen können, wie ich aussah. Doch damit war es jetzt vorbei. Der Wahnsinn war vorüber. Ich wusste sofort, dass der Einmarsch das Ende bedeutete.« Frau Böhden griff nach einer Serviette und schnäuzte sich.

»An dieser instinktiven Gewissheit konnte nicht einmal Anna etwas ändern. Sie erschien vierundzwanzig Stunden später wie eine Fata Morgana am Strand. Fast so abgerissen und verschwitzt wie beim ersten Mal. Sie ließ sich erschöpft in den Sand fallen und machte sich als Erstes über meine Mittagsration Hartkekse her. Dann sprudelte sie los. Im Gegensatz zu mir war sie nämlich davon überzeugt, dass es jetzt erst richtig losging.«

Frau Böhden trank ihre Tasse leer. »Bruno hatte den Anfang gemacht, erklärte sie siegesgewiss. Jetzt musste ihm der Rest nur noch folgen … Er hatte die engsten Freunde um sich geschart. Sie hatten die Fenster aufgerissen, damit Ostberlin auf RIAS die Wahrheit über den Einmarsch hören konnte. Dann hatten sie Kreide besorgt und ›Viva Dubček‹ auf die Hauswände gemalt und den ganzen Tag damit verbracht, die ›Internationale‹ zu vervielfältigen.«

Frau Böhden holte Luft. Bevor René sie davon abhalten konnte, fing sie mit Tränen in den Augen an, leise zu singen. Der schlafende Hund zu ihren Füßen zuckte mit den Ohren.

»Wacht auf, Verdammte dieser Erde,
die stets man noch zum Hungern zwingt!«

»Die kenne ich, die ›Internationale‹«, beeilte er sich zu sagen, doch sie ließ sich nicht beirren.

»Das Recht wie Glut im Kraterherde
nun mit Macht zum Durchbruch dringt.
Reinen Tisch macht mit dem Bedränger!
Heer der Sklaven, wache auf!
Ein Nichts zu sein, tragt es nicht länger!
Alles zu werden, strömt zuhauf!«

Ihre Augen glänzten. »Es war Brunos Idee. Mit diesem Text sollte das Volk an seinen Kampfauftrag erinnert werden. Der Einmarsch in Prag sollte den Menschen endlich die Augen öffnen. Jetzt müssten selbst die Dümmsten begreifen, dass die Idee des Sozialismus von einem Haufen von Verbrechern geschändet wurde. Und dann, richtete Anna mir in der sengenden Hitze aus, würde das Volk sich endlich erheben.

›Wann, wenn nicht jetzt?‹, rief sie über den menschenleeren Strand und schmiss gleich eine Faustladung Sand hinterher.

Am Abend schwärmten sie zu sechst auf drei Fahrrädern aus. Einer trat in die Pedale, der andere saß auf dem Gepäckträger und warf die Handzettel ab. Anna zeigte triumphierend die dreckige Schorfwunde auf ihrem Knie, als sie auf der Schönhauser Allee ausgerutscht war. Da war die Vopo schon hinter ihnen her gewesen. Bruno hatte ihr den Lenker in die Hand gedrückt und war blitzschnell in den Hinterhöfen verschwunden. Es war ein Leichtes gewesen, lachte sie, den Vopos, die sich im Prenzlauer Berg schlecht auskannten, auf dem Rad zu entkommen. Sie hatte eine Nacht und einen Tag gebraucht, um sich nach Usedom durchzuschlagen.

Falls sie den Beginn des Volksaufstands im Untergrund abwarten mussten, hatten die sieben ausgemacht, wo sie sich verstecken würden. Bruno sollte bei Freunden in Mecklenburg untertauchen, die anderen übers Land verteilt bei Verwandten. Ich war stolz und glücklich, dass Anna zu mir gekommen war. Sie war stolz und glücklich, dass sie mindestens zweihundert Flugblätter verteilt hatten. Und eine berauschende halbe Stunde lang, in der wir verdrängten, dass die famosen Flugblätter von den Freiwilligenbrigaden sofort aufgelesen und verbrannt worden waren, gelang es ihr fast, mich mit ihrer revolutionären Hochstimmung anzustecken.«

An dieser Stelle brach Frau Böhden abrupt ab. René erwartete, dass sie aufstehen und zur Toilette gehen würde. Doch sie machte keine Anstalten, sich aus den Decken zu schälen. Stattdessen bediente sie sich aus dem Rumkännchen, trank wie eine Verdurstende und sah ihn scharf an. »Das Ende der Geschichte ist nicht schön. Sie kennen es ja. Wir kennen es alle. Weil es der Sozialismus mit menschlichem Antlitz nicht geschafft hat, blieb nur der unmenschliche übrig.«

»Ja.«

»Und unter unmenschlichen Bedingungen verbiegt sich der Mensch bis zur Unkenntlichkeit. Denn wir sind alle Überlebenskünstler. Nicht wahr? Deshalb haben wir es auch so weit gebracht. Die einen sind es mehr und bringen es weiter, die anderen weniger. Laut Darwin das Normalste der Welt.«

»Was ist denn passiert?«

Teile ihres Gesichts liefen dunkel an, wahrscheinlich rot, doch das schale Licht der Laterne tauchte alles in Schwarz-Weiß. Nach einem weiteren langen Schluck meinte sie genug Kraft zu besitzen für den Rest. Die Zunge bewegte sich von nun an langsamer als ihre Lippen, doch von Fragen des Auftritts ließ sie sich nicht mehr beirren. In einem vor Wut und Trauer bebenden Schlussmonolog brach sich ihre Enttäuschung den lang versagten Bann.

»Die Wende zum Guten blieb bekanntlich aus. Die Proteste hatten den Zenit schon in der ersten Nacht überschritten, als Bruno Zand seine handgedruckten Flugblätter in die Arme der

Staatssicherheit warf. Der Unterdrückungsapparat wehrte den Anfängen mit ebenso hervorragend organisierter wie gnadenloser Gewalt. Allein in Ostberlin wurden mehr als tausend Provokateure verhaftet.

Zwei Wochen später kehrten wir in eine Stadt aus leeren, schwülen Straßen zurück. Über der Marienstraße hing der Geruch nach Aas und unsere Wohnung war von unerträglichem Gestank befallen. Als wir die Küche betraten, lag auf dem Tisch ein schwarzer Kloß, der sich in tausend schimmernde Fliegen auflöste, die uns hart ins Gesicht flogen. Anna hatte rohes Hühnerfleisch gekauft und am Abend vor dem Einmarsch auf dem Tisch liegen lassen.

Die meisten, die während der Säuberungen untergetaucht waren, waren mittlerweile nach Berlin zurückgekehrt. Anna begann ihn zu suchen. Viele schlugen ihr aus Angst die Tür vor der Nase zu. Niemand wusste, wo der Rädelsführer war. Bruno blieb verschwunden.« Frau Böhden raufte sich die Haare. Sie war betrunken. René Hartenstein füllte ihre Tasse auf.

»Wissen Sie, ich habe fünfundvierzig Jahre lang Zeit gehabt, darüber nachzudenken. Jetzt weiß ich, dass die Logik der Diktatur Willkür verlangt. Angst lässt sich am besten durch Unberechenbarkeit verbreiten. Deshalb war der Sohn des berühmten Spions und Nationalpreisträgers, der als unverwundbar und unantastbar galt, genau der Richtige. An ihm konnte die Staatssicherheit eindrucksvoll ihre Allmacht demonstrieren. Es war auch viel einfacher, einen Einzigen von Brunos Kaliber aus dem Verkehr zu ziehen, als sich mit den vielen kleinen Fischen herumzuschlagen. Die ließen sie lieber laufen, um Verwirrung, Misstrauen und Verrat zu schüren.«

»Und dann?«

Fahrig griff sie nach seiner Tasse und leerte sie in einem Zug. Sie atmete schwer. »Was dann? Ich habe schon gesagt, dass es schlecht ausging. Die anderen wurden nach und nach alle mit kahl rasierten Köpfen entlassen. Nur Bruno nicht. Er bekam zweieinhalb Jahre Haft wegen Verrat an der Arbeiterklasse und Aufwiegelung zur Konterrevolution, woran nicht einmal sein Vater etwas ändern konnte.

Meiner wurde auch degradiert, was er mir sein Leben lang nicht verzeihen sollte. Ich habe seine Karriere ruiniert. Er wurde in die Registratur versetzt und wir haben Usedom nie wiedergesehen … Das heißt also, dass ich in dem hellseherischen Moment, als die Nachricht eingeschlagen war, recht gehabt hatte. Der Einmarsch in Prag verdammte mich zu lebenslanger Drückebergerei und endloser Langeweile. Von den schönsten Monaten meines Lebens sollte sich meine Kaderakte nie wieder erholen. Ich kehrte zurück in das Nichts, aus dem ich gekommen war. Ich blieb bis zum letzten Arbeitstag Übersetzerin ohne Russischkenntnisse, deren Tisch von den Kolleginnen gemieden wurde.« Sie zog die Nase hoch. Ihre Augen tränten. »Und Anna zog aus.« Ihr Kopf begann langsam nach vorne zu sinken, bis das Kinn fast auf der Brust lag. René versetzte dem Hund unterm Tisch einen beherzten Tritt. Sie durfte jetzt nicht schlapp machen. Als die Bestie aufsprang, wurde Frau Böhden wieder munter.

»Wenn ich es Ihnen gleich gesagt hätte, dann hätten Sie eine falsche Vorstellung von ihr bekommen. Doch so verstehen Sie hoffentlich, dass es das Ergebnis einer Verkettung schrecklicher Umstände war. Sie hat sich das nicht ausgesucht, so viel muss Ihnen klar sein. Außerdem weiß ich, dass nicht alle Stasi-Kader gleich waren.« Sie verstummte.

Er hatte es gewusst. Verdammte Scheiße. Wenn er ehrlich war, hatte er von Anfang an geahnt, worauf die Geschichte hinauslaufen würde. Sie hatte schließlich gleich zu Beginn vorausgeschickt, dass es eine DDR-Geschichte war.

»Nicht alle waren gleich«, wiederholte sie, während sie versuchte sich zu erheben, was nicht gelang. »Es gab solche und solche.«

»Solche und solche. Aha.« Er konnte seinen Ärger darüber, dass sie ihn so lange mit ihrem Sommermärchen hingehalten hatte, nicht verbergen. »Und zu welcher Gruppe gehörte Ihre Freundin?«

Frau Böhdens Blick glitt von ihm ab. Sie hörte nicht mehr zu. Sie hatte es auf die Beine geschafft und war dabei, das Gleichgewicht zu finden. »Vielleicht haben sie ihr gedroht. Was weiß ich, was sie mit ihr gemacht haben. ›Rückgewinnung des Feindes‹ hieß das damals. Die Küche hat noch monatelang gestunken, nachdem sie ausgezogen war. Wenn sich so ein Gestank einmal festsetzt, kriegt man den nicht mehr raus. Wie gesagt, der Schluss war elend.« Sie hielt sich an der Leine fest. Der Hund ging voran und sie folgte ihm mit unsicheren Schritten.

»Frau Böhden, warten Sie.« Er zählte das Geld auf den Tisch. »Ich bringe Sie nach Hause. Außerdem wollten Sie doch wissen, wie es Frau Althoff heute geht.«

Ohne sich umzudrehen winkte sie ab. »Sehr gut. Auf der Siegerseite. Da bin ich sicher. Und die Einzelheiten interessieren mich nicht. Gute Nacht. Und danke für die Gesellschaft. Wiedersehen. Lars und ich finden den Weg allein.«

Ratlos blieb er stehen. Sie entfernte sich plötzlich erstaunlich behände über den von Laternen gesäumten Hauptweg. Der nächtliche Park wirkte wie eine Leinwand, auf der die wankende Gestalt mit dem Hund von Lichtkegel zu Lichtkegel immer kleiner wurde. Plötzlich blieb sie stehen und drehte sich um. Sie winkte. Zögernd hob er die Hand und meinte selbst aus der Entfernung zu erkennen, dass sie lachte. Sie war erleichtert, dass sie die Geschichte losgeworden war und dass ihre Freundin, die Verräterin, nicht mehr ihr Problem war, sondern seins.

KAPITEL 17

Bruno Zand war nicht schwer zu finden. Obwohl keine Altersangaben gemacht wurden, musste der Sprecher eines Flüchtlingscamps in Kreuzberg der Bruno Zand sein, den er suchte. René klickte sich durch mehrere Zeitungsartikel. In dem Zeltdorf demonstrierten Flüchtlinge gegen die deutsche Asylpolitik. Gegen Abschiebungen, gegen das Arbeitsverbot, für ein Leben in Würde. Es passte.

Er stellte den Fernseher auf stumm und las weiter. Zand war auch in der Menschenrechtsorganisation Pro Asyl und im Flüchtlingsrat Berlin aktiv. Er stand auf einer Namensliste von Anwälten, die ehrenamtlich für abgelehnte Asylwerber arbeiteten. Er organisierte Deutschunterricht, Sachspenden, Behördengänge und Gefängnisbesuche bei Abschiebehäftlingen. Er kümmerte sich um die Verdammten und Vergessenen, für die es keine Hoffnung mehr gab.

René Hartensteins Respekt wuchs mit jeder Zeile, die er las. Er fragte sich vergeblich, wie er das Gespräch mit ihm beginnen sollte. Selbst die Wahrheit konnte er diesmal schlecht einsetzen. Jemand wie Bruno Zand würde seine Zeit kaum damit verschwenden wollen, ihm zu- oder abzuraten, sein Glück als Spekulant in London zu suchen.

Dann beging er den Fehler, auf einen Videolink zu klicken. Ein afghanischer Flüchtling begann, sein brutales Schicksal zu schildern. Doch René konnte nicht mehr. Für heute hatte er genug von der Ungerechtigkeit der Welt. Er würgte den Afghanen ab und kaufte sich mit einer Überweisung an Pro Asyl von der Schuld frei.

***

Am nächsten Tag vermochte selbst die milde Frühlingssonne nichts an dem deprimierenden Anblick zu ändern, den das Flüchtlingslager bot. Das Protestcamp bestand aus einem Haufen schmutzgrauer Zelte, die ohne erkennbare Ordnung auf die Grünanlage am Oranienplatz gepflockt waren. Unrat, alte Matratzen, Bretter und Kisten lagen zwischen den Zelten herum, in der Mitte stand eine ausrangierte Polstergarnitur im Matsch. Eine verrostete, gegen das Sofa gelehnte Stange diente als Fahnenmast. »Menschen wie Menschen behandeln!« stand in verblichener Schrift auf dem Bettlaken.

Zwei Schwarze und ein arabisch aussehender Mann, in Skisachen eingemummt wie im tiefsten Winter, musterten ihn im Vorbeigehen und fragten sich wahrscheinlich wie er selbst, was er hier zu suchen hatte.

Während er zwischen den Zelten und Müllcontainern nach einer zentralen Stelle des Slums suchte, fühlte er sich an Martin Jäger erinnert. Der hatte zwar manchmal wie ein Spinner gewirkt in seinem Glauben, alle Probleme der Welt auf das eine zurückführen zu können. Andererseits war nicht zu leugnen, dass die meisten Flüchtlinge auf der Welt vom Klimawandel vertrieben wurden. Dürren, Fluten und andere Naturkatastrophen führten zu Missernten, steigenden Lebensmittelpreisen, Armut, Terror, Krieg und dem millionenfachen Versuch, dem Elend zu entkommen. Ohne Grenzen, hatte Jäger gepredigt, an denen die Flüchtlinge aufgehalten werden konnten, wäre die Klimapolitik eine ganz andere. Dann gäbe es keinen Atomausstieg und keine Energiewende. Offene Grenzen würden die Deutschen dazu zwingen, Vernunft anzunehmen. Vielleicht konnte er darüber mit Bruno Zand ins Gespräch kommen.

Er betrat ein offenes Zelt mit Bretterwänden, das als »Infopoint« gekennzeichnet war. An einer Pinnwand trug sich eine junge Frau mit Kinderwagen in eine Liste ein. Im Hintergrund saßen ein paar dunkelhaarige Lagerbewohner auf Bierbänken. Sie hatten dampfende Plastikbecher in der Hand und unterhielten sich leise. Einer schraubte an einem Generator herum. Niemand beachtete René. Er sah sich unschlüssig um, betrachtete die bedrückenden Fotos an der Wand und überlegte, wen er nach Bruno Zand fragen könnte, als ein älterer, breitschultriger, nicht besonders großer Mann mit grauer Lockenmähne am Eingang auftauchte.

Nach der Beschreibung von Frau Böhden war er der, den er suchte. Er bewegte sich mit ruhiger Überlegenheit. Wenn er lachte, wie jetzt, dann zersprang das scharf geschnittene Gesicht in tausend Lachfalten. Sein stilvoll ausgebeultes Cordjackett und die Haarpracht ließen darauf schließen, dass auch die beschriebene Eitelkeit noch intakt war.

Im Schlepptau hatte er eine blasse junge Frau, deren endlose Beine in engen schwarzen Lederhosen steckten. Wahrscheinlich war sie der Grund für seine gute Laune. Sie ließen sich am Rand einer Bierbank nieder. Während ihn die Campbewohner respektvoll grüßten, ließ Zand den Blick durchs Zelt schweifen.

René tat so, als studierte er erst den Küchenkalender, dann die Petition gegen die Abschiebung eines MS-kranken Nigerianers, während er versuchte, ein paar Brocken aus der Unterhaltung aufzuschnappen.

Doch weil die Flüchtlinge den Generator Probe laufen ließen, bekam er nur so viel mit, dass die scharfe Braut die Fragen stellte und Zand antwortete. Sie schien ihn zu interviewen, vielleicht war sie Journalistin. Zands Augen blitzten, wenn er antwortete. Er schien sich nicht besonders ernst zu nehmen, während sie mit verstörter Miene mehrmals den Kopf schüttelte.

Als René lange genug auf die Solidaritätserklärung gestarrt hatte, spürte er Zands Blick. Er sah auf und deutete ein Lächeln an, das der Alte nicht erwiderte. Er musste ihn ansprechen. Nach ein paar Minuten wieder Augenkontakt. Am Ende hielt er ihn noch für einen Schnüffler aus der rechten Szene. René fuhr sich verlegen übers Haar. Die Lederhose lachte. Sie war anscheinend genauso hingerissen von Zand wie René von ihr.

Dann drehte er sich um und ging. Er gab auf. Er konnte den

Alten mit der natürlichen Autorität nicht ansprechen. Es war eine Schnapsidee. Was sollte er ihn fragen? Wie es sich anfühlte, auf der falschen Seite der Geschichte zu stehen, weil die Guten nie gewinnen? Wie es war zu erfahren, dass die Geliebte sich konsequenterweise den Bösen angeschlossen hatte? Wie weh es tat, für die Verräterin einzustehen und für sie mitzubüßen?

Er glaubte ja selbst nicht, dass ihn das etwas anging. Wütend auf sich selbst ging er zum Auto zurück. Die Würzburgerin hatte recht gehabt. Sie hatte ihn gewarnt. Wenn man einmal damit anfängt, hatte sie gesagt, kann man nicht mehr aufhören. Doch jetzt hatte er genug. Die Märchenstunde war vorbei.

***

Cosima lag in postkoitaler Zufriedenheit ausgestreckt neben ihm, Gesicht nach unten. Der zerschnittene Lichtschein der Straßenlaterne fiel auf ihren Nacken. Vorhin hatte er sie von der Arbeit abgeholt. Sie hatten eine Flasche andalusischen Rotwein geleert und sich dann ohne Rücksicht auf die lärmempfindlichen Nachbarn geliebt.

»Und jetzt erzähl du.« Cosimas Fingerspitzen wanderten über die Bettdecke, bis sie ihn wieder zu fassen bekamen. »Was hattest du eigentlich in Berlin zu tun?«

Er hatte sie zuerst von sich berichten lassen, weil er nicht gleich auf einmal mit allem herausplatzen wollte. Cosima mochte gute Geschichten, und die der Smoktun wollte er ihr in allen Einzelheiten erzählen. »Ich würde sagen, da habe ich die Recherche über die Londoner Option abgeschlossen«, sagte er und stützte den Kopf auf die Hand. »Zumindest über die Partnerin weiß ich jetzt genug.«

»Und?«, fragte sie ins Kissen.

»Was und?«

»Bleibst du?«

»Willst du nicht erst mal wissen, was ich herausbekommen

habe?« Obwohl sie ihn gewarnt hatte, wie müde sie war nach der Vertreterkonferenz im Verlag, war er enttäuscht. Ihre Neugier hielt sich offenbar in Grenzen.

»Doch, klar.« Sie drehte ihm das Gesicht zu, doch ihre Augen blieben geschlossen. »Aber mich interessiert vor allem, ob du dein schlechtes Gefühl losgeworden bist.«

»Mein schlechtes Gefühl«, echote er frustriert und drehte sich auf den Rücken.

Sie blinzelte. »Was ist denn?«

»Nichts.«

»Hat die Frau deine Prüfung bestanden?«

»Ja.«

»Sehr gut«, murmelte sie. »Ich habe gleich gesagt, dass es eine Riesenchance ist.«

Er drehte den Kopf zur Seite, doch Cosimas Augen öffneten sich nicht mehr. Ihr Brustkorb hob und senkte sich in friedlichen Zügen, und auf ihrem Gesicht lag ruhige Genugtuung. Sie war froh darüber, dass er keinen Schritt zurück machen würde in die Arbeitslosigkeit. Das war das Wichtigste. Den Rest konnte er ihr morgen erzählen … Wenn überhaupt. Er konnte es auch sein lassen, wenn es sie nicht interessierte … Vielleicht war das ohnehin das Beste. Er wandte sich ab, starrte auf die Schatten an der Decke und je länger er starrte, desto weniger bedauerte er, dass sein Publikum eingeschlafen war.

***

Cosima rührte sich nicht. Sie hatte nicht einmal mehr die Kraft gehabt, sich zuzudecken. Er legte die Bettdecke über sie und fand seine Boxershorts am Kopfende. Auf der Bettkante sitzend betrachtete er Cosima im schwachen Straßenlicht, das durch die Jalousien fiel, und fragte sich, worauf die Geschichte in ihren Augen hinauslaufen würde.

Sie war nicht zimperlich, von Natur aus neugierig und schwer aus der Ruhe zu bringen. Sie widerlegte so gut wie jedes Vorurteil, das im Thüringer Becken über blonde Frankfurterinnen im Umlauf war. Sie hatte erwartungsgemäß gelassen reagiert, als er ihr von dem Verfahren gegen die Smoktun in der Wendezeit erzählt hatte. Die Smoktun war clever. Sie hatte die Zeichen der Zeit erkannt und darauf gesetzt, dass der Staat im Chaos versank. Sie hatte hoch gepokert und gewonnen. Cosima hatte Respekt vor Leuten, die das Schicksal derart herausforderten. Sie erkannte den Mut, der dazugehörte, alles aufs Spiel zu setzen, um auf einen Schlag reich zu werden.

Außerdem hatte er ihr erklärt, dass die zwei anderen Partner von LSK Capital, der Engländer und der Inder, nichts mit der Sache zu tun hatten. Sie hatten erfolgreiche, konventionelle Bankerkarrieren hinter sich. Die Smoktun war Ende sechzig. Lange würde sie sowieso keine Rolle mehr spielen.

Ohne die Augen zu öffnen, zog Cosima die Decke enger an sich. Ihr zu erklären, dass die Partnerin vor zwanzig Jahren das Gesetz gebrochen hatte, wäre kein Problem. Damit würde sie zurechtkommen. Das Problem lag vielmehr darin, was die Smoktun davor gemacht hatte. Er hatte keine Lust, mit Cosima über die Stasi zu reden, diese zweisilbige Verniedlichungsform des Bösen. Stasi klang wie Nazi. Es stand für Unrecht, das kein Mensch in der Welt relativieren konnte. Für Feigheit, Verrat, Hartherzigkeit, Katzbuckelei, Gewalt, Folter. Wenn er sagte, dass die Smoktun für die Stasi gearbeitet hatte, dann gab es nichts anderes mehr über sie zu sagen, dann war ihre Geschichte auserzählt. Selbst in den Augen von Cosima, die nicht der Typ war, die Nase zu rümpfen, und zu klug, um die Welt in Schwarz-Weiß zu sehen, war die Stasi unentschuldbar.

Vielleicht tat er ihr Unrecht, aber das Risiko, sich plötzlich in der Ossi-Ecke wiederzufinden, wollte er nicht eingehen. Selbst wenn es sich dabei um Cosima handelte, hatte er keine Lust, sich gegenüber einer Westdeutschen dafür zu rechtfertigen, dass er für einen ehemaligen Kader arbeitete.

Nein, dieses Fass wollte er nicht aufmachen. Er würde sie schlafen lassen und ihre Freude über London nicht trüben. Sie musste sich keine Sorgen machen. Frauen waren im Ministerium für Staatssicherheit sowieso nicht weit gekommen, sondern auf harmlosen Rängen als Schreibkräfte und Sekretärinnen beschäftigt gewesen. Wenn er mit der Vergangenheit der Smoktun anfing, würde er unnötigerweise aus einer Fliege einen Elefanten machen. Es würde Cosima nur belasten und das war die Sache nicht wert.

***

»Wir haben vergessen, den Wecker zu stellen. Es ist nach neun. Ich muss los.« Am Montagmorgen kniete Cosima angezogen vor dem Bett, küsste ihn und beschwerte sich über seine Fahne. »Bis nachher.« Weil er erst am Nachmittag zurückflog, würden sie sich noch zum Mittagessen sehen.

Bis dahin wollte er den Transport seiner Sachen nach Sömmerda organisieren. Andy hatte nach Ostern, als er innerhalb von zwei Tagen aufgebrochen war, nur den Audi und seinen großen Fernseher abgeholt. In der Zwischenzeit hatte seine Mutter Bedarf für fast alles andere angemeldet. Sie sollten es haben. Was sie nicht brauchten, konnten sie verkaufen. Außerdem hatte er heute Morgen noch einen Übergabetermin mit dem Makler.

Bis er Cosima am Römer traf, waren alle seine Spuren verwischt. Von ihm war nichts mehr in der Stadt übrig.

»Und dann habe ich Frau Jäger angerufen.«

Cosima trug ihre abgewetzte Barbourjacke und eine Sonnenbrille mit knallblauem Rahmen. Die Haare waren zu einem wirren Knoten zusammengebunden. Passanten musterten sie verstohlen. Sie saß an den Liebfrauenbrunnen gelehnt neben ihm in der Sonne. Ohne die Augen unter der Brille zu öffnen, fragte sie: »Wen?«

»Du weißt schon – Jägers Mutter.«

Sie blinzelte. »Martin Jägers Mutter?«

»Ich habe mir überlegt, von wem ich mich in Frankfurt noch verabschieden sollte. Außer ihr ist mir niemand eingefallen.«

»Hat sie denn diesmal mit dir gesprochen?«

»Sie hat sich für die Marmelade bedankt und mir alles Gute gewünscht. Ich habe gesagt, dass Martin es war, der mir den London-Job verschafft hat. Ohne ihn wäre das Ganze nie zustande gekommen.« Er spielte mit dem leeren Schlüsselbund. »Ich glaube, sie hat sich gefreut, dass ich angerufen habe. Auch wenn sie gleich wieder angefangen hat zu weinen.«

»Mannomann.«

»Wie die leidet. Das kann man sich nicht vorstellen.«

»Um das Thema zu wechseln –«, sie lehnte den Kopf an seine Schulter, »– ich weiß immer noch nicht genau, warum du in Berlin warst. Du hast gesagt, dass sich dein Misstrauen gegen die alte Partnerin gelegt hat.«

»Stimmt. Je näher ich sie kennenlerne.« Er reichte ihr die Tüte vom Bäcker.

»War sie denn mit in Berlin?«

Er nickte und biss in sein Baguette.

»Sie ist in Ordnung. Von jemandem wie ihr kann man viel lernen.«

Cosima rückte noch näher an ihn. »Siehst du«, sagte sie leise. »Ich glaube, das hängt alles miteinander zusammen. Der Schock mit Martin Jäger war so groß, dass du Gespenster gesehen hast. Ich hab gewusst, dass du dich wieder fängst.« Sie schubste ihn leicht von der Seite. »Ich würde sie übrigens gern mal kennenlernen, die Partnerin.«

Er nickte mit vollem Mund. »Dann krieg beim nächsten Mal nicht wieder Halsschmerzen. Ich will auch, dass du sie triffst.«

»Hast du noch Hunger?« Sie hatte kaum die Hälfte ihres Baguettes gegessen. »Ich glaube, es verdirbt mir den Appetit, dass du gleich wieder weg bist.«

»Bin ich ja nicht. London ist von hier aus um die Ecke. In

Sömmerda wäre ich weiter weg.« Er machte sich über ihre Reste her. »Ich wollte dich noch etwas fragen, was auch an gestern Abend anknüpft.«

»Frag.«

»Eigentlich ist es weniger eine Frage als ein Antrag.«

»Ein was?«

»Ein Antrag.« Er kaute noch. »Ein Antrag zum Zusammenziehen. Ich finde, das nächste Mal sollten wir zusammenwohnen.«

Cosima verscheuchte eine vorwitzige Taube.

»Egal, wo wir landen. Egal, in welcher Stadt. Das nächste Mal reicht ein Bett. Okay?«

Sie rückte von ihm ab und sah über den Rand der Brille. Die Geste war spöttisch gemeint, täuschte jedoch nicht über die Röte hinweg, die ihr vor Freude ins Gesicht stieg. »Okay.«

KAPITEL 18

Er wollte die Smoktun noch mal zum Mittagessen einladen. Wenn sie im Büro auftauchte, behielt er sie fortan im Auge. Die Zimmer der Partner, die mit Glaswänden vom Großraumbüro abgetrennt waren, lagen zur Straße hin. Er musste eine Runde auf dem Drehstuhl machen, um zu sehen, ob die Smoktun am Platz war. Wenn sie Besuch hatte, verschwand sie in der Sitzecke ihres Büros, die er von seinem Schreibtisch aus nicht einsehen konnte. Er musste aufstehen und sich etwas zu trinken holen, um an der Glaswand vorbeizukommen. Bei diesen Kontrollgängen fing sie mehrmals seinen Blick auf, worauf er mit einem Anschein von Zerstreuung zurückgrüßte. Eine Gelegenheit sie anzusprechen ergab sich nicht.

Er flog zweimal nach Spanien und verbrachte das Wochenende dazwischen bei Cosima. Am folgenden Samstag war er allein in London. Er stand früh auf, ging joggen und fuhr ins Büro. Die anderen zogen es am Wochenende vor, von zu Hause aus zu arbeiten, doch er war altmodisch und ging lieber an die Werkbank. Er hatte die Holländer in den letzten Wochen absichtlich hängen lassen. Heute wollte er das neue Finanzmodell gründlich nach Schwachstellen abklopfen.

Die Eingangstür zu LSK im dritten Stock war verschlossen, die Alarmanlage war noch nicht entsichert. Er gab den Code ein. Seine Sportschuhe quietschten auf dem Fußboden, als er in die Küche ging. Er hatte noch Durst vom Joggen. Er trank zwei Gläser Leitungswasser und ging an seinen Platz. Dann begann er sich mit der selbstvergessenen Konzentration eines Hochleistungssportlers, der ins Rennen geht, in die Dokumente zu vertiefen.

Nachdem er zweieinhalb Stunden lang weder aufgesehen hatte noch aufgestanden war, nichts gegessen oder getrunken hatte, wünschte ihm jemand, den er nicht kommen gehört hatte, guten Morgen. Er sah benommen auf.

»Draußen scheint die Sonne«, sagte die Smoktun. Sie stand in schwarzen Sporthosen und passendem schwarzen T-Shirt vor ihm. Über ihrer Schulter hing ein Leinenrucksack.

»Ich weiß.« Er freute sich, sie zu sehen. Sie ging an ihm vorbei und verschwand in ihrem Büro. Er stand auf und folgte ihr. Ihr Profil gegen das grelle Sonnenlicht. Sie nahm eine Papiertüte von ihrem Schreibtisch. »Das habe ich gestern hier liegen lassen.«

»Sind das Bücher?«

»Ein Roman und ein neues Kochbuch. Mit denen will ich das Wochenende verbringen.«

»Die sind bestimmt interessanter als meine Spreadsheets.«

Sie lächelte. »Wo ist denn Ihre Freundin?«

»In Frankfurt.«

»Das tut mir leid.«

Er zog die Nase hoch. »Dafür konnte ich heute schon früh anfangen. Haben Sie Lust, einen Kaffee trinken zu gehen?« Er sah auf die Uhr. Es war viertel vor elf. Er hatte noch keine dreißig Seiten durchgearbeitet.

»Ich hatte eigentlich vor, schwimmen zu gehen.« Sie öffnete den Rucksack und packte die Bücher hinein. »Aber Sie sind ein guter Vorwand, es sein zu lassen.«

Fünf Minuten später verließen sie das Büro. Er schloss ab und ging voraus, die schmale Treppe hinunter.

»Sie haben ja ein Tattoo«, kam es nach ein paar Schritten überrascht von hinten.

Reflexartig griff er sich an den Nacken. Natürlich. Er trug das graue T-Shirt mit dem ausgeleierten Kragen.

»Stopp!«, rief sie. »Lassen Sie mal sehen. Was ist das denn?«

Er gab die Sicht frei und ließ den Nacken los, ging aber weiter. »Sie fangen wieder an, mich auszufragen. Dabei sind Sie diesmal dran.«

»Ich habe aber kein Tattoo«, erwiderte sie.

»Das kann jeder sagen.«

Im Erdgeschoss zog er das T-Shirt zurecht, sodass nichts mehr zu sehen war. Dann nahm er ihr zuvorkommend den Rucksack ab. »Heute ist richtiges Badewetter. Wo wollten Sie denn schwimmen gehen?«

»Nicht im Freien«, sagte sie. »Es gibt hier keine Freibäder. Ich wollte nur in meinen Club gehen.«

Ein Kommentar über Fitnessstudios in ihrem Alter verkniff er sich. Sie traten auf die Straße. Die Sonne glitzerte in den angrenzenden Glasfassaden. Als sie an den Schauräumen von Rolls-Royce und Bugatti vorbeigingen, fragte er: »Kennen Sie den Badesee oben in Hampstead?«

»Wo?«

»Im Hampstead Heath. Die Schwester meiner Freundin hat da oben in der Gegend gewohnt und ist im Sommer jeden Morgen schwimmen gegangen. Wollen wir es versuchen?«

Sie sah ihn fragend von der Seite an. »Sie wollen baden gehen?«

»Warum nicht?«

»Zum Beispiel weil Sie keine Badesachen dabeihaben. Wir sind hier nicht in Thüringen.« Sie lachte.

»Ist das Ihr bester Ossiwitz?«

»Kommen Sie, der war nicht schlecht.«

»Wenn wir es wirklich bis nach Hampstead schaffen, kaufe ich mir eine Badehose.«

»Versprochen?«

Kein Zweifel, sie flirtete mit ihm. Er sah von der Seite auf sie herab. Die kurzen grauen Haare. Sommersprossen und Altersflecken auf der gebräunten Haut. Die zarte Goldkette um ihren Hals. Es war verrückt, wie ungezwungen er sich in ihrer Gegenwart fühlte. »Ja, Frau Smoktun. Großes Pionierehrenwort.«

***

Sie mussten die hoffnungslos überlaufene Oxford Street queren. René ließ sie vorausgehen, blieb dicht hinter ihr und passte auf, dass sie nicht angerempelt wurde. Die tosenden Menschenmengen, die sich durch die schmalen Kaufhauseingänge zwängten, die dröhnende Musik von allen Seiten, die Abgase der dahinschleichenden Busse waren wie ein böser Spuk. Zwei Straßen weiter war es wieder ruhig und sie konnten ungestört nebeneinander hergehen. Sie bestimmte das Tempo und er merkte bald, wie gut sie zu Fuß war.

Als sich der Regent's Park mit seinen Magnolienbäumen und den gepflegten Rasenflächen vor ihnen öffnete, fragte sie, wie es ihm eigentlich bei der ReAG gefallen hatte.

»Ich habe nie bereut, dass ich damals gleich das erste Angebot angenommen habe. Ich musste etwas in Frankfurt finden –« Er stockte und schwang sich ihren Rucksack über die andere Schulter. »Sonst wäre die Sache mit meiner Freundin – die wäre sonst anders ausgegangen.«

Sie sah ihn von der Seite an. Der Ausdruck in ihren Augen war schwer zu deuten. »Sie sind für Ihre Freundin in die Atombranche gegangen?«

Er zuckte mit den Achseln. »Es gibt schlechtere Gründe.«

»Aber warum sind Sie nicht Anwalt geworden, wenn es unbedingt Frankfurt sein musste? Mit Ihrem Examen hätte Sie jede Kanzlei genommen.«

Er schwieg eine Weile. »Als Referendar habe ich mir das drei Monate lang angeguckt. Ich war bei Herrschten & Kohl. Wer da anheuert, überschreibt der Firma für wenig Geld sein Leben.«

»Nicht für wenig Geld.«

»Umgerechnet auf die Arbeitszeit ergibt es für die meisten, die da arbeiten, einen Stundenlohn, der woanders leichter zu verdienen ist. Weil sie aber gehirngewaschen sind, halten sie sich für auserwählt und rechnen nicht nach.« Er ließ zwei Inlineskater passieren, die mit hoher Geschwindigkeit an ihnen vorbeizogen. »Es wäre auch zu riskant. In diesen Firmen wird jeder von jedem rund um die Uhr beobachtet. Alle paar Monate füllt man seitenlange Fragebögen über die Kollegen aus. Das ist nichts für mich.« Er grinste. »Außerdem kann ich nicht Ski fahren und die

Kanzleien schicken einen ständig in die Berge, um die Bewertung zu vertiefen.«

»Keine Sorge. Bei uns lädt Sie niemand in den Urlaub ein.«

Ein Ball rollte auf den Weg, und er schoss ihn in hohem Bogen zurück. »Höchstens zum Spazierengehen.«

»Hören Sie.« Sie lachte. »Das war Ihre Idee.«

»Auf jeden Fall war mir ein altes bürokratisches Schiff wie die ReAG lieber. Da haben sie mich gut bezahlt und außerhalb der gesetzlichen Arbeitszeit in Ruhe gelassen.«

»Wären Sie ohne die Kündigung geblieben?«

»Ich glaube schon.«

»Dann seien Sie froh, dass es so gekommen ist. In Eschborn hätten Sie Ihr Talent vergeudet und wären irgendwann vor Langeweile gestorben.«

»Mal sehen.« Er sah den Kindern hinterher, die dem Ball nachjagten. »Kennen Sie die Geschichte von den einundzwanzig Pferden?«

Sie schüttelte den Kopf.

»Eine alte Fabel.«

»Geht es los mit ›Es war einmal‹?«

»Ja.«

»Dann erzählen Sie.«

»Okay. Es war einmal ein alter Mann, ein armer Bauer, der besaß nur ein Pferd. Eines Tages sprang es über den Zaun und rannte davon. Die Nachbarn kamen und bemitleideten ihn. ›Jetzt hast du alles verloren, was du hast‹, jammerten sie. Doch der Alte beruhigte sie und sagte: ›Abwarten.‹ Da dachten die Nachbarn, er sei verrückt geworden.« Er sah sie von der Seite an. Sie hörte mit gesenktem Kopf zu.

»Ein paar Tage später kam das entlaufene Pferd zurück und brachte eine ganze Herde mit. Die Nachbarn jubelten, als sie die einundzwanzig Pferde auf der Koppel sahen. Nur der Alte stimmte nicht ein und wartete ab. Sein Sohn begann, die Pferde einzureiten. Er hatte einen schweren Sturz und brach sich beide Beine. Das

Gejammer war groß, denn er blieb ein Krüppel. Nur der Alte klagte nicht. Als kurz darauf der Krieg ausbrach, wurden alle gesunden Männer des Dorfes eingezogen und fielen auf dem Schlachtfeld. Der verkrüppelte Sohn des Alten war der Einzige, der überlebte.«

Er verstummte und schaute sie Beifall heischend von der Seite an.

»Und wie lautet die Moral?«, fragte sie.

»Man soll sein Urteil nicht zu schnell fällen. Wie das, was mit der Auflösung der ReAG-Atom begonnen hat, ausgeht, ist noch lange nicht entschieden.«

Sie sah auf und schenkte ihm ein langes Lächeln. »Jetzt seien Sie mal nicht so skeptisch. Ich finde, es hat sich längst gelohnt. Sonst hätte ich nie erfahren, dass man in London baden kann – und bergsteigen.«

Seit sie den Regent's Park hinter sich gelassen hatten, ging es beständig bergauf in Richtung Primrose Hill. Auf der Kuppel des Hügels hatte man den besten Ausblick über die Stadt. Sie beschrieben einen langsamen Slalom um die Picknickdecken der Ausflügler. Er ging voran und legte ab und zu Pausen ein, damit sie verschnaufen konnte. Die Sicht war grandios. Er konnte zufrieden sein mit seiner Route.

Schließlich hatten sie es bis nach oben geschafft. Die Smoktun drehte sich um.

»Oh«, machte sie.

Er stand etwas unterhalb von ihr. Von hier aus konnten sie die ganze Stadt überblicken – im Osten ragte die Bürostadt von Canary Wharf aus der braun glitzernden Themse, sie erkannten Tower Bridge, die Hochhaussilhouetten von Shard und Gherkin, die weiße Kuppel von St. Paul's, das Riesenrad und im Westen den Turm von Big Ben.

»So sieht es direkt schön aus«, bemerkte sie. Er wandte sich erstaunt um. Sie betrachtete nicht das Panorama, sondern das obere Ende seines Drachens. Als sich ihre Blicke trafen, lächelte sie unschuldig und fragte: »Weiter?«

KAPITEL 19

Nein, er hätte sie nicht darauf angesprochen. Dazu wusste er zu viel und gleichzeitig zu wenig. Sie war es, die das Thema plötzlich anschnitt. Kurz davor bat sie ihn stehen zu bleiben, damit sie ihre Sonnenbrille aus dem Rucksack holen konnte. Im Nachhinein verstand er, warum sie hinter der Brille Schutz suchte. So souverän und gelassen wie sie einen glauben machen wollte, war sie doch nicht. Sie konnte mit ihm reden, wollte ihm aber dabei nicht in die Augen sehen.

»Sie haben mich noch gar nicht gefragt, ob ich bei der Stasi war«, stellte sie nach ein paar Schritten so unvermittelt fest, dass es ein paar Sekunden dauerte, bis er sie verstanden hatte.

»Danach werden Ostdeutsche meines Alters immer gefragt.« Etwas in ihrem nüchternen Tonfall klang bemüht. »Jeder, der ›Das Leben der Anderen‹ gesehen hat und meint, über die DDR Bescheid zu wissen, fragt mich, ob ich bei der Stasi war.«

»Und was antworten Sie dann?«

»Normalerweise gebe ich keine Antwort.« Sie warf ihm einen kurzen Blick zu, doch in den Brillengläsern sah er nur sein Spiegelbild. »Und das gilt dann als Eingeständnis.«

Er nickte vorsichtig. »Aha.«

»Sollen andere Leute denken, was sie wollen. Von mir aus dürfen sie mich ruhig für einen graugesichtigen Spitzel halten – Sie wissen schon, so wie Ulrich Mühe in dem Film, wenn er mit Kopfhörern oben auf dem Dachboden sitzt und jeden Atemzug der Leute unten in der Wohnung mit anhört.«

»Ich erinnere mich, ja.«

»Das ist mir lieber, als gewundene Erklärungen abzugeben. Ich will mich nicht rechtfertigen. Es ist mir egal, was andere denken.«

Ihm kam in den Sinn, was Yadav über sie gesagt hatte. Sie erzählt nicht viel, die Anna. Die lässt sich von niemandem ins Blatt gucken. Er spürte ihren Blick von der Seite. »Doch in Ihrem Fall verhält sich das merkwürdigerweise anders.«

Er merkte, dass er rot wurde.

»Ich weiß selbst nicht genau warum. Vielleicht weil Sie meine Aufforderung neulich ignoriert und mich nicht gefragt haben. Oder genauer: Weil Sie zur rechten Zeit nicht gefragt haben.« Sie wich einem Kind aus, das auf seinem Roller durch die Lücke zwischen ihnen fuhr. Dabei musterte er sie verstohlen. Sie ging in gemächlichem Bergsteigertempo dem Anstieg entgegen. Den Blick gesenkt, die Hände auf dem Rücken.

»Irgendwann überkommt wahrscheinlich jeden das Bedürfnis, sich zu erklären, und dann fehlt es an geneigten Zuhörern. Die Kinder sind zu beschäftigt, um sich für die Geschichte der Eltern zu interessieren. Und dem Partner kann man es nicht antun. Also muss ein neugieriger Fremder herhalten.« Sie lächelte. »Vielleicht erzähle ich es Ihnen auch deshalb, weil wir Nachbarn sind und ich nicht will, dass zu Hause schlecht über mich geredet wird. Auf jeden Fall will ich verhindern, dass sich Ihre Fantasie verselbständigt. Haben Sie Hunger?«

»Großen«, erwiderte er verwirrt.

»Setzen wir uns doch.«

Die Reviere der Cafés auf dem Bürgersteig waren mit verschiedenfarbigen Sonnenschirmen abgesteckt. Sie ließen sich an einem Zweiertisch nieder und bestellten Sandwiches. Die Smoktun wollte außerdem einen doppelten Espresso. »Ich habe aber eine Bedingung«, begann sie.

»Bitte.«

»Sie müssen mir glauben.«

»Das ist die Bedingung?« Er suchte in der Miene hinter der Sonnenbrille nach einem Anzeichen, dass es ironisch gemeint war. Doch er fand keins.

»Ich verspreche Ihnen, dass ich die Wahrheit sage, und Sie versprechen, dass Sie mir glauben.«

Er blies die Backen auf, fuhr sich durchs Haar und willigte ein. »Okay.«

»Übrigens sah Ihnen der Grund, warum ich mich vom Ministerium für Staatssicherheit habe anwerben lassen, gar nicht unähnlich.« Sie fixierte ihn mit gerunzelter Stirn. »Komisch, dass mir das erst jetzt auffällt. Er war ähnlich gebaut wie Sie und dunkelhaarig. Und genauso eitel, würde ich sagen. Nur war damals die Mode anders. Nicht so geschniegelt.«

René verzog verlegen das Gesicht.

»Sie werden das schon noch als Kompliment verstehen.« Mit einer schnellen Handbewegung stellte die Kellnerin im Vorbeigehen den Espresso auf den Tisch. »Damit wäre das Wichtigste eigentlich gesagt.«

»Was?«

»Wie ich zur Stasi kam.« Sie legte die Fingerspitzen auf den Rand der Tasse. »Wegen eines Mannes, der so aussah wie Sie. Vielleicht erzähle ich es auch deshalb ausgerechnet Ihnen. Egal.« Sie sah unvermittelt auf. »Sind Sie in der Geschichte des Ostblocks einigermaßen bewandert?«

Er begann sich an ihre sprunghafte Gesprächsführung zu gewöhnen. »Mäßig, würde ich sagen.«

»Dann verpasse ich Ihnen eine kurze Geschichtsstunde. In aller Bescheidenheit halte ich meine eigene Erfahrung nämlich für beispielhaft für eine ganze Epoche.« Um ihren Mund spielte ein selbstironisches Lächeln. »Vergessen Sie deshalb das Jahr 1989. Da wurde nichts mehr entschieden. Da fand nur noch der späte Vollzug dessen statt, was zwanzig Jahre vorher angerichtet worden war, das unvermeidliche Ende. Entscheidend war nämlich das Jahr 1968. Das war für die Weltrevolution, für den Ostblock und für mich das traurige Schlüsseldatum. Können Sie mir so weit folgen?« Sie hob fragend die Augenbrauen. Er nickte brav und grinste.

»Dabei brauchen Sie kein freches Gesicht zu machen. Ich weiß, dass es heutzutage unmöglich ist, über die Revolution zu sprechen, ohne dabei rot anzulaufen vor Scham. Aber da müssen

Sie jetzt durch. Ich meine es nämlich ernst.« Während er sich mit großem Appetit über sein Sandwich hermachte, nahm sie einen Schluck Kaffee und stellte die Tasse vorsichtig wieder ab. »Ich weiß nicht, wie es Ihnen geht, aber ich halte die Ideale der Französischen Revolution für die klügsten, die die Menschheit je hervorgebracht hat. Freiheit, Gleichheit, Brüderlichkeit. Damals, im Jahr 1968, waren wir ziemlich nah dran. Da war das sozialistische System kurz davor, die Kurve zu kriegen, sich auf die Anziehungskraft dieser Ideale zu verlassen und die machtversessene Partei zur Hölle zu schicken. Beinah hätten die Leute angefangen, den Sozialismus für das bessere System zu halten.« Sie verstummte. »Aber knapp daneben ist auch vorbei.«

»Ja«, sagte er mit vollem Mund und fand sich im selben Moment furchtbar einfältig.

»So viel zur verpassten Weltrevolution.«

Er kaute zu Ende und schluckte. »Und Ihr eigenes Schicksal?«

»Das hat sich damals ebenfalls entschieden. Ich wollte nämlich nicht einsehen, dass es aus war. Es war zu dem Zeitpunkt auch noch nicht so offensichtlich wie jetzt im Nachhinein. Der Prager Frühling war zwar verloren, die Truppen der Bruderstaaten waren einmarschiert und mein Freund – also der Mann, den ich erwähnt habe, der für alles verantwortlich war – saß im Gefängnis. Aber ich wollte nicht einsehen, dass der Kampf geschlagen war. Ich wollte nicht aufgeben. Und deshalb ging ich, als das Jahr 1968 vorbei war, zur Staatssicherheit.«

Er schob seinen Teller von sich und verschränkte die Arme vor der Brust. »Das müssen Sie erklären.«

»Meinen Sie, ich darf hier rauchen?«

Er sah sich um. Die Tische unter den Sonnenschirmen standen eng beieinander. »Nein.«

»Ich glaube, ich fange an, mich hier unwohl zu fühlen.«

»Wollen Sie nicht erst mal was essen?«

Sie schüttelte den Kopf. »Ich kann nicht essen und reden. Rauchen und reden schon.«

»Sollen wir aufbrechen?«

Sie nickte. Er klemmte zwanzig Pfund unter sein Glas, erhob sich und ließ ihr den Vortritt. Smoktuns Teller blieb unberührt stehen.

***

Sie hatte sich eine Zigarette angezündet. Er trug ihren Rucksack über der Schulter, während er neben ihr herging und darauf wartete, dass sie den Gesprächsfaden – egal an welchem Ende – wieder aufnahm.

»Wenn man ein Ziel hat und an etwas glaubt, dann ist es, als ob das Leben plötzlich einen Sinn hätte«, begann sie leise. »Dann geht es um mehr als darum, sich nicht unterkriegen zu lassen. Dann kämpft man plötzlich für etwas und nicht immer nur dagegen –«

Eine Weile war es wieder still.

»– Vier Wochen nach seiner Verhaftung haben sie mich zu ihm gelassen. Sie taten das aus strategischer Absicht. Ich sollte mit eigenen Augen sehen, wie sie ihn zugerichtet hatten, und es überall in der Szene herumerzählen. So ließ sich die Botschaft am wirkungsvollsten verbreiten, dass sie vor nichts und niemandem mehr zurückschreckten.«

Sie mussten einer Schlange von Eltern mit Kindern ausweichen, die vor einem auf dem Bürgersteig geparkten Eisauto anstanden.

»Man kann sich nicht vorstellen, wie abstoßend er stank. Es würde mich nicht wundern, wenn sie ihn die letzten Tage vor meinem Besuch nicht auf die Latrine gelassen hätten. Er stank wie ein Tier. Das misshandelte Gesicht war verquollen, die Lider verkrustet, die Lippen glichen aufgeplatzten Wunden. Außerdem hatten sie ihm die Haare abrasiert. Er verlor aber kein Wort über seinen körperlichen Zustand. Seine Augen blitzten noch genauso wild wie in der Nacht nach dem Einmarsch, in der ich ihn zum letzten Mal gesehen hatte. Innerlich war er ungebrochen, das habe ich sofort verstanden.

Die ersten fünf Minuten hat er ausgemalt, was mir bevorstand, wenn ich nicht mitmachen würde. Wenn ich mich weigerte, seinem Plan zu folgen, drohte er, dann gab es nur zwei Möglichkeiten. Ich konnte ihm entweder auf lebensmüde Art treu bleiben und weiter protestieren. Dann würden sie mich abholen und keine Viertelstunde brauchen, um mich so fertig zu machen, wie er nach vier Wochen war. Offener Widerstand brachte ab jetzt nur noch ausgeschlagene Zähne, sagte er. Oder ich konnte den Mund halten. Ich konnte mich unterordnen und versuchen, meine Kaderakte reinzuwaschen, was aussichtslos war. Als seine Geliebte würde ich ewig gebrandmarkt bleiben. Sie würden mir keine zweite Chance geben. Ich würde lebenslang mit einer unterdrückten, ereignislosen, grauen Existenz für ihn büßen müssen.« Sie räusperte sich. »Und in den fünf Minuten, die uns noch blieben, hat er mir dann den einzigen Ausweg geschildert.«

Sie nahm einen letzten, tiefen Zug und ließ den Zigarettenstummel fallen. »Ich sollte mich dem Gegner anschließen. Ich sollte einen klügeren Weg einschlagen als er. Wir müssen aus unseren Fehlern lernen, flüsterte er so eindringlich, dass es mir durch Mark und Bein ging. Wir müssen die Taktik ändern. Er selbst war zum Nichtstun verdammt. Weil sie ihn zur Abschreckung im Knast brauchten, würden sie ihn nie nehmen. Mich schon. Und deshalb konnte ich – mich anwerben lassen. ›Rückgewinnung von Feinden‹ hieß das damals. Nach dem Einmarsch in Prag und der Verhaftungswelle hatte das Ministerium für Staatssicherheit angefangen, eifrig in der Dissidentenszene zu rekrutieren.

›Mach mit!‹, fauchte er und zwang mich aufzusehen. Seit sie ihn in die Besucherzelle geschubst hatten, hatte ich Rotz und Wasser geheult und angestrengt versucht, nicht zu tief einzuatmen. Ich konnte ihn nicht ansehen, doch jetzt zwang er mich dazu, und zu der Macht, die er ohnehin über mich besaß, kam auch noch die Autorität seiner tausend Wunden. ›Die Gegenseite hat ihre Taktik geändert, also tun wir's auch. Ich will, dass du dem Fortschritt auf neue Art dienst. Du sollst den Apparat von innen zersetzen. Ich will, dass du aufsteigst und dafür sorgst, dass sich die Dinge langsam aber sicher ändern.‹«

Die Smoktun sah im selben Augenblick zur Seite wie er. Ihre Blicke trafen sich einen raschen, unsicheren Moment lang, in dem sie sich vergewisserte, dass er ihr noch folgte. Dann setzte sie die Beichte leise fort. Um alles zu verstehen, musste er den Kopf senken und dicht neben ihr hergehen.

»Wenn ich es tat, würde ich ihm nah bleiben. Wenn nicht, dann wäre der Kampf, der dann gar kein Kampf gewesen war, sondern nur ein selbstvergessenes, unterhaltsames Jahr, eine flüchtige Laune, ein kindischer Versuch, dann wäre das alles verloren und vorbei. Dann wäre er umsonst gelandet, wo er gelandet war.« Sie nahm die Hand vor den Mund und verstummte.

»Übrigens habe ich erst viel später erfahren, dass Rudi Dutschke und die anderen im Westen die gleiche Idee hatten. Sie haben es den langen Marsch durch die Institutionen genannt.«

Er wartete darauf, dass sie von allein weitersprach. Sie blieben an einer Fußgängerampel stehen, überquerten die Straße, und als sie an der nächsten Ecke immer noch schwieg, fragte er schließlich: »Sie haben es also getan?«

»Tun musste ich nicht viel. Es passierte von allein. So wie er es vorausgesagt hatte. Sie wollten mich wirklich und haben ihre besten Leute auf mich angesetzt. Als Frau des Anführers war ich ihnen viel wert. Indem sie mich umdrehten, säten sie mehr Misstrauen und Unsicherheit in der Dissidentenszene als mit hundert Verhaftungen. Außerdem konnte ich Russisch, was sie gut gebrauchen konnten, und hatte belastbare Verbindungen zur Westberliner Studentenszene. Sie gaben sich ziemlich große Mühe mit mir. Ich musste nur bockig sein, um glaubwürdig zu wirken.«

Da war es wieder, dachte er, das Abstand haltende »sie«. Zwanzig Jahre hatte sie gedient, doch sie sprach von der Staatssicherheit in der dritten Person. Ilse Böhden hatte ihn darauf hingewiesen. Für die Anna gibt es kein »wir«, hatte sie gesagt.

»Das Verrückte war, dass er recht hatte. Es ist schwer zu erklären, doch der Zauber, den ich an seiner Seite gespürt hatte, die Aufregung, das ungeduldige Warten in der Nacht, bis der nächste Tag anbricht, so aufregend wie der vergangene, das ging wirklich weiter. Ich gab meine Freunde auf, meine Arbeitsstelle und mein Zimmer. Bevor ich ihn getroffen hatte, war es das Ziel meines Lebens gewesen, ein eigenes Zimmer zu besitzen. Ein Zimmer mit Tür und mit Schlüssel, mit dem ich die Tür abschließen konnte. Doch jetzt gab es Wichtigeres. Ich zog in ein hässliches Schulungszentrum. Stockbetten, Wachzeiten, Schlafzeiten, Essenszeiten, Gemeinschaftsduschen, Putzdienste. Alles, was mir früher die Kehle zugeschnürt hatte, war plötzlich neu und verheißungsvoll. Und jeden Tag, jede Nacht, jede Stunde waren meine Gedanken bei ihm.«

»Und dann?«, platzte er ungewollt heraus.

Sie sah ihn fragend an.

»Ich meine –«, er geriet ins Stocken, »was ist dann mit ihm, also mit Ihnen beiden passiert?«

»Sie meinen, wie es ausgegangen ist?«

»Ja.«

»So wie alle großen Liebesgeschichten, angefangen bei Romeo und Julia. Mit einem Irrtum.«

»Er ist nicht Ihr Mann, oder?«

Sie warf ihm ein flüchtiges Lächeln zu.

»Fünf Jahre sind eine lange Zeit. Die haben sie gebraucht, um das Leuchten in seinen Augen zu löschen und alles Italienische aus ihm herauszuprügeln. Als er so weit war, wurde er von einem Tag auf den anderen entlassen. Ohne Vorwarnung. Er war durch und durch deutsch. Furchtbar ernst. Ein Schneidezahn war auch weg. Er war resozialisiert worden, hieß es. Die restlichen zehn Jahre der Haft sollte er sich als Maschinist in der Produktion bewähren.

Aus Verzweiflung haben wir sogar miteinander geschlafen, der Sträfling und die Frau Leutnant. Das war verrückt, völlig verantwortungslos. Dabei hätte alles auffliegen können. Es hatte aber keinen Zweck. In einer einzigen, ruhelosen Nacht hat sich der Traum, der uns beide am Leben gehalten hatte, in Luft aufgelöst. Es gelang nicht, uns zu beweisen, was wir einander bedeuteten. Der Sex misslang und wir dachten, da war nichts mehr. Wir dachten, es war weg. Wir waren jung und ungeduldig und meinten, nach fünf vergeudeten Jahren keinen weiteren Tag mit dem Falschen verlieren zu dürfen. Wahrscheinlich glaubten wir auch, dass es noch viele andere geben würde. Also haben wir uns getrennt und erst als es viel zu spät war –«

Sie schüttelte den Kopf. »Wie komme ich nur dazu, Ihnen das alles zu erzählen, Herr Hartenstein? Sie müssen denken, ich spinne.«

»Nein.«

Sie fuhr sich durchs Haar.

»Und Ihr Mann?«

»Der scheint Sie sehr zu interessieren.«

»Es interessiert mich, wer Sie am Ende bekommen hat.«

Sie lachte traurig und erwiderte nach einer Weile: »Die Frage ist, was Sie darunter verstehen – unter ›bekommen‹.«

»Wie hat er es denn geschafft?«

»Wenn Sie es unbedingt wissen wollen –« Sie schüttelte abwehrend den Kopf. »– Er hatte keine Chance. Aber je geringer die Chance, desto mehr berührt es einen, wenn jemand nicht aufgibt. Er hat sich nicht beirren lassen. Ganz einfach. Er hat sogar seine Verlobung gelöst, bevor er überhaupt ein Wort mit mir gewechselt hatte. Seine Geheimratsecken waren schon bis an den Hinterkopf gewachsen, als es mich dann irgendwann nicht mehr kalt gelassen hat. Nicht aus Mitleid, sondern weil ich angefangen hatte, seine Sturheit zu bewundern. Wir haben einen Sohn und eine Tochter. Ich war viel unterwegs, aber er ist ein großartiger Vater. Und Großvater. Wie gesagt – seine Geduld kennt keine Grenzen.« Sie sah ihn lächelnd von der Seite an. »Wissen Sie jetzt genug?«

»Noch lange nicht.«

Sie bedachte ihn mit einem rätselhaften Blick, in dem genauso viel Spott wie Zuneigung lag. »Aber erst mal will ich etwas ganz anderes wissen. Wo wollen Sie denn in dieser Gegend eine Badehose herkriegen?«

Im nächsten Moment spürte er ihren Arm, der seine Seite streifte. Sie hakte sich bei ihm unter. Er sah auf sie herab, wie sie sich an ihm festhielt – zart wie ein Mädchen, zäh, grauhaarig, einsam – und plötzlich überkam ihn ein heftiger Beschützerinstinkt.

»Da hinten?«

»Wo?« Er war etwas verwirrt.

»Da hinten, gucken Sie mal, der Kiosk vor der U-Bahn-Station.«

»Meinen Sie, der hat Badehosen?«

»Sonst sehe ich hier nichts.«

»Wir können ja mal fragen.«

Sie schlenderten zu dem Verkaufsstand. Rechts und links davon war auf hohen Ständern ein großes Sortiment an Souvenirs ausgestellt. Es gab T-Shirts, Tassen, Sonnenhüte, Schals, Taschen, Uhren, Babystrampler, Schlüsselanhänger und Schirme in den Farben des Union Jack. Die Smoktun hatte seinen Arm losgelassen und rief dem Verkäufer zu, ob er auch Badehosen im Angebot habe. Der schwarzhaarige Mann schüttelte den Kopf und hob entschuldigend die Achseln.

»Er kann kein Englisch.«

Sie streckte die Arme vor die Brust und machte Schwimmbewegungen. »Für ihn.« Sie zeigte auf René.

Der Mann bleckte ein silbernes Gebiss. Er hatte offensichtlich verstanden. Mit einem langen Holzstab, an dessen Ende ein Haken befestigt war, angelte er einen Badeslip in Weiß-Blau-Rot aus der obersten Reihe.

René grinste breit. »Kommen Sie!«

»Was Besseres finden Sie hier nicht. Entweder Sie nehmen die, oder wir sind den ganzen Weg umsonst gelaufen.«

Er schüttelte den Kopf. Das Ding war verdammt albern. Und knapp. »Ehrlich.«

Die Smoktun lachte. »How much?«, fragte sie den Schwarzhaarigen.

»Ten pounds.«

»I take it for five«, warf René verwegen ein.

Die Silberzähne blitzten. »Eight.«

»Geben Sie dem armen Kerl zehn«, befahl sie ihm und wenig später stopfte er die Plastiktüte schicksalsergeben in den Rucksack.

***

»Und wo ist jetzt Ihr verlassener Badesee?«

»Von verlassen habe ich nichts gesagt. In London ist alles überlaufen.«

»Ich dachte, es wäre ein Geheimtipp.«

»Das haben Sie falsch verstanden.«

»Sieht so aus, ja.«

Der Weg in den Park führte durch eine zertrampelte Wiesenlandschaft voll blasser Großstädter. Man hätte meinen können, dass ein Rockkonzert bevorstand. Doch die einzige Attraktion war der kleine Weiher. Jenseits des Abhangs drang lautes Gekreische herüber. Sie gingen das letzte Stück bergauf, und als sie oben an der Weggabelung angekommen waren, blieb René Hartenstein peinlich berührt stehen. Primrose Hill hatte sich gelohnt, aber das hier war ein Reinfall. Der grünlich braune Teich zu ihren Füßen brodelte. Die halbe Stadt schien sich da unten zu tummeln.

Die Smoktun drehte sich um: »Wo bleiben Sie denn?«

»Sie wollen da nicht etwa rein?«

»Ich habe mich den ganzen Weg aufs Wasser gefreut.«

»Aber –« Er kniff gequält die Augen zusammen.

Sie lachte. »Sie haben mich quer durch die Stadt geschleppt. Für einen Rückzieher ist es jetzt zu spät.«

Sie nahm ihm den Rucksack ab und ging voran auf die Brücke, die übers Wasser führte. Schaulustige lehnten am Geländer und sahen dem Treiben zu. Er folgte ihr. Nach ein paar Schritten sagte sie über die Schulter, als ob sie seine Gedanken lesen könnte: »Außerdem habe ich mich schon so weit vor Ihnen entblößt, dass es darauf auch nicht mehr ankommt.«

Am anderen Ufer führte ein aufgeweichter Pfad zu den Umkleidekabinen. Eine verwitterte Holzhütte diente als Kabine für Männer, die andere für Frauen.

Als er herauskam, wartete sie in einem dunkelblauen Badeanzug auf ihn. Sie hatte ihre Schwimmbrille in der Hand und die Unbefangenheit einer routinierten Schwimmerin an sich, die es gewohnt ist, sich vor anderen in nicht mehr als einem eng anliegenden Kleidungsstück zu zeigen. Blitzschnell tastete er sie mit den Augen ab. Die Falten im Ausschnitt, der beachtliche Busen, die alte Haut an den Schenkeln, die rot lackierten Fußnägel. Sie sah um Längen besser aus als er, so viel stand fest.

»Sagen Sie jetzt nichts«, bat er, als ihr Blick auf den Union Jack zwischen seinen Beinen rutschte. Sie schüttelte lachend den Kopf. Auf dem Weg zum Wasser zeigten ihm mehrere Engländer den hochgestreckten Daumen. Er blendete das Publikum aus und reichte ihr die Hand, damit sie nicht ausrutschte. Im Wasser dirigierte er sie durch eine Lücke in der Menge. Kaum waren sie ein paar Meter geschwommen, wurde es ruhiger. Das Wasser war kühler und klarer als gedacht. Er tauchte unter, ließ sich vom Wasser tragen und kraulte bis zur Brücke. Sie blieb mit ruhigen Stößen hinter ihm, den Kopf über Wasser.

Später suchten sie sich auf dem Hügel eine freie Stelle zum Aufwärmen. Die Smoktun legte sich auf ihr Handtuch. Sie hatte wieder ihre Trainingshose und das T-Shirt an. Er saß neben ihr auf einer Baumwurzel. Weil er kein Handtuch dabei hatte, hatte er sich mit seinem T-Shirt abgetrocknet, das jetzt neben den Badesachen zum Trocknen am Baum hing. Er trug nur die Jeans.

»Was haben Sie denn bei der Stasi gemacht?«, fragte er leise. Komplizierte Überleitungen meinte er sich mittlerweile mit ihr sparen zu können.

»Kennen Sie sich mit den Strukturen der Staatssicherheit aus?«, fragte sie ungerührt zurück.

»Nein.«

»Es gab einen Inlandsdienst und die Auslandsspionage. Ich war im äußeren Dienst, bei der HVA.«

»HVA?«

»Das steht für ›Hauptabteilung Aufklärung‹. Es war einer der besten Spionagedienste der Welt, der beste im Ostblock. So gut, dass er nach der Wende praktisch spurlos verschwunden ist. Die HVA kennt keiner. Wenn heute von der ›Stasi‹ die Rede ist, geht es nur um die Repression im Inneren. Dass ich das nicht konnte, stand fest. Also bin ich in den Außendienst gegangen.«

»Sie waren Geheimagentin?«

Sie lächelte, schwieg und wechselte dann mit großer Ungezwungenheit das Thema. »Verraten Sie mir lieber, wie die Dekoration auf Ihrem Rücken zustande gekommen ist.«

Er sah mit zusammengekniffenen Augen auf sie herab. Kaum hatte er es geschafft, mehr über sie zu erfahren, tat sich ein weiterer Abgrund auf. Sie lag vor ihm auf dem Bauch, das Kinn auf die Hände gestützt. Ihre Wangen waren gerötet, die Augen geschlossen. Auf den Augenbrauen glitzerten noch Wassertropfen. Wenn er sich nicht täuschte, hatten sich die Sommersprossen auf ihren Armen seit heute Morgen vermehrt. »Bekomme ich dafür eine Zigarette?«, fragte er schließlich.

»Natürlich. Ich habe Ihnen nie eine angeboten, weil ich dachte, Sie rauchen nicht.«

»Nur manchmal, wenn so schönes Wetter ist.«

»So einer sind sie also. Ein Schönwetterraucher.«

Er zündete sich eine Zigarette an. Es war Monate her, seit er den letzten Zug genommen hatte. Das Nikotin kribbelte in seinen Fingern. Er lehnte sich gegen den Baumstamm, die Rinde schürfte an seinem Rücken. »Es war die Bedingung, um bei meinem Bruder dabei zu sein. Die Jungs hatten sich alle das Genick tätowiert.«

»Eine Straßengang?«

»So was Ähnliches. Englisch konnten wir da aber noch nicht. Wir hatten nur Langeweile. Die meiste Zeit haben wir darauf gewartet, dass etwas passiert. Aber das habe ich erst durchschaut, als das Tattoo schon gestochen war.«

»Wenn Sie Schlips und Kragen anhaben, sieht man nichts.«

Er strich mit der Hand über den Nacken. »Es ist mit der Zeit nach unten gerutscht. Wenn es in die andere Richtung gewachsen wäre, weiter nach oben, dann wäre wahrscheinlich alles anders gekommen.« »Das Tattoo ist mit Ihnen gewachsen? Wie alt waren Sie denn?«

»Elf oder zwölf. Ich musste bis nach Polen fahren, um einen Laden zu finden, der mich sticht.«

Sie hob den Kopf hoch und blinzelte in die Sonne. »Die Geschichte kommt bei Frauen bestimmt gut an.«

Er zuckte die Achseln. »Ich habe sie schon lange nicht mehr erzählt.«

»Darf ich mal sehen?«

Sie setzte sich auf und er drehte ihr den Rücken zu. Sie sagte lange nichts und schien den brennenden Adler eingehend zu betrachten. »Stürzt er ab?«, fragte sie schließlich.

Er widerstand der Versuchung, die Muskeln spielen zu lassen. »Nein, Frau Smoktun, er greift an.«

»Ich würde sagen, Ihr Adler ist im Begriff, sich das Genick zu brechen. Der Winkel ist viel zu steil.«

Er beendete die Besichtigung und drehte sich wieder zu ihr um. »Da irren Sie.«

Sie lächelte. Ihre Blicke trafen sich und blieben einen Moment zu lang aneinander hängen. Lang genug, um in ihren Augen zu lesen, was sie zweifellos genauso deutlich in seinen sah. Es war unmissverständlich. Es war das elementare Spiel zwischen Mann und Frau. Wortlos gaben sie einander zu verstehen, dass sie die Fliehkräfte spürten. Es war ein Verlangen, das ihn im selben Moment zutiefst verstörte. Sie war älter als seine Mutter … Die als Sommersprossen getarnten Altersflecken. Die blauen Adern an den Fesseln. Irritiert wandte er den Blick ab. Aus den Augenwinkeln sah er, dass sie verlegen an ihrem Handtuch herumnestelte. Es musste an der Sonne liegen. Am Wasser. Am Baden. An der Offenbarung. Einen Moment lang war er blind gewesen und hatte die Alte nicht von der Jungen unterscheiden können.

»Wollen wir aufbrechen?«, fragte er.

»Gute Idee.«

Sie setzte ihre Sonnenbrille auf. Er warf sich das T-Shirt über die Schulter und ging oben ohne. Schweigend schlängelten sie sich zwischen den Sonnenbadenden über die Wiese.

Das Bedürfnis, den Nachmittag zu verlängern und bei ihr zu bleiben, war etwa genauso groß wie das, Alkohol zu trinken. Um beides zu befriedigen, fragte er, ob sie nicht einen Biergarten aufsuchen sollten.

»Wenn ich einen einzigen Schluck Bier trinke, ohne etwas zu essen, müssen Sie mich nach Hause tragen«, protestierte sie. »Ich kann nicht mehr.«

»Dann gehen wir erst mal etwas essen.«

»Und wo?«

Die Restaurants am Heath waren überlaufen und sahen wenig einladend aus. Als ein Doppeldeckerbus die Straße heruntergefahren kam, zog er sie zur Bushaltestelle. Der Bus fuhr zurück in die Stadt, in die richtige Richtung. Dann würden sie aussteigen, wo es ihr gefiel.

»Ich bin seit Jahren nicht mehr Bus gefahren.«

»Das schaffen Sie schon.« Er zog sich das feuchte T-Shirt schnell über den Kopf und griff nach ihrer Hand, um ihr beim Einsteigen zu helfen. »Es tut nur ein bisschen weh.«

***

In Bayswater stiegen sie aus. Gegenüber der Bushaltestelle fegte ein Mann ein unscheinbares italienisches Restaurant. Es bestand aus einem einzigen lang gezogenen Raum mit vergilbten Küstenansichten an der Wand. Die Fenster standen offen, es roch nach Tomatensauce und warmer Hefe. Um diese Zeit, nachmittags um halb fünf, war es menschenleer. Der Kellner an der Kaffeemaschine hatte die Musik laut gestellt und sang auf Italienisch mit.

Ausgehungert und mit erhitzten Gesichtern ließen sie sich am Fenster nieder. Niemand hatte etwas dagegen, dass sie rauchten. Die Pizza war fantastisch. Irgendwann, bevor die Flasche zwischen ihnen leer war, fiel ihm auf, dass die Smoktun sich seit dem Schwimmen geschminkt haben musste, ohne dass er es gemerkt hatte. Die Wimpern waren schwarz getuscht. Dort, wo der Wein die Lippen nicht rot gefärbt hatte, glänzten sie im Licht.

»Ich bin froh, dass Sie heute nichts Besseres zu tun gehabt haben«, sagte sie später vor ihrem Haus in Notting Hill. Es war genau so eins, wie er vermutet hatte. Ein dreistöckiges viktorianisches Stadthaus mit Säuleneingang und weiß gestrichener Fassade in einer langen Reihe identischer Nachbarhäuser. Zehn bis zwölf Millionen, schätzte er. Das Taxi hatte er weggeschickt, um sich anständig von ihr zu verabschieden. Sie standen vor dem niedrigen Tor.

»Ich auch«, sagte er. »Das war besser, als den Fracking-Deal klarzumachen.«

»Sagen Sie das nicht. Sie wissen ja noch nicht, wie sich ein Abschluss anfühlt.«

»Besser?«

Sie fuhr sich durchs Haar. »Nein.«

Für den Bruchteil einer Sekunde meinte er, sie würde ihn umarmen. Sie hatten beide nicht wenig getrunken. Doch sie streckte nur die Hand nach ihrem Rucksack aus, den er den ganzen Tag getragen hatte. »Danke für die Stadtführung.«

»Gern geschehen.«

»Und danke fürs Zuhören.«

Er wollte ihr einen freundschaftlichen, liebevoll gemeinten Kuss auf die Wange gegeben. Ihre Geschichte war bei ihm sicher, sollte das heißen. Er war gern ihr Vertrauter, sie konnte sich auf ihn verlassen. Und wenn sie es zuließ, würde er sie trösten. Warme Abendluft blies über die Gärten. In der Nähe wurde gegrillt. Es roch nach Sommer. Vielleicht war die Gegend doch nicht so leblos, wie er geargwöhnt hatte.

Doch sie wandte sich ab, ohne dass er sie berühren konnte. Plötzlich genierte er sich. Er hätte die Arbeit nicht erwähnen sollen. Sie erinnerte ihn an die nüchterne Wirklichkeit. Einen halben Tag lang hatte er vergessen, dass er kein Freund war, sondern ein Probezeitler. Er war hier, weil er seinen Job machte. Mehr nicht.

»Dann gute Nacht, Herr Hartenstein.«

»Ja – Ihnen auch.« Er hätte gern noch etwas gesagt, doch ihm fiel nichts ein. Er drehte sich um und machte sich unschlüssig auf den Weg. Mehrmals griff er an die rechte Schulter, als hinge der Rucksack immer noch da.

KAPITEL 20

Cosima war die Einzige, die ihn hier auf seiner Festnetznummer anrief. Deshalb nahm er an, dass sie es war, als drei Tage später gegen zehn Uhr abends das Telefon klingelte. Eine unbewusste Vorsicht hielt ihn jedoch davon ab, sie direkt anzusprechen. Er meldete sich auf Englisch. »Hello?«

Das Zögern am anderen Ende sagte ihm, dass es nicht Cosima war. Einen irrationalen Moment lang hoffte er, es sei die Smoktun.

»Bist du das, René?«

Nein, es war nicht die Smoktun. Die siezte ihn. »Hallo?«, fragte er ungeduldig.

»Hier ist Hadice.«

»Ach, Hadice.« Weil die Enttäuschung nicht zu überhören war, setzte er hastig hinzu: »Wie geht's? Schön, dass du anrufst.«

»Kannst du sprechen?«

»Was soll das denn heißen?«

»Ich hab was für dich.«

Der Satz traf ihn vollkommen unvorbereitet. Er stieß mit dem Kopf gegen den Türrahmen. Er hatte verdrängt, was sie ausgemacht hatten. Hadice Demir besaß sämtliche seiner Telefonnummern, damit sie ihn sofort erreichen konnte, falls die Schnipselmaschine fündig geworden war.

Doch seit dieser Abmachung hatten sich die Dinge verändert. Er wollte der Smoktun nicht länger hinterherschnüffeln. Das war vorbei. Seit ihrem Geständnis stand er in ihrer Schuld. Und auf ihrer Seite. Um sich ihres Vertrauens würdig zu erweisen, musste er jetzt aufhängen. Danke, Hadice, musste er sagen, aber die Sache hat sich erledigt. Er zögerte. Zu seinen Füßen rannte eine zielstrebige Ameise über den Fußboden. »Klar habe ich Zeit.«

»Okay. Aber Caspar kann jederzeit aufwachen. Dann muss ich einhängen.«

Seine Stirn drückte noch immer gegen den Holzrahmen. »Haben sie etwas gefunden?«

»Die Karteikarte einer Anna Smoktun, geborene Althoff. Die haben sie wieder zusammengesetzt.«

Er ignorierte den Triumph in ihrer Stimme. Während er noch versuchte, die Tragweite zu ermessen, sprudelte Hadice weiter: »Kapierst du, was das bedeutet? Die Karteikarte ist das einzige Dokument, auf dem die Klarnamen der Mitarbeiter verzeichnet sind. Auf allen anderen Dokumenten steht nur das Kürzel.«

»Das –« Die Ameise stieß gegen die Teppichleiste, prallte ab, nahm neuen Anlauf, stieß wieder ab.

»Und da wir das Kürzel haben, ist es gut möglich, dass wir noch mehr über die Frau finden. Die IT-Leute vom Fraunhofer-Institut suchen alles ab. Verstehst du? Sie suchen das ganze Material, das sie bislang haben, nach der zehnstelligen Buchstabenreihe ab.«

Ihre Begeisterung steckte ihn nicht an. Er starrte blicklos zu Boden. »Wow«, hörte er sich düster Beifall spenden.

»Ich habe auch herausbekommen, wie sich so ein Stasi-Kürzel zusammensetzt. Initial des Mitarbeiters plus Kennziffer seiner Dienststelle. Es müsste also im Prinzip ganz einfach zu entschlüsseln sein, was genau deine Chefin bei der Stasi gemacht hat.«

In Hampstead Heath, während die Sonne sie trocknete, war die Smoktun kurz davor gewesen, es ihm selbst zu erzählen. Er war sich sicher, dass sie ehrlich antworten würde, wenn er noch mal nachfragte. Dass er stattdessen den Hörer in der Hand behielt, war Verrat. »Warum im Prinzip?«, brummte er.

»Hast du was zu schreiben?«

»Wieso?«

»Ich will es dir erklären, René.«

Widerstand war zwecklos. Also fingerte er einen Kugelschreiber und die Visitenkarte eines spanischen Bankers aus der Hosentasche. »Schieß los.«

Hadice diktierte: »AS – Abstand – AG – Abstand – BKK – Schrägstrich – OG – Abstand – B.«

Er sah auf die Buchstabenreihe, die auf dem Rücken der Karte stand. AS AG BKK/OG B.

»AS steht für Anna Smoktun«, klärte Hadice ihn unerbittlich auf. »AG BKK steht für ›Arbeitsgruppe Bereich Kommerzielle Koordinierung‹. Das war die sogenannte KoKo, der kommerzielle Arm der Stasi, der mit dem Westen alle möglichen Geschäfte betrieben hat. Bleiben nur noch die letzten drei Buchstaben. OG steht für ›Operativgruppe‹.«

»Ja.«

»Und dann habe ich ziemlich viel Zeit damit verbracht herauszufinden, dass es in dem Bereich Kommerzielle Koordinierung keine Operativgruppe B gab.«

»Wie – es gab keine?«

»Operativgruppen waren die kleinsten Einheiten in der Struktur der Stasi. Aber der Bereich Kommerzielle Koordinierung war nicht in Operativgruppen unterteilt. Ich habe bei der Stasiunterlagenbehörde nachgefragt. Bei dem weltweit anerkanntesten Experten für die KoKo. Der forscht seit zwanzig Jahren über nichts anderes. Fehlanzeige. Es gab keine Operativgruppen.«

»Du meinst, da hat sich jemand verschrieben? Das Kürzel ist falsch?«

»Nein. Natürlich nicht. Solche Schreibfehler mögen anderen unterlaufen, aber keinem Deutschen.«

Er rieb sich den Nacken. »Deine alte These.«

»Mein Grundsatz bei jeder Ermittlung. Solange das Gegenteil nicht bewiesen ist, glaube ich an die deutsche Korrektheit. Ich weiß, dass das kein Fehler ist.«

»Sondern?«

»Ich hatte heute Vormittag eine längere Verhandlungspause und bin zur Stasiunterlagenbehörde gefahren –« Sie unterbrach sich. »Ich hoffe, dir ist klar, dass ich das alles nur für dich mache.«

Sein Einsatz, um Dankbarkeit zu bezeugen. »Das weiß ich sehr zu schätzen. Wirklich.«

»Gern geschehen.« Sie holte Luft. »Ich hatte also zwei Stunden Zeit. Ich wollte den Fachmann persönlich sprechen, der mich am Telefon damit abgespeist hat, dass es ein Schreibfehler war. Doch der war, wie sich herausstellte, krank. Also bin ich in die Bibliothek gegangen, um mir ein Organigramm anzusehen.«

»Ein Organigramm«, echote er verblüfft. Ihr Engagement war in der Tat erstaunlich.

»Ich wollte wissen, wie die Stasi aufgebaut war.«

»Verstehe.«

»Der lange Gang zur Bibliothek ist mit Fotos von der Stürmung der Stasi-Zentrale geschmückt. Das war ja sozusagen die Geburtsstunde der Behörde. Hunderte von unterbelichteten Bildern von Bürgerrechtlern und Demonstranten. Lauter selbst gestrickte Mützen und Schals. Ihr dampfender Atem in der Nacht. Das stählerne Eingangstor in der Dunkelheit. Bettlaken mit der Aufschrift ›Keine Gewalt‹. Maschinengewehre über den Schultern der Wachposten. Papierregen aus den Fenstern.«

»Interessant.« Er suchte den Fußboden mit den Augen nach der Ameise ab. »Aber denk dran, dass dein Baby jeden Moment explodieren kann.«

»Ich fasse mich so kurz wie möglich, keine Sorge. Außerdem geht es mit Caspar normalerweise erst nach Mitternacht los.«

»Weiter, Hadice.« Warum er sie antrieb, wusste er selbst nicht. Die Ameise war wieder aufgetaucht. Sie kämpfte mit dem hinteren Teil der Fußleiste.

»Ich dachte schon fast, du hättest das Interesse verloren«, erwiderte sie zufrieden. »Es hätte ja sein können – toller Job, gutes Geld, mitten in London, schicke Wohnung –, dass du dir das alles nicht verderben willst.«

»Nein.« Er schüttelte hilflos den Kopf. »Natürlich nicht.«

»Dann hör zu. In der Bibliothek komme ich nicht weiter. Der Bibliothekar hievt eine vierhundert Seiten dicke Organisationsstruktur auf meinen Tisch und noch zwei Forschungsberichte über die KoKo. Doch nirgends kommt eine Substruktur vor. Als ich genervt gehen will, fragt er, ob er mir sonst noch weiterhelfen kann. Und plötzlich erkenne ich ihn.«

»Wen?«

»Den Bibliothekar. Die zwanzig Jahre jüngere Version hängt draußen im Flur und ist auf mehreren Fotos zu sehen.«

»Ah.«

»Na ja, und dann – kennst du den Moment, wenn man sich entscheiden muss, ob man jemandem zuhört oder nicht?«

Er musste grinsen. »Kenn ich.«

»Er hätte schließlich nur ein dummer Schwätzer sein können. Doch statt ihn abzuwimmeln, bleibe ich aus unerklärlichen Gründen stehen und höre zu.« Sie zögerte. »Wenn wir jetzt vor Gericht wären und der Bibliothekar mein Zeuge, dann würde ich jetzt erst mal seine Glaubwürdigkeit aufbauen. Erst dann würde ich seine Aussage unterbreiten. Aber dir sage ich es lieber gleich.«

»Okay. Bitte.« Angewidert von der eigenen Ungeduld zog er die Nase hoch.

»Die drei Buchstaben hinter dem Bereich Kommerzielle Koordinierung waren kein Fehler, sondern eines der bestgehüteten Geheimnisse der Stasi. Die Operativgruppe B gab es wirklich. Anna Smoktun gehörte einer Art verdeckter Spezialeinheit an, die ostdeutsche Geheimdienstinformationen an den Westen verkaufte.«

»Verstehe ich nicht.«

»Die haben das hochwertigste Produkt vertickt, das drüben hergestellt wurde. Was Spionage betraf, lag die DDR an der Weltspitze und war sogar dem KGB um Längen voraus. Vor allem in Westdeutschland war sie fantastisch aufgestellt. Tausende von Agenten lieferten Informationen aus Politik, Wirtschaft und Kultur. Und für dieses Material gab es im Westen mindestens genauso große, wenn nicht noch größere Nachfrage als im Osten. Verstehst du?«

»Nicht ganz.«

»Überleg mal: Wer hat wann mit wem welche Abmachung getroffen? Welches Produkt entwickelt die Konkurrenz, welches will sie vom Markt nehmen? Welcher parteiinterne Kandidat hat welche Schwäche? Wer geht mit wem ins Bett? Wer hat welche Krankheit oder Sucht, die ihn erpressbar macht? Ein Großteil dieser Informationen war für die SED relativ uninteressant. Im Westen dagegen gab es Abnehmer, die dafür jede Summe zahlen würden, wenn es ihnen nur geschickt genug und in aller Diskretion angeboten würde.«

»Und das –?«

Sie ließ ihn nicht ausreden. »Der Legende nach war es die Operativgruppe B, die das hochprofitable Geschäft betrieb. Angeblich operierten ihre Mitglieder außerhalb der offiziellen Kommandostrukturen und besaßen große Freiheiten. Ihnen war alles erlaubt, was Kasse machte. Und die fette Beute verstauten sie auf geheimen Konten im Ausland.«

Während sie sprach, presste er den Hörer ans Ohr und starrte angestrengt auf den Schlitz in der Teppichleiste, in dem die Ameise verschwunden war. Er wusste, dass es stimmte. Er war kein Geheimdienstexperte, doch sein Verstand sagte ihm, dass man für so was keine Hundertfünfzigprozentigen brauchen konnte. Die würden nur Skrupel entwickeln. Jemand wie die Smoktun war die ideale Besetzung … Er glaubte Hadice aufs Wort, verspürte allerdings den starken Drang zu widersprechen: »Und woher will dein mitteilungsfreudiger Bibliothekar das wissen?«

»Wie die Fotos belegen, war er dabei. Er hat das Ende der Stasi hautnah miterlebt. In der Nacht, als die Normannenstraße gestürmt werden sollte, stand er unter den Demonstranten am Eingangstor und verlangte frierend Einlass. Irgendwann nach Anbruch der Dunkelheit öffnete sich dann das Tor wie von Geisterhand von innen. Die Stasi ließ sie hinein. Lenkung von Massen nennt man das. Man könnte auch sagen, dass die Stasi das Volk bis zum allerletzten Moment verarscht hat. Die Bürgerrechtler wurden nämlich erst mal in den Teil des Gebäudekomplexes gelotst, wo es nichts zu holen gab.«

»Und?«, fragte er ungeduldig.

»Warte. Ich muss dir den Sachverhalt schon einigermaßen schlüssig erklären, sonst glaubst du es nicht. In dieser Nacht wurden Listen ausgelegt, in die sich jeder eintragen konnte, der weiter mitmachen wollte.« Sie kicherte.

»Den Witz verstehe ich nicht.«

»Stell dir das doch mal vor. Der Feind ist bezwungen, die Stasi ist besiegt. Doch statt Freudentänze aufzuführen oder wenigstens ein bisschen zu plündern, fangen die Revolutionäre sofort mit der weiteren Planung an und legten Namenslisten aus, damit sie sich am nächsten Tag proportional auf verschiedene Arbeitsgruppen verteilen konnten.«

Er grinste schief. »Ich verstehe.«

»So eine durchorganisierte, leidenschaftslose Revolution gab es noch nie.«

»Ich weiß. Die spinnen, die Deutschen.«

Sie lachte.

»Erzähl weiter.«

»Unser Bibliothekar landet also in der Arbeitsgruppe ›Quellenschutz‹. Zusammen mit zwei anderen Jungs bekommt er einen Stasi-Lada und einen Tankschein und klappert in den nächsten Wochen sämtliche Stützpunkte und Horchposten der Stasi ab. Er sammelt Akten und Waffen ein und wird zwischendurch von verunsicherten Stasi-Kadern immer wieder zum Kognak eingeladen. Und weißt du, was sie von ihm wollen?«

»Nein.«

»Sie wollen Informationen. Sie wollen wissen, wie ihr Laden eigentlich funktioniert hat. Für die eigenen Mitarbeiter war die Firma nämlich genauso ein Rätsel wie für die Außenwelt. Aus Gründen der inneren Konspiration durfte jeder nur so viel wissen, wie er für die eigene Arbeit brauchte. Deshalb war die Legendenbildung unendlich, sagt der Bibliothekar. Aber eine Frage tauchte immer wieder auf. Eine Frage, sagt er – und er muss es wissen, denn er sitzt seit der Auflösung seiner Arbeitsgruppe in der Bibliothek –, die kein Forscher je systematisch verfolgt hat. Die Kader wollten wissen, was dran war an den Gerüchten über eine allmächtige Operativgruppe, die die bankrotte DDR in den letzten Jahren über Wasser gehalten hat.«

»Sag bloß«, murmelte er.

»So hat er es mir erzählt. Ein Schwätzer, klar. Der hätte reden können bis übermorgen, nachdem er endlich mal jemanden gefunden hatte, der ihm zuhört. Doch es passt, findest du nicht? Es würde erklären, woher sie Bescheid wusste über die schwarzen Konten und warum sie sich so umstandslos daraus bedienen konnte.«

Er schwieg.

»Wie gesagt – noch haben wir nur die Nacherzählung eines ehemaligen Bürgerrechtlers über zwanzig Jahre alte Gerüchte. Aber wenn die Schnipselmaschine mehr Dokumente mit dem Kürzel findet, dann können wir davon ausgehen, dass es stimmt.« Sie schien zu überlegen. Als sie weitersprach, hatte ihre Stimme einen anderen, ernsten Klang angenommen. »Strafrechtlich ist das alles kaum relevant, René. Es geht nicht darum, dass man ein Verfahren gegen die Frau eröffnet. Das nicht. Ich glaube, es geht vielmehr darum, dass du dich in Acht nehmen solltest.«

Die Ameise musste gefunden haben, was sie suchte. Er stieß mit dem Fuß gegen die Teppichleiste, doch sie blieb verschwunden. Er wischte sich mit der freien Hand übers Gesicht. Ein vages Unwohlsein stieg in ihm auf, während er amüsiert klingen wollte, was nicht ganz gelang: »Ich soll mich in Acht nehmen? Wovor denn?«

»Wie sind denn die anderen Leute, mit denen du zusammenarbeitest?«, fragte sie zurück.

»Die sind nicht vom KGB, wenn du das meinst.« Er grinste in der Hoffnung, dass sie auf den scherzenden Tonfall einging. »Der eine Partner ist Engländer, der andere stammt aus Indien, beziehungsweise Schottland.«

Doch Hadice schwieg. René scharrte mit den Füßen. Sie kannte die Smoktun nicht. Deshalb schien es angebracht, sie ihrerseits etwas aufzuklären. »Ich bin mir übrigens sicher, dass sie dir gefallen würde. Von wegen starke Frau und so. Ein besseres Beispiel gibt es kaum. Klar, sie ist ungewöhnlich. Keine Frage. Auch undurchsichtig, in gewisser Weise. Sie hat in spannenderen Zeiten gelebt als wir, aber sie bildet sich nichts darauf ein. Ich müsste mich schwer täuschen, wenn es einen Grund geben sollte, sich vor irgendwas in Acht zu nehmen.« Er räusperte sich und zögerte. »Ich will ja nicht anmaßend sein. Aber was Frauen angeht, täusche ich mich normalerweise nicht.«

»Du Frauenversteher«, schnaubte es am anderen Ende.

»Schon gut. Ich bin dir ja wirklich dankbar.«

»Die Schnipselmaschine arbeitet auf alle Fälle auf Hochtouren. Wenn sie etwas findet, wissen wir mehr … Allerdings bedeutet ›auf Hochtouren‹ höchstens eine Handvoll Seiten pro Tag. Das Zusammensetzen dauert ewig.«

»Okay.« Er kratzte sich am Kopf. Es war der bequemste Weg. Zu hoffen, dass außer der Karteikarte keine weiteren Dokumente erhalten geblieben waren, dass alles andere Material vernichtet worden war, dass die Maschine umsonst suchen oder durch Überlastung überhitzen und einem Kurzschluss irreparabel zum Opfer fallen würde. Das war einfacher als Hadice zu bitten, die Sache abzublasen. »Ruf mich an, ja? Auch wenn es nichts Neues gibt.«

»Mach ich. Gute Nacht, René. Bis bald.«

Nachdem er sich eine Weile auf das Geräusch der abbremsenden und wieder anfahrenden Fahrzeuge an der Straßenecke konzentriert hatte, sah er zu Boden. Er stand noch immer an der Küchenbar. Unter ihm zuckte ein schwarzer Punkt. Er berührte die Ameise mit der Schuhsohle. Ihre Beine strampelten ins Leere. Er musste sie unbemerkt erwischt haben. Um ihre Qual zu verkürzen, zertrat er das arme Ding ganz.

***

In der darauffolgenden Woche bearbeitete er die Holländer zusammen mit Yadav so lange, bis sie windelweich waren. Nach einer Marathonsitzung mit einem halben Dutzend externer Anwälte, in der sie zweimal bühnenreif vor die Tür gegangen waren, um sich zu besprechen, und einmal aufgestanden waren, um die Verhandlung endgültig abzubrechen, wurden LSK Capital für fünfzehn Millionen Dollar sechzig Prozent des Stammkapitals des Fracking-Zulieferers überschrieben.

Sie feierten erst mit Champagner und Bier bei der Vernissage von Yadavs Frau, die am Abend in einer Galerie an der Mall stattfand, dann mit Champagner, Bier und Cocktails in einem peruanischen Restaurant in Piccadilly. Gegen zwei Uhr morgens hatte er genug Alkohol zu sich genommen, um sich souverän und vor aller Augen einen Weg zur Smoktun zu bahnen, die sich mit bewundernswerter Ausdauer von Edward Stewart an der Bar vereinnahmen ließ, und fragte sie, ob er sie im Taxi mitnehmen sollte. Mit verhohlener Erleichterung nahm sie sein Angebot an. Er holte ihren Mantel von der Garderobe, half ihr hinein und besaß noch genügend Gleichgewichtssinn, um sie an seinem Arm die Treppe hinauf auf die Straße zu führen. Es war eine warme Nacht. Das Taxi wartete schon.

»Sie haben einen neuen Anzug«, bemerkte die Smoktun so aufgeweckt, als hätte sie kein Trinkgelage, sondern ein erfrischendes Bad im Freien hinter sich.

»Das ist Ihnen aufgefallen?« Er wünschte, er hätte dem Taxifahrer unauffällig zu verstehen geben können, einen dreifachen Umweg zu fahren. Es war das erste Mal seit dem Ausflug, dass sie allein waren.

»Soll ich Ihnen die Wahrheit sagen? Ohne Rücksicht auf Verluste?«

Er wischte sich ein imaginäres Staubkorn vom Knie und sah sie an. Die Straßenlaternen warfen in unregelmäßigen Abständen Licht auf ihre feinen Züge. »Nur zu, Frau Smoktun.«

»Ganz ehrlich – beugen Sie sich mal vor und lassen die Schultern locker.« Sie rutschte etwas zurück, um ihn besser in Augenschein zu nehmen. »So. Sehr gut. Wirklich. Ganz anders.«

»Wieso ganz anders?«

»Jetzt sitzt es hinten richtig. Mit Ihrer Figur können Sie keine Anzüge von der Stange tragen. Merken Sie sich das. Ihre anderen Jacketts sind alle eine Nummer zu groß. Die spannen am Kreuz und haben unten zu viel Stoff. Doch das hier sitzt wie angegossen. Zeigen Sie mal. Was ist das denn für ein Stoff?«

Sie streckte die Hand nach seinem Ärmel aus und rieb das Gewebe prüfend zwischen den Fingerspitzen. Sie trug dunklen Nagellack. »Haben Sie den ausgesucht?«

»Das hat der Verkäufer gemacht.«

Sie nickte anerkennend. Ihre Augen verengten sich. »Und das Hemd?«

»Was?« Er zog die Nase hoch.

»Ist das auch maßgeschneidert?«

Er verzog verlegen das Gesicht und nickte.

Sie lächelte. »Damit haben sich Ihre Chancen, bei LSK zu bleiben, um hundert Prozent gesteigert, würde ich sagen. Wir sehen immer zuerst auf den Abstich.«

Er zog die weißen Manschetten aus seinen Ärmeln. »Für eine Firma, die so oberflächlich auswählt, bin ich wahrscheinlich nicht der Richtige.«

»Ach wissen Sie …« Sie warf ihm einen sanften Blick zu. Erst von Nahem sah man, wie stark sie geschminkt war. In den Falten sammelte sich das Make-up. »Nach meiner Erfahrung sollte man keine zu hohen Ansprüche an den Arbeitgeber stellen. Das verdirbt einem nur den Spaß.«

»Meinen Sie?«

»Absolut.«

Er hatte vergessen dem Fahrer zu sagen, dass es erst nach Notting Hill ging. Jetzt war es zu spät. Sie waren schon auf der Campden Hill Road. Die einzige Möglichkeit das Gespräch fortsetzen, bestand darin, sich auf seinen anhaltenden Rausch zu verlassen.

»Wollen Sie mit hochkommen?«, fragte er dreist.

Es war die klassische Zeile, jemanden abzuschleppen, es war fast halb drei Uhr morgens, und sie ging streng auf die siebzig zu. »Gern«, erwiderte sie so unbefangen, als handelte es sich um das Normalste der Welt, »aber nicht zu lang.«

Oben schaltete er nicht die helle Deckenbeleuchtung an, sondern suchte die Stehlampe hinten im Wohnzimmer.

»Es muss zehn Jahre her sein, seit ich das letzte Mal hier war«, sagte sie im Dunkeln.

»Sie kennen die Wohnung?« Er hatte den Schalter gefunden und knipste das gedämpfte Licht an. Außerdem brauchte er Musik. Auf seinem Telefon hatte er eine Liste mit langsamen Jazztiteln gespeichert. »Augenblick.«

Sie stand noch immer an der Tür und sah sich um. »Es war mal meine. Meine erste Wohnung in London. Ein paar Jahre habe ich sie selbst genutzt. Der Teppich ist neu.«

Er beeilte sich.

»Später hat dann ein Freund von mir hier gewohnt.«

»Ein Freund?«, fragte er, um etwas zu sagen, während er die Lautsprecherkabel ins Telefon steckte.

»Ein jüngerer Liebhaber, wenn Sie es genau wissen wollen.«

Er sah auf. Latin Jazz erklang. Sie hatte eine Runde durchs Wohnzimmer gemacht und warf gerade einen neugierigen Blick ins Schlafzimmer.

»Jetzt nehmen Sie mich auf den Arm!«

»Warum sollte ich?«

Gute Frage. Seine Verlegenheit führte er darauf zurück, dass er Gefahr lief, wieder nüchtern zu werden. Er machte den Kühlschrank auf. »Wollen Sie auch ein Bier?«

»Lieber Kaffee, wenn Sie welchen haben.«

Er setzte Wasser auf, öffnete die Bierdose und nahm einen tiefen Schluck. Die Smoktun ließ sich an der Küchenbar nieder. Sie trug ein relativ enges schwarzes Kleid, das bis zum Knie reichte und ihre Beweglichkeit einschränkte, wie er aus den Augenwinkeln bemerkte. Als sie es auf den hohen Barhocker geschafft hatte, streifte sie die Schuhe ab.

»Haben Sie eigentlich gern für die Stasi gearbeitet?«

»Wie kommen Sie denn darauf?«

»Es interessiert mich. Schließlich haben Sie im Auto gesagt, dass man nicht zu wählerisch sein sollte, für wen man arbeitet.«

»Habe ich das?«

Er löffelte Kaffeepulver in die Cafetiere.

»Ja, dann muss ich es wohl zugeben.«

»Dass es Spaß gemacht hat?«

»Wenn das jemand hören würde.« Sie schüttelte den Kopf. »Darf ich bei Ihnen rauchen?«

»Klar.«

Auf Nylonstrümpfen lief sie zur Tür und holte ihre Handtasche. »Ich hatte Glück, denn ich musste keine Freunde verraten. Ich habe Ihnen ja schon erzählt, dass ich im Außendienst eingesetzt war. Das hat sogar großen Spaß gemacht.«

»Und was war Ihre Aufgabe?«

Sie legte den Kopf in den Nacken und blies den Rauch zur Decke. »Horchen Sie mich aus?«

Er grinste. »Was dachten Sie denn?«

»Ich weiß nicht, was ich dachte.«

»Trinken Sie den Kaffee mit Milch?«

Tadelnd schnalzte sie mit der Zunge.

»Zucker?«

»Nein. Würde es Ihnen etwas ausmachen, das Fenster zu öffnen?«

Warme Nachtluft strömte durch die Balkontür. Er stellte die Kaffeetasse und seine mittlerweile leere Bierdose als Aschenbecher vor sie. Mit der zweiten setzte er sich ihr gegenüber.

»Ich glaube, die einfache Wahrheit besteht darin, dass Erfolg süchtig macht. Es ist das beste Rauschmittel, das ich kenne. Wenn man gut ist in dem, was man tut, kann man nicht mehr damit aufhören.«

»Und das ist Ihnen bei der Stasi passiert?«

»Sie brauchten Leute, die sich für nichts zu schade waren. Also war ich zur rechten Zeit am rechten Ort.« Sie hob die Augenbrauen und bedachte ihn mit einem ironischen Lächeln. »Und wenn mich nicht alles täuscht, Herr Hartenstein, dann verhält es sich mit Ihnen derzeit ähnlich.«

Um seine Verwirrung aufrechtzuerhalten, nahm er einen weiteren Schluck. »Sie meinen ?«

»Was wir hier machen – anderen das Geld vor der Nase wegzuverdienen und dafür zu sorgen, dass den Erfolgsverwöhnten und Selbstgefälligen der Welt ab und zu das Lachen im Hals stecken bleibt –, das unterscheidet sich nicht wesentlich von dem, was ich früher gemacht habe. Wie gesagt. Es fällt schwer, aufzuhören. Und ich habe das Gefühl, dass Sie nicht unbeachtliches Talent besitzen.«

»Wozu?«

»Seien Sie nicht so schwer von Begriff. Ich weiß, dass Sie nicht betrunken sind. Wir beide, Sie und ich, gehören nicht zu den geborenen Gewinnern. Sie sind ein Emporkömmling, Herr Hartenstein. Mit allem, was dazugehört – der Unsicherheit, der Wut, der Genusssucht. Da können Sie noch so teure Anzüge tragen. Es wird immer nur Verkleidung bleiben.« Sie warf die Kippe in die Dose, wo sie mit leisem Zischen erlosch. »Sie fühlen sich nirgendwo zu Hause. Sie sind unfähig, sich bei irgendjemandem für irgendetwas zu bedanken. Sie nehmen, was Sie kriegen können, denn Sie tragen denen gegenüber, die sie zurückgelassen haben, eine ähnlich große Schuld ab wie ich. Deshalb halte ich Sie für geeignet. Es wird Ihnen Spaß machen bei uns. Und jetzt will ich heim ins Bett.« Sie rutschte vom Barhocker herunter und schlüpfte mit einem verschmitzten Lächeln in ihre Pumps, als wäre sie durchaus zufrieden mit ihrem Auftritt. »Um diese Zeit war ich schon seit Ewigkeiten nicht mehr bei einem Mann zu Besuch. Der Pförtner wird denken, Sie hätten mich verführt.«

Er strich sich mit der flachen Hand übers Haar. »Ich wäre stolz drauf.«

Sie schüttelte den Kopf. Der Rest mochte operiert sein, dachte er, künstlich verjüngt. Aber das Lachen war echt.

Er begleitete sie nach unten. Es dämmerte schon, die ersten Vögel zwitscherten in der Kastanie gegenüber. Sie mussten nicht lange warten, bevor ein Taxi die Straße heruntergefahren kam. Es wendete und hielt neben ihnen an. René öffnete die Hecktür. Diesmal fehlte ihm nicht der Mut. Er beugte sich hinab und berührte ihre Wange. »Gute Nacht, Frau Smoktun.«

»Gute Nacht, Herr Hartenstein. Schlafen Sie sich morgen mal aus.«

Benommen, ihren Geruch aus teurem Parfüm und Rauch in der Nase, sah er dem schwarzen Wagen hinterher. Er war nicht mehr in der Lage zu entschlüsseln, was sie alles gesagt hatte. Doch er begriff so viel, dass sie ihn auf eine Art verstand wie sonst niemand. Sie erfasste – und mochte sogar – einen Teil von ihm, den er selbst entweder vergessen oder verdrängt hatte. Sie gab ihn ihm wieder zurück. Es fühlte sich an, als ob sein Leben im Begriff wäre, eine neue Dimension zu erschließen. Es war noch nie passiert, dass er irgendwo gerne dazugehörte. Sonst sanken die Leute in seinem Ansehen, sobald sie ihn in ihre Reihen aufnahmen. Das war bei den harten Jungs um seinen Bruder so gewesen, bei den Studienstiftlern, bei der ReAG. Hier war es anders. Bei LSK nahm seine Begeisterung nicht ab, sondern zu. Der neue Anzug saß perfekt, er hatte die Holländer anstandslos über den Tisch gezogen und für eine Party wie heute Nacht würde er auch doppelt so hart arbeiten. Er atmete tief durch und ging zurück ins Haus.

Er vernahm das Geräusch, sobald er im dritten Stock angekommen war. Es schien aus seiner Wohnung zu kommen. Verwundert sah er auf die Armbanduhr. Es war kurz vor halb vier. Doch er hörte richtig. Was da klingelte, war sein Telefon.

KAPITEL 21

Dass er nach dem Deal mit den Holländern ein langes Wochenende in Deutschland verbringen wollte, gönnte ihm jeder. Safal Yadav wusste, dass er Cosima seit einem Monat nicht gesehen hatte. Er sollte sie verwöhnen, empfahl er ihm in seiner menschenfreundlichen Art, als René am Donnerstagnachmittag aufbrach, damit sie ja keine Vorbehalte gegen LSK entwickelte. Außerdem sollte er sie bald mal nach London einladen, damit sie alle zusammen ausgehen konnten. Sarina, seine Frau, platzte vor Neugier auf die Frau an seiner Seite. René versprach beides.

Doch er fuhr nicht zu Cosima, sondern stieg am Frankfurter Flughafen in den ICE nach Kassel und übernachtete dort in einem anonymen Hotel am Bahnhof. Der folgende Tag war schwül. Ein milchig weißer Himmel hing über der Stadt, als er nach dem Frühstück ein Taxi nahm, das ihn in einen stillen, etwa zwanzig Kilometer entfernten Vorort in südwestlicher Richtung brachte. Zur verabredeten Zeit klingelte er an einem breiten, weiß verputzten Einfamilienhaus. Es war das letzte Haus einer Neubausiedlung und lag direkt am Feld. Der Weizen war schon abgeerntet. Warmer Wind blies ihm Staub in den Nacken. Er klingelte zum zweiten Mal.

»Ich komme, ich komme!« Eine große Frau mit breiten Schultern und blondiertem Kurzhaarschnitt erschien in der Tür. Nach den unbequemen Jeans und dem Hemd zu schließen, hielt sie sich für zwanzig Jahre jünger als sie war. »Sind Sie Herr Hartenstein?«

»Ja. Guten Morgen.«

»Monika Baumann. Mein Mann erwartet Sie.« Ihr Händedruck war hart und trocken. Er bekam dicke Ringe zu fassen. »Die Abwechslung wird ihm guttun. Es war schon länger niemand mehr hier.« Sie schloss die Haustür hinter ihm und ging voraus. Der Flur wurde von einem hüfthohen porzellanen Leoparden bewacht, der ausschließlich aus Muskeln zu bestehen schien. Er besaß Ähnlichkeit mit der Hausherrin.

»Nach der dritten Chemo hat er sich vollkommen aus der Öffentlichkeit zurückgezogen. Das tut mir sehr leid, denn er hat doch eine Menge toller Sachen zu erzählen von früher.«

»Kann ich mir vorstellen.«

Sie schüttelte den Kopf. »Aber er hat sämtliche Anfragen abgelehnt. Und davon gab es viele, wie Sie sich vorstellen können. Im Herbst ist es dreißig Jahre her, dass die Grünen zum ersten Mal mitregieren durften.« Sie warf ihm einen prüfenden Blick über die Schulter zu. »Wollen Sie darüber mit ihm sprechen?«

»Auch, ja.«

»Ich frage mich, warum er nach all den Absagen ausgerechnet Sie vorlässt. Aber wahrscheinlich hat es damit zu tun, dass Sie weder Fotoapparat noch Kamera dabeihaben. Bis auf die Augenbrauen sind seine Haare nämlich leider nicht mehr nachgewachsen. Sie sind kein Journalist, habe ich recht? Sind Sie Politikwissenschaftler? Kommen Sie von der Universität?«

»Nein. Ich bin Jurist.

»Ach so, Jurist. Wie spannend. Seien Sie aber rücksichtsvoll und gehen Sie vorsichtig mit ihm um, ja? Seine Kondition ist nicht die beste.« Es ging zwei Marmorstufen hinunter ins Wohnzimmer. »Sie werden selbst sehen, wie es ihm geht. Ich hoffe, er hat einen guten Tag, immerhin konnte er bislang alles bei sich behalten. Hier entlang, bitte. Er sitzt im Garten. Ich hatte vorhin den Eindruck, dass er sich richtig auf Ihren Besuch freut.«

Sie öffnete die Terrassentür. An einem kleinen Teich stand ein Rollstuhl, an dessen Lehne ein Tropf befestigt war wie eine grob gebaute, wackelige Antenne. Sie näherten sich von hinten. Der Schädel des ehemaligen hessischen Ministerpräsidenten war gelb und schuppig. Nur an den Seiten stand etwas Flaum ab, ansonsten war er kahl.

»Hallo Schatz!«, rief Frau Baumann mit der lauten Stimme

eines Fußballtrainers am Spielfeldrand. »Bist du wach? Der Mann ist gekommen, der sich angemeldet hat. Er will mit dir über Wiesbaden sprechen.«

***

Er hatte Hadice am Telefon gebeten, einen Augenblick zu warten, bevor sie loslegte. Er musste erst einmal zu sich kommen. Auf dem Küchentisch stand noch die Cafetiere mit dem kalten Rest von Smoktuns Kaffee. Er goss die schwarze Brühe in ein Glas und verabreichte sie sich in großen Schlucken. Es schmeckte widerwärtig.

Hadice war sich keiner Schuld bewusst, um diese Zeit bei ihm anzurufen. Sie hatte am Abend vergeblich versucht, ihn zu erreichen, sagte sie. Eben hatte sie Caspar gestillt und war sowieso wach. Morgen, also heute, hatte sie ununterbrochen Verhandlung. Deshalb war es das Beste, wenn sie jetzt sprachen. Der neue Fund, eröffnete sie ihm, besaß nämlich eine Sprengkraft, die weit über die Frage seines individuellen Arbeitsverhältnisses hinausging.

Reglos, das Gesicht auf die Hand gestützt, saß er an der Küchenbar. Er war auf einen Schlag stocknüchtern und hellwach. Es war ein jäher Szenenwechsel. Vor einer Viertelstunde hatte die Smoktun noch barfuß auf dem Barhocker gesessen, ihn für einen der Ihren erklärt und endgültig ins Boot geholt. Er hatte den Job seines Lebens sicher gehabt. Er war, das ließ sich kaum anders sagen, glücklich gewesen.

Und jetzt machte er alles wieder kaputt. Voller Selbstverachtung kippte er den letzten Schluck Kaffee hinunter. Zu Loyalität war er offensichtlich unfähig. Er würde die Smoktun genauso betrügen wie alle anderen, die jemals gut zu ihm gewesen waren. Seinen Vater, seinen Bruder, seine Lehrer, Abteilungsleiter Weigel, sogar Cosima und ihren Vater. Er war ein zwanghafter Verräter. Er benutzte die Leute, nahm alles mit, was sie zu bieten hatten, und ließ sie dann im Stich. Deshalb konnte er jetzt auch nicht anders, als mit wachsendem Selbsthass zuzuhören.

Hadices Stimme nahm mehr und mehr den Tonfall einer siegesgewissen Staatsanwältin an, die davon ausging, dass das Gericht ihrem Strafantrag folgen würde. Sie vergaß zwar, dass er niemand war, den die Art von Gerechtigkeit überzeugte, die vor Gericht gepflegt wurde, aber im Grunde spielte das keine Rolle mehr. Der sich öffnende Abgrund hatte nichts mit Spitzfindigkeiten zu tun.

Es war ein fünfmal durchgerissenes, in zweiunddreißig Schnipsel zerfetztes Dokument, das den Entwicklern der Schnipselmaschine in die Hände gefallen war. Siebzehn Teile davon hatte der Computer gefunden und wieder zusammengesetzt. Allem Anschein nach waren die Schnipsel also vorschriftsgemäß auf mehrere Säcke verteilt worden. Die fehlenden fünfzehn steckten in einem oder mehreren der Tausenden, mit deren Inhalt der Computer noch nicht gefüttert worden war.

Der Kopf des Schriftstücks und das untere Drittel waren bis auf wenige Lücken zu lesen. Es handelte sich um eine Spesenrechnung. Links oben prangte die schwarze Markierung »Vertrauliche Dienstsache«, in die jeweils ein Kreuz gesetzt worden war unter »Bereichsintern« und »Geheimhaltungsstufe Hoch«. Rechts war die Sache mit einem runden Stempel als »Genehmigt« abgestempelt. In den Stempel hatte jemand seine Unterschrift gesetzt.

Kürzel und Betreff waren mit einer Schreibmaschine getippt, deren Farbband, wie Hadice ihn aufklärte, schon vor einiger Zeit hätte ausgewechselt werden dürfen.

Er hörte geduldig zu, wie sie die Indizien aufmotzte. Das gehörte zu den Tricks, die einem bei der Staatsanwaltschaft in Fleisch und Blut übergingen. So entstand der Eindruck von Sachkenntnis. Die weiß, wovon sie spricht, sollte er jetzt denken.

Das Kürzel, führte sie triumphierend aus, war vollständig erhalten, ohne Riss. AS AG BKK/OG B. Niemandem war ein Schreibfehler unterlaufen, genau wie sie vermutet hatte. Anna Smoktun hatte einer Operativgruppe B angehört, von der die Stasiunterlagenbehörde auch nach zwanzig Jahren Forschung nichts wusste. Ein ziemlich gut gehütetes Geheimnis. So viel stand fest.

Er rieb sich müde das Gesicht. Im Grunde hatte er es seit Hadices erstem Anruf gewusst.

Hinter »Betreff« stand: »Spesenrechnung für Dienstreise 2.–4.10.1983 nach Hermagor, Österreich, zwecks Treffen mit MinP. Baumann«. Hadice machte eine bedeutungsschwere Pause, um die Fakten wirken zu lassen. Er sah aus der Balkontür nach draußen in den morgengrauen Himmel. Beim Landeanflug auf Heathrow zogen die ersten Flugzeuge rosa Kondensstreifen hinter sich her.

Weil er sie nicht unterbrach, fuhr Hadice unerbittlich fort. Man hatte sich nicht lumpen lassen, teilte sie ihm mit. Die Mitte des Dokuments fehlte zwar, doch der Schnipsel unten rechts mit der Gesamtsumme der angefallenen Spesen war erhalten. Frau Smoktuns Kurztrip in die Alpen war der Stasi 37.991 Schilling wert gewesen. Das entsprach fünftausendvierhundert DM, einer selbst für westdeutsche Verhältnisse extravaganten Summe. Ob es ihm genauso ging wie ihr, fragte sie. Angesichts dieser Reisekosten hatte sie sofort daran denken müssen, was der Bibliothekar erzählt hatte. Die Operativgruppe B hatte Geheimdienstmaterial an den Klassenfeind verkauft. Wahrscheinlich hatte Frau Smoktun damit ein Vielfaches ihrer Reisekosten wieder eingespielt.

René war aufgestanden und hatte sich an den weiß lackierten Esstisch im Wohnzimmer gesetzt. Da stand sein Laptop. Er legte das Telefon auf den Tisch. Hadices Stimme entfernte sich und wurde von dem leisen Geräusch der Rolloketten übertönt, die gegen die Fensterrahmen schlugen. Auf Wikipedia war unter »Ernst Baumann« kein Todesdatum eingetragen. Also lebte er noch. Blieb nur zu hoffen, dass er Genaueres wusste als der geschwätzige Bibliothekar der Stasiunterlagenbehörde.

***

Allem Anschein nach war er keinen Tag zu früh gekommen. Auch von vorne sah der Mann todkrank aus. Sein fleckiges Gesicht war eingefallen. Welke Haut hing in langen Lappen von Wangen und Kinn. Die blassen Lippen standen halb offen. Nur die rostroten, buschigen Augenbrauen schienen noch Kraft zu haben und wucherten in langen Borsten über die Stirn. René dachte, dass der Alte schlief, bis er zwei winzige Schimmer unter den Schlupflidern entdeckte.

Aus denen musterte Ernst Baumann den Fremden, der sich zu ihm hinabbeugte, eingehend. Was er sah, sagte ihm zu. Das war kein verhuschter Intellektueller, stellte er zufrieden fest, kein nervöser Ehrgeizling, der alle Namen kannte, alle Zahlen im Kopf hatte und von nichts eine Ahnung. Ihm gefielen die großen Hände des Jungen und sein neugieriger, gerader, an Unverschämtheit grenzender Blick. So einer war ihm schon lange nicht mehr untergekommen. Es schien sich um einen Emporkömmling zu handeln wie er selbst einer gewesen war. Einer, der gieriger und zäher war als andere, dessen volles Potenzial sich aber erst dann zeigte, wenn er auf die Nase flog und wieder aufstehen musste.

Trotz seiner schwindenden Kräfte hatte er darauf bestanden, vor dem Fremden Schlips und Kragen zu tragen. Denn der junge Kerl war am Telefon so vage geblieben, dass er wirklich derjenige sein konnte, auf den er gewartet hatte. Obwohl er darauf gefasst gewesen war, dass das Anziehen Schmerzen bereiten würde, wäre er fast bewusstlos dabei geworden. Wenn sie die Konzentration der Schmerzmittel noch weiter erhöhte, hatte er der Pflegerin versprochen, würde er ihrem Sohn, der sich als Elektriker selbständig gemacht hatte, einen guten Auftrag verschaffen. So betäubten die Medikamente, die aus dem Tropf durch die Kanüle in seinen linken Unterarm träufelten, seine Gefühlsnerven noch stärker als sonst.

René ging in die Hocke und schüttelte dem alten Mann aus gleicher Höhe die Hand. »Guten Tag, Herr Baumann.«

Baumann räusperte sich. Er suchte nach seiner früheren tiefen

Stimmlage. Die Krebskrankentonart, mit der er Monika um Hilfe beim Duschen bat, konnte er jetzt nicht gebrauchen. Er suchte den festen, selbstsicheren Tonfall, mit dem er Kabinettssitzungen geleitet und die CDU fertiggemacht hatte. »Kennen wir uns?« Er hörte den Worten nach. Nicht ganz, aber fast. Er schöpfte Mut.

»Nein –« René richtete sich nicht auf, sondern blieb in der Hocke. »Ich bin hier, weil ich Sie um eine Einschätzung meiner Chefin bitten möchte. Sie kennen einander von früher.«

Baumann blinzelte. Für einen Moment war nur das rosa Fleisch des Tränensacks zu sehen, weil er das rechte Auge von unten wieder aufziehen musste. »Kommen Sie aus der Politik?«

»Nein, aus der Energiewirtschaft. Bis vor ein paar Monaten habe ich bei der ReAG gearbeitet. Jetzt bin ich bei einem Investmentfonds, der auf den Energiesektor spezialisiert ist.«

»Auf Energie spezialisiert. Aha. Und wie heißt die Chefin?«

»Anna Smoktun.«

Monika hatte seinen Schlips zu fest gebunden. Der Kragen scheuerte schmerzhaft am Hals, als er den Kopf zur Seite drehte. Aus den Augenwinkeln konnte er sie sehen. Sie stand noch immer schräg hinter ihm, Hessens ehemalige Vorzeigeathletin, die nach der Scheidung von seiner ersten Frau eingesprungen war. Es wäre ihm jetzt lieber gewesen, er wäre mit dem Jungen allein.

»Ist was, Schatz?«, fragte sie. Sie ließ ihn keine Sekunde aus den Augen. Das haben Fechter so an sich. Doch er war zu alt, um zu bereuen. Für die Erkenntnis, dass er als kranker Mann bei seiner ersten Frau besser aufgehoben gewesen wäre, war es längst zu spät.

»Ist dir der Name ein Begriff?«, fragte er zurück.

»Nein.«

»Mir auch nicht.« Dass er den Namen nie gehört hatte, hatte allerdings gar nichts zu bedeuten. Sein Herzschlag beschleunigte sich und zu seiner eigenen Verwunderung konnte er plötzlich wieder kommandieren: »Jetzt holen Sie sich erst mal einen Stuhl von der Terrasse, Herr Hartenstein. Auf dem Weg lassen Sie sich von meiner Frau etwas zu trinken geben. Für mich ein Glas Wasser. Und dann erklären Sie mir in Ruhe, um wen es geht.«

»Wollt ihr nicht lieber auf der Terrasse sitzen?«, kam es von schräg hinten.

»Nein.«

»Aber hier ist doch alles voller Ungeziefer.«

»Monika –«, seine neu entdeckte Autorität belebte ihn so sehr, dass er tief durchatmen konnte, »– bitte.«

Er nutzte die Pause, um Kraft zu sammeln, und schlummerte ein. Als er die Augen wieder öffnete, saß der Junge in der geduldigen Haltung eines Anglers, Ellenbogen auf den Knien, auf einem Gartenstuhl neben ihm. Das Glas in seiner Hand war fast leer. Er schien die orangen Rücken der Goldfische zu betrachten, die sich an der Wasseroberfläche des Gartenteichs sonnten.

Wieder scheuerte Baumanns Hals gegen den Hemdkragen. Erst rechts von der Gurgel, dann links. Zur Sicherheit zog er auch noch die Schultern hoch. Das hätte sie bestimmt bemerkt. Als es still blieb, wusste er, dass sie allein waren. »Wer ist die Frau?«, fragte er leise.

Ohne die Goldfische aus den Augen zu lassen entgegnete René: »Sie haben sich mit ihr im Oktober 1983 in Kärnten getroffen. Genau zehn Tage nach Ihrem ersten Wahlerfolg.«

Es war, als ob die Schmerzmittel in seinen Venen durch ganz andere Substanzen ersetzt worden wären. Das Datum löste eine Detonation von Erinnerungen in ihm aus, der er nicht gewachsen war. Die Luft ging ihm aus. Obwohl sich die Hände um die Armstützen krampften, wurde ihm schwindlig. Der Rollstuhl schien abzuheben und ihn in hohem Bogen in den Gartenteich zu befördern. Genau so, wie sie es bei ihrer ersten Begegnung prophezeit hatte. »Woher wissen Sie das?«

»Hat sie sich damals nicht Anna Smoktun genannt?«

»Nein. Antworten Sie. Woher wissen Sie das?«

René drehte den Kopf zur Seite. Die Krankheit hatte den alten Mann so entstellt, dass es unmöglich war, seinem Gesicht eine

Gemütsregung zu entnehmen. »Eine Stasi-Akte ist aufgetaucht, in der das Treffen dokumentiert ist.«

»Sagen Sie bloß. Nach so langer Zeit?« In den Monaten nach der Wende war er fast durchgedreht vor Angst. Er war überzeugt davon gewesen, dass es allein eine Frage der Zeit war, bis die Wahrheit ans Licht kam. Früher oder später würde seine Akte auftauchen. Die Partei würde ihn verstoßen, Frau und Kinder würden mit ihm brechen, die Pressemeute würde über ihn herfallen, er würde wegen Landesverrats vor Gericht gezerrt werden. Gegen die neu gegründete Stasiunterlagenbehörde hatte er eine derartige Phobie entwickelt, dass er im Bundesrat blind für jede beantragte Aufstockung der Mittel gestimmt hatte. Aus Besessenheit und Selbsthass. Er war ein magenkrankes, schlafloses, unzurechnungsfähiges Wrack gewesen. Der Krebs saß zwar in der Leber, nicht im Magen, doch er wusste, dass er aus der entsetzlichen Zeit stammte, als Deutschland wiedervereinigt wurde. Stress, sagten die Ärzte, die keine Ahnung hatten, wovon sie sprachen, begünstigte den Krankheitsverlauf.

»Es gibt ein neues Verfahren, um alte Stasi-Akten wiederherzustellen.«

»Ein neues Verfahren«, wiederholte Baumann. Es war, als ob ein Übel das andere getilgt, ein Gift das andere zersetzt hätte. Seit er krank war, fürchtete er die Entdeckung nicht mehr. Er siechte angstfrei dahin. Er hatte aufgehört mit den Lügen, zum dreißigsten Jahrestag der Neuwahl hatte er lieber geschwiegen. Doch je näher das Ende rückte, desto mehr wuchs seine innere Unruhe. Es war der absurde Drang, zu beichten und sich zu offenbaren. Bevor er starb, wollte er die Wahrheit hinterlassen. Er wollte seine kleine Rolle im großen Spiel offenbaren. Es war zwar kein glorreicher Part, aber es war, wenn man die Dinge mit der Nüchternheit betrachtete, die einem nur die unmittelbare Nähe zum Tod verschaffte, seine einzige Chance auf Unsterblichkeit. »Ich hatte angenommen, das Material sei vollständig vernichtet worden.«

»Nein. Nicht vollständig. Ein Teil der Akten ist damals nicht zerschreddert, sondern nur zerrissen worden. Das wird jetzt per Computer wieder zusammengesetzt.«

»Unglaublich.«

»Ja.«

Nachdem sie sich eine Weile einträchtig auf das Getümmel im Teich konzentriert hatten, fragte René: »Und warum haben Sie sich getroffen?«

»Was glauben Sie?« Baumanns Lachen bestand aus einer kurzen Erschütterung. »Zum Pilzesammeln?«

»Eher nicht.«

»Es war ein staubtrockener Sommer, da haben Sie recht. Ohne Regen keine Eierschwammerln. Von Steinpilzen ganz zu schweigen.« Das Auge nässte. Er rieb mit dem Zeigefinger im losen Tränensack herum. »Nein, ich musste bezahlen, darum ging es.«

»Brauchst du die Sonnenbrille, Schatz?«, rief die Fechterin von der Terrasse, wo sie sich mit einer Zeitschrift niedergelassen hatte. Baumann winkte ab. Neben ihm stützte René das Gesicht in die Hand. Er wollte, dass es von der Terrasse so aussah, als langweilte er sich. »Für den Wahlsieg«, soufflierte er leise.

»Achteinhalb Punkte lagen wir hinter der CDU. Sechs Wochen vor der Wahl. Und die durchgeknallten Grünen legten weiter zu. Verstehen Sie? Ich war erledigt. Eine Witzfigur. Die Zeitungen konnten sich gar nicht mehr einkriegen, wen sich die SPD da vor den Karren gespannt hatte. Für die war ich nur noch der Betonmischer, der überehrgeizige Hilfspolier, der sich endgültig verhoben hat.« Sein Brustkorb wackelte schmerzhaft. Er musste wieder lachen. Es war kaum zu glauben, wie gut es tat zu reden. »Und dann erschienen aus heiterem Himmel meine Schutzengel und machten alles wieder gut. Sie arbeiteten im Kollektiv. Ein zurückhaltender Mann im fortgeschrittenen Alter, ein unauffälliger Blonder, ein junger Ausländer, ein langhaariger Student. Nie erschien der Gleiche, jedes Mal ein anderer. Man fühlte sich sofort in sicheren Händen. Ich bin Freimaurer, müssen Sie wissen, auch nicht ganz unbefleckt. Aber das waren Profis. Oberste Liga. Und ihre Ware – ich meine –« Es versuchte erst gar nicht, die Tränen zurückzuhalten. Der Junge würde glauben, er sabberte.

René nickte langsam. Für die Zuschauerränge tat er so, als müsste er ein Gähnen unterdrücken.

»Traumhaftes Zeug«, flüsterte Baumann, als es wieder ging. »Fotos, Kopien von Briefen, Mitschriften von Telefonaten, sogar einen Videofilm gab es. Grobkörnig, aber mit ein wenig Fantasie war alles zu erkennen. Das musste nicht einmal an die Öffentlichkeit gelangen. Nur an den Gegner. Der Kandidat war gelähmt, sein Wahlkampf vorbei. Es war ein Wunder, wie gesagt. Die Schwarzen haben sich zerfleischt und plötzlich – so plötzlich, dass die Herablassung den Leuten in Wiesbaden noch immer in den Augen stand – saß der Hilfspolier in der Staatskanzlei.« Wieder flossen die Tränen. »Jetzt wissen Sie's.«

Die Stimme war schrill. »Du brauchst sie ja doch. Ich hol sie dir.« Monika klatschte die Zeitschrift auf den Terrassentisch und verschwand im Haus.

»Und eins will ich Ihnen sagen«, fuhr Baumann vernehmbarer fort und beugte sich sogar im Rollstuhl vor. Die Augenbrauen schienen zu lodern. »Ich bin nicht der Einzige. Das können Sie mir glauben. Ich würde zu gern wissen, wo die noch überall ihre Hände im Spiel hatten. Da steht der westdeutschen Geschichtsschreibung einiges bevor. Wenn die Akten, von denen Sie sprechen, erst mal alle wiederhergestellt sind –«, weil sich die Sportlerin näherte, senkte er die Stimme, »– dann gute Nacht. Aber ohne mich. Mich gibt es dann schon nicht mehr.«

»Ich dachte, du kennst die Frau gar nicht«, wunderte Monika sich, als sie mit der Sonnenbrille, in jeder Hand einen Bügel, vor dem Rollstuhl stand. Ihre Beine waren leicht ausgestellt. Wie alle ehemaligen Spitzensportler hatte sie es im Rücken.

»Danke, es ist bewölkt. Ich brauche die Brille nicht. Weiterhelfen kann man jungen Leuten immer.«

René guckte müde auf den Teich.

»Deine Augen tränen. Du weißt selbst, wie die Tropfen brennen. Ich will sie dir nachher nicht schon wieder geben müssen.«

»Die rutscht.«

»Nein, die rutscht nicht. Das ist die neue. Schick, finden Sie nicht auch?«

René nickte beflissen.

»Fielmann, fünfunddreißig Euro.«

»Monika, wir sind mitten im Gespräch.«

»Ich will aber nicht, dass ihr euch zu sehr beansprucht. Weder er dich noch du ihn.« Sie zwinkerte René zu. »Sie haben ja wahrscheinlich nicht ewig Zeit, nicht wahr, Herr Hartenstein?«

»Ich habe auch nicht ewig Zeit, Monika.« Er war kein jähzorniger Mensch, aber sie brachte ihn immer öfter an den Rand eines Abgrunds, unter dem eine heiße, schwarze Wut brodelte, die er immer weniger kontrollieren konnte. Fiele er hinunter, würden seine Eingeweide bei lebendigem Leib frittiert. Er fuhr sich übers Gesicht. Womöglich lag es gar nicht an ihr, sondern an ihm. Vielleicht wäre es mit Irmi, seiner ersten Frau, auch nicht anders gekommen. »Lass uns allein.« Er wollte nicht. Doch er musste. »Bitte«, presste er schließlich mit geschlossenen Augen das Zauberwörtchen heraus, »bitte, Moni.«

»Ich freue mich ja, dass ihr euch so gut versteht.« Er fühlte die Brillenbügel an den Ohren. Sanft schob sie den Steg gegen sein Nasenbein. »Nur sollte man manchmal aufhören, wenn es am schönsten ist. Ich will nicht, dass du zusammenbrichst, Schatz.«

Die Sonnenbrille rutschte in Richtung Nasenspitze.

»Kaffee, Herr Hartenstein?«

»Danke nein.«

»Ernst?«

***

Er floh in die Vergangenheit. Er saß nicht mehr im Garten des einsamen, viel zu großen Hauses, das er nie hatte bauen wollen.

Er saß nicht mehr im Rollstuhl am Gartenteich, weil Monika Libellen und Wasserläufer hasste und dies sein letzter Rückzugsort geworden war. Er hatte keine Windel mehr an, keine Tränen auf den Wangen und keine Kanüle im Unterarm, sondern er war wieder der Mann auf dem Titelbild des *Spiegel*, ein zäher, unerschrockener Niemand, den alle unterschätzt hatten, der auf dem Weg nach oben einen vermeintlich unbezwingbaren Gegner nach dem anderen hinter sich gelassen hatte, und der sich nun, nach seinem größten Triumph, ein paar Tage Auszeit gönnte, um mit Ehefrau und Kindern in die Berge zu fahren.

Er wollte Luft holen, bevor er die nächste Hürde nahm. Den albernen Lärm, den die Grünen veranstalteten, musste er ignorieren. Diese bärtigen, sockenstrickenden Wahnsinnigen hatten es ins Parlament geschafft und hofften jetzt, zugedröhnt wie sie waren, er würde sie an der Macht beteiligen. Dabei hatte er sie längst öffentlich zur Hölle geschickt. Die große Koalition war der einzig gangbare Weg.

Bis vor ein paar Jahren hatte er sich dort oben am Weissensee nie wirklich wohlgefühlt. Es war so ruhig. So verdammt teuer und bürgerlich. Opel fuhren außer ihm selbst nur ein paar Einheimische. Die anderen Sommerfrischler hatten Volvos oder Saabs, manche auch Mercedes. Doch Irmi war schon als Kind mit ihren Eltern hierhergefahren und hatte darauf bestanden, dass es ihm und seiner Karriere guttat, wenn er der Gegenseite wenn schon nicht im Winter beim Skifahren, dann wenigstens im Sommerurlaub näherkäme. Im ersten Jahr war er der Einzige gewesen, der zum Abendessen in kurzen Hosen erschienen war, weil er keine anderen dabeigehabt hatte. Trotzdem hatte Irmi sich seiner nie geschämt, und mit der Zeit hatte er aus ihrem geduldigen Blick gelernt. Er hatte ihr viel zu verdanken.

Parallel zu seinem Aufstieg in der Partei hatte sich auch die Zurückhaltung der anderen Stammgäste gelegt, und in den vergangenen Jahren hatten sie sich hier oben wie zu Hause fühlen dürfen.

Doch nie war er glücklicher gewesen als an diesem klaren Morgen Anfang Oktober. Irmi wusste von der Verabredung. Er hatte ihr gesagt, die *Frankfurter Rundschau* würde das traditionell einzige Interview von ihm vor den Koalitionsverhandlungen bekommen. Als er im ersten Tageslicht aufstand, streckte sie verschlafen die Hand nach ihm aus. Unter der alpenfrischen Daunendecke war sie nackt, denn sie hatten am Abend miteinander geschlafen. Er küsste ihre warme Hand, sie drehte sich zur Seite und schlief weiter. Sie war nie neugierig. Selbst später, als sie es hätte sein sollen. Sie vertraute ihm blind.

Wie ein Spiegel lag der unberührte See im Tal. Weißer Morgentau trieb in Schwaden über die Wasseroberfläche. Über dem Bergkamm im Osten ging die Sonne auf. Er war der einzige Mensch auf der Welt, und die Welt gehörte ihm. Langsam stieg er ins Wasser. Die Kälte auf seiner Haut, noch schlafwarm vom Bett. Das Kribbeln. Die Euphorie nach der Überwindung, als er untertauchte. Reinheit und Klarheit. Welche Sünden konnte man begehen, die dieses Wasser nicht reinwusch?

Er ging davon aus, dass es nachher um die zweite Tranche gehen würde. Im Falle eines Wunders hatten sie einen nicht unbeachtlichen Erfolgsbonus vereinbart. So waren sie, die real existierenden Sozialisten, kapitalistisch bis in die Fingerspitzen und bar jeden Schamgefühls. Andererseits hatten sie es verdient. Er hoffte allerdings, die Summe drücken zu können. In einem der vielen Blumensträuße, die ihm nach dem Sieg geschickt worden waren, hatte er die angekündigte Glückwunschkarte gefunden, auf der Ort und Zeit des Treffens genannt waren. Dass sie sogar über seine Auszeit in Kärnten informiert waren, besorgte ihn noch etwas mehr als es ihn beeindruckte.

Der Ort lag in einem Tal südlich des Weissensees. Er lenkte den Opel über enge Kurven steil abwärts, passierte zwei Straßendörfer und schließlich das Ortsschild von Hermagor. »Die Post« war ein weiß getünchter Gasthof mit grünen Fensterläden und Blumenkästen, aus denen rote und weiße Geranien quollen. Es war ein klug gewählter Treffpunkt. In der österreichischen Provinz scherte sich niemand um deutsche Landespolitik. Unerkannt mischte er sich unter die Wandergruppen und Nebensaisontouristen im Biergarten, fand eine ruhige Bank im Schatten, bestellte ein Bier, dann noch eins, weil er noch zehn Minuten totzuschlagen hatte und zugegebenermaßen etwas nervös wurde, und hielt unauffällig Ausschau nach dem Kontaktmann.

Die Zeit verging, niemand erschien. Es wurde viertel nach elf. Er musste pinkeln, wagte sich aber nicht von der Stelle. Zwanzig nach elf. Gleich würden Irmi und die Kinder zur Alm hinterm Brunn aufbrechen.

»Ich bitte vielmals um Entschuldigung, Herr Baumann!« Flatternde Bluse, flatternde Haare, große Ohrringe, strahlendes Lächeln. Ausgerechnet jetzt. Er griff in die Windjacke, doch die Autogrammkarten steckten in der Innentasche seines Jacketts und das hing im Hotelschrank. Er hatte keine dabei. »Ich kann es nicht einmal auf den Verkehr schieben. Die Straßen waren frei. Ich hoffe, Sie warten noch nicht allzu lang?«

»Wie bitte?« Es war, als ob sein Bewusstsein sich mit aller Kraft dagegen wehrte. Er verstand immer noch nicht, wen er vor sich hatte, als sie mit unerbittlicher Selbstverständlichkeit Platz nahm und die gepflegte Hand ausstreckte. Modische Armreifen tanzten am Handgelenk. »Herzlichen Glückwunsch, Herr Baumann. Sie haben einen Endspurt wie im Bilderbuch hingelegt. Wir sind alle sehr beeindruckt.«

Er wollte es nicht mit einer Frau zu tun haben. Schon gar nicht mit so einer. Mit Männern konnte er besser.

»Haben Sie schon etwas bestellt?«

Er hatte nicht gewusst, dass es weibliche Wesen dieser Art drüben überhaupt gab. Er kannte nur die alterslosen Wuchtbrummen von der Zonengrenze, die aus ihren Uniformen platzten und noch schlechtere Laune verbreiteten als die männlichen Grenzer.

»Natürlich haben Sie schon bestellt, Sie warten ja schon ewig. Nächstes Mal bin ich pünktlicher, versprochen.« Sie sprühte vor Energie. An irgendjemanden erinnerte sie ihn. Dieses frische Lachen. Die schönen Zähne. Sie erinnerte ihn an jemanden, den er gut kannte.

Sie bestellte Kaffee, zündete sich eine Zigarette an und eröffnete ihm, während er darüber nachdachte, wem sie ähnlich sah, dass sie kein Geld von ihm wollten. Keinen Pfennig. Sie hatten es sich anders überlegt. Stattdessen sollte er nach diesem in jeder Hinsicht fantastischen Wahlergebnis die Grünen zu seinem Koalitionspartner machen. Er sollte sie an der Regierung beteiligen und ihnen ein Ministerium überlassen. Welches war ihnen egal, aber das Umweltministerium bot sich an. Doch er war der Profi, diese Entscheidung überließen sie ihm.

Er wusste immer noch nicht, nach wem er suchte, hatte sich aber wieder gefasst. Er entschuldigte sich, ging auf die Toilette, pinkelte eine volle Minute lang und wusch sich dann das Gesicht mit kaltem Wasser. Dann setzte er sich wieder zu ihr und erklärte so ruhig er konnte, dass er öffentlich geschworen hatte, niemals mit diesen unzurechnungsfähigen Vollidioten zusammenzuarbeiten.

Sie zitierte ihn wortwörtlich aus dem Gedächtnis: »Ich bedauere, dass es mir mein hohes Staatsamt verbietet, den Kerlen selbst eins auf die Fresse zu geben. Früher auf dem Bau hat man solche Dinge mit der Dachlatte erledigt.«

Er bestätigte das Zitat und bat sie ihren Freunden auszurichten, sie sollten sich an die Abmachung halten. Er würde den vereinbarten Bonus in voller Höhe bezahlen. In bar. Die Rabattverhandlungen, von denen er beim Schwimmen fantasiert hatte, konnte er vergessen.

Sie drückte ihre Zigarette aus, drückte noch lange weiter, nachdem die Glut schon erloschen war. Er hätte sie missverstanden, erwiderte sie schließlich. Die Sache sei nicht verhandelbar. Falls er Zweifel daran hege, wollte sie ihm eine kurze Anekdote erzählen, bevor sie auseinandergingen.

Wenn sie nur ein Mann wäre, dachte er und senkte verwirrt den Kopf. Dem würde er was husten.

»Vielleicht kennen Sie die Geschichte auch schon. Sie handelt vom Vater Ihres Wirts.«

Verständnislos sah er auf. »Von wem?«

»Vom alten Kasner.«

Der Name durchzuckte ihn wie der Blitz, wofür er sich im nächsten Moment schämte. Was hatte er denn gedacht, mit wem er sich eingelassen hatte, mit der Wohlfahrt? Sie wussten alles über ihn. Sie wussten, wohin sie seit Jahren in Urlaub fuhren. Sie wussten, wo Irmi war. Was die Kinder machten. Sie hatten ihn in der Hand. Sein Gegenüber, das der Frau seiner Träume auf verheerende Weise ähnlich sah, musste gar nicht weiterreden.

»Die Gastwirtschaft lag ihm so wenig wie seinem Sohn«, fuhr sie mit sanfter Erzählstimme fort. »Sie wissen selbst, was der Kasner Abend für Abend für ein Gesicht macht, wenn er den Gästen die Suppe serviert. Er ist kein Kellner. Wohl fühlt er sich nur in der Landwirtschaft, auf dem Feld und im Wald. Dort, wo der Mann noch Mann sein kann.« Lächelnd strich sie sich das dunkle Haar aus der Stirn. Die Armreifen klimperten. »Sein Vater war genauso. Ein legendärer Jäger. Er lag stundenlang auf der Lauer, hatte im entscheidenden Moment eine ruhige Hand und war, was vielen abgeht, die sich eher an Blumen und Blättern ergötzen, extrem blutrünstig. Wenn ich mich nicht täusche, sind das Eigenschaften, die auch auf Sie zutreffen.«

Baumann hing an ihren Lippen. Als sie zur Seite sah, wischte er sich verstohlen den Schweiß von der Stirn.

»Dann tauchte dieser Hirsch auf, von dem es hieß, seine Krone habe sechzehn, vielleicht sogar siebzehn oder achtzehn Enden. Seit Monaten war er immer wieder von Weitem gesichtet worden, doch kein Jäger hatte ihn je vor den Lauf bekommen. Schließlich taten sie sich zusammen und jagten ihn gemeinsam. Zwölf Mann gegen ein Tier. Erst beim dritten Versuch kesselten sie ihn am Nordufer des Sees ein. Er war noch größer und schöner, als Kasner sich ausgemalt hatte. Das Geweih voller Gestrüpp, keuchend und schweißnass, stand er mit dem Rücken zum Wasser. Seine Flanken zuckten.«

Baumann saß mucksmäuschenstill.

»Da drehte er sich um, stieg in den See und begann zu schwimmen. Fassungslos fluchend traten die Jäger aus ihren Hinterhalten und sahen ihm hinterher. Er war ihnen zum vierten Mal entkommen. Der Wind spielte mit den Gräsern in der Krone. Er war kräftig genug, es bis ans andere Ufer zu schaffen.« Sie aschte ab und fixierte einen Punkt knapp über Baumanns Kopf. »Doch in dem Moment, als der Hirsch die tiefste Stelle des Sees passierte, verlor Kasner den Verstand. Er drückte ab und traf. Noch bevor der Knall zwischen den Bergen verhallt war, versank die Nasenspitze, dann die Augen, die Ohren, schließlich das sagenhafte Geweih. Noch ein, zwei Blasen, dann war das Tier verschwunden.«

Baumanns Mund stand offen.

»Da sieht man, was alles im Wasser versinken kann, ohne dass es verunreinigt. Ich nehme an Sie wissen, dass der Weissensee bis heute Trinkwasserqualität hat?«

»Ja.«

»Wo der Hirsch liegt, ist das Wasser neunundneunzig Meter tief. Eine reinigende Tiefe. Wer weiß, was da unten noch alles verwest.« Sie aschte ab. »Es war Kasners letzte Jagd. Sie haben ihn nie wieder hinauf ins Revier gelassen.«

***

Der mumienhafte Alte verstummte. Am Goldfischteich entstand eine Pause, die René Hartenstein dazu nutzte, sein lückenhaftes Wissen aus dem Gedächtnis zu kramen.

»Und dann«, vollendete er Baumanns Chronik der Ereignisse mit leiser Stimme, »dann haben Sie getan, was von Ihnen verlangt wurde. Sie sind nach Wiesbaden zurückgekehrt und fanden die Grünen plötzlich doch einigermaßen zurechnungsfähig. Erst haben Sie sich von ihnen tolerieren lassen, um das Gesicht zu wahren, dann haben Sie als erster Ministerpräsident der Bundesrepublik mit ihnen zusammen regiert. Wie gewünscht durften die Jungs das Umweltministerium übernehmen. Das war die Vereidigung, zu der der neue Umweltminister in Jeans erschien, oder?«

Baumann hatte die Augen die ganze Zeit geschlossen gehalten. Jetzt zog er das rechte von unten auf und blinzelte. Er musste sich erst wieder orientieren. Die Sonnenbrille war auf seinen Schoß gefallen. »Wenn ich es nicht getan hätte«, erklärte er schließlich, »dann hätte ich wohl ein ähnliches Ende genommen wie Uwe Barschel. Erinnern Sie sich an die Bilder aus seinem Genfer Hotelzimmer? Mit Schlips und Kragen lag er in der Badewanne, das aufgequollene Gesicht verdreht … Ich hätte einen Herzinfarkt beim Schwimmen bekommen, nehme ich an. Morgens vorm Frühstück, wenn sonst niemand im Wasser war. Etwas in der Richtung.«

Er hatte sich lange gefragt, wie es sich anfühlen mochte, das Geheimnis zu lüften, und war zu dem Schluss gekommen, dass es auf die Reaktion des Publikums ankam. Langsam und noch etwas benommen, wie ein Dirigent nach vollbrachtem Konzert, sah er auf. Der Junge starrte ihn an. In seinem Gesicht lag nicht die geringste Spur von Sensationslust. Baumann lächelte. Er spürte einen Kloß im Hals und räusperte sich. Es war der Richtige. Er hatte lange gewartet und am Ende den Richtigen gefunden. Im Blick des Jungen stand ehrliche Fassungslosigkeit.

»Sagen Sie mal –«, fragte Baumann mit gesenkter Stimme. »Was hat Sie eigentlich dazu bewogen, mich nach ihr zu fragen?«

»Ich weiß auch nicht genau. Vielleicht –« René Hartenstein beendete den Satz mit einem Achselzucken. Dann machte er einen neuen Anlauf, stockte, zögerte, schüttelte den Kopf. »Vielleicht –«

Baumann beugte sich vor. »Vielleicht was?«

»Wahrscheinlich sowieso nur ein Zufall –«

»Was denn?«, flüsterte Baumann.

René atmete tief durch. »Ein Freund von mir, der Kollege, der den Kontakt zur Smoktun hergestellt hat, der – der wurde auch tot aufgefunden.«

KAPITEL 22

»Hören Sie. Beim Anblick meiner Frau da drüben auf der Terrasse wird mir schlecht. Können wir nicht einen Ausflug machen?«

»Was?«

»Egal wohin.« Es war wie eine unklare Ahnung, die Baumann mit jedem schneller werdenden Herzschlag kommen spürte. Eine alte, verloren geglaubte Lust. »Schieben Sie mich ein bisschen übers Feld. Oder zum Rewe. Ja. Zum Rewe. Gute Idee. Schieben Sie mich zum Supermarkt unten an der Hauptstraße und spendieren Sie mir zur Feier des Tages ein Bier.«

René sah zweifelnd auf, doch bei Baumanns Anblick verflog seine Skepsis. Die offenen Augen des Alten blitzten. Die Schultern streckten sich. Es wirkte, als ob Baumann auf der Stelle jünger wurde und mit jedem Atemzug mehrere Jahre auf einmal abwarf.

»Klar, wenn Sie wollen, gehen wir ein Bier trinken. Sie sind schließlich über achtzehn.« Er betrachtete die Messflasche, die über dem Rollstuhl baumelte. »Und dass sich das Zeug da drinnen womöglich nicht mit Bier verträgt, wissen Sie selbst.«

»Wir nehmen das Gartentor da hinten.«

»Und Ihre Frau?«

»Keine Sorge. Die ist so beleidigt, das wird Tage dauern, bis sie wieder den Mund aufmacht.«

Er behielt recht. Monika Baumann war blind in ihre Zeitschriften vertieft und leistete keinen Widerstand. Sie gelangten ohne Gegenwehr auf die menschenleere Straße. Ein einsamer Traktor zog riesige Staubwolken übers Feld. Im Vorgarten der Nachbarn plätscherte ein Springbrunnen. Ansonsten herrschte Grabesstille. Die Rollläden der umliegenden Häuser waren heruntergelassen.

Baumann hielt sich mit beiden Händen an den Armlehnen fest und wies den Weg. »Rechts – Vorsicht, Hundescheiße – bis da vorne zu dem protzigen Bunker, Monika findet so was schön –

links um die Ecke – den Berg runter.« Sie fuhren über gepflasterte Fußwege mit offenen Wunden. Die dunkle Erde sah aus wie blutiger Schorf. Aus den Ritzen war vor Kurzem das Moos entfernt worden. René überließ sich Baumanns Kommando und gab den Versuch auf, die Gedanken zu ordnen, die ihn bestürmten. Seit Wochen, vielleicht Monaten, hatte er nicht mehr an Martin Jäger gedacht. Dabei war Jäger der Grund, warum er hier war. Mit seinem Tod hatte alles begonnen … Er musste aufpassen, dass der Tropf nicht an Büschen und über die Zäune rankenden Obstbaumästen hängen blieb. Er konnte nicht fassen, dass er sich die Frage nie gestellt hatte. Alles hatte er über die Smoktun erfahren wollen, alles, was ihn nichts anging. Nur die entscheidende Frage, was sie mit Martin Jäger verband, hatte er ausgelassen.

Im Supermarkt hielt Baumann den Blick gesenkt. Er grüßte niemanden; niemand sprach ihn an. Aus den verstohlenen Blicken der Leute schloss René, dass sie den erbärmlichen Anblick des Ministerpräsidenten nicht gewohnt waren. Er musste sich lange versteckt haben.

Mit vier Dosen Bier und einem gegrillten Hähnchen verließen sie das Geschäft. Baumann dirigierte ihn einen Fahrradweg entlang, der einem ausgetrockneten Flusslauf folgte, ortsauswärts. Nach einer Weile hörten sie laute Kinderstimmen, dann tauchte linker Hand ein Spielplatz auf. Unschlüssig blieb René vor dem Eingangstor stehen, auf dem ein kleiner Junge mit Brille ritt. Um kurz vor elf am Vormittag herrschte Hochbetrieb. Mehrere Kindergartenladungen schienen sich gleichzeitig abzureagieren. Das Geschrei war ohrenbetäubend.

»Ich dachte, hier hätten wir unsere Ruhe«, brummte Baumann.

»Bäh«, machte der Junge auf dem Tor. »Was hast'n du da im Arm?«

»Wohl kaum«, sagte René zu Baumann.

»Mama, guck ma, der Mann da! Bei dem läuft Pipi in' Arm! Das läuft da rein!«

In Sömmerda hätte er keine Hemmungen, den kleinen Wichser zum Schweigen zu bringen. Doch Westdeutsche reagierten empfindlich, wenn man ihre Brut anfasste. Hastig drehte René den Rollstuhl um und ging davon.

»Iiiiih! Pipi in' Arm! Ma-ma-guck-ma!«

Sie hörten es noch bis weit hinter der nächsten Kurve. Renés Finger verkrampften sich um die Schiebegriffe. Baumann schwieg. Weil sie nicht mehr umdrehen konnten, gingen sie weiter ortsauswärts das verstaubte Bachbett entlang. Warmer Wind blies ihnen entgegen. Endlich tauchte eine Bank am Wegrand auf. René parkte den Rollstuhl neben dem Mülleimer, setzte sich, öffnete zwei Bierdosen und reichte eine Baumann. »Tut mir leid. Dem hätte ich gern eins auf die Fresse gegeben.«

»Ich auch.«

Sie lächelten sich kameradschaftlich an. Nichts schweißt enger zusammen als ein gemeinsamer Feind.

»Auf die Prügelstrafe«, schlug Baumann vor und prostete ihm zu. Er nahm einen vorsichtigen Schluck, dann noch einen und noch einen. Nachdem er abgesetzt hatte, ließ er einen eindrucksvollen Rülpser los. Etwas von der Kraft des Mannes von früher besaß er wirklich noch. »Hier sitzen wir nun also, wir beide.«

»Hm.«

»Vereint von einer Frau, die man nicht vergisst.«

»Sie sagen es.«

»Ich habe ihr vor langer Zeit gedient, Sie tun es heute.«

Eine Pause trat ein, während Baumann die Beschriftung der Dose studierte. »Ich weiß natürlich nicht, was Ihrem Kollegen passiert ist –«

»Nein«, pflichtete René ihm etwas zu schnell bei.

»Aber Sie kommen aus der Energiebranche. Von ReAG-Atom, sagen Sie? – Da schadet es nicht, wenn ich Ihnen ein paar Grundlagen der Energiepolitik erkläre. Ein bisschen Hintergrund. Das kann man immer gebrauchen.«

René stieß mit der Schuhspitze gegen einen Stein. »Sicher.«

»Vorhin im Garten waren wir ganz nah dran. Zu nah, um einen

Überblick zu gewinnen. Ich habe Ihnen vom täglichen Kleinklein erzählt, davon, wie kleine Rädchen wie ich rekrutiert wurden.« Er wischte sich mit dem Fingerknöchel über den Mund. »Na ja, vielleicht war ich kein ganz kleines. Ich war ein mittelgroßes, würde ich sagen. Aber eben nur eine von vielen Operationen, die für sich genommen nicht besonders aufschlussreich sind. Die Geschichte wird erst richtig spannend, wenn wir sie mit Abstand betrachten und versuchen, einen Blick aufs große Ganze zu werfen.«

»Aufs große Ganze«, wiederholte René, »ich verstehe.« Als er aufsah, fing er den skeptischen Blick eines Ehepaars auf, das auf dem Fahrradweg vorbeifuhr und einen greisen, leise vor sich hin brabbelnden Rollstuhlfahrer sah, der sich am helllichten Tag mit seinem Pfleger volllaufen ließ. Er zwinkerte der Frau zu, die empört errötete.

»Wenden wir uns der russischen Energiepolitik zu«, murmelte Baumann.

»Ein gewagter Sprung.«

Doch Baumann ließ sich nicht beirren. Mit konzentriertem Gesichtsausdruck nahm er einen weiteren Schluck Bier. Er verfolgte seine eigene komplizierte Marschroute, von der er sich durch vorlaute Kommentare nicht ablenken ließ. »Wussten Sie, dass die Russen uns seit den siebziger Jahren mit Gas beliefern?«

»Schon seit Sowjetzeiten?«

»Seit 1973, um genau zu sein. Druschba hieß die erste Pipeline, die durch die DDR bis nach Bayern führte.«

»Freundschaft.«

»Sieh an. Russisch kann er also auch.«

René trank.

»Und das Gas war mehr als nur eine Devisenquelle. Es war von Anfang an auch ein wichtiges Mittel zur Friedenssicherung. Je mehr Gas die Deutschen aus Russland bezogen, desto weniger wahrscheinlich war es, dass der imperialistische Westen noch mal losschlug. Die Gaslieferungen dienten den Russen also als eine Art Versicherung.«

»Ich verstehe.«

»Gefährdet wurde diese Strategie allerdings durch die westdeutsche Atomindustrie, die seit Mitte der sechziger Jahre einen Atommeiler nach dem anderen baute. Ginge die Entwicklung so weiter, wäre die Bundesrepublik früher oder später autark. Die Deutschen würden selbst genug Energie produzieren und bräuchten das russische Gas nicht mehr.« Baumann hielt inne. Als René aufsah, hatte er seinen Oberkörper seitlich im Rollstuhl verdreht. Obwohl er sich zusammenriss, standen ihm die Schmerzen ins Gesicht geschrieben.

»Ist Ihnen nicht gut?«, fragte René. »Das Bier –?«

»Das hat nichts mit dem Bier zu tun«, knurrte Baumann. »Mein Rücken ist wund. So lange sitze ich sonst nie am Stück im Rollstuhl. Zumindest nicht im Anzug.«

»Soll ich Sie rausheben?«

»Ziehen Sie mir das Jackett aus.«

Er lockerte seine Krawatte und machte mit zitternden Fingern die obersten zwei Hemdknöpfe auf. Beiden war es peinlich, als René sich über ihn beugte und das völlig verschwitzte Jackett vorsichtig von seinem Rücken löste. Nach Baumanns Anweisungen senkte er die Lehne des Rollstuhls ab. Bevor sich der Alte nach hinten lehnte, leerte er sein Bier und rülpste noch mal. »Schmeckt verdammt gut. Wirklich.«

»Es ist noch genug da.« René nahm ihm die Dose ab und schmiss sie in den Mülleimer.

»Später.« Baumann lag jetzt fast im Rollstuhl. »Erst will ich, dass Sie die Zusammenhänge kapieren. Falten Sie mein Jackett zur Kopfstütze und legen es mir unter.«

»Ihre Frau wird sich freuen.«

»Das sowieso.«

René stopfte das Jackett unter den kahlen Hinterkopf, bis Baumann ihn auch aus der Liegeposition im Auge hatte. Als er seine Hände zurückzog, waren sie nass von Baumanns Schweiß.

»Die Russen und ihr Gas«, nahm der Alte den Faden wieder

auf und griff dabei in die Hosentasche. Er förderte ein angegrautes Stofftaschentuch zutage und reichte es René, damit er sich die Hände abwischen konnte. »Hätte es die Anti-Atomkraft-Bewegung in Deutschland nicht gegeben, hätten sie sie erfinden müssen. Die friedensbewegten Müslis, die Atomkraftwerke mit Atombomben verwechselten, waren für die Russen ein Geschenk des Himmels. Niemand bekämpfte die Bedrohung ihres Absatzmarkts so leidenschaftlich wie die dämlichen Vollbärte.«

»Ich verstehe.« Langsam begann ihm zu dämmern, worauf sein Gegenüber hinauswollte.

»Schließlich entstand aus der Bewegung die Partei der Grünen –«

»Moment«, hakte René ein, »wollen Sie damit sagen, dass die Smoktun für die Russen gearbeitet hat?«

»Langsam.« Baumann winkte ab. Er ließ zwei Spaziergänger mit Schäferhund passieren, bevor er weitersprach. »Eins nach dem anderen. Für wen sie gearbeitet hat, als sie die Grünen über mich und andere an die Macht geschleust hat, ist im Grunde egal. Fest steht, dass die Interessen des KGB und der Stasi in dieser Beziehung deckungsgleich waren. Beide besaßen großes Interesse daran, die Chaostruppe wachsen und gedeihen zu sehen und sie hochzupäppeln. Für die Russen war es unbezahlbar, dass die Grünen die Angst vor Atomkraft fest im deutschen Bewusstsein verankerten. Und die Ostdeutschen schätzten sie ganz allgemein als eine Kraft, die das System des Klassenfeinds destabilisierte. Die Vollidioten waren schließlich gegen alles.«

»Hm.«

»Als die Mauer fällt, verschwindet die Stasi von der Bildfläche. Allerdings verändert sich die Gemengelage damit nur zum Teil. Denn die Russen haben mehr denn je Interesse daran, ihr Gas für geopolitische Zwecke einzusetzen. Vor ihren Kunden können sie sich einigermaßen sicher fühlen. Wer Gas braucht, macht keinen Ärger. Das ist die Logik, der sie folgen.«

René überlegte. »Das heißt, dass die Grünen nach wie vor wichtig für sie sind.«

»Moskaus Interesse an fundamentalistischen Atomkraftgegnern bleibt zweifellos ungebrochen.« Baumann nickte. Der Junge besaß eine schnelle Auffassungsgabe. »Dass die Grünen bei den ersten gesamtdeutschen Wahlen an der Fünf-Prozent-Hürde scheiterten und es nicht ins Parlament schafften, dürfte in Moskau für große Bestürzung gesorgt haben. Schließlich kann man sich nicht ewig auf Tschernobyl verlassen.«

»Scheiße.«

»Doch es gibt da ja noch fähige ehemalige Stasi-Leute, die man reaktivieren kann. Leute mit besten Verbindungen in die Szene und Zugang zu jeder Menge explosivem Material von früher. Auf diese ostdeutschen Spezialisten greifen die Russen nun zurück.«

»Wie die Smoktun«, murmelte René, doch Baumann hörte ihn entweder nicht, oder ignorierte ihn.

»Und siehe da – die siechen Grünen kommen wieder auf die Beine. Acht Jahre nach der Wende kommen sie an die Macht und regieren zusammen mit den Sozialdemokraten. Da war ich allerdings schon weg vom Fenster.«

René sah auf. »Was?«

Baumann war verstummt. Lange hatte er sich der Erkenntnis, dass sie die albtraumhafte Verwirklichung seiner Sehnsüchte war, nicht widersetzen können. Es war die Frau seiner Träume, an die sie ihn vom ersten Moment an erinnert hatte. Er krempelte sein Leben für sie um. Nicht, dass Irmgard ihm nicht ans Herz gewachsen wäre, doch er konnte sie nicht einweihen und umgekehrt konnte sie nicht verstehen, was in ihn gefahren war. Unter aberwitzigem Risiko dachte er sich immer neue Notfälle aus, warum er mit ihr in Verbindung treten musste. Andere Kontaktleute weigerte er sich zu treffen. Er brachte ihr üppige Opfergaben und Geschenke, er tat alles für sie, was in seiner Macht stand, er himmelte sie an. Bei jedem Treffen war sie noch schöner, weshalb er am Ende des letzten bereits anfing, dem nächsten entgegenzufiebern.

Seine Leidenschaft ließ sie trotz aller Disziplin nicht kalt, das spürte er. Schließlich hätte sie die Geschenke genauso gut ablehnen können. Sie sah ihn öfter und länger als notwendig. Sie interessierte sich für ihn, sie hörte ihm stundenlang zu, sie ließ ihn reden. Nie hatte er sich einem anderen Menschen gegenüber derart zu öffnen vermocht. Manchmal kam es ihm vor, als wäre sie sein anderes Ich. Auch sie erzählte von sich, wenn auch weniger ausführlich. Nur die Frage, die ihn im letzten Jahr zunehmend gequält hatte, was werden würde, wenn die DDR zusammenbrach, beantwortete sie nicht.

Als die Mauer dann wirklich fiel, verschwand sie, ohne Abschied zu nehmen.

Baumann strich sich die Schweißperlen von der Oberlippe. »So konnte ich das Schauspiel von Rot-Grün wenigstens in aller Ruhe mitansehen. Sie beschlossen nicht nur den Atomausstieg, sondern gleichzeitig – logischerweise, um die Energieversorgung ohne Atomkraftwerke zu gewährleisten – auch den Bau der Ostseepipeline. Zum ersten Mal wurde Gas direkt von Russland nach Deutschland gepumpt. Ein Milliardenprojekt, das die Deutschen endgültig an Moskau band.«

»Die Rechnung war also aufgegangen.«

»Zunächst sah es so aus, ja. Die Grünen hatten ganze Arbeit geleistet. Doch dann wechselte die Regierung. Mit der Kanzlerin betrat eine leidenschaftslose, ostdeutsche Physikerin die Bühne, der die westdeutsche Atompsychose fremd war. Sie tat das einzig Vernünftige und machte den Atomausstieg wieder rückgängig. Und plötzlich war Moskaus Traum von einem kernkraftfreien Deutschland, das abhängig war von seinem Gas, geplatzt.«

René beschäftigte sich eingehend mit der Metalllasche seiner Bierdose und fragte sich, wie weit er dem Alten folgen sollte. Die Vorstellung von den Grünen als Handlanger der Russen war so schlüssig wie verrückt. Ihm blieb nichts anderes übrig als zuzuhören und sein Urteil auf später zu verschieben. »Und dann?«

»Gute Frage. Darauf weiß ich auch keine Antwort.«

René kniff die Augen zusammen und beäugte Baumann von der Seite. Den Trick kannte er. Er wandte ihn selbst gern an.

Bescheidenheit verlieh Glaubwürdigkeit. Indem man an unwichtigen Stellen zugab, nicht alles zu wissen, machte man sich die Zuhörer gefügig.

»Ich habe keine Ahnung, was die Russen dann gemacht haben. Doch ich nehme an, dass sie alle Register gezogen haben.«

»Was soll das denn heißen?«

Baumann lächelte beschwichtigend. Sein Gespür für die Launen anderer gehörte zu den wenigen Fähigkeiten, denen die Krankheit nichts hatte anhaben können. »Die nötige Infrastruktur war vorhanden.«

»Was?« René zerquetschte seine leere Dose mit der Hand.

»Die rot-grüne Regierung hatte sämtliche Kontrollbehörden mit ausgewiesenen Atomkraftgegnern besetzt und die Sicherheitsauflagen dermaßen verschärft, dass jeder verlegte Bleistift von den Betreibern als Unregelmäßigkeit gemeldet werden musste. Wie Sie besser als jeder andere wissen, galt jetzt jeder Furz als Störfall.«

Baumann legte eine Kunstpause ein und wischte sich mit dem Taschentuch den Schweiß von der Stirn. Ein Vogel zwitscherte matt durch die schwüle Mittagshitze. »Ich weiß, wie die ticken, und deshalb habe ich die ganze Zeit darauf gewartet, dass etwas passiert. Die schleusen Fundamentalisten in die Belegschaft der Meiler, damit sie im Dienst der heiligen Sache an ein paar Schrauben drehen. Es musste ja kein Super-GAU sein. Es musste nicht einmal Menschenleben kosten. Es musste den Deutschen nur den finalen Schrecken einjagen, verstehen Sie?«

René schwieg.

»Und wenn Sie mir erzählen, dass Sie aus der Atomindustrie kommen, und dass ausgerechnet der Kollege, der dort mit ihr zu tun hatte, Selbstmord begangen hat … dann kann ich nicht anders als das als Zeichen zu werten, dass meine Theorie vielleicht sogar stimmt.« Baumann warf ihm einen milden Blick zu. »Doch wie dem auch sei. Gott sei Dank war die Sache ja dann mit Fukushima erledigt. Statt in Deutschland hat es in Japan gebrannt, was natürlich sehr praktisch war. Allerdings fragt man sich, unter welchem Druck die Kanzlerin stand, als sie vierundzwanzig Stunden später gegen ihre Art, gegen ihre Überzeugung und völlig überstürzt die Energiewende ausrief. Schließlich ist sie doch weltweit für das bekannt, was ihre Freunde Besonnenheit nennen, nicht wahr?«

Ohne Renés Reaktion abzuwarten, verdrehte Baumann den Kopf und sah über sich. »Gucken Sie bitte mal nach. Wie viel ist denn da noch drinnen?«

René rieb sich das Gesicht, als wollte er einen bösen Traum vertreiben. Er stand auf. Von der gelblichen Flüssigkeit, die aus dem Tropf in die Adern des Politikers lief, war nicht mehr viel übrig. »Knapp unter der Dreißig-Milliliter-Linie, würde ich sagen.«

»Wenn das Zeug alle ist, kommen die Schmerzen nach fünfzehn bis zwanzig Minuten zurück. Viel Zeit bleibt uns nicht.«

»Was haben Sie eigentlich?«

»Weil jetzt auch die Leber befallen ist, nennen sie es Endstadium. Machen Sie mir noch ein Bier auf?«

»Sicher.« René setzte sich wieder und machte sich an der Plastiktüte zu schaffen. »Andere in Ihrem Zustand liegen nur noch im Bett.«

»Und warten, bis es vorbei ist, ja.« Baumanns eingefallenes Gesicht verzerrte sich zu etwas wie einem undurchsichtigen Lächeln. »Aber denen eröffnet sich auch nicht die unvorhergesehene Chance, noch ein paar Sachen richtigzustellen.«

René runzelte die Stirn und reichte ihm die zweite Dose. »Erzählen Sie mir Schauermärchen, weil Sie sich an ihr rächen wollen?«

»Nein.« Baumanns Augenbrauen rutschten noch tiefer. »Dazu habe ich keinen Grund. Sie hat ja Wort gehalten. Was das Geschäftliche betraf, den Handel zwischen uns, habe ich mich blind auf sie verlassen können. Nicht mehr und nicht weniger. Und darüber hinaus … Ich habe sie nur falsch verstanden.«

»Hm.«

»Trotzdem dürfen Sie mir nur die Fakten glauben, vergessen Sie das nicht. Keine Wertungen, keine abseitigen Schlussfolgerungen. Was diese Frau betrifft, bin ich nicht fähig, objektiv zu sein.« Das Grinsen wurde geradezu diabolisch. »Also glauben Sie nur das, was sich nachweisen lässt – wie etwa die Tatsache, dass von der Energiewende niemand mehr profitiert als Moskau.« Er versuchte den Kopf zu heben, um zu trinken.

René stand auf, um die Lehne wieder höher zu stellen. »Sie meinen, die Russen profitieren von der Wende mehr als die Erneuerbaren?« Ihm wurde immer unwohler. Es war eine überflüssige Frage. Er kannte die Antwort nur zu gut. Die Smoktun auch. Martin Jäger hatte sie auch gekannt.

»Vergessen Sie die Erneuerbaren.« Baumanns dürre Hand winkte verächtlich ab. »Dass Wind und Sonne und Kuhmist es allein nicht bringen, weiß außer den Deutschen die ganze Welt. Ohne Atomstrom ist Gas mit Abstand der sauberste und verlässlichste Energieträger. Man kann zwar einwenden, dass Norwegen auch Gas hat, um die Abhängigkeit von Russland zu verringern, oder dass wir es mit Fracking versuchen könnten. Aber die Milliardenpipeline ist schließlich gebaut. Die muss sich rechnen, verstehen Sie?« Baumann saß wieder aufrecht im Rollstuhl. Er nahm einen tiefen Schluck aus der Dose, wartete aber vergeblich auf den Rülpser. Langsam ging ihm die Kraft aus. »Fakt ist«, sagte er, »dass die Energiewende den Russen so etwas wie die verbesserte Neuauflage des Hitler-Stalin-Pakts beschert hat. Eine Garantie, in Ruhe gelassen zu werden. Weil die Deutschen damals von einem Wahnsinnigen regiert wurden, aber auch, weil sie noch kein Gas brauchten, haben sie den Nichtangriffspakt 1941 gebrochen. Noch mal können sie sich das nicht erlauben!«

Er verstummte. Die Stille wurde nur von vorbeifahrenden Radfahrern unterbrochen oder davon, dass einer von ihnen einen Schluck aus der Dose nahm. René räusperte sich nach einer Weile. »Wir haben noch das Hähnchen. Haben Sie Hunger?«

Baumann schüttelte den Kopf. »Hören Sie. Ich muss zurück. Diese verdammten Saugeinlagen halten auch nicht, was sie versprechen.«

»Was?«

»Ich muss zurück.«

Sie brachen auf. Weil der Verkehr auf dem Radweg zugenommen hatte, hielt René den Rollstuhl rechts außen, um nicht ständig aus dem Weg geklingelt zu werden. Er ging so schnell er konnte. Anders als auf dem Hinweg gab Baumann keine Anweisungen mehr. Er saß zusammengesunken im Rollstuhl und hielt sein zerknittertes Jackett verkrampft im Schoß. Mit der Hand, deren Beweglichkeit von der Kanüle eingeschränkt war, balancierte er die Bierdose. Der Tropf über ihm war praktisch leer.

Der Affenzirkus auf dem Spielplatz war glücklicherweise vorbei. Übrig geblieben waren nur zwei Mädchen im Sandkasten, die ihnen keine Beachtung schenkten.

Zurück im Ortskern rollten sie am Rewe vorbei. René wollte links ins Wohngebiet abbiegen, den Hügel hinauf, als Baumann mit schwacher Stimme befahl: »Lassen Sie mich hier stehen und fahren Sie los. Da hinten ist der Taxistand.«

»Ich bringe Sie erst nach Hause.«

»Nein, halten Sie an. Ich meine es ernst.« Baumann hob die Hand. »Ich brauche keine Zeugen für das Donnerwetter, das jetzt kommt.«

René hielt inne. »Ihre Frau.«

Der Alte gab ein abweisendes Geräusch von sich.

»Ich will Sie aber hier nicht stehen lassen.«

»Das ist Ihr Problem.«

»Wie wollen Sie denn nach Hause kommen?«

»Ich rufe die Pflegerin an.« Baumann entrollte sein Jackett und durchsuchte mit zitternder Hand die Taschen nach dem Telefon. Dabei wurde der Blick auf seinen von Bier und Urin durchnässten Schoß frei. Es tropfte bis auf die Fußstütze. »Machen Sie, dass Sie wegkommen«, raunzte Baumann, »die Florettmeisterin versteht bei so was keinen Spaß. Die zeigt Sie am Ende noch wegen fahrlässiger Körperverletzung an. Kickboxen kann sie auch.«

René zögerte.

»Worauf warten Sie noch?«

»Rufen Sie mich an, wenn Sie zu Hause angekommen sind?«

»Einen Scheißdreck tu ich. Machen Sie's gut.«

René überprüfte noch mal die Bremsen des Rollstuhls. »Ja. Sie auch.«

Als er im Taxi saß, sah er durchs Heckfenster zurück. Baumann hockte wie eine grinsende Vogelscheuche am Wegrand und hob zum Gruß die fettige Hähnchentüte in die Höhe, wobei ihm noch mehr Bier auf die Hose schwappte. Bis er zu Hause war, würde der Alte stinken wie ein Penner. Die Nachbarn, die ihn in diesem Zustand sahen, würden den Nachbarn, die den Anblick verpasst hatten, versichern, dass der Hilfspolier am Ende wieder zu seinen Anfängen zurückgekehrt war. Seine Frau würde ihm die Blamage nie verzeihen.

René drehte sich um. Nach dem Anblick des Alten zu schließen waren weder Mitleid noch Dankbarkeit angebracht für das, was er ihm anvertraut hatte. Baumann sah genauso erleichtert aus wie damals Ilse Böhden. Die war auch froh gewesen, dass sie den Albtraum von der verräterischen Freundin mit jemandem hatte teilen können. Dabei war es – wie immer, wenn ein gebrochenes Herz erzählt – nur die halbe Wahrheit.

Die Verschwörungstheorien des Alten interessierten ihn auch gar nicht. Die gingen ihn nichts an. Er musste nur jene offensichtliche Frage klären, die er unbegreiflicherweise ausgelassen hatte. Er musste wissen, was die Smoktun mit Martin Jäger zu tun gehabt hatte. Nur das. Wenn das geklärt war, würde er endlich aufhören.

KAPITEL 23

Nachdem er sich in einer schwitzenden Menschenmenge durch zwei Waggons gedrückt und vergeblich nach einem Platz gesucht hatte, gab er es auf. Es war Freitagnachmittag, der Zug hoffnungslos überfüllt. Zwischen Zugbistro und Behindertenklo hockte er sich auf den Boden und vergrub den Kopf zwischen den Knien. Gepäckstücke stießen ihm in die Rippen und rollten über seine Zehen. Mit jedem Fußtritt, den er abbekam, vermisste er sein Auto mehr. Kurz vor Fulda kam die Durchsage, dass im vorderen Zugteil noch Sitzplätze frei waren, doch da war er schon zu tief gesunken, als dass er noch umziehen hätte können. Er hatte sich an den Gestank aus der Toilette gewöhnt. Am Frankfurter Hauptbahnhof stolperte er benommen auf den Bahnsteig.

Obwohl er sich nichts mehr wünschte, als so haltlos und selbstvergessen wie die letzten Male in ihr zu versinken, rief er Cosima nicht an. Es würde zu Komplikationen führen, denen er im Moment nicht gewachsen war. Später vielleicht, aber noch mangelte es ihm an Geduld für die nötigen Erklärungen. So stieg er in der Stadt, in der er sich nie zu Hause gefühlt hatte, als Fremder ab. Er hatte keine Wohnung mehr, kein Auto, keine Frau und nahm sich ein Hotelzimmer im von Prostituierten weitgehend gesäuberten Bahnhofsviertel.

Vom Zimmer aus rief er Frau Jäger an. Seinen Namen beantwortete sie mit langem Schweigen. Er gab ihr Zeit. Schließlich willigte sie ein, dass er morgen früh vorbeikommen konnte.

Im Fitnessraum des Hotels war er allein, die anderen Gäste hatten am Freitagabend Besseres zu tun. Während er im Spiegel durch sich hindurch ins Nirgendwo sah, durchbrach er ein paar Mal zu oft die eigene Schmerzgrenze. Auf der Hantelbank fragte er sich, wie es gekommen war, dass Cosima ihn nicht vermisste, obwohl er sich nicht meldete. Weder hatte sie ihn gefragt, was er am Wochenende vorhatte, noch er sie. Seine Muskeln waren kurz davor zu übersäuern. Ein Durchgang noch, dann zwang er sich aufzuhören. Schlaflos sah er bis in den frühen Morgen fern.

Er hatte genug von öffentlichen Verkehrsmitteln und legte den Weg zu Fuß zurück. Um diese Zeit würde er keinem Bekannten in die Arme laufen. Die Innenstadt war noch wie ausgestorben und gehörte den Tauben und Straßenfegern. Auf der leeren, von abgeriegelten Kaufhäusern gesäumten Zeil verrichtete ein Pennerpärchen am Brockhausbrunnen seine Morgenwäsche. Das Wasser glitzerte in der Morgensonne. Die Frau bat ihn mit schwerer Zunge um Geld, doch er hielt nicht an.

Er brauchte fünfundvierzig Minuten bis nach Bornheim. Es war der einsamste Spaziergang, den er je unternommen hatte. Ein langer Anmarsch in eine Schlacht, die er nicht führen wollte. Jeder Schritt widerstrebte ihm, doch er war es Martin Jäger schuldig. Kennen Sie das Gefühl, denen, die man zurückgelassen hat, verpflichtet zu sein?, hatte die Smoktun ihn gefragt.

Der Türöffner summte, kaum dass er die Klingel gedrückt hatte: »Kommen Sie rein. Dritter Stock links.«

Frau Jäger stand wartend in der Tür wie seine Mutter, wenn sie ihn längere Zeit nicht gesehen hatte. »Sie sind also derjenige, mit dem Martin manchmal abends weggegangen ist.«

Nur am letzten Abend nicht. Da habe ich ihn im Stich gelassen.

»Ja«, sagte er und reichte ihr die Hand. Sie war fast so groß wie er. Eine hochgewachsene, schlanke Frau, die aussah, als würde sie nach dem Aufstehen allerhand Frühsport treiben. Eine Art altmodische Sportlehrerin. Das lange graue Haar war zu einem akademischen Knoten hochgesteckt.

»Einmal habe ich ihn dabei erwischt, wie er regelrecht betrunken nach Hause kam.« Sie lächelte, wobei die hellen Augen so unerträglich traurig wurden, dass er zu Boden sah. »Das hat ihm gutgetan. Er hätte es öfter machen sollen.«

Ich weiß. Wir hätten uns stilvoll betrinken sollen. Dann wäre er nicht mehr in der Lage gewesen, sich aufzuhängen.

»Stattdessen dieser unversöhnliche Ernst. Wie sein Vater.« Sie wischte sich mit einer Hand verstohlen die Augenwinkel. »Kommen Sie. Ich habe uns Tee gemacht.«

Über einen ausgetretenen, bunt geflochtenen Läufer aus dem Dritte-Welt-Laden folgte er ihr in die große, leere Wohnung. Rechts gingen die Zimmer zur Straße ab, links zum Hof. Die Küche lag links. »Bitte. Möchten Sie Tee?«

Er bejahte, um nicht unhöflich zu sein, und fuhr sich durchs Haar. Weil er Frau Jäger richtig eingeschätzt hatte, hatte er heute darauf verzichtet, es zurückzugelen.

»Honig dazu?«

»Nein, danke.«

»Hier ist Kandis, wenn Sie möchten.« Wieder das tapfere, abgrundtief traurige Lächeln. »Ich dachte, ich könnte nie mehr mit jemandem von der Firma sprechen ohne durchzudrehen. Aber es geht.«

»Haben Sie noch mal mit der ReAG zu tun gehabt?«, fragte er vorsichtig.

»Nein.« Sie rührte in ihrem Tee herum. »Das hat mein Bruder für mich gemacht.« Der Löffel stieß an die dicke Tontasse. Um etwas zu tun zu haben, nahm René einen trockenen Keks vom Teller. Wenn er nicht gleich seine Befangenheit ablegte und das Gespräch in Gang brachte, musste er sich verabschieden.

»Wie gefällt es Ihnen eigentlich in London?«, fragte sie unvermittelt in die Stille.

Er sah auf. »Gut. Es gefällt mir sehr gut. Ich habe Ihnen doch erzählt, dass Martin den Kontakt hergestellt hat, oder? Den Job habe ich ihm zu verdanken.«

»Ja.« Das Klinkern des Löffels in der Tasse. »Er hätte sich bestimmt gefreut, dass es Ihnen gefällt.«

Er nahm sich ein Herz. »Hat er Ihnen gegenüber eigentlich mal von einem Unternehmen in London gesprochen, für das er sich interessiert?«

»Nein.«

»Oder von jemandem aus London, mit dem er sich treffen wollte?«

Sie schüttelte den Kopf.

»Wussten Sie überhaupt, dass er sich schon nach etwas Neuem umgesehen hat?«

Wieder Kopfschütteln.

Sie rang um das traurige Lächeln, doch sie bekam ihre Züge nicht unter Kontrolle. »Aber das hat auch nichts zu bedeuten. Was die Arbeit anging, war er noch verschlossener als in anderen Dingen.« Sie drückte mit den Handrücken auf die Augenwinkel. »Er wusste, wie ich unter der übersteigerten Art seines Vaters gelitten habe. Deshalb wollte er mich schonen und hat alles für sich behalten.« Es hatten sich zu viele Tränen angestaut. Lautlos liefen sie durch die Hände die Wangen hinunter. »Er hat gearbeitet wie ein Besessener, es war wie eine Manie. Am Ende saß er Tag und Nacht am Schreibtisch. Wenn ich gefragt habe, hat er gesagt, dass es die einzige Möglichkeit ist, den Job zu behalten. Aber mehr als dass das gelogen war, wusste ich auch nicht.«

Sie barg das Gesicht in den Händen.

»Ich weiß auch nicht, woran er gearbeitet hat«, versuchte René sie zu trösten. »Ich dachte, ich würde auf seinem Schreibtisch etwas finden. Aber den hat er gleich nach der Kündigung aufgeräumt. Er hat alles weggeworfen und gelöscht. Da war nichts mehr von ihm übrig.«

»Das sieht ihm gar nicht ähnlich«, murmelte sie leise in die Hände.

»Nein.«

»Er war das unordentlichste Kind der Welt.« Ihre Augen glänzten. Das kleine Glücksgefühl der Erinnerung war wie ein Wetterleuchten. Für einen Moment hatte sie ihren Jungen wieder. »Unbelehrbar, von Anfang an. Schon als Erstklässler sah sein Schreibtisch aus wie ein Schlachtfeld. Trotzdem hat er alles immer auf Anhieb gefunden. Er wusste genau, wo was war in seinem Chaos.«

René nickte. »Was haben Sie denn mit den Unterlagen gemacht, die er hier zu Hause hatte?«

Sie stand auf, um sich mit dem Rücken zu ihm zu schnäuzen. »Mein Bruder hat gesagt, die Wohnung wird sonst zum Totenschrein«, antwortete sie schließlich. »Sein Zimmer konnte man ja kaum betreten. Es war übersät von Stapeln. Auf dem Tisch, auf der Heizung, auf dem Boden. Überall. Vor drei Wochen stand mein Bruder dann mit schwarzen Mülltüten in der Hand vor der Tür.«

»Sie haben alles weggeschmissen?«

»Ja.«

Dann war er also umsonst hier. Er nahm noch einen Keks.

»Natürlich nicht alles«, korrigierte sie leise. »Aber alles, was ich mit dem in Verbindung gebracht habe, was ihn umgebracht hat.«

»Hm.« Er wagte nicht, sie anzusehen. Der Keks in seinem Mund sog alle Feuchtigkeit auf. Er drückte mit der Zunge dagegen, doch er ließ sich weder verschieben noch hinunterschlucken. Ein aufgequollener Knebel, der ihm den Atem nahm.

»Kommen Sie«, sagte Frau Jäger, »ich war heute noch nicht in seinem Zimmer. Ich zeige es Ihnen.«

Im Aufstehen nippte er verstohlen an dem bitteren schwarzen Tee. Vergebens. Er pulte den Keks mit dem Finger vom Gaumen und folgte ihr.

»Ich weiß nicht, wie gut Sie sich kannten. Aber Sie dürfen ihn nicht für einen Nesthocker halten. Er war das genaue Gegenteil. Er hatte immer seinen eigenen Kopf. Zwei Tage nach dem Abitur war er weg.« Sie öffnete die Tür zu einem länglichen Zimmer, das zum Hof hinaus ging. Ordnungslos vollgestopfte Bücherregale reichten bis unter die Decke. René trat näher und sah, dass es sich hauptsächlich um alte Taschenbücher handelte, deren Rücken schon vergilbt waren. In der Mitte des Zimmers stand ein hässliches Aluminiumgestell, das eine große Tischplatte trug. Ein Drucker stand unter dem Tisch, dahinter lag ein Mehrfachstecker auf dem Boden.

»Hier hat er seine ganze Zeit verbracht.« Frau Jäger lehnte sich gegen ein Regal.

Er ließ den Blick durchs Zimmer schweifen, in dem kein Stück zum andern passte. Jäger schien zu Hause genauso wenig das Bedürfnis gehabt zu haben sich einzurichten wie im Büro. Die Gardinen am Fenster waren braun. An der freien Wand hing ein blutrotes Poster in einem Glasrahmen. »Alle reden vom Wetter. Wir nicht« stand unter den Köpfen von Marx, Engels und Lenin. »Ist das seins?«, fragte er verwundert.

»Das Poster?« Sie studierte es so eingehend, als sehe sie es zum ersten Mal. »Nein. Das ist von seinem Vater. Der war früher Mitglied im Sozialistischen Studentenbund. Es ist sein altes Arbeitszimmer und Martin hat nichts verändert. Dass er so lange hier wohnen bleiben würde, war ja nie geplant. Wie gesagt – er war kein Muttersöhnchen. Er ist nur –«, sie zögerte, »er ist vorübergehend wieder eingezogen, als sein Vater gestorben war. Das hat sich so ergeben. Seine Freundin hatte ihn gerade rausgeworfen – sie haben sich getrennt wegen Martins – Meinungswechsel.« Sie warf ihm einen schuldbewussten Blick zu. »Das hat er Ihnen sicher erzählt, oder?«

»Als er sich mit den Grünen überworfen hat.«

»Ja.« Sie nickte. »Da oben hängen sogar noch ein paar Aufkleber von früher.« Er folgte ihrem Blick. Fünf jener ikonischen lachenden Sonnen klebten in der Innenwand eines Regals. Atomkraft? – Nein danke. »Na ja, und dann hatte er nie Zeit, nach einer eigenen Wohnung zu suchen. Ich habe ihn auch nicht gedrängt.« Sie wandte sich zur Tür.

»Bis vor drei Wochen lag hier also alles voller Papiere?«

»Man hatte Schwierigkeiten, sich einen Weg zu bahnen. Vor allem über die Listen hat sich die Putzfrau beschwert. Die waren auf dünnem Papier gedruckt, wie breite Kassenbons, und sind beim kleinsten Windstoß durch die Gegend geflogen.«

»Was für Listen?«

»Martin war empfindlich, wenn sein Chaos durcheinandergebracht wurde. Danuta sollte sein Zimmer nicht betreten. Ich habe sie aber heimlich sauber machen lassen, denn sonst wäre er noch im Staub erstickt.« Sie griff auf mittlerer Höhe in ein Regal. »Hier.«

Die Bewegung war erstaunlich zielsicher. Eine Handvoll von Papieren hatte sie vor ihrem wohlmeinenden Bruder gerettet. Auch wenn sie Martin das Leben gekostet hatten, waren sie doch ein Andenken an das, was ihm am Ende wichtiger gewesen war als alles andere.

Es war eine Rolle aus Endlospapier, die sie in der Hand hielt. Zwischen den Lochrändern waren die Blätter mit verblasstem Tintenstrahl bedruckt. René konnte Zahlen und Worte erkennen.

»Darf ich mal sehen?«

Vorsichtig strich sie das Papier glatt und reichte es ihm. Dabei stand ihr das schlechte Gewissen ins Gesicht geschrieben. Martin hätte es nicht gewollt – das wussten sie beide. Er begann zu lesen. »Das ist ein Ausdruck aus einem Personalzeitterminal«, sagte er schließlich langsam.

»Aus was?«

Er rollte das Papier weiter aus. Auf dem nächsten Blatt war der Druck klarer, und mit etwas Mühe konnte er die Unterzeile entziffern. »24.9.2003, Terminal 3, Reaktorgebäude Hallfeld II.« Er riss sich zusammen und lächelte Frau Jäger so unbefangen wie möglich an. »Kein Wunder, dass Martin so gut war in dem, was er machte. Er war einfach sehr genau. Er hat keine Abkürzungen genommen und sich auf andere verlassen, sondern hat sich selbst durch die Daten gebissen.«

»Was ist das denn?«

»Das kommt aus einer modernen Stechuhr.« Er rollte das Papier wieder zusammen.

»Und wozu brauchte er das?« Sie hing an seinen Lippen und sah ihn gespannt an. Sie wollte ihren Jungen verstehen. Er sollte ihn ihr erklären.

»Sie wissen ja, dass er für Schadenersatzklagen zuständig war.«

Sie nickte.

»Meistens ging es um Störfälle oder andere meldepflichtige Ereignisse. Dann muss geklärt werden, ob technische Mängel vorliegen oder menschliches Versagen. Davon hängt ab, wer die Haftung trägt.«

»Und diese –?« Sie zeigte auf die Liste in seinen Händen.

»Ich nehme an, dass er an einem Vorfall gearbeitet hat, der an diesem Tag in Hallfeld passiert ist. Deshalb hat er sich die Personaldaten geben lassen, weil er wissen wollte, wer sich an dem Tag zu welcher Zeit im Reaktor befand.«

»Aber er hatte Hunderte davon.«

Er sah entgeistert auf. »Hunderte?«

Sofort füllten sich ihre Augen wieder mit Tränen. Seine Reaktion machte die Hoffnung zunichte, Martins Arbeitswut endlich zu begreifen. »Wahrscheinlich sogar Tausende«, sagte sie leise. »Die Listen waren im ganzen Zimmer gestapelt. Und warum hat er sie nie mit ins Büro genommen?«

Verdammte Scheiße. Das Herz schlug ihm mittlerweile bis zum Hals. René schloss die Augen.

»Warum?« Ihr Gesicht war schmerzverzerrt. Sie taumelte und hielt sich an einem Regal fest.

»Ich weiß es nicht, Frau Jäger.«

»Warum hat er sich in dieses Zeug so verbissen, obwohl ihn niemand darum gebeten hat?« Sie schrie so heftig, dass Spuckefäden auf ihr Kinn fielen. »Verkauft seine Seele an die Atomindustrie und lässt sich bis zum Letzten ausbeuten. Warum? Er hat sich in einen Verrückten verwandelt. Mein eigener Sohn! Mein Kind!« Der Haarknoten löste sich. Sie schrie weiter. »Und dann wird er entlassen und ist endlich frei – und dann geht er nach Hause und bringt sich um. Ein paar Meter über mir. Sagen Sie mir, warum! Er wusste doch, dass ich dann ganz allein bin!«

Schluchzend, die Hände vors Gesicht geschlagen sank sie mit offenen Haaren zu Boden. Der Ausbruch war vorbei. Sie weinte in langen Zügen. René hielt die Personalliste immer noch in der Hand und sah hilflos auf sie hinab. Sie versuchte etwas zu sagen, was er nicht verstand. Er ging in die Hocke. »Ich kann Sie nicht verstehen.«

»Es tut mir leid«, flüsterte sie. »Sie hätten nie kommen dürfen. Ich habe gewusst, dass es so ausgeht.«

Er schwieg. Als er sah, dass sie versuchte aufzustehen, half er ihr auf die Beine. Mit zitternden Händen steckte sie die Haare hoch und strich die Bluse glatt. »Trotzdem wünsche ich mir, dass Sie wiederkommen. Ich weiß, es sieht nicht danach aus. Aber mehr zu erfahren hilft. Ich meine, über die Umstände. Sie kennen ihn schließlich anders als ich. Alles, was Sie mir über ihn sagen können, tut gut.«

Er gab ihr die Liste zurück. Sie drückte sie an sich. »Kommen Sie wieder?«

Er war schon längst zu weit gegangen, um ihr jetzt auszuweichen. Also machte er einen ungelenken Versuch zu lächeln und sah auf. Ihre rot umrandeten Augen starrten ihn an, und zu seinem Entsetzen sah er darin die eigene unaussprechliche Ahnung. In ihrem Blick standen nicht nur Scham und Verzweiflung und Einsamkeit, sondern ganz hinten, so weit, dass man es übersehen oder als anbrechenden Wahnsinn abtun konnte, die Gewissheit einer Mutter, die ihren Sohn – so sehr sie sich auch einreden mochte, dass er sich ihr zuliebe verstellt hatte – in- und auswendig kannte. Sie wusste, dass er es nicht getan hatte.

»Ja.« René Hartenstein riss sich von den Augen los. Er räusperte sich, bevor er weitersprechen konnte. »Das mache ich.«

***

Er musste die Stadt verlassen. Sein Flug war erst für morgen Abend gebucht, doch so lange würde er es nicht aushalten. Er kam sich vor wie ein Straftäter auf der Flucht. In Bornheim konnte er nicht bleiben, weil Cosima Freunde hatte, die in der Gegend wohnten. Samstagvormittags setzten die sich gerne auf der Berger Straße in Cafés und beobachteten Passanten. Durch die Innenstadt zurückzugehen war auch zu riskant. Er nahm ein Taxi. Im Hotel rief er bei Lufthansa an. Um heute noch wegzukommen, musste er Business Class fliegen, sodass ihn die Umbuchung mehr als die monatliche Invalidenrente seiner Mutter kostete. Er kämmte sich anständig das Haar zurück, packte die Sporttasche und checkte aus.

Noch fünf Stunden bis zum Abflug. Weil ihm das Bahnhofsviertel ungefährlicher zu sein schien als der Flughafen, begann er ziellos durch die schäbigen Straßen voller Halal-Läden, Handy-Reparaturen und Sex-Shops zu streifen, die eben erst aufwachten. In einem libanesischen Café, in dem noch geputzt wurde, bestellte er zwei Sesamhörnchen und Red Bull. Als er sich an einem verschmierten Tisch in der Sonne niederließ, klingelte sein Handy.

Selten hatte er sich so über einen Anruf gefreut. Nach der Irrfahrt der letzten Tage fühlte es sich an, als würde ihm die Rettungsleine zugeworfen. Er musste sich nur festhalten. Wenn er nicht losließ, würde er es vielleicht zurück an Bord schaffen.

»Hey Safal, wie geht's?« Vor Begeisterung lehnte er sich so weit zurück, dass die Hinterbeine des Plastikstuhls um ein Haar nachgaben.

»Gut. Alles in Ordnung. Hör zu. Ich will dich nicht lange stören.«

»– überhaupt nicht –«

»Ich wollte nur Bescheid sagen, dass du dein Wochenende um einen Tag verlängern kannst. Der Termin mit den spanischen Wasserversorgern hat sich verschoben. Wir treffen sie erst Dienstagnachmittag in Sevilla. Es lohnt sich also gar nicht, dass du vorher noch nach London kommst. Nimm den ersten Flug am Dienstag aus Frankfurt, dann sind wir zur gleichen Zeit da. Okay?« Yadav lachte. »Hast du dir verdient.«

»Nein.« René schüttelte den Kopf.

»Wie bitte?«

»Nein«, wiederholte er überflüssigerweise, »danke, aber – es läuft gerade nicht besonders. Ich komme lieber zurück und arbeite mich in die Sache ein.«

»Aber das kannst du in Frankfurt doch genauso.«

»Ich habe mir noch nicht mal die Verträge mit den Kommunen angeguckt.«

»Wie – es läuft nicht gut?«

René fuhr sich durchs Haar. So weit war es also gekommen, dass er Cosima verleugnete. »Mit meiner Freundin, meine ich.«

»Im Ernst?« Yadav verstummte betroffen. Was diese Dinge betraf, war er sehr fürsorglich. »Hör zu. Fernbeziehungen sind nie einfach. Ihr habt euch wochenlang nicht gesehen und du bist überarbeitet. Ihr braucht mehr Zeit zusammen. Ich an deiner Stelle würde bleiben.«

»Lass mal«, wehrte er ab.

»Ich will auf keinen Fall für eure Krise verantwortlich sein. Verstanden? Von mir aus kannst du sie auch mit nach Sevilla bringen, wenn das hilft. Dann sage ich Sarina Bescheid und die Mädels machen sich unten zwei schöne Tage.«

Aus dem gegenüberliegenden Hauseingang trat ein bildschönes Mädchen, das ihn an eine Exfreundin erinnerte. Er sah genauer hin. Das konnte sie sein. Sie sah viel zu gut aus für das billige Nuttenkleid, das sie trug.

»Im Moment eher nicht.«

Als würde auch sie ihn wiedererkennen, blieb ihr Blick an ihm hängen. Vorsichtshalber sah er weg.

»Wie du meinst.« Yadav seufzte.

»Also bis Montag.« Es war eine selbstverständliche Abschiedsformel, die nüchtern und unaufgeregt klingen sollte. Doch seine Stimme versagte, und die drei Worte gerieten zu einer nervösen Frage. Schlimmer noch. Er sprach sie so vorsichtig aus, dass man meinen konnte, es handelte sich um eine Beschwörungsformel, die nicht recht funktionierte. Verstört wischte er sich mit dem Handrücken über die Augen.

»Du musst es wissen. Wir sehen uns Montag.«

***

Der Pilot kündigte Regen in London an. Im Landeanflug schaukelten sie durch eine dunkle, kilometertiefe Wolkendecke, unter der die Stadt begraben lag. Die Landung war unsanft. René stand sofort auf und wurde von der Stewardess über den Bordlautsprecher streng zurechtgewiesen. Wie ein gescholtener Schuljunge musste er sich wieder setzen. Weil er vorne in der Business Class saß, war er trotzdem der Erste, der den Flieger verließ. Er hatte nur Handgepäck und eilte direkt zum Ausgang der Ankunftshalle. Ein nasser, böiger Wind blies ihm ins Gesicht, doch er wollte sich nicht damit aufhalten, das Kapuzenshirt aus der Reisetasche zu holen. Er fühlte sich genauso gehetzt wie in Frankfurt.

Gegen einundzwanzig Uhr war er in Kensington und betrat die Wohnung. Obwohl ihm klar war, dass Hadice ihn auch auf dem Handy erreichen konnte, zog er die Telefonleitung aus dem Stecker. Er trank ein Bier, um seinen Puls unter Kontrolle zu kriegen, und wechselte in die Sportsachen. Lautloser Regen ging auf die Straßen nieder. Er zog die Kapuze über den Kopf und rannte durch die Dunkelheit nach Notting Hill.

Kurz vor dem Ziel wechselte er die Straßenseite. Das dreistöckige Haus war leer. Kein Lichtschimmer drang durch die zugezogenen Vorhänge. Dunkel und verlassen lag es zwischen hell erleuchteten Nachbarhäusern. Die Nachbarn zur einen Seite hatten die Fassadenbeleuchtung an, die scharfe Schatten warf und das Haus wie eine künstliche Filmkulisse aussehen ließ. Auf der anderen Seite schien eine Dinnerparty im Gang zu sein. Er stellte sich auf die Zehenspitzen und konnte hinter einem riesigen Blumenbouquet im Mansardenfenster die Hinterköpfe der Gesellschaft erkennen.

Regen lief ihm übers Gesicht. Er sah sich um. Bei diesem Wetter war kein Mensch unterwegs. Langsam überquerte er die Straße. Auf Smoktuns Grundstück brannte nicht einmal die Lampe am Gartentor. Der Vorgarten bestand aus gespenstischen Umrissen von Büschen und Sträuchern. Hier hatten sie sich voneinander verabschiedet. Nach dem langen Spaziergang, auf dem sie ihm den Teil ihrer Geschichte erzählt hatte, den sie meinte, ihm zumuten zu können. An dem Tag war er ihr Vertrauter geworden. Noch einen Schritt, dann stand er genau an der Stelle. Hier.

Die Lampe blieb dunkel. Sie hatte offenbar nicht einmal einen Bewegungsmelder. Laxe Sicherheitsvorkehrungen für jemanden, der die Steißgeburt der Grünen und den Atomausstieg auf dem Gewissen haben sollte. Reglos blieb er stehen und starrte inständig hinauf zur Eingangstür. Es konnte alles nicht wahr sein. Er tat ihr unrecht, wenn er Baumanns rachsüchtiges Geschwätz ernst nahm und sich Frau Jägers Wahnvorstellungen zu eigen machte. Das durfte er nicht, er kannte sie selbst viel besser, dachte er, als er ein Geräusch hörte und wie vom Blitz getroffen herumfuhr.

Dicht hinter ihm stand ein schwarz glänzender Regenmantel. »Are you alright?«

»Sure.« René machte sich unwillkürlich breiter. Lautstark zog er die Nase hoch.

»Are you looking for something?« In dem Mantel steckte ein hagerer Mann, dem nasse graue Strähnen quer über der Stirn klebten. Er hielt eine Leine in der Hand, an deren Ende ein fetter Labrador dumpf vor sich hin starrte, von dem nichts zu befürchten war.

»No.«

Mit hochgezogenen Brauen nahm der wachsame Nachbar ihn in Augenschein. »I got the impression.«

»Thank you. I'm fine.«

»Good night.« Der Mann bewegte sich nicht vom Fleck. Es war als Aufforderung gemeint.

»Good night.« Ihm blieb nichts anderes übrig als umzudrehen und widerstrebend davonzutraben. Außer einem durchnässten Fuchs, der hinkend eine Seitenstraße überquerte, begegnete er keinem weiteren Lebewesen.

***

Am Morgen fuhr er aus traumlosem Schlaf hoch und wusste sofort, dass er keine Ruhe finden würde, bevor er nicht mit ihr gesprochen hatte. Er musste sie finden.

Kurz darauf erwachte allerdings auch seine Vernunft, und die riet ihm, nicht die Nerven zu verlieren. Früher oder später würde die Smoktun schon im Büro auftauchen. Dann würde er Zeit gehabt haben nachzudenken und konnte sie mit kühlerem Kopf fragen, was Martin Jäger von ihr gewollt hatte.

Also frühstückte er. Doch der Immobilien-Porno, mit dem er sich sonst vergnügte, konnte es ihm nicht mehr besorgen. Er war nicht bei der Sache, als er sich durch ein enges Reihenhaus am unteren Ende der Straße für 3,2 Millionen Pfund klickte. In der ausgekernten Grundschule gegenüber stand eine Sechs-Zimmer-Wohnung mit Heimkino zum Verkauf. Sie war im Zuhälterstil der russischen Diaspora eingerichtet mit schwarzer Wandvertäfelung, Damien-Hirst-Imitaten, künstlichen Kaminen und Wasserbetten. Preis auf Anfrage. Es interessierte ihn einen Scheißdreck.

Mit den ausgedruckten Unterlagen für Spanien ließ er sich am Wohnzimmertisch nieder, musste allerdings feststellen, dass die Zahlen und Buchstaben auch beim zweiten Durchlesen keinen Sinn ergaben. Er starrte aus dem Fenster. Die Wolken hingen so tief, dass nicht einmal der Landeverkehr in Richtung Heathrow zu sehen war. Regen war nur eine Frage der Zeit.

Einer plötzlichen Eingebung folgend rief er seine Mutter an. Sein Vater ging ans Telefon und reichte sofort weiter. Sie fragte erschrocken, ob etwas passiert sei. Nein, er wollte nur wissen, wie es seinem Wagen ging. Ob Andy ihn denn nicht angerufen hatte? Sie begann lauthals zu fluchen, doch ihm war in diesem Moment sogar das Auto egal. Es stand in der Werkstatt von Andys Bekanntem, sagte sie. Anscheinend handelte es sich um einen mittelgroßen Kratzer. Wo?, fragte er. Hinten, am Kofferraum. Er sah an die Decke. Ob denn wirklich alles in Ordnung sei?, fragte sie. Er legte auf, zog die Joggingschuhe an und verließ die Wohnung. Mit zunehmendem Tempo jagte er durch die nassen Straßen.

KAPITEL 24

Das Haus lag noch genauso verlassen da wie gestern. Einem Glöckner gleich, der den Krieg einläutet, legte er den Finger auf die Klingel und drückte sein ganzes Körpergewicht dagegen. Wenn sich der Feind auch zurückgezogen haben mochte – wenigstens die eigenen Truppen sollten hören, dass es kein Zurück mehr gab. Am Gartentor ging ihm das Klingeln durch Mark und Bein. Er setzte ab und drückte wieder, diesmal noch fester, als zu seiner Verblüffung die Haustür aufging. Bevor er etwas sehen konnte, hörte er sie. »Augenblick! Ich komme schon!« Der Text einer aufgescheuchten Hausfrau. Entgeistert nahm er den Finger von der Klingel.

»Herr Hartenstein!« Sie lachte vom Eingang auf ihn herab. »Was machen Sie denn hier?« In schwarzen Trainingshosen und einem verwaschenen Männersweatshirt stand die Smoktun in der Tür. Wie jeder normale Mensch hatte sie es sich am Sonntagmorgen zu Hause gemütlich gemacht. Man hätte meinen können, dass ihr im nächsten Moment die Enkelkinder durch die Beine krabbeln würden. Er starrte sie an.

»Darf ich reinkommen?« Er merkte, dass er vor Anspannung zitterte. Seine Hände lagen auf dem niedrigen Gartentor.

»Ja. Natürlich.« Es tauchten keine Enkel auf. Sie schien allein zu sein. Sie drückte auf die Entriegelung, das Schloss summte. »Obwohl ich eigentlich gerade auf dem Weg war, mir draußen einen Kaffee zu holen.«

Sein Blick rutschte skeptisch auf die Hausschuhe. Er glaubte ihr kein Wort.

»Kommen Sie schnell mit?«

»Sicher.«

Sie verschwand. »Brauchen wir einen Regenschirm?«, rief sie von drinnen.

Er trat in den Vorgarten. Durch die Zweige einer Buche, der von dichtem Efeu der Saft abgedrückt wurde, sah er in den unruhigen Himmel und schwieg.

»Ich nehme mal auf alle Fälle einen mit. Sicher ist sicher.« In Gummistiefeln und Barbourjacke tauchte sie wieder auf, sah ihn jedoch nicht an. Er merkte selbst, dass sein Gesichtsausdruck flehend war, der Blick gehetzt. Doch sein Vermögen zu bluffen war aufgebraucht. Der alte Reflex aus der Zeit mit Andy – je knapper du mit dem Rücken zur Wand stehst, je weniger Raum dir bleibt, je größer der Schiss, desto cooler das Gehabe – funktionierte nicht mehr. Er wollte die Wahrheit erfahren und dafür konnte sie umgekehrt ruhig wissen, was er wusste.

Sie ging an ihm vorbei durchs Tor und schlug die Richtung ein, aus der er gekommen war. Dort war er allerdings an keinem Coffeeshop vorbeigekommen.

Seit ihrem langen Spaziergang hatte sie sich stets mit großer Selbstverständlichkeit bei ihm untergehakt. Jetzt blieb er auf Abstand und sie hielt sich an ihrem Regenschirm fest. Schweigend gingen sie nebeneinander her. Seine Joggingschuhe neben ihren Gummistiefeln auf feuchtem Grund. Sie fielen in einen ungefähren Gleichschritt. Jeden fünften oder sechsten Schritt setzten sie zusammen.

»Kann ich mal Ihr Handy benutzen?«, fragte sie an der nächsten Ecke. »Ich bin mir nicht mehr sicher, ob die auch sonntags aufhaben.«

Er sah irritiert auf.

»Ich habe meins zu Hause liegen lassen«, erklärte sie.

Er klopfte seine leeren Hosentaschen ab und schüttelte den Kopf.

»Gut«, sagte sie leise. »Dann hören Sie jetzt zu.« Ihre Stimme besaß den sanften Klang, den er so mochte – halb Mutter, halb Verführerin. Doch er wehrte sich gegen die Wirkung, die sie noch immer auf ihn hatte. Er wollte sich nicht beschwichtigen lassen. Diesmal nicht. Falls sie es noch nicht gemerkt hatte, war das hier eine andere Art von Spaziergang.

»Was?«, entgegnete er wütend.

Sie schüttelte den Kopf. »Nein, Herr Hartenstein. So nicht. Ich will vernünftig mit Ihnen reden.«

»Ich auch.« Er nahm sie von der Seite ins Visier, um nicht die geringste Reaktion auf seinen Angriff zu verpassen. »Ich will wissen, was Sie mit Martin Jäger zu tun hatten.«

Sie schien weder überrascht über die Frage noch bestürzt. Als müsste sie sich zur Geduld anhalten, atmete sie tief durch. »Das habe ich Ihnen doch schon gesagt.«

»Haben Sie nicht.«

»Ich habe Ihnen gesagt, dass er sich mit mir über die Energieindustrie unterhalten wollte.«

»Sie hätten genauer sein sollen. Er wollte sich nicht allgemein über die Branche unterhalten. Er wollte speziell über die deutsche Kernenergie reden. Stimmt's? Über die Unregelmäßigkeiten, die ihm aufgefallen waren. Über harmlose kleine Vorfälle, die für große Entrüstung in der Öffentlichkeit sorgten. Über schlampige Wartungen und genau an den richtigen Stellen eingesetztes menschliches Versagen. Er wollte wissen, wer dahintersteckt. Habe ich recht?«

»Das sagen Sie.«

»Was soll das heißen?«, fuhr er sie an.

»Ich weiß es nicht.« Sie zuckte mit den Schultern. »Wir haben das Gespräch ja nie geführt.«

Ihre Gelassenheit brachte ihn vollkommen aus der Fassung. Seine Sicht verschwamm, Wut trieb ihm Tränen in die Augen. Sie hatte gewusst, warum sie mit ihm an die frische Luft gegangen war. Nur ein Rest von Verstand und männlichem Stolz hielt ihn davon ab, sie aus vollem Hals anzubrüllen. Er stammelte mit erstickter Stimme: »Sagen Sie mir, was Sie mit Martin Jägers Tod zu tun haben!«

»Nichts«, erwiderte sie ruhig und reichte ihm dabei den Regenschirm. Sie bückte sich und zog einen Socken in ihrem Gummistiefel zurecht. »Das war das schmutzige Werk von Leuten mit schlechten Nerven.«

»Was –?«

»Ich meine es ernst.« Sie richtete sich wieder auf und sah ihm, keine zwanzig Zentimeter entfernt, in die Augen. »Beruhigen Sie sich, um Himmels willen.«

Etwas in ihrer Stimme ließ ihn unwillkürlich zurückweichen.

»Hören Sie mir jetzt endlich zu?«

»Ja.«

»Dann will ich Ihnen erklären, was passiert ist. Es ist nämlich nicht Ihre Schuld. Sie können nichts dafür, dass Sie in diese missliche Lage hineingeraten sind. Außerdem habe ich Ihnen einiges zu verdanken. Dass Ihnen etwas zustößt, will ich nicht.« Er wollte ihren Blick hart erwidern. Doch in ihren klaren grauen Augen stand Achtung, sogar Zartgefühl. Die Zuneigung war nicht gespielt. Als sie sich bei ihm unterhakte, ließ er es zu. »Kommen Sie. Ich habe nichts mit dem Tod Ihres Kollegen zu tun und will auch nichts mit Ihrem zu tun haben.«

Er hatte sich getäuscht. Hinter der nächsten Ecke tat sich wirklich eine kleine Einkaufsstraße auf. Ein Krämerladen, der seine Auswahl an Ingwer, Zwiebeln und Zitronen bei jedem Wetter vor der Tür feilbot, ein chinesischer Take-away, zwei Boutiquen, ein verschlossenes Fahrradgeschäft, ein Café mit grauer Markise. Er wollte draußen bleiben, doch sie bestand darauf, dass er mitkam, um auf seinen Kaffee zu warten. Also spielte er am Tresen mit Zuckertütchen und hörte zu, wie sie mit der Besitzerin plauderte. Die abgebrühte Sorglosigkeit, die sie ausstrahlte, verursachte ein flaues Gefühl in seiner Magengegend. Sie war ein verdammter Profi, falls er das noch immer nicht begriffen hatte.

Den Espresso kippte er auf der Stelle hinunter.

Draußen auf der Straße ging es nicht zurück nach Notting Hill, sondern weiter Richtung Regen.

»Können Sie sich noch an das erste Gespräch erinnern, das wir miteinander geführt haben?«

»Ja. Am Telefon. Ich hatte Ihre Nummer in Jägers Adressbuch gefunden.«

Sie nickte. »Wissen Sie – es war wie ein Wunder, als ich Sie plötzlich in der Leitung hatte. Manchmal klappt gar nichts und jede Kleinigkeit macht Schwierigkeiten. Doch dann passiert es, dass sich die Dinge von selbst ergeben und jeden Aufwand erübrigen. So war das mit Ihnen. Sie kamen ganz von alleine.«

Er schloss die Augen. Ruhig Blut. Hör dir einfach an, was sie zu sagen hat.

»Es ging mir nur darum herauszufinden, was Sie wussten. Mehr wollte ich gar nicht von Ihnen. Ich wollte sichergehen, dass Ihr Kollege seine Ideen nicht mit Ihnen geteilt hatte. Das nette Frühstück im Connaught hat mich beruhigt. Es war alles in bester Ordnung. Ich hätte Sie gehen lassen können.« Sie nahm einen Schluck aus ihrem Kaffeebecher. »Wenn Sie nicht mit einem Mal damit angefangen hätten, hinter mir herzuschnüffeln, hätte ich das auch getan.«

Seine Nackenmuskeln verkrampften sich. Weil er nicht in der Lage war, den Kopf zu wenden, verpasste er das versöhnliche Lächeln, das sie ihm schenkte. Er sah die staubgrünen Armsessel und dramatischen Spiegel in der Bar des Connaught Hotel vor sich. Das köstliche Frühstück. Zwischen dem englischen und dem kontinentalen Gang hatte er sich entschuldigt. Durch die gläserne Drehtür, rechts um die Ecke. Kein Klo, wie man es in Sömmerda kannte. Neben den Waschbecken ein Altar aus wolkigen Handtüchern, sauteuren Aftershaves, Kleiderbürsten, Handcremes. Er hatte nicht widerstehen können. Die Marke des Haarwachses hatte er sich merken wollen. Falls das überhaupt nötig gewesen war, hatte er ihr alle Zeit der Welt gegeben, sich eingehend mit seinem neben der Müslischüssel liegenden Handy zu beschäftigen.

»Es wurde immer spannender. Sie wissen schon. Die Runde durch die Altenheime, die aufgeweckte Biobäuerin, später sogar meine Freundin Ilse. Da begriff ich, was für ein hemmungsloser Spitzel Sie sind und beschloss, Sie für meine Zwecke einzusetzen. Besonders Ihre Verbindung zur Staatsanwaltschaft hat mich interessiert. Ohne Ihre Hilfe hätte ich nicht früh genug von der Schnipselmaschine erfahren. Ich hätte mich in falscher Sicherheit gewogen, weil ich glaubte, dass die Akten alle vernichtet worden waren. Ohne Sie hätten sich ernsthafte Schwierigkeiten ergeben können …« Sie schüttelte den Kopf über ihre Fahrlässigkeit. Noch einen Schluck Kaffee aus dem Becher, dann spürte er plötzlich wieder ihren Arm an seiner Seite.

Die Berührung entriegelte seine Schultern. Er sah entgeistert auf sie herab und fragte langsam: »Sie haben es die ganze Zeit gewusst? Als wir – als wir den Spaziergang unternommen haben, als wir baden waren, da haben Sie es die ganze Zeit gewusst –?«

»– Dass Sie hinter mir herspionieren? Natürlich.« Sie lächelte. »Sie haben es mir doch selbst erzählt. Wie ein abgerichteter, kluger Hund sind Sie immer wieder losgerannt und haben Stöckchen apportiert … Nein. Entschuldigung, das klingt viel zu herablassend, so meine ich das nicht. Verstehen Sie mich nicht falsch. Es ist schließlich mein Handwerk, Herr Hartenstein! Aus diesen Tricks, die mit Ihnen zur Anwendung kamen, einer nach dem anderen, wie sie im Lehrbuch stehen, besteht mein Geschäft. Sie wissen doch selbst, dass ich seit vierzig Jahren nichts anderes mache. Ich habe Sie dazu gebracht, mir zu vertrauen und zu tun, was ich wollte. Nicht weil Sie dumm sind, sondern im Gegenteil, weil sie ein netter Mensch mit normalen Regungen sind.«

Bei dem Wort »Regungen« errötete er, was seinen Frust noch steigerte. Er hatte sich noch nie so verraten gefühlt, schon gar nicht von einer Frau. Da sie Gedanken lesen konnte, zog sie ihn sanft an sich und sagte versöhnlich: »Ich habe Sie hintergangen und Sie mich. Wir sind quitt.«

»Nein.«

Sie ließ ihn los. Eine Weile konzentrierte sie sich auf ihren Kaffee. Als der Becher leer war, schob sie ihn im Vorbeigehen in einen Mülleimer und fuhr unvermittelt fort: »Sie sind nicht nur gut, sondern auch schnell und haben mich, ehrlich gesagt, auf dem falschen Fuß erwischt. Wir hätten diese Unterhaltung vor einer Woche führen sollen. In meinen Privatangelegenheiten durften Sie nach Herzenslust herumwühlen. Nach Lohfelden aber hätte ich Sie nicht fahren lassen dürfen.«

Wie ein geschlagener Boxer steckte er auch diesen Haken ein. Er rieb sich die Schläfen und war mit einem Mal furchtbar müde. Er konnte nicht mehr. Der Kampf war vorbei. Die Reste seiner schwindenden Energie würde er dazu verwenden, sich mit der Niederlage abzufinden. Das kostete auch Kraft.

»Es gibt solche und solche Geheimnisse, Herr Hartenstein. Manche sind nur interessant, andere sind gefährlich. Und Sie sind auf dem besten Weg, ein Geheimnis zu enthüllen, das Sie so wenig überleben werden wie Martin Jäger. Denn ich bin nicht die Einzige, die Sie im Auge behalten hat und weiß, was Sie treiben.«

»Sie meinen, die Russen hören mein Telefon auch ab?«

Sie überhörte die Frage. »Bis vor drei Tagen hat sich niemand Sorgen um Sie gemacht. Bis Sie zu Ernst Baumann gefahren sind und dann auch noch zu Jägers Mutter.« Sie schnalzte tadelnd mit der Zunge. »Das war falsch.«

»Da habe ich einiges erfahren.«

»Halten Sie den Mund!«

Doch zu seiner Verwunderung stellte er fest, dass sie sich wieder einhakte. Ob sie sich an ihm festhielt oder ihn führte, war schwer zu sagen. Warum er sich nicht losmachte, auch.

Leichter Sprühregen setzte ein, als sie an der letzten Fußgängerampel stehen blieben, die sie noch vom Hyde Park trennte. Selbst der Verkehr war ruhiger als sonst. Schweigend überquerten sie die Straße. Sie zog sich die Kapuze über. Er behielt ihren Regenschirm ungeöffnet in der Hand.

»Was passiert ist, lässt sich nicht ändern. Da können Sie beleidigt sein, wie sie wollen. Ihr Freund wird nicht auferstehen.«

Er gab ein gequältes Geräusch von sich.

»Ich mag Sie, Herr Hartenstein. Von Anfang an. Es war nicht nur ein Spiel. Ich mag Sie wirklich, sonst würde ich mich nicht hier im Regen von Ihnen anmotzen lassen.«

Es fiel ihm schwer zu atmen. Seine Brust war wie aus Stein.

»Es geht jetzt nur noch um Sie. Alles andere ist gelaufen. Wenn Sie stillhalten, werden Sie davonkommen. Ich helfe Ihnen. Wenn nicht, dann nicht, was schade wäre. Wahrscheinlich werden Sie dann in absehbarer Zeit einen schweren Unfall bauen. Bei Ihrem Fahrstil wäre das kein Wunder.«

Er wischte sich den Regen vom Gesicht. »Sie raten mir also, den Fuß vom Gas zu nehmen.«

»Ich erkläre Ihnen, was Sie tun sollen. Ob Sie meinen Rat dann befolgen, ist Ihre Sache.«

***

In zehn Minuten würden sie sich oben auf der Dachterrasse zum Abendessen treffen. René lief in Boxershorts durchs Hotelzimmer und streifte eilig ein schwarzes Leinenhemd über. Sein Trizeps schmerzte noch von den Liegestützen.

Yadav hatte einen Tisch für fünf reserviert. Die drei andalusischen Geschäftsleute waren mindestens genauso daran interessiert, vom Wassermangel in ihrer Provinz zu profitieren, wie daran, mit Londoner Investmentbankern in einer Liga zu spielen. Die verstohlenen Seitenblicke auf ihre Uhren, Schuhe, Anzüge, Hemden und Aktentaschen sprachen Bände. Zwischen ihm und Yadav war in stummem Einvernehmen eine Rollenteilung entstanden, die sich bei den Holländern bewährt hatte und auch hier einwandfrei funktionierte. Yadav gab den weltgewandten Gentleman – etwas unbeholfen, schlaksig, charmant –, er den sportlichen, aggressiven Draufgänger. Er wunderte sich selbst, wie wirkungsvoll das war. Es war so ein alter Trick. Viel Zeit zum Nachdenken gab er sich dieser Tage zwar nicht, doch wenn es passierte, dann kam er zu dem Schluss, dass es in der Natur des Menschen lag, sich täuschen zu lassen. Die Menschen glauben gern, was man sie glauben machen will. Zutrauen war ein überlebenswichtiger Instinkt. Skepsis das Gegenteil.

Er setzte sich aufs Bett und klappte den Laptop auf, um nachzusehen, ob der Kostenvoranschlag für die Versicherung schon da war. Andy hatte seinen Wagen auf der Landstraße bei Hassleben schrottreif gefahren. Er nahm an, dass sich die Reparatur nicht mehr lohnen würde.

Gewohnheitsgemäß klickte er auch noch schnell auf *Spiegel Online*. Die Nachricht stand an dritter Stelle. Baumann. Mit gehetztem Blick überflog René den Text. Seine Augen brannten. Nach langer, schwerer Krankheit … heute morgen … ohne ihn sähe Deutschland anders aus … die Grünen salonfähig gemacht … richtungsweisend … fast auf den Tag genau dreißig Jahre seit jener historischen Neuwahl.

Er nahm den Laptop von den Knien und begann sein Hemd zuzuknöpfen. Baumann hatte gewusst, dass er nicht mehr viel Zeit hatte. Hoffentlich war er ihnen zuvorgekommen. Er knöpfte zu weit. Die obersten drei Knöpfe machte er mit zitternden Fingern wieder auf.

Pünktlich kam er oben auf der Dachterrasse an. Es war ein warmer Abend. Jenseits der steinernen Balustrade funkelten die Lichter Sevillas. Die riesige Kathedrale im Zentrum war in goldenes Scheinwerferlicht getaucht. Yadav hatte schon Champagner bestellt, er selbst stillte den Durst erst mal mit einem kalten Bier und die Spanier bestanden darauf, dass vor dem Essen außerdem Fino getrunken wurde. Drei Gläser standen bei seinem Gedeck, die nie leer wurden. Er langte zu.

Sie dürfen jetzt nicht die Nerven verlieren, hatte ihm die Smoktun im Regen zugeredet. Wenn Sie Ruhe bewahren, werden sich die Dinge zum Guten wenden. Das Schicksal hat es doch auch bislang immer gut mit Ihnen gemeint.

Als sie beim Rum angekommen waren und ausgemacht hatten, dass die Spanier in zwei Wochen nach London kommen sollten, um die Gespräche in einem Restaurant in Mayfair mit ausgezeichneter andalusischer Küche zu vertiefen, war Baumann weitgehend aus seinen Gedanken verschwunden. Übrig blieb nur ein starkes Schwindelgefühl. Die Smoktun hatte prophezeit, dass er sich daran gewöhnen würde. »Mit der Zeit wird es leichter.«

Den Kater trieb er sich am nächsten Morgen brutal im Fitnessraum aus. Viel Alkohol, viel Arbeit, viel Sport, wenig Schlaf. Das war der Stoff, mit dem er sich betäuben und das unbekannte Publikum, für das er spielte, zufriedenstellen wollte. »Bleiben Sie bei uns. Bei LSK sind Sie in Sicherheit. Machen Sie weiter, als wäre nichts geschehen. Man wird Sie überwachen. Wenn die Sorgen in ein paar Monaten zerstreut sind, dann sehen wir weiter.«

Im Hyde Park war er davon überzeugt gewesen, dass er dazu nicht in der Lage war. Er konnte nicht nach Spanien fliegen. So abgebrüht war er nicht. Er hatte geglaubt, sein Herz sei nicht eisig genug. Doch er hatte sich getäuscht. Es ging.

Ein paar Wochen später rief er bei der Berliner Staatsanwaltschaft an. Hadice klang erfreut, ihn zu hören, aber gehetzt. Es war unvorstellbar, sagte sie, was in letzter Zeit alles auf ihrem Schreibtisch landete. Sie hatte Caspar mit Gewalt abstillen müssen, sonst wäre sie zusammengebrochen. Ob es etwas Neues von der Schnipselmaschine gab, erkundigte er sich. Nein. Aber sich auch noch darum zu kümmern, hatte sie beim besten Willen keine Zeit. Sie hatte allerdings gehört, dass der Bundestag keine weiteren Zuschüsse bewilligen wollte. Offenbar hatten selbst die Deutschen irgendwann die Nase voll von Vergangenheitsbewältigung. Sie nahm an, dass sich das Fraunhofer-Institut deshalb nicht mehr meldete. Wie denn sein Besuch bei diesem Politiker gewesen sei? Aufschlussreich, sagte er, aber mehr was für Liebhaber. Also noch so einer, sagte sie in zerstreutem Tonfall, als hätte sie sich schon wieder dem Aktenstoß zugewandt, der vor ihr lag, noch so einer wie mein Bibliothekar. Sie lachten. Ob er in London bleiben wollte, fragte Hadice. Ja, sagte er. Du bist einer, sagte sie. Ein Jurist wie im Schauermärchen … Aber vor der Berliner Staatsanwaltschaft seid ihr sicher.

***

Zu seiner Überlebensstrategie gehörte auch viel Sex. Auf dem Weg von und nach Spanien verbrachte er, wenn es sich einrichten ließ, die Nächte bei Cosima und sie vögelten zur zunehmenden Entrüstung der Nachbarn nicht nur ausdauernder, sondern auch schamloser denn je.

Wenn sie dann verausgabt auf dem Rücken lagen und sich ausruhten, fragte Cosima, was um alles in der Welt in ihn gefahren war. Es kam vor, dass sie sich während eines zwölfstündigen Zwischenstopps dreimal liebten, und jeder Orgasmus entfernte sie weiter voneinander. Dazwischen gab es nämlich immer weniger zu sagen. Cosima kannte die Smoktun nicht; sie hatte sie noch nicht einmal gesehen. Umgekehrt war er genauso wenig in der Lage, Verständnis für ihre Sorgen aufzubringen. Wenn sie von Bad Homburg sprach, lief es ihm kalt den Rücken hinunter, was in einer bemerkenswerten Reaktionskette oft dazu führte, dass er sich gleich wieder aufrichtete. Wenn er sie dann nahm, waren es leidenschaftliche Liebesakte, die wenig mit Liebe und viel mit Sippenhaft zu tun hatten. Den Geburtstag würde er ihrer Mutter nie verzeihen.

Cosima war empfindsam und klug. Dass ein Fluch über ihm lag, bemerkte sie bald. Doch sie kam nicht an ihn heran. Alle Versuche, den Bann zu brechen, endeten damit, dass er sie mundtot machte. Irgendwo tief unten in dieser Begierde – das spürte sie, wenn sie sich von ihm mitreißen ließ und ihre Wut und Verzweiflung auf seine trafen – irgendwo dort unten lag das Geheimnis verborgen. Mehr als das sollte sie jedoch nie erfahren.

***

Dann waren die sechs Monate Probezeit bei LSK vorbei. Er handelte ein Besoldungspaket mit Ed Stewart aus, das ihn bis auf Weiteres von allen finanziellen Sorgen befreite, und ging nach dem Vertragsabschluss direkt zur Bank. Am Schalter besann er sich, legte noch mal zehntausend drauf und überwies seiner

Mutter sechzigtausend Pfund. Ihm war zwar klar, dass er sich nicht von seinen Sünden freikaufen konnte, aber gut fühlte es sich trotzdem an. Verdammt gut, wenn er ehrlich war. Geld war beileibe keine schlechte Medizin.

Safal Yadav hatte vorgeschlagen, bei Nobu oder im Ivy zu feiern. Er besaß Kontakte in beiden Lokalen und würde es fertigbringen – Ehrenwort –, selbst samstags einen großen Tisch zu reservieren. Doch René wünschte sich eine kleine Feier. Er lud in seine Wohnung ein. Nur die drei Partner von LSK mit Ehepartnern und den Chef der externen Kanzlei. Safal verschickte daraufhin eine Rundmail mit der Ankündigung, dass der Neue einen Kindergeburtstag veranstaltete.

Mit ihrem bewährten Rezept für Altdeutschen Lorbeerbraten und einem neuen für vegetarische Maultaschen reiste Cosima am Donnerstag an. René ging am Freitag nicht ins Büro. Sie kauften zusammen ein, kochten, backten, liebten sich und versuchten, die Fremdheit zwischen sich zu überspielen. Wacholderbeeren in London aufzutreiben war nicht einfach und darauf zu verzichten unmöglich. Wie ein Hochzeitspaar, das sich seiner Sache nicht mehr sicher war, sparten sie alle anderen Themen aus. Sie sprachen nur noch über das Lauchgemüse, die Rosmarinkartoffeln und den richtigen Zeitpunkt zum Füllen der Schwarzwälder Kirschtorte, damit der Boden nicht durchsaftete. Als er aber im Weinhandel in der Church Street einen Schritt hinter Cosima stand und zuhörte, wie sie den Händler auf ihre unwiderstehliche Art dazu überredete, bis morgen doch bitte eine Kiste deutschen Winzersekt und Spätburgunder zu besorgen, da traf ihn die Gewissheit wie ein Schlag. Sie war die beste Frau, die er je gehabt hatte. Die beste, die er je haben würde. Er trat einen Schritt nach vorn, bis er ihren Mantel berührte. Als sie seine Nähe spürte, lehnte sie sich zurück. Es tat schon weh wie eine Erinnerung.

Am Samstagmorgen schlich er leise aus dem Schlafzimmer und frühstückte allein. Als sie aufwachte, stand er am Herd, um die Füllung der Maultaschen anzubraten. Die Balkontür stand weit offen. Der Verkehrslärm und das Zischen des Fetts waren viel zu laut, um sich zu unterhalten, selbst wenn sie es gewollt hätten.

Einmal dachte er, es wäre so weit, als er aus den Augenwinkeln beobachtete, wie sie sich die Augen wischte. Doch dann lag es doch nur an den scharfen Schalotten. Cosima hackte stoisch weiter, stumm und ausdauernd, und er sollte auch diesen Tag ohne Tränen überstehen und ohne zur Rede gestellt zu werden.

***

Die Dinnerparty am Abend nahm den erhofften Verlauf. Die Gäste lachten schon, als sie bei ihm über die Schwelle traten. Sie waren es nicht gewohnt, sich in derart bescheidenem Rahmen zu treffen. In der engen Wohnung konnte nicht einmal Yadavs Frau Sarina Hof halten. Erst wirkte sie verloren, als sie in ihrem türkis funkelnden Sari an der Küchenbar stand und von René, der noch am Herd mit der Sauce kämpfte, gebeten wurde, sich selbst mit Sekt zu versorgen. Doch es dauerte nicht lange, bis seine Ungezwungenheit auf die Gäste übersprang. Sogar Sarina vergaß ihre Ansprüche und unternahm den mutigen Versuch, eine Weinflasche zu entkorken, was Safal begeistert mit der Handykamera festhielt, damit ihm das die Mädchen morgen glaubten.

Es gehörte zur Choreografie, dass das Essen viel zu spät fertig wurde. Sie drängten sich mit großem Appetit um den kerzenbeschienenen Esszimmertisch. Cosima hatte große Mühe gehabt, die neun Gedecke auf der schmalen Tischplatte unterzubringen. Ed Stewart vergriff sich mehrmals am falschen Glas. Seine Frau behauptete, dass sie ihm seit Jahren nicht mehr so nah gekommen sei. René schnitt das Fleisch an. Cosimas Augen glänzten. Es war ihr Baby, außen kross, innen rosa, zart und süß. Der Braten war perfekt gelungen. Stewart probierte als Erster und gratulierte. Yadav verfluchte seinen Hinduismus, schwärmte aber gleichfalls von den Maultaschen.

Cosima warf René einen versöhnlichen Blick zu. Ihre Wangen

waren gerötet. Kurz bevor die Gäste gekommen waren, hatten sie miteinander geschlafen. Der Alkohol tat das Übrige, um sie milde zu stimmen. Was immer mit dir passiert sein mag, sagte der Blick, was immer es ist, was du mir nicht erzählst, ich mag dich. Der sanfte Druck gegen sein Knie hieß: Lass uns Freunde bleiben. Er zog die Nase hoch. Ausgeschlossen. Beim besten Willen nicht. Er konnte kein Freund von ihr sein. Er würde sie niemals anders angucken können als jetzt. Seine Sehnsucht würde nur noch wachsen. Er senkte den Blick und reichte wortlos die Kartoffeln weiter.

Die Smoktun brach als Erste auf. Sie bedankte sich herzlich bei Cosima und versuchte René davon abzubringen, sie nach unten auf die Straße zu begleiten. Sie konnte allein ein Taxi anhalten, beteuerte sie. Und der Portier war auch noch da. Doch er hatte schon ihren Mantel auf dem Arm und stand wartend in der Tür.

Die Wohnungstür fiel hinter ihnen zu. Ratternd keuchte der alte Aufzug nach oben. Er zog die Gittertür auf und ließ ihr den Vortritt. Während sie hinunterfuhren, sprachen sie kein Wort. Sie sprachen nie in geschlossenen Räumen, ebenso wenig am Telefon. Wenn er sie brauchte, was oft der Fall war, weil gerade kein Betäubungsmittel zur Hand war oder keins wirkte, wenn er Zuspruch nötig hatte, die Versicherung, dass er kein Feigling war, dann legte er den vertrauten Weg nach Notting Hill zurück, klingelte und wartete ein paar Straßen weiter ungeduldig darauf, dass sie erschien. Oft wartete er vergeblich. Doch wenn er sie von Weitem kommen sah, dann ließ das Schwindelgefühl sofort nach. In ihrer Nähe ging es ihm besser. Sie bestärkte ihn, dass er das Richtige tat. Die Wirklichkeit, pflegte sie zu sagen, war genauso unvorhersehbar wie in der Geschichte von den einundzwanzig Pferden, die er ihr erzählt hatte. Indem er schwieg, schützte er nicht nur sich selbst und die türkische Staatsanwältin. Wer vermochte schon zu sagen, ob die Energiewende am Ende nicht doch dem gesellschaftlichen Fortschritt diente? Oder ob es sonst wirklich zum Super-GAU gekommen wäre? Nichts war ausgeschlossen. Womöglich war er sogar ein Held.

Wenn sie gemeinsam durch die Dunkelheit gingen, die von Tag zu Tag früher auf die Stadt herabsank, dann war es, als ob sie noch einmal bei Los anfingen, ganz von vorne, und den langen Ausflug nach Hampstead wiederholten. Es war nicht mehr Sommer, sondern ein ungemütlicher, kalter Herbst. Es regnete oft und René war sehr launisch. Doch dafür war es kein Theater mehr. Die Vorstellung war vorbei. Von hinten, wenn der Altersunterschied nicht auffiel, sahen sie aus wie ein Paar. Sie gingen fast immer untergehakt. Ihre Körpersprache war zwanglos. Manchmal legte die Frau den Kopf zur Seite und zog ihn enger an sich. Nein, ganz normal wirkten sie im Schein der Straßenlaternen doch nicht. Für ein Paar hatten sie sich zu viel zu sagen.

»Ich habe Sie vermisst.«

Sie waren aus dem Haus getreten und ignorierten die vorbeifahrenden Taxis.

»Ich war nicht weg. Ich bin nur davon ausgegangen, dass Sie beschäftigt sind.«

»Der Schein trügt.«

»Ja, das passiert manchmal.«

»Kann ich Sie morgen sehen?«

»Natürlich. Wenn Sie mögen.«

Er hob den Blick.

»Jederzeit«, bekräftigte sie leise.

Das Leben ist ungerecht. Es lässt ohne Weiteres zu, dass von zweien, die zu viel wissen, der eine sterben muss und der andere nicht. Finden Sie sich also damit ab. Sie sind kein kleines Kind mehr. Schon als sie das im Hyde Park gesagt hatte, hatte er sich gefragt, ob das auch in ihrem Rollenbuch stand. Wenn ich darf, wenn Sie mich lassen, dann kümmere ich mich um Sie.

Sie lächelten einander an. Etwas in ihrem Blick sagte, dass er nicht der Einzige war, der sich auf unbekanntem Terrain befand. Er hatte es geschafft, sie auf ihre alten Tage noch einmal aus der Reserve zu locken. Immerhin. Wenigstens das. Es gab nicht viel, worauf er derzeit stolz war.

»Und was ich noch sagen wollte. Der Kindergeburtstag – der ist Ihnen wirklich gut gelungen.«

Er zuckte lässig mit den Achseln, konnte sich das Lächeln aber nicht verkneifen.

»Ich meine es im Ernst. Gut gemacht, Herr Hartenstein.«